MEIO-
SANGUE

JENNIFER L. ARMENTROUT

MEIO-SANGUE

Tradução
LAÍS MEDEIROS E LÍGIA AZEVEDO

Copyright © 2011, 2024 by Jennifer L. Armentrout

Publicado por Companhia das Letras em associação com Sourcebooks USA.

Grafia atualizada segundo o Acordo Ortográfico da Língua Portuguesa de 1990, que entrou em vigor no Brasil em 2009.

TÍTULO ORIGINAL Half-blood

CAPA Nicole Hower

FOTO DE CAPA highhorse/Getty Images, Anna Kim/Getty Images, SENEZ/Getty Images, kharp/Unsplash, creativejunkie/Unsplash

ILUSTRAÇÃO DE CAPA Saskia Tabea Albrecht

ADAPTAÇÃO DE CAPA Danielle Fróes/BR75

PRODUÇÃO EDITORIAL BR75 TEXTO | DESIGN | PRODUÇÃO

Dados Internacionais de Catalogação na Publicação (CIP)
(Câmara Brasileira do Livro, SP, Brasil)

Armentrout, Jennifer L.
   Meio-sangue / Jennifer L. Armentrout; tradução Laís
Medeiros, Lígia Azevedo. — São Paulo: Bloom Brasil, 2025.
— (Covenant; 1)

   Título original: Half-blood
   ISBN 978-65-83127-19-8

   1. Ficção norte-americana 2. Mitologia grega - Ficção
I. Título. II. Série.

25-247229	CDD-B869.3

Índices para catálogo sistemático:
1. Ficção : Literatura brasileira   B869.3

Eliane de Freitas Leite – Bibliotecária – CRB 8/8415

Todos os direitos desta edição reservados à
EDITORA SCHWARCZ S.A.
Rua Bandeira Paulista, 702, cj. 32
04532-002 – São Paulo – SP
Telefone: (11) 3707-3500
facebook.com/editorabloombrasil
instagram.com/editorabloombrasil
tiktok.com/@editorabloombrasil
threads.net/editorabloombrasil

Para Kathy
Muitos te amam e sentem sua falta

DAÍMÔN

UMA NOVELA DE COVENANT

ANTES

1

Ela cheirava a naftalina e morte.

A ministra hêmatoi idosa diante de mim parecia ter acabado de sair de uma tumba depois de algumas centenas de anos.

Sua pele era enrugada e fina como um pergaminho, e, a cada respiração dela, eu jurava que seria a última. Eu nunca tinha visto alguém tão velho assim, mas isso não queria dizer muito, já que eu só tinha sete anos. Até o entregador de pizza parecia um ancião para mim.

A multidão atrás de mim estava incomodada; eu tinha esquecido que uma simples meio-sangue como eu não deveria olhar uma ministra nos olhos. Por serem descendentes de semideuses, os hêmatois tinham um ego enorme.

Olhei para minha mãe, do meu lado no palanque. Ela era hêmatoi, mas não tinha nada a ver com eles. Seus olhos verdes suplicaram que eu cooperasse, que não fosse a garota incorrigível e desobediente que ela sabia que eu podia ser.

Não entendi por que ela estava tão apavorada; era eu que estava frente a frente com uma múmia. E, se eu sobrevivesse a essa tradição mequetrefe sem ter que carregar o penico dessa bruaca pelo resto da vida, seria um milagre digno dos deuses, que supostamente olhavam por todos nós.

— Alexandria Andros? — A voz da ministra soava como uma lixa numa madeira áspera. Ela estalou a língua. — Muito miudinha. Braços finos como brotos nascentes em ramos de oliveira. — Ela se curvou para me analisar mais de perto, e quase achei que fosse cair em cima de mim. — E seus olhos são cor de terra, pouquíssimo notáveis. Quase não tem sangue hêmatoi. É mais mortal do que qualquer um dos que vimos hoje.

Os olhos da ministra eram da cor do céu antes de uma tempestade violenta. Uma mistura de roxo e azul, um sinal de sua linhagem. Todos os hêmatois tinham olhos com cores extraordinárias. A maioria dos meios-sangues também, mas, por algum motivo, eu não havia entrado nessa fila antes de nascer.

As declarações continuaram pelo que pareceu uma eternidade, e tudo em que eu conseguia pensar era tomar um sorvete e, quem sabe, tirar uma soneca.

Outros ministros vieram me analisar, sussurrando uns para os outros enquanto me rodeavam. Lancei olhares rápidos para minha mãe, que abriu um sorriso para me assegurar de que tudo isso era normal e que eu estava me saindo bem — muito bem, aliás.

Isso até a velha começar a beliscar cada parte da minha pele à vista e um pouco mais. Eu nunca gostei de ser cutucada. Se não encostava em alguém, acreditava que essa pessoa não deveria encostar em mim. Aparentemente, a vovozinha não conhecia essa etiqueta.

Ela estendeu a mão e beliscou minha barriga por cima do meu vestido com seus dedos ossudos.

— Ela não tem carne. Como podemos esperar que lute e nos defenda? Não é digna de treinar no Covenant e servir ao lado dos filhos dos deuses.

Eu nunca tinha visto um deus, mas minha mãe me falava que eles estavam sempre no meio de nós, sempre observando. Também nunca tinha visto um pégaso ou uma quimera, mas ela jurava que também existiam. Mesmo aos sete anos, eu tinha dificuldade de acreditar nessas histórias; minha fé inexperiente foi forçada a aceitar que os deuses ainda se importavam com o mundo que haviam povoado tão diligentemente com seus filhos de uma forma que só os deuses podiam fazer.

— Ela não passa de uma meio-sangue patética e insignificante — a idosa continuou. — Sugiro que seja mandada aos mestres. Estou precisando de uma garotinha para limpar as minhas privadas.

Então, ela cruzou os dedos cruelmente. E eu dei um chute na canela dela.

Nunca me esqueci da cara da minha mãe, como se estivesse presa entre terror e pânico, pronta para correr e me arrancar dali. Houve alguns arquejos de ultraje, mas também algumas risadas profundas.

— Ela tem fogo — disse um dos ministros.

Outro deles deu um passo à frente.

— Ela servirá como guarda, talvez até como sentinela.

Até hoje, eu não fazia ideia de como provei meu valor com um chute na canela da ministra. Mas provei. Não que isso significasse alguma coisa agora que eu estava com dezessete anos e não chegava nem perto do mundo hêmatoi havia três. Mas, mesmo no mundo normal, eu não havia parado de fazer coisas estúpidas.

Na verdade, tinha uma tendência a cometer atos aleatórios de estupidez. Considerava isso um dos meus talentos.

— Você está fazendo de novo, Alex. — Matt apertou minha mão.

Pisquei devagar, fazendo seu rosto entrar em foco.

— Fazendo o quê?

— Está com um olhar estranho. — Ele me puxou, me abraçando pela cintura. — Como se estivesse pensando em algo universalmente profundo. Como se sua mente estivesse a milhares de quilômetros daqui, em algum lugar nas nuvens, ou em um planeta diferente, ou algo assim.

Matt Richardson queria entrar para o Greenpeace e salvar baleias. Ele era aquele tipo de garoto bonitinho e básico que não comia carne vermelha.

Enfim. Ele era minha atual tentativa de me misturar aos mortais e tinha me convencido a encontrar um monte de gente que eu mal conhecia em volta de uma fogueira na praia.

Eu tinha mau gosto para garotos.

Antes de Matt, fui a fim de um universitário melancólico que escrevia poemas nas últimas páginas de seus livros e penteava a franja tingida de preto sobre os olhos castanhos. Ele escreveu uma música sobre mim, e eu ri. O relacionamento acabou antes mesmo de começar.

O cara do ano anterior a isso foi, provavelmente, o mais vergonhoso de todos — o capitão do time de futebol americano, um loiro oxigenado com olhos azuis como o céu. Meses se passaram, e mal trocamos um "oi" e um "você tem um lápis?", até finalmente nos encontrarmos em uma festa. Conversamos. Ele me beijou e apertou meus peitos, cheirando a cerveja barata. Eu dei um soco nele e quebrei sua mandíbula. Mamãe nos fez mudar de cidade depois disso e me deu um sermão sobre não usar toda a minha força, me lembrando que uma garota normal não conseguiria dar um soco daqueles.

Garotas normais também não gostavam que apertassem seus peitos, e eu acreditava piamente que, se elas conseguissem dar um soco daqueles, dariam.

Sorri para Matt.

— Não estou pensando em nada.

— Não está pensando em nada? — Matt abaixou a cabeça.

As pontas de seu cabelo loiro fizeram cócegas no meu rosto. Graças aos deuses, ele já tinha superado a fase "deixando crescer para fazer dread".

— Nada se passando nessa cabecinha linda?

Tinha algo se passando na minha cabeça sim, mas não o que Matt esperava. Olhando em seus olhos verdes, pensei na minha primeira paixonite — o cara proibido e mais velho, com olhos tempestuosos, que era tanta areia para o meu caminhãozinho que podia muito bem ser de outra espécie.

Tecnicamente, acho que ele era mesmo.

Até hoje, minha vontade era dar um chute na minha própria cara por isso. Eu era como um personagem de romance ambulante, achando que o amor vencia tudo e toda essa baboseira. Claro. No meu mundo, o amor geralmente acabava com alguém ouvindo "Você vai ver só!" e sendo mesmo amaldiçoada e transformada em alguma flor patética pelo resto da vida.

Os deuses e seus filhos podiam ser mesquinhos a esse ponto.

Às vezes eu me perguntava se a minha mãe tinha percebido a minha crescente obsessão pelo cara puro-sangue e, por isso, tinha me arrancado do único mundo que eu conhecia — o único lugar com que eu realmente me identificava.

Puros-sangues eram *totalmente* proibidos para meios-sangues como eu.

— Alex? — Max encostou os lábios na minha bochecha, roçando-os lentamente em direção à minha boca.

— Bom, talvez eu esteja. — Fiquei na ponta dos pés e abracei seu pescoço. — Consegue adivinhar o que estou pensando agora?

— Que você não queria ter deixado os sapatos lá perto da fogueira? Porque eu estou pensando isso. A areia está gelada. Maldito aquecimento global.

— Não era bem isso.

Ele franziu a testa.

— Está pensando na aula de história, não está? Que tédio, Alex.

Soltei ele, suspirando.

— Deixa pra lá, Matt.

Rindo, ele me puxou de volta e me abraçou.

— Estou brincando.

Disso eu duvidava, mas deixei ele me beijar. Sua boca era quente e seca, o máximo que uma garota poderia exigir de um garoto de dezessete anos. Mas, sendo justa, Matt até que beijava bem. Ele moveu os lábios devagar e quando se afastou eu não dei um soco na barriga, nem nada. Retribuí o beijo.

Matt desceu as mãos para os meus quadris e me deitou na areia, se apoiando no braço enquanto pairava sobre mim, beijando meu queixo e meu pescoço. Fitei o céu escuro repleto de estrelas brilhantes e pouquíssimas nuvens. Era uma noite linda — uma noite normal, observei. Tinha um ar romântico naquela cena, em como ele segurou meu rosto, me beijou mais e sussurrou meu nome como se eu fosse algum tipo de mistério que ele nunca desvendaria.

Me senti quente, satisfeita; não do tipo "arranca as minhas roupas e me pega logo", mas não estava ruim. Poderia repetir a dose. Especialmente quando fechei os olhos e imaginei os olhos de Matt ficando cinzentos e o cabelo mais escuro, bem mais escuro.

Então, ele enfiou a mão dentro do meu vestido.

Abri os olhos na hora e tirei a mão dele do meio das minhas pernas.

— Matt!

— Que foi? — Ele ergueu a cabeça, com os olhos verdes escurecidos. — Por que tirou minha mão?

Por quê? De repente, me senti como a senhorita Princesa Puritana protegendo a castidade e garotos rebeldes longe. *Por quê?* A resposta me veio bem rápido. Eu não queria perder a virgindade em uma praia, onde poderia acabar com areia em lugares inconvenientes. Já bastava minhas pernas parecerem ter sido muito bem esfoliadas.

Só que era mais que isso. Eu não estava envolvida com Matt, na verdade o imaginava com olhos cinzentos e cabelo escuro, desejando que fosse outro alguém.

Alguém que eu nunca mais veria... e nunca poderia ter.

2

— Alex? — Matt roçou o nariz em meu pescoço. — Qual é o problema?

Usando um pouco da minha força natural, afastei-o de cima de mim e me sentei.

Ajeitei o decote do vestido, grata pela escuridão.

— Desculpa. Só não estou no clima agora.

Matt permaneceu deitado do meu lado, olhando para o céu como eu havia feito momentos antes.

— Eu... eu fiz algo errado?

Meu estômago revirou, me dando uma sensação esquisita. Matt era um cara tão legal! Virei para ele e peguei sua mão. Entrelacei meus dedos aos dele, do jeito que ele gostava.

— Não. De jeito nenhum.

Ele soltou a mão e esfregou a testa.

— Você sempre faz isso.

Franzi a testa. Isso o quê?

— E tem mais. — Matt sentou, jogando os braços longos sobre os joelhos dobrados. — Eu sinto que não te conheço, Alex. Sabe, tipo, não sei quem você realmente é. E a gente está saindo há quanto tempo mesmo?

— Alguns meses. — Torci para que fosse a resposta correta. Mas me senti babaca por chutar. Deuses, eu estava me tornando uma pessoa terrível.

Ele abriu um pequeno sorriso.

— Você sabe tudo sobre mim. Quantos anos eu tinha quando fui a uma balada pela primeira vez. A faculdade que quero fazer. As comidas que odeio e que não suporto bebidas gaseificadas. A primeira vez que quebrei um osso...

— Caindo de skate. — Me senti bem por ter lembrado daquilo.

Matt deu uma risada suave.

— Sim, você acertou. Mas eu não sei nada sobre você.

Dei um empurrãozinho em seu ombro com o meu.

— Não é verdade.

— É, sim. — Ele me olhou, o sorriso murchando. — Você nunca fala de si mesma.

Certo. Ele tinha razão, mas não era como se eu pudesse contar alguma coisa. Podia até me imaginar dizendo: *Sabe da maior? Já viu* Fúria de titãs *ou leu algum mito grego? Bom, aqueles deuses existem e, sabe, eu sou basicamente descendente deles. Sou tipo a enteada que ninguém quer assumir. Ah, e a primeira vez na vida que tive contato com humanos foi há três anos. Ainda podemos ser amigos?*

Não ia rolar.

Então, dei de ombros e disse:

— Não tem muita coisa pra contar. Sou bem sem graça.

Matt suspirou.

— Nem sei de onde você é.

— Eu me mudei para cá do Texas. Já te contei isso. — Mechas do meu cabelo ficavam esvoaçando no meu rosto e batendo no ombro dele. Eu precisava de um corte. — Não é segredo.

— Mas você nasceu lá?

Desviei o olhar para o mar. Estava tão escuro que parecia roxo e hostil. Olhei para a costa. Vi duas silhuetas caminhando lado a lado, claramente masculinas.

— Não — respondi finalmente.

— Então onde você nasceu?

Abafei uma leve irritação, focando nos rapazes na praia, que tentaram se proteger quando o vento ficou mais forte e espirrou água gelada neles. Uma tempestade se aproximava.

— Alex? — Matt levantou, balançando a cabeça. — Viu? Você não consegue me contar nem onde nasceu. Qual é o problema nisso?

Minha mãe achava que quanto menos pessoas soubessem sobre nós, melhor. Ela era muito paranoica; acreditava que, se alguém soubesse demais, o Covenant nos encontraria. Seria tão ruim assim? Eu meio que queria que eles nos encontrassem, colocassem um fim nessa loucura.

Matt passou os dedos pelo cabelo, frustrado.

— Acho que vou voltar para o pessoal.

Ele virou, e eu fiquei de pé rapidamente.

— Espera.

Ele virou, as sobrancelhas erguidas.

Respirei fundo algumas vezes.

— Nasci em uma ilha idiota que ninguém nunca ouviu falar. Fica próxima ao litoral da Carolina do Norte.

Seus traços foram tomados por uma expressão de surpresa, e ele deu um passo na minha direção.

— Qual ilha?

— Sério, você não vai saber qual é. — Cruzei os braços, sentindo arrepios percorrerem minha pele. — Fica perto da ilha Bald Head.

Ele abriu um sorriso de orelha a orelha, e eu soube que a pele em torno de seus olhos estava enrugando, como acontecia sempre que ele ficava excepcionalmente feliz com algo.

— Foi tão difícil assim?

— Foi. — Fiz beicinho e, então, sorri, porque Matt tinha o tipo de sorriso que era contagioso, um sorriso que me lembrava o melhor amigo que eu não via fazia anos.

Talvez fosse por isso que eu tinha afinidade com Matt. Meu sorriso começou a murchar quando me perguntei o que o meu ex-parceiro de treino estaria fazendo naquele momento.

Matt colocou as mãos nos meus braços, descruzando-os lentamente.

— Quer voltar para lá? — Acenou com a cabeça em direção ao grupo de adolescentes aglomerados em volta da fogueira. — Ou ficar aqui...?

Ele deixou a oferta no ar, mas eu sabia o que queria dizer. Ficar ali e dar mais uns amassos, esquecer por mais um tempinho. Não parecia uma ideia ruim. Me aproximei. Atrás dele, avistei os dois caras novamente.

Estavam quase nos alcançando, e eu suspirei, reconhecendo-os.

— Temos companhia. — Me afastei.

Matt olhou para trás.

— Ótimo. Ren e Stimpy.

Dei risada diante da comparação precisa com o antigo desenho animado. Nas poucas vezes em que eu realmente interagi com aquela dupla dinâmica, me recusei a aprender seus nomes reais.

Ren era alto e magricela, usava tanto gel que seu cabelo castanho--escuro poderia ser considerado uma arma perigosa na maioria dos estados. Stimpy era baixinho e mais largo, tinha a cabeça raspada e era parrudo feito uma locomotiva. Os dois eram conhecidos por arrumar confusão por onde passavam, principalmente Stimpy, com sua rotina questionável de musculação. Eles eram dois anos mais velhos do que nós; tinham se formado na escola de Matt antes de eu sequer pisar na Flórida. Mas ainda andavam com a galera mais jovem, sem dúvida para descolar garotas que se impressionavam facilmente. Ambos tinham péssima fama.

Até mesmo sob a luz pálida da lua, dava para ver que suas peles apresentavam um tom alaranjado saudável. Seus sorrisos largos e exagerados eram tão brancos que chegavam a ser obscenos. O baixinho sussurrou alguma coisa, e os dois trocaram um "toca aqui" com os punhos.

Não era surpresa para ninguém que eu não gostava deles.

— E aí? — Ren disse, conforme a dupla de arrogantes parou diante de nós. — O que tá rolando, cara?

Matt enfiou as mãos nos bolsos de sua bermuda cargo.

— Nada de mais. Diz você...

Ren lançou um olhar para Stimpy e, em seguida, de volta para Matt. A camisa polo rosa neon de Ren parecia estar pintada em seu corpo esquelético; era pelo menos três números menor que o tamanho ideal.

— Estamos de bobeira. Vamos numa boate mais tarde. — Ren notou minha presença pela primeira vez, descendo o olhar por meu vestido até minhas pernas.

Senti o estômago embrulhar.

— Já te vi por aí — ele disse, balançando a cabeça algumas vezes. Me perguntei se era algum tipo estranho de dança do acasalamento. — Qual é o seu nome, gatinha?

— O nome dela é Alex. — Stimpy respondeu em toda a sua glória dissimulada. — É nome de menino.

Abafei um grunhido.

— Minha mãe queria um menino.

Ren pareceu confuso.

— Na verdade, é apelido de Alexandria — Matt explicou. — É que ela gosta de ser chamada de Alex.

Sorri para Matt, mas ele estava observando os dois caras com atenção. Um músculo se contraiu em sua mandíbula.

— Obrigado por esclarecer, amigão. — Stimpy cruzou os braços enormes, encarando Matt.

Diante do olhar de Stimpy, cheguei mais perto de Matt.

Ren, que ainda estava olhando para minhas pernas, emitiu um som que parecia uma mistura de ronco com gemido.

— Caramba, gata. O seu pai é ladrão?

— O quê? — Eu não conhecia meu pai. Talvez ele fosse. Eu só sabia que ele era mortal. E esperava que não fosse nada como esses dois idiotas.

Ren flexionou seus músculos inexistentes, sorrindo.

— Bom, então quem roubou esses diamantes e colocou nos seus olhos?

— Nossa! — Pisquei algumas vezes rapidamente e virei para Matt. — Por que você não diz coisas tão românticas assim para mim, Matt? Estou magoada.

Matt não sorriu como eu esperava. Seu olhar ficava alternando entre os dois, e reparei em suas mãos se fechando dentro dos bolsos. Havia certa tensão em seus olhos, em seus lábios contraídos. Meu humor mudou instantaneamente. Ele estava... *com medo?*

Toquei o braço de Matt.

— Vem, vamos voltar.

— Espera. — Stimpy segurou Matt pelo ombro, com força suficiente para fazê-lo cambalear um pouco para trás. — Dar o fora desse jeito é meio grosseiro da parte de vocês.

Uma onda de ar quente subiu pela minha espinha e se espalhou por minha pele.

Meus músculos tensionaram em antecipação.

— Não encosta nele — alertei baixinho.

Surpreso, Stimpy baixou a mão e olhou para mim. Depois, sorriu.

— Ela é mandona.

— Alex! — Matt sibilou, me fitando de olhos arregalados. — Tudo bem. Não dá bola pra isso.

Ele ainda não tinha me visto dar bola pra algo.

— Essa marra deve vir do nome. — Ren deu risada. — Bora pra festa? Conheço um segurança na Zero que pode deixar a gente entrar. Vamos curtir. — Então, ele estendeu a mão para me puxar.

Ren podia ter feito aquilo de brincadeira, mas foi o movimento errado. Eu ainda tinha sérios problemas com toques indesejados. Agarrei seu braço.

— A sua mãe é jardineira? — perguntei inocentemente.

— O quê? — Ren ficou um pouco boquiaberto.

— Porque um rosto como o seu tem que ficar plantado no chão.

Torci seu braço. Ele ficou em choque. Houve um segundo em que nossos olhares se encontraram e dava para ver que ele não fazia ideia de como eu tinha virado o jogo tão rápido.

Fazia três anos que eu não lutava com ninguém, mas meus músculos adormecidos despertaram e meu cérebro deu um estalo. Me curvei por baixo do braço torcido dele, trazendo-o comigo ao chutar seu joelho.

No segundo seguinte, Ren comeu areia.

3

Ao olhar para o cara na areia, me dei conta de que sentia falta de lutar, especialmente da onda de adrenalina e da sensação de "caramba, eu sou demais!" que vinha com o ato de quebrar a cara de alguém. Mas, novamente, lutar contra mortais nem se comparava a lutar contra outros da minha espécie ou contra seres que fui treinada para matar. Era muito fácil. Se ele fosse outro meio-sangue, talvez eu que tivesse ido parar no chão com a boca cheia de areia.

— Meu Deus... — Matt sussurrou, pulando para trás.

Olhei para ele, esperando ver uma cara de choque. Talvez até um joinha. Mas nada, não recebi *nenhuma* reação dele. No Covenant, eu teria sido aplaudida. Mas vivia esquecendo que eu não estava mais no Covenant.

Stimpy olhou assustado para seu parceiro e depois para mim, rapidamente, passando de espantado a furioso.

— Você quer dar uma de homem? Então vai ter que aguentar também, sua piranha.

— Aff. — Sorri, virando completamente para ele. — Pode vir.

Confiando na sua massa corporal, Stimpy veio pra cima de mim. Mas ele não tinha sido treinado desde os sete anos, e não tinha a força e a agilidade literalmente divinas que eu herdara. Ele veio com o punho na direção do meu rosto, e eu girei, dando um chute com o pé descalço bem na boca de seu estômago. Stimpy se curvou, estendendo as mãos para tentar pegar meus braços. Me aproximei, agarrando os braços dele, e o puxei para baixo, enquanto jogava o joelho pra cima, bem no seu queixo. Então o soltei e fiquei observando ele cair na areia gemendo.

Ren levantou, desequilibrado, cuspindo areia. Cambaleou e tentou me acertar com um soco. Foi muito fraco, e eu poderia ter me esquivado facilmente. Cara, eu poderia ter ficado parada e mesmo assim o soco nem teria encostado no meu rosto, mas agora eu já estava no embalo.

Segurei seu punho, deslizando a mão por seu braço.

— Não é legal bater em garotas. — Virei, usando o peso de seu corpo para desequilibrá-lo.

Derrubei-o por cima do meu ombro, e ele caiu de cara na areia mais uma vez.

Stimpy ficou de pé e se aproximou, vacilante, do amigo caído.

— Bora, cara. Levanta.

— Precisa de ajuda? — Ofereci com um sorriso simpático.

Os dois saíram cambaleando pela praia, olhando para trás, como se esperassem mais um ataque. Fiquei olhando com um sorriso satisfeito até eles desaparecerem depois da enseada.

Virei para Matt, com o vento soprando meu cabelo no rosto. Me senti viva pela primeira vez em... bem, anos. *Eu ainda sei dar uns socos. Depois de todo esse tempo, ainda consigo.* Minha empolgação e autoconfiança encolheram e secaram no momento em que vi a cara do Matt.

Ele estava horrorizado.

— Como...? — Ele limpou a garganta. — Por que você fez aquilo?

— Por quê? — repeti, confusa. — Parece muito claro para mim. Aqueles caras eram uns babacas.

— Sim, eles são babacas. Todo mundo sabe disso, mas você não tinha que descer a porrada neles assim. — Matt me encarava com os olhos arregalados. — Eu... eu não consigo acreditar que você fez isso.

— Eles estavam mexendo com você! — Apoiei as mãos nos quadris, sem me importar mais com o vento ricocheteando meu cabelo no meu rosto. — Por que está agindo como se eu fosse uma doida?

— Eles só encostaram em mim, Alex.

Isso era motivo suficiente para mim, mas, aparentemente, não era para Matt.

— Ren tentou me segurar. Desculpa. Eu não gosto disso.

Matt ficou apenas me encarando.

Contive a série de palavrões que estavam se formando na minha mente.

— Ok. Talvez eu não devesse ter feito tudo isso. Podemos esquecer que aconteceu?

— Não. — Ele esfregou a nuca. — Isso foi estranho demais para mim. Desculpa, Alex, mas foi... bizarro.

O controle já tênue da minha raiva estava sumindo.

— Ah, então da próxima vez você quer que eu fique parada e deixe que te deem uma surra e que abusem de mim?

— Você exagerou! Eles não iam me dar uma surra, nem abusar de você! E não vai ter próxima vez. Violência *não* é a minha praia.

Matt balançou a cabeça e virou de costas para mim, arrastando os pés pelos montes de areia e me deixando ali sozinha.

— Mas que droga é essa? — murmurei e, então, gritei: — Que se dane! Vai salvar um golfinho ou sei lá o quê!

Ele girou de uma vez para mim.

— Baleias, Alex, *baleias*! É isso que me interessa salvar.

Joguei os braços para cima.

— Qual é o problema em salvar golfinhos?

Matt me ignorou e, cerca de dois minutos depois, me arrependi amargamente de ter gritado aquilo. Passei por ele para pegar minhas sandálias e minha bolsa, mas o fiz com graciosidade e dignidade. Nenhum comentário depreciativo ou palavrão escapou de meus lábios fechados.

Algumas pessoas olharam rapidamente na minha direção, mas nenhuma disse nada. Os poucos amigos que eu fizera na escola eram os amigos de Matt, e eles também gostavam de salvar baleias. Não que tivesse algo errado em salvar baleias, mas alguns deles jogavam suas garrafas de cerveja e embalagens de plástico no mar. Bando de hipócritas.

Matt simplesmente não entendia. Violência fazia parte de quem eu era como meio-sangue. Cada parte do meu corpo, cada músculo, meu DNA estava impregnado com violência. Era para isso que eu havia sido treinada. Não significava que eu ia surtar e quebrar a cara dos outros à toa, mas eu revidaria. Sempre.

A caminhada para casa foi um saco.

Tinha areia entre meus dedos dos pés, no meu cabelo e no meu vestido. Minha pele estava assada em todos os lugares errados, e tudo estava uma grande porcaria. Pensando bem, eu podia admitir que talvez tivesse exagerado um pouquinho. Ren e Stimpy não tinham se mostrado exatamente ameaçadores. Eu podia ter deixado passar. Ou agido feito uma garota normal e deixado Matt cuidar do assunto.

Mas não deixei.

Nunca fiz isso. Agora, eu tinha ferrado tudo. Matt iria para a escola na segunda-feira e contaria para todo mundo como eu tinha bancado a Xena com aqueles otários. Eu teria que contar para a minha mãe, e ela surtaria. Talvez insistisse que precisávamos nos mudar novamente. Na verdade, eu ficaria feliz com isso; não conseguiria, de jeito nenhum, voltar para a escola e encarar o pessoal depois que todo mundo ficasse sabendo. De qualquer forma, eu não ligava se o ano ia terminar em algumas semanas. E também não estava exatamente ansiosa pelo festival de reclamações que receberia.

Talvez até porque eu soubesse que merecia.

Apertei minha bolsinha e acelerei o passo. Normalmente, as luzes neon das boates e os sons das confraternizações ali perto me deixavam de bom humor, mas esta noite não. Minha vontade era dar um soco na minha própria cara.

Morávamos a três quarteirões da praia, em um bangalô de dois andares que mamãe alugou de um idoso que cheirava a sardinha. Era meio antiga, mas tinha dois banheiros minúsculos. Isso era um bônus, porque não precisávamos dividir. Não era lá uma vizinhança muito segura, mas uma área questionável da cidade não assustava a mim ou a minha mãe.

Conseguíamos dar conta de mortais delinquentes.

Suspirei enquanto percorria o calçadão movimentado. A vida noturna era intensa aqui. Assim como identidades falsas e corpos muito bronzeados e muito magros. Todos pareciam iguais em Miami, o que não era muito diferente da minha terra natal, onde um dia eu tive um propósito de vida, um dever a cumprir.

Bom, agora, eu não passava de uma fracassada.

Havia morado em quatro cidades diferentes e frequentado quatro escolas em três anos. Sempre escolhíamos cidades bem grandes para nos camuflar e sempre morávamos perto da água. Até então só havíamos atraído um pouquinho de atenção e, quando isso acontecia, fugíamos. Minha mãe nunca me disse o motivo, nunca me deu uma única explicação. Depois do primeiro ano, parei de ficar brava quando ela se recusava a me contar por que havia ido ao meu quarto no meio da noite para me dizer que precisávamos ir embora. Sinceramente, eu desisti de tentar entender. Às vezes, eu a odiava por tudo isso, mas ela era minha mãe e, aonde quer que ela fosse, eu também iria.

A umidade se instalou no ar conforme o céu escurecia até esconder todo o brilho das estrelas. Atravessei a rua estreita e chutei o portão baixinho de ferro forjado que rodeava nosso pequeno jardim. Estremeci com o som agudo que ele fez ao abrir, raspando a calçada pavimentada.

Parei diante da porta e, enquanto procurava minha chave na bolsa, ergui o rosto.

— Droga! — murmurei ao percorrer a pequena varanda com o olhar.

Havia flores e ervas crescendo enlouquecidamente, transbordando nos vasos de cerâmica e serpenteando pelo corrimão enferrujado. Vasos vazios que eu havia empilhado havia semanas estavam caídos. Eu deveria ter limpado naquela tarde.

Mamãe ficaria zangada por muitas razões pela manhã. Suspirando, peguei a chave e entreabri a porta, grata por ela não ter rangido como todas as outras coisas nessa casa, e foi aí que senti algo muito estranho.

Dedos gelados subiram e desceram pela minha espinha. Todo o meu corpo se arrepiou com a sensação inconfundível de estar sendo observada.

4

Virei depressa, inspecionando o jardim e tudo em volta. As ruas estavam vazias, mas a sensação só aumentou. Uma inquietação se instalou no meu estômago ao dar um passo para trás e agarrar a borda da porta. Não tinha ninguém ali, mas...

— Estou ficando louca — murmurei. — Estou ficando tão paranoica quanto a mamãe. Que legal...

Entrei e tranquei a porta. A sensação inquietante foi evaporando aos poucos conforme eu andava na ponta dos pés pela casa. Inspirei fundo e quase vomitei com o aroma picante que preenchia a sala de estar.

Resmungando, acendi o abajur ao lado do sofá surrado de segunda mão e, semicerrando os olhos, fitei um canto do cômodo. Entre a TV e a prateleira cheia de revistas, estava Apolo.

Tinha uma guirlanda nova de folhas de louro pendurada na cabeça de mármore dele. Minha mãe deixou para trás tantas coisas nas muitas vezes que nos mudamos, mas ele nunca.

Eu odiava aquela estátua e sua guirlanda fedorenta de folhas de louro que mamãe renovava todo santo dia. Não porque tivesse alguma coisa contra Apolo — achava bem maneiro um deus que representava harmonia, ordem e sensatez —, mas aquela era a coisa mais cafona que eu já tinha visto na vida.

Era apenas um busto com uma cabeça, e ainda tinha uma harpa e um golfinho grafados em seu peito e — como se não fosse simbolismo suficiente para as massas — uma dúzia de pequenas cigarras em seu ombro. Afinal, que droga esses insetos irritantes que ficavam presos no cabelo das pessoas representavam? Música que não era.

Eu nunca entendi a fascinação da minha mãe por Apolo ou por qualquer outro deus, por sinal. Eles tinham ido parar na lista dos ausentes desde que os mortais decidiram que sacrificar suas filhas virgens não era uma prática nada bacana. Eu não conhecia uma alma que já tivesse visto um deus alguma vez. Eles deram suas escapadas e engravidaram mais ou menos uma centena de semideusas, que tiveram bebês — os puros-sangues —, mas nunca apareceram no aniversário de nenhum deles levando presente.

Tapei meu nariz com a mão, caminhei até a vela rodeada por mais folhas de louro e a apaguei. Me perguntei se Apolo havia previsto aquilo, já que era o deus da profecia. Tirando a cafonice, a parte de seu peito esculpido em mármore naquele busto era bem bonita. Bem mais bonito que o peito de Matt — que, a propósito, eu não veria ou tocaria novamente. Com isso em mente, peguei o pote de sorvete de chocolate do congelador e uma colher grande. Sem nem me dar ao trabalho de pegar uma tigela, subi os degraus irregulares.

Havia uma luz suave saindo por baixo da porta da minha mãe. Parei ali na frente, por um momento na dúvida se queria devorar o sorvete no meu quarto ou com ela. Ela provavelmente já sabia que eu havia saído escondida mais cedo, e, se não soubesse, a areia que cobria metade do meu corpo me entregaria, mas eu odiava que a minha mãe estivesse sozinha em casa em uma sexta-feira à noite. De novo.

— Lexie? — A voz doce e suave me chamou lá de dentro. — O que está fazendo?

Abri um pouco a porta e espiei o quarto. Ela estava sentada contra a cabeceira da cama lendo um daqueles romances picantes com homens seminus na capa. Eu sempre os roubava escondida. Ao lado, na mesinha de cabeceira, tinha um vaso de hibiscos. Eram suas flores favoritas. As pétalas roxas eram lindas, mas o aroma vinha do óleo essencial de baunilha que minha mãe adorava borrifar nelas.

Ela ergueu o olhar, com um pequeno sorriso.

— Oi, querida. Bem-vinda ao lar.

Ergui meu pote de sorvete.

— Pelo menos cheguei em casa antes da meia-noite.

— Isso faz com que seja certo? — Ela me encarou, seus olhos cor de esmeralda cintilando na luz fraca.

— Não?

Minha mãe suspirou, baixando o livro.

— Eu sei que você quer ficar com os amigos, ainda mais agora que começou a sair com aquele garoto. Qual é o nome dele? Mike?

— Matt... — Curvei os ombros, olhando para o sorvete com avidez. — O nome dele é Matt.

— Ah, sim! Matt. — Ela me lançou um sorriso breve. — Ele é um garoto muito legal, e entendo que você queira ficar com ele, mas não quero você andando por Miami à noite, Lexie. Não é seguro.

— Eu sei.

— Eu nunca tive que... como se diz, mesmo? Quando suspendemos os privilégios?

— Castigo. — Tentei não sorrir. — Se diz colocar de castigo.

— Ah, sim! Eu nunca tive que colocar você de castigo, Lexie. Não quero ter que fazer isso agora. — Ela afastou o cabelo castanho ondulado e cheio do rosto e, então, reparou no meu estado. — Por que, em nome dos deuses, você está coberta de areia?

Entrei um pouquinho em seu quarto.

— É uma longa história.

Se ela suspeitou que eu tinha rolado na areia com o garoto cujo nome ela vivia esquecendo e, em seguida, entrei em uma briga com outros dois caras, não deixou transparecer.

— Quer falar sobre isso?

Dei de ombros.

Ela deu tapinhas na cama.

— Vem cá, meu amor.

Um pouco desanimada, sentei e cruzei as pernas.

— Desculpa por ter saído escondida.

Seu olhar reluzente desceu para o sorvete.

— Pelo visto, era melhor ter ficado em casa, não é?

— Sim. — Suspirei, tirando a tampa e atacando. Com a boca cheia, eu disse: — Matt e eu não estamos mais juntos.

— Pensei que o nome dele fosse Mitch.

Revirei os olhos.

— Não, mãe, o nome dele é Matt.

— O que aconteceu?

Olhar para ela era como me olhar no espelho, só que eu era uma versão mais mundana. Suas maçãs do rosto eram mais acentuadas, seu nariz, um pouco menor, e os lábios, mais viçosos que os meus. E ela tinha olhos verdes deslumbrantes. Meu sangue mortal diluía a minha aparência. Tenho certeza que meu pai era bonito o suficiente para chamar a atenção da minha mãe, mas era completamente humano. Não era proibido se relacionar com humanos, principalmente porque os descendentes — meios-sangues como eu — eram recursos extremamente valiosos para os puros.

Bem, eu não era mais considerada um recurso valioso. Agora, era apenas... eu não sabia mais.

— Lexie? — Mamãe arrancou a colher e o pote das minhas mãos. — Eu como e você me conta o que aquele garoto idiota fez.

Sorri.

— A culpa é toda minha.

Ela engoliu uma colherada enorme de sorvete.

— Como sua mãe, sou obrigada a discordar.

— Ah, não. — Desabei de costas na cama e fitei o ventilador de teto. — Você vai mudar de ideia.

— Deixa que eu decido.

Esfreguei o rosto.

— Bom, eu meio que... entrei em uma briga com dois caras na praia.

26

— O quê? — Senti a cama balançar conforme ela chegava para a frente. — O que eles fizeram? Tentaram te machucar? Eles... te tocaram?

— Ah, deuses, não! Não, mãe, calma. — Tirei as mãos do rosto, franzindo a testa para ela. — Não foi nada disso. Não exatamente.

Mechas grossas de cabelo esvoaçaram em torno de seu rosto. Ao mesmo tempo, todas as cortinas do quarto se levantaram, se esticando em direção à cama. O livro que estava ao lado dela saiu voando e caiu em algum lugar do chão.

— O que aconteceu, Alexandria?

Suspirei.

— Não foi nada desse tipo, mãe. Ok? Fica calma antes que nos faça sair voando da nossa própria casa.

Ela me encarou por alguns instantes e, então, os ventos diminuíram.

— Exibida — murmurei.

Puros-sangues como a minha mãe eram capazes de comandar um dos elementos, um dom concedido pelos deuses aos hêmatois.

Mamãe tinha uma afinidade com o ar, mas não era muito boa em controlá-lo. Uma vez, fez o carro de um vizinho ser levado pelo vento — imagina explicar *isso* para a empresa de seguros.

— Uns caras começaram a mexer com o Matt, e um deles tentou me segurar.

— E o que aconteceu depois? — Sua voz soou calma.

Me preparei.

— Bem, depois eles meio que precisaram ajudar um ao outro a se levantar.

Minha mãe não reagiu imediatamente. Me atrevi a espiar e me deparei com seu rosto relativamente inexpressivo.

— Grave?

— Que nada! — Alisei a parte da frente do meu vestido. — Nem bati neles. Quer dizer, chutei um deles, mas ele tinha me chamado de piranha, então acho que mereceu. Enfim, Matt disse que eu tinha exagerado e que não gostava de violência. Ele me olhou como se eu fosse uma doida.

— Lexie...

— Eu sei. — Sentei e esfreguei a nuca. — Eu exagerei mesmo. Podia ter só me afastado, ou sei lá. Agora, o Matt não quer mais me ver, e todo mundo na escola vai achar que eu sou... sei lá, uma esquisitona.

— Você não é uma esquisitona, meu amor.

Lancei um olhar cômico.

— Tem uma estátua do Apolo na nossa sala de estar. E, fala sério, eu nem sou da mesma espécie que eles.

— Você não é de uma espécie diferente. — Ela colocou a colher dentro do pote. — Você é mais parecida com os mortais do que imagina.

— Não sei, não. — Cruzei os braços, fazendo cara feia. Após alguns segundos, olhei de canto de olho para ela. — Você não vai gritar comigo ou algo assim?

Ela arqueou a sobrancelha e pareceu ponderar.

— Acho que você já aprendeu que violência nem sempre é a melhor resposta, e o garoto te chamou de um nome horrível...

Um sorriso repuxou meus lábios.

— Eles eram uns otários, eu juro.

— Lexie!

— O quê? — Dei risada de sua expressão. — Eram mesmo. E "otário" nem é palavrão.

Ela balançou a cabeça.

— Não quero saber se é, mas soa repugnante.

Dei risada novamente, mas a graça passou quando lembrei da cara horrorizada de Matt.

— Você devia ter visto como Matt olhou para mim. Como se estivesse com medo. Tão estúpido. Sabe? Outros como eu teriam aplaudido, mas Matt? Não, ele tinha que me olhar como se eu fosse o Anticristo.

Mamãe ergueu as sobrancelhas.

— Não deve ter sido tão ruim assim.

Passei a focar totalmente na pintura de uma deusa que havia na parede. Ártemis estava agachada ao lado de um cervo, com uma aljava cheia de flechas prateadas em uma das mãos e um arco na outra. Seus olhos eram inquietantes, pintados completamente de branco — sem íris, nem pupilas.

— Foi, sim. Ele acha que eu sou uma aberração.

Ela se aproximou mais de mim, pousando com delicadeza a mão em meu joelho.

— Sei que é difícil estar longe do Covenant, mas vai ficar tudo bem. Você vai ver. Você tem a vida inteira pela frente, cheia de escolhas e liberdade.

Ignorando aquele comentário, fosse lá de onde tivesse vindo, peguei meu sorvete de volta e sacudi o pote vazio.

— Poxa, mãe, você tomou tudo!

— Lexie... — Ela segurou minha bochecha e virou meu rosto para que eu a olhasse. — Eu sei que estar longe de lá te incomoda. Sei que você quer voltar, e oro aos deuses para que consiga encontrar a felicidade nesta nova vida. Mas não podemos voltar para lá. Sabe disso, não sabe?

— Eu sei — sussurrei, embora não soubesse direito por quê.

— Ótimo. — Ela pressionou os lábios em minha bochecha. — Com ou sem propósito, você é uma garota muito especial. Nunca se esqueça disso.

Senti um pequeno ardor na garganta.

— É a sua obrigação dizer isso. Você é minha mãe.

Ela riu.

— Verdade.

— Mamãe! Poxa! Agora vou ter problemas de autoestima.

— Se tem uma coisa que não falta em você, é isso. — Ela me abriu um sorriso descarado e eu dei um tapinha em sua mão. — Agora, levanta esse bumbunzinho da minha cama e vai dormir. É melhor estar na varanda limpando aquela bagunça amanhã bem cedinho. Estou falando sério.

Desci da cama e balancei meu bumbum.

— Não é tão pequeno assim.

Ela revirou os olhos.

— Boa noite, Lexie.

Fui saltitando para a porta, olhando para ela por cima do ombro. Ela estava afofando a cama, de testa franzida.

— A sua ventania o derrubou no chão. — Peguei o livro e entreguei para ela. — Boa noite!

— Lexie?

— Sim? — Virei novamente para ela.

Minha mãe sorriu, um sorriso tão lindo, caloroso e amoroso. Iluminava todo o seu rosto, transformando seus olhos em joias.

— Eu te amo.

Sorri.

— Também te amo, mamãe.

5

Após colocar o pote de sorvete no lixo e lavar a colher, joguei uma água no rosto e vesti um pijama antigo. Inquieta, pensei em limpar meu quarto, um impulso que durou apenas o suficiente para que eu recolhesse algumas meias.

Sentei na beira da cama, olhando para as portas fechadas da varanda.

A tinta branca estava craquelada, exibindo uma camada de cinza desbotado por baixo — como uma mistura de azul e prateado, um tom incomum que despertou um desejo antigo dentro de mim.

Sério, depois de todo esse tempo, pensar em um cara que eu nunca mais veria era ridículo demais. E, para piorar, ele nunca nem soube que eu existia. Não porque eu fosse uma antissocial que se escondia nos cantos do Covenant, mas ele não tinha *permissão* para me notar. Ali estava eu, três anos depois, vendo tinta descascada que me lembrava os *olhos dele*.

Era tão patético que chegava a ser constrangedor.

Irritada com meus próprios pensamentos, fui até a pequena escrivaninha que ficava no canto do meu quarto coberta de papéis e cadernos que eu raramente usava. Se tinha algo que eu adorava no mundo dos mortais era o sistema escolar. As aulas por aqui eram moleza comparadas às do Covenant. Revirei toda aquela bagunça e encontrei meu aparelho de música caquético e os fones de ouvido.

A maioria das pessoas baixava músicas legais: bandas indies ou os hits do momento. Quanto a mim, bom, cheguei à conclusão de que eu devia estar chapada de alguma coisa — folhas de louro do Apolo? — quando baixei as minhas. Fui clicando até encontrar "Brown Eyed Girl", de Van Morrison.

Havia algo nessa música que me transformava em uma bobona desde o primeiro riff de guitarra. Cantando, dancei pelo quarto, recolhendo roupas sujas e parando a cada poucos segundos para sacudir o corpo. Joguei a pilha no cesto, balançando a cabeça feito um dos Muppet Babies.

Me sentindo um pouco melhor em relação a tudo, sorri e rebolei na cama, abraçando uma pilha de meias.

— Sha la la, la la, la la, la la, la la, la-la-di-da. La-la-di-da!

Estremeci diante da minha própria voz. Cantar não era meu forte, mas isso não me impedia de estropiar cada música que tocava no meu aparelho. Quando meu quarto finalmente ficou mais arrumadinho, já passava das três da manhã. Exausta, mas feliz, tirei os fones dos ouvidos e deixei na escrivaninha. Engatinhando na cama, desliguei o abajur e desabei. Geralmente, eu demorava um pouco a adormecer, mas o sono veio rápido aquela noite.

E como o meu cérebro gostava de me torturar até mesmo enquanto eu dormia, sonhei com Matt, mas o Matt do sonho tinha cabelo ondulado e escuro e olhos da cor de nuvens de tempestade. E, no sonho, quando as mãos dele deslizaram por baixo do meu vestido, eu não o impedi.

Acordei com um sorriso estranho e satisfeito nos lábios. Chutei as cobertas, me espreguiçando ao olhar para as portas da varanda.

Pequenos feixes de luz atravessavam as frestas das persianas, batendo na superfície do velho tatame de bambu. Partículas de poeira flutuavam e dançavam nos raios.

Meu sorriso congelou quando avistei o relógio.

— Droga!

Levantei de uma vez. "Bem cedinho" não significava acordar *meio-dia*. Minha mãe havia pegado leve comigo na noite anterior, mas se eu não fizesse as minhas tarefas pelo segundo dia seguido com certeza a coisa ia ser diferente. Uma olhada no pequeno espelho do banheiro enquanto eu tirava a roupa confirmou que eu estava parecendo o Chewbacca. Tomei um banho rápido, mas, ainda assim, a água esfriou antes que eu terminasse.

Tremendo de raiva do aquecedor maldito, vesti uma calça jeans gasta e uma camiseta folgada. Comecei a secar o cabelo com uma toalha e fui em direção à porta da sacada. Parei por um momento, abafando o bocejo. Mamãe já devia estar lá fora no jardim. Ficava bem embaixo da minha varanda, de frente para os prédios e casas do outro lado da rua. Joguei a toalha na cama e abri as portas da varanda como uma princesa cumprimentando o dia, toda elegante e delicada.

Mas deu tudo errado.

Me encolhi diante do sol resplandecente da Flórida, protegendo os olhos com a mão. Ao dar um passo para fora, pelos poucos degraus que levavam à sacada, meu pé ficou preso em um vaso de planta vazio. Ao tentar sacudi-lo para me soltar, perdi o equilíbrio e caí para a frente, conseguindo agarrar o corrimão antes de dar com a cabeça no chão.

Morta por um vaso de flores: que bela forma de partir.

O suporte de plantas de madeira, que acabou ficando bem debaixo dos meus braços, balançou de um lado para outro. Vários vasos de tulipas verdes e amarelas se deslocaram ao mesmo tempo.

— Merda! — disse entre dentes.

Me afastei do corrimão e ajoelhei, abraçando o suporte de plantas. Ali, fiquei grata por pelo menos nenhum dos meus antigos amigos estarem perto para testemunhar aquilo.

Meios-sangues eram conhecidos por sua agilidade e graciosidade, não por tropeçar nas coisas.

Assim que consegui colocar tudo de volta no lugar, sem morrer no processo, levantei e me inclinei *com bastante cuidado* por cima do parapeito da sacada. Procurei pelos canteiros, esperando encontrar mamãe se escangalhando de rir, mas o jardim estava vazio. Conferi até os arredores da cerca, onde ela havia plantado uma fileira de flores havia algumas semanas. Comecei a virar de volta para o quarto quando notei que o portão estava aberto, balançando para o lado.

— Hum. — Eu tinha quase certeza que havia fechado ontem à noite.

Talvez mamãe tivesse ido ao supermercado comprar cereal? *Hummm.* Meu estômago roncou. Peguei a pá de jardim em meio ao monte de ferramentas em uma pequena cadeira dobrável no quarto, já me lamentando por ter que comer mingau de aveia de novo. Quem eu tinha que matar para conseguir sucrilhos de chocolate nessa casa?

Brincando com a pá, virei-a para cima enquanto olhava para além do jardim. Todas as casas enfileiradas do outro lado da rua tinham barras nas janelas e tinta descascando nas laterais. As vizinhas idosas não sabiam falar muito bem a nossa língua. Uma vez, tentei ajudar uma delas a colocar o lixo na calçada, mas ela gritou comigo em outro idioma e me expulsou como se eu estivesse tentando roubá-la.

Elas estavam todas na varanda de uma das casas, recortando cupons ou fazendo o que quer que idosas fizessem. A rua estava movimentada. Era sempre assim nas tardes de sábado, especialmente se fosse um bom dia para ir à praia.

Olhei para os moradores e turistas que passavam ainda erguendo a pá. Era fácil ver quem era de fora. Os turistas usavam pochetes ou chapéus absurdamente grandes, e eram pálidos feito peixe ou vermelhos de sol.

Senti um arrepio que se espalhou por minha pele. Inspirei fundo, meus olhos escaneando os grupos que passavam.

Então, eu vi.

Tudo ao meu redor parou em um instante. O ar fugiu completamente dos meus pulmões.

Não. Não. Não.

Ele estava de pé, na entrada de um beco, de frente para o bangalô e bem ao lado da varanda cheia de idosas. Elas olharam rapidamente para o estranho que apareceu na calçada, mas logo o ignoraram e retomaram a conversa.

Elas não podiam ver o que eu via.

Nenhum mortal podia. Nem mesmo um puro-sangue. Somente meios-sangues conseguiam enxergar através da magia elementar e testemunhar o verdadeiro terror: uma pele tão pálida e tão fina que cada veia saltava na carne feito um filhote de serpente negra. Seus olhos eram cavidades vazias e escuras, e sua boca, seus dentes...

Essa era uma das *coisas* que eu havia sido treinada para enfrentar no Covenant.

Era uma *coisa* que se alimentava de éter — a essência dos deuses, a força vital que nos preenchia —, um puro-sangue que virara as costas para os deuses. Essa era uma das *coisas* que eu era obrigada a matar na hora.

Um daímôn. Havia um *daímôn* aqui.

6

Me afastei do parapeito. Qualquer resquício de treinamento que eu ainda lembrava desapareceu em um instante. Parte de mim sabia — sempre soubera, lá no fundo — que esse dia chegaria.

Estávamos sem a proteção do Covenant e de suas comunidades fazia muito tempo. A necessidade por éter acabaria, em algum momento, atraindo um daímôn até a nossa porta. Daímônes não conseguiam resistir à magia dos puros-sangues. Eu simplesmente não queria dar voz ao medo, acreditar que isso poderia acontecer em um dia como esse, com o sol tão brilhante e um azul tão lindo no céu.

O pânico se instalou em minha garganta, interceptando minha voz. Tentei gritar "Mamãe!", mas o que saiu foi apenas um sussurro rouco.

Saí correndo pelo quarto, sentindo o terror se apoderar de mim quando empurrei a porta para abri-la. Uma batida ecoou, vindo de algum lugar da casa.

O espaço entre o meu quarto e o quarto da minha mãe pareceu ser mais longo do que eu lembrava, e eu ainda estava tentando chamar por ela quando cheguei.

Abri a porta sem dificuldade, mas, no momento que o fiz, tudo desacelerou.

Seu nome continuava apenas um sussurro em meus lábios. Meu olhar pousou em sua cama primeiro, em seguida, no chão ao lado. Pisquei. O vaso de hibisco estava caído e quebrado em pedaços grandes. Havia pétalas roxas e terra espalhadas. Vermelho — algo vermelho — escorria em meio às flores, deixando-as com uma cor violeta. Arfei, sentindo um cheiro metálico que me lembrou das vezes em que um parceiro de treino conseguia me acertar com um golpe de sorte e meu nariz sangrava.

Estremeci.

O tempo parou. Um zumbido preencheu meus ouvidos até eu não conseguir ouvir mais nada. A mão dela foi a primeira coisa que vi. Mais pálida que o normal e aberta, seus dedos feito garras no ar, como se buscasse por algo. Seu braço estava contorcido em um ângulo estranho.

Minha cabeça virava de um lado para o outro; eu me recusava a aceitar as imagens que estavam diante dos meus olhos, a dar nome à mancha que se espalhava pela blusa dela.

Não, não, de jeito nenhum. Isso só pode estar errado.

Algo — alguém — segurava metade de seu corpo. Uma mão pálida agarrava a parte superior de seu braço, e sua cabeça estava caída para o lado. Seus olhos estavam arregalados, o verde de suas íris, desbotado e desfocado.

Ai, deuses... ai, deuses.

Segundos, fazia apenas segundos que eu havia aberto a porta, mas parecia uma eternidade.

Tinha um daímôn grudado na minha mãe, drenando-a para obter o éter de seu sangue. Eu devia ter emitido algum som, porque o daímôn ergueu a cabeça. O pescoço dela — *ai, deuses...* o pescoço dela estava rasgado. Já tinha perdido muito sangue.

Meus olhos encontraram os do daímôn — ou, pelo menos, as cavidades escuras onde deveria haver olhos. Ele retirou a boca do pescoço dela com um estalo, deixando-a aberta, e revelou uma fileira de dentes afiados feito lâminas cobertos de sangue. Então, a magia elementar se manifestou, exibindo o rosto que ele teve quando era um puro-sangue, antes de provar a primeira gota de éter. Com aquele encanto instalado, ele era lindo para todos os padrões — tanto que, por um momento, achei que estava vendo coisas. Aquele ser com aparência angelical não podia ser o responsável pelas manchas vermelhas no pescoço da minha mãe, nas roupas dela...

Ele inclinou a cabeça para o lado, farejando o ar, e então soltou um som agudo e pungente. Cambaleei para trás. Aquele som... nada real podia soar daquela forma.

Ele soltou minha mãe, deixando seu corpo deslizar para o chão. Ela caiu e não se mexeu. Eu sabia que ela devia estar com medo e machucada, porque não havia outro motivo para não ter se mexido.

O daímôn se levantou e suas mãos ensanguentadas caíram ao lado de seu corpo, os dedos se retorcendo para dentro.

Seus lábios se curvaram em um sorriso.

— Meio-sangue — sussurrou.

Em seguida, ele saltou.

Eu nem tinha me dado conta de que ainda segurava a pá de jardim. Ergui o braço assim que o daímôn me agarrou. Meu grito soou como um guincho rouco enquanto eu cambaleava para trás, batendo as costas na parede. A pintura de Ártemis caiu no chão ao meu lado.

O daímôn arregalou os olhos, surpreso. Por um momento, suas íris apresentaram um azul profundo e vibrante e, logo em seguida, como se um interruptor fosse acionado, a magia elementar que escondia sua verdadeira natureza desvaneceu. Cavidades pretas substituíram aqueles olhos; veias saltaram de sua pele esbranquiçada.

E, então, ele explodiu, se transformando em uma lufada de pó azul cintilante.

Olhei para baixo, debilmente, para minha mão trêmula. A pá de jardim — eu ainda estava segurando a droga da pá de jardim. Revestida de titânio, percebi aos poucos.

A pá era revestida com um metal mortal para aqueles viciados em éter. Será que minha mãe havia comprado aquela ferramenta de jardim ridiculamente cara porque adorava jardinagem, ou por outro motivo? Não era como se tivéssemos adagas ou facas do Covenant disponíveis.

De qualquer forma, o daímôn havia se empalado na pá.

Sugador de éter estúpido, cruel, filho da puta.

Uma risada — breve e grave — borbulhou na minha garganta, ao mesmo tempo que um tremor percorreu meu corpo. Não havia mais nada além de silêncio, e voltei a me situar no mundo. A pá deslizou dos meus dedos fracos, caindo ruidosamente no chão.

Outro espasmo me fez cair de joelhos, e olhei para a figura imóvel ao lado da cama.

— Mamãe...? — Me encolhi diante do som da minha voz e da onda de medo que me arrebatou.

Ela não se mexeu.

Pousei a mão em seu ombro e virei seu corpo de barriga para cima. Sua cabeça caiu para o lado, seus olhos vazios e sem expressão. Meu olhar desceu para seu pescoço. Havia sangue cobrindo a parte da frente da blusa e ensopando as mechas de seu cabelo escuro. Não dava para saber a dimensão do estrago. Estendi a mão novamente, mas não consegui afastar o cabelo que cobria seu pescoço. Sua mão direita estava fechada, amassando uma pétala.

— Mamãe...? — Me inclinei sobre ela, meu coração acelerando e descompassado. — *Mamãe!*

Ela nem piscou. Durante todo esse tempo, meu cérebro estava tentando me dizer que não havia mais vida naqueles olhos, nenhuma alma ou esperança em seu olhar vago. Lágrimas escorreram por meu rosto, mas eu não lembrava de ter começado a chorar. Minha garganta apertou a ponto de eu ter dificuldade para respirar.

Chorei gritando seu nome, agarrando seus braços e sacudindo-a.

— Acorda! Você tem que acordar! Por favor, mãe, por favor! Não faça isso! *Por favor!*

Por um segundo, pensei ter visto seus lábios se mexerem. Me curvei, encostando o ouvido em sua boca, tentando ouvir o mínimo resquício de respiração, uma palavra que fosse.

Nada.

Buscando algum sinal de vida, toquei o lado ileso de seu pescoço e saltei para trás de uma vez, caindo de bunda no chão. Sua pele... sua pele estava tão fria. Olhei minhas mãos. Estavam cobertas de sangue. A pele dela estava fria *demais*.

— Não. Não.

Ouvi uma porta fechar no andar de baixo. Congelei por um segundo, meu coração batendo tão rápido que eu tinha certeza de que estava prestes a explodir. Estremeci de cima a baixo conforme a imagem do daímôn lá fora surgiu em minha mente. Qual era mesmo a cor do cabelo dele? O que estivera ali dentro era loiro. *Qual era a cor?*

— Inferno! — Levantei rápido e tranquei a porta do quarto.

Com os dedos tremendo, virei as costas.

Eram dois. Eram dois.

Passos pesados subiram a escada.

Corri até a cômoda. Me enfiei atrás do móvel pesado e o empurrei com cada gota de força que eu tinha em mim. Livros e papéis acabaram caindo, mas bloqueei a porta.

Houve uma batida do lado de fora, fazendo a cômoda chacoalhar. Dei um pulo para trás, passando as mãos na cabeça. Um uivo lancinante irrompeu do outro lado da porta e, então, mais uma batida... e mais uma.

Girei perdida pelo quarto, com o estômago se contorcendo. Planos. Tínhamos um plano traçado caso um daímôn nos encontrasse algum dia. Nós o alterávamos toda vez que mudávamos para uma nova cidade, mas todos se resumiam à mesma coisa: *Pegue o dinheiro e fuja.* Ouvi a voz dela claramente, como se tivesse acabado de falar naquele momento. *Pegue o dinheiro e fuja. Não olhe para trás. Apenas fuja.*

O daímôn golpeou a porta novamente, rachando a madeira. Um braço se infiltrou pela abertura, tentando agarrar.

Fui até o closet, puxei as caixas da prateleira de cima até uma, pequena e de madeira, cair no chão. Peguei-a com tanta fúria que arranquei a tampa presa por dobradiças. Atirei outra caixa na porta, acertando o braço do daímôn. Acho que ele riu de mim. Peguei o que minha mãe chamava de "fundo de emergência" e o que eu apelidei de "fundo para quando estivermos muito ferradas" e enfiei os maços de notas de cem no bolso.

Cada passo que dei em direção à minha mãe caída me destroçou por dentro, arrancando um pedaço da minha alma. Ignorei o daímôn ao me ajoelhar ao lado dela e pressionar meus lábios em sua testa gelada.

— Sinto muito, mamãe. Sinto muito. Eu te amo.

— Eu vou te matar — o daímôn sussurrou.

Vi que o daímôn havia conseguido fazer um buraco na porta com a cabeça e estava tentando alcançar a beirada da cômoda. Peguei a pá de jardim, limpando meu rosto com o braço.

— Vou partir você ao meio. Está me ouvindo? — ele continuou, enfiando mais um braço pelo buraco. — Partir ao meio e drenar seja qual for a quantidade ridícula de éter que você tem, meio-sangue.

Olhei rapidamente para a janela e peguei o abajur da mesa de cabeceira. Arranquei a tampa e joguei para o lado. Parei diante da cômoda.

O daímôn ficou imóvel conforme o encanto se instalou em torno dele. Ele farejou o ar, arregalando os olhos.

— Você tem um cheiro dif...

Usando toda a minha força, arremessei a base do abajur na cabeça dele. O som repugnante me deixou satisfeita de uma forma que preocuparia educadores de qualquer lugar da nação. Não seria suficiente para matá-lo, mas me animou um pouco, sem sombra de dúvidas.

Joguei o abajur quebrado no chão e saí correndo para a janela. Conforme eu a abria, o daímôn cuspia uma série de palavrões criativos e ameaças. Subi na janela, me empoleirando no peitoril e olhando para o chão lá embaixo, avaliando minhas chances de aterrissar na marquise sobre a pequena varanda dos fundos da casa.

A parte em mim que havia passado tempo demais no mundo mortal entrou em pânico diante da ideia de pular da janela do segundo andar. A outra parte — a que tinha o sangue dos deuses correndo nas veias — pulou.

O telhado de metal fez um som terrível quando meus pés aterrissaram.

Sem pensar, fui até a beirada e saltei mais uma vez. Pousei no chão, de joelhos. Levantei e ignorei os olhares perplexos dos vizinhos que deviam ter saído de casa para ver o que estava acontecendo. Fiz a única coisa que fora treinada a *nunca* fazer durante meu tempo no Covenant, e que eu não queria fazer, mas sabia que precisava.

Fugi.

Com as bochechas ainda molhadas de lágrimas e as mãos manchadas com o sangue da minha mãe, *eu fugi*.

DEPOIS

7

Um torpor profundo se instalou em mim quando entrei no banheiro de um posto de gasolina. Juntei as mãos e esfreguei uma na outra debaixo da água gelada da torneira, vendo a pia ficar vermelha, depois rosa e, então, transparente. Continuei lavando as mãos até que elas também ficassem entorpecidas.

De vez em quando, sentia um espasmo subir pelas pernas e fisgadas nos braços; sem dúvida consequência de correr até a dor se instalar tão forte no meu corpo que cada passo debilitava meus ossos. Meus olhos pousavam repetidamente na pá de jardim, como se eu precisasse me assegurar de que ela ainda estava ao meu alcance. Eu a tinha colocado na beirada da pia, mas era como se não estivesse perto o suficiente.

Fechei a torneira, peguei a pá e a enfiei no cós da calça jeans. As farpas afiadas arranharam a pele do quadril, mas puxei minha camiseta por cima, recepcionando de bom grado a pequena espetada de dor.

Saí do banheiro sujo, seguindo meu caminho sem rumo. A parte de trás da minha blusa estava ensopada de suor, e minhas pernas protestaram durante toda a caminhada. Eu dava alguns passos, tocava o cabo da pá por cima da blusa, andava mais um pouco e repetia o processo.

Pegue o dinheiro e fuja...

Mas fugir para onde? Para onde eu deveria ir? Não tínhamos amigos próximos que sabiam a verdade. A parte mortal em mim pedia que eu fosse à polícia, mas o que diria a eles? Àquela altura, alguém já devia ter ligado para a emergência e o corpo dela havia sido encontrado. E agora?

Se eu recorresse às autoridades, seria colocada sob a tutela do Estado, mesmo que tivesse dezessete anos. Tínhamos gastado todo o nosso dinheiro nos últimos três anos, e não havia mais fundos além das poucas notas de cem dólares no meu bolso. Ultimamente, minha mãe vinha usando coações para conseguir diminuir o valor dos boletos sempre que tínhamos contas a pagar.

Continuei andando, enquanto meu cérebro tentava responder à pergunta: "E agora, o que eu faço?". O sol estava começando a se pôr. Só me restava torcer para que a umidade diminuísse um pouco. A sensação na minha garganta era como se eu tivesse engolido uma esponja seca, e minha barriga roncou, infeliz. Ignorei as duas, continuando a colocar o máximo de distância possível entre mim e a minha casa.

Para onde ir?

Feito um soco bem na boca do estômago, vi minha mãe. Não como estava na noite anterior, quando disse que me amava; aquela imagem dela sumiu da minha mente. Agora, eu só via seus olhos verdes opacos. Uma pontada aguda de dor fez meus passos vacilarem. A dor no meu peito, na minha alma, ameaçava me consumir. *Não vou conseguir. Não sem ela.*

Eu tinha que conseguir.

Apesar da umidade e do calor, estremeci. Envolvi meu peito com os braços e segui pela rua, procurando na multidão o rosto horrendo de um daímôn. Eu teria vários segundos de vantagem antes que a magia elementar deles tivesse algum efeito sobre mim. Talvez fosse tempo suficiente para que eu saísse correndo, mas eles obviamente conseguiam farejar o pouco éter que eu carregava. Parecia improvável que tivessem me seguido; meios-sangues não eram o foco de caça dos daímônes. Eles nos identificavam e nos drenavam se nos encontrassem no caminho, mas não procuravam por nós. O éter diluído em nosso sangue não era tão atraente quanto o dos puros.

Segui perambulando sem rumo pelas ruas, até que avistei um hotel barato que parecia um pouco decente. Eu precisava arrumar abrigo antes do anoitecer. Miami não era um lugar onde uma adolescente podia andar alegremente à noite.

Após comprar alguns hambúrgueres em um fast-food próximo, fiz check-in no hotel. O cara atrás do balcão nem olhou duas vezes para a garota suada diante dele — sem bagagem alguma, e com apenas com uma embalagem de comida — pedindo por um quarto. Como paguei em dinheiro, ele nem se importou em ver algum documento.

Meu quarto ficava no primeiro andar, no final de um corredor estreito e mofado.

Havia sons questionáveis vindo de algumas portas, mas eu estava mais incomodada com o carpete sujo do que com os gemidos baixos.

As solas dos meus tênis gastos pareciam mais limpas.

Passei os hambúrgueres e bebida para meu outro braço antes de abrir a porta do quarto 13. A ironia do número não me passou despercebida; eu só estava cansada, letárgica demais para me importar.

Surpreendentemente, o quarto tinha um cheiro bom, cortesia do aromatizador de pêssego na tomada. Coloquei minhas coisas na pequena mesa e puxei a pá de jardim. Ergui minha blusa e baixei um pouco o cós da calça, passando os dedos pelas marcas que a ferramenta havia deixado na minha pele.

Podia ser pior. Eu podia estar igual à minha m...

— Para! — sussurrei para mim mesma. — Para com isso.

Mas a dor insuportável brotou novamente. Era como sentir nada e tudo ao mesmo tempo. Puxei o ar devagar pelo nariz, mas, mesmo assim, doeu. Ver a minha mãe caída ao lado da cama ainda não parecia real. Nada disso parecia. Eu ficava esperando o momento em que acordaria e descobriria que tudo não passara de um pesadelo.

Eu só não tinha acordado ainda.

Esfreguei o rosto. Havia uma ardência na garganta, um aperto que me dificultava engolir. *Ela morreu. Ela morreu. Minha mãe morreu.* Peguei o saco de hambúrgueres e os ataquei. Comi com raiva, parando a cada poucas mordidas para tomar um longo gole do meu copo. Depois do segundo hambúrguer, meu estômago revirou. Joguei o guardanapo de qualquer jeito e corri para o banheiro. Me ajoelhei diante da privada e despejei tudo.

Minhas costelas doíam quando finalmente me encostei à parede, apertando os olhos ardendo. A cada poucos segundos, o olhar vazio da minha mãe surgia na minha mente, alternando com a expressão do daímôn antes de explodir em um pó azul. Abri os olhos, mas ainda via minha mãe, via o sangue em toda parte, correndo por entre as pétalas roxas. Meus braços começaram a tremer.

Não vou conseguir.

Puxei os joelhos para o peito e apoiei a cabeça neles. Me balancei devagar, repassando não apenas as últimas vinte e quatro horas, mas os últimos três anos na minha mente sem parar. Todas as vezes em que eu tive a chance de falar com o Covenant e não falei. Oportunidades perdidas.

Chances que eu nunca mais recuperaria. Poderia ter tentado descobrir como entrar em contato com o Covenant. Uma ligação teria evitado que isso acontecesse.

Eu queria voltar no tempo — só um dia, para confrontar a minha mãe e exigir que voltássemos para o Covenant e que enfrentássemos o que quer que tivesse nos feito fugir de lá no meio da noite.

Juntas. Poderíamos ter feito isso juntas.

Enfiei os dedos no cabelo e puxei. Um pequeno choramingo escapou por meus dentes cerrados. Puxei com mais força, mas a pontada quente de dor no couro cabeludo não serviu para aliviar a pressão no peito ou o vazio profundo que me consumia.

Como meio-sangue, era meu dever matar daímônes, proteger os puros-sangues deles. Eu tinha falhado da pior maneira possível. Falhei com a minha mãe. Não tinha como negar.

Falhei. E fugi.

Meus músculos enrijeceram e, de repente, senti uma onda de fúria crescer dentro de mim.

Com as mãos fechadas sobre meus olhos, desferi um chute. A sola do meu tênis atravessou a porta do armário debaixo da pia. Puxei o pé de volta, sentindo quase prazer quando a madeira barata arranhou meu tornozelo. E fiz isso de novo e de novo.

Quando finalmente levantei e saí do banheiro, o quarto do hotel estava tomado pela escuridão. Puxei a corrente do abajur para acendê-lo e peguei a pá. Cada passo que eu dava pelo cômodo simples doía, depois de ter forçado meus músculos doloridos em uma posição tão confinada no banheiro. Sentei na cama, resistindo para não desabar e não levantar mais. Eu queria conferir a porta novamente — talvez a obstruir com alguma coisa —, mas a exaustão se apossou de mim e acabei adormecendo, indo para um lugar onde eu esperava que nenhum pesadelo pudesse me seguir.

8

A noite virou dia, e não me mexi até o gerente do hotel bater na porta, pedindo por mais dinheiro se eu quisesse continuar ali. Por uma minúscula fresta, entreguei o dinheiro e voltei para a cama.

Passei dias repetindo o mesmo protocolo. Eu tinha uma leve noção do tempo quando levantava e ia cambaleando para o banheiro. Não tinha energia para tomar banho, e aquele não era o tipo de lugar que distribuía pequenos frascos de shampoo. Não tinha nem um espelho, apenas uma moldura em volta de um retângulo vazio acima da pia. Tanto o luar quanto os raios de sol entravam pela janela, e fiquei contando quantas vezes o gerente me visitou. Ele já havia ido pedir dinheiro três vezes.

Durante esses dias, pensei na minha mãe e chorei até engasgar, com o rosto escondido nas mãos. A tempestade dentro de mim se debatia, ameaçando me derrubar, e era exatamente isso que acontecia. Eu deitava em posição fetal, sem querer falar, sem querer comer. Parte de mim queria apenas ficar encolhida e desvanecer.

Finalmente, minhas lágrimas secaram, para minha insatisfação, e eu segui ali deitada, buscando uma saída. Parecia haver um enorme vazio. Eu o aceitei de bom grado, saltei nele e afundei em suas profundezas, até o gerente vir no quarto dia.

Dessa vez, ele falou comigo depois que eu entreguei o dinheiro:

— Você precisa de alguma coisa, menina?

Encarei-o pela fresta da porta. Ele era um homem mais velho, talvez uns cinquenta anos. Parecia usar a mesma camisa listrada todos os dias, mas era limpa.

Ele deu uma rápida olhada para o corredor, passando a mão no cabelo castanho ralo.

— Tem alguém que eu possa chamar para você?

Eu não tinha ninguém.

— Bem, se precisar de alguma coisa, basta ligar para a recepção. — Ele começou a se afastar, aceitando meu silêncio como resposta. — Chama o Fred. Sou eu.

— Fred — repeti lentamente, que nem uma idiota.

Fred parou de repente, balançando a cabeça. Quando olhou novamente para mim, seu olhar encontrou o meu.

— Não sei em que tipo de encrenca você se meteu, menina, mas você é nova demais para estar sozinha em um lugar como este. Vai para casa. Volta para o seu lugar.

Observei Fred ir embora e tranquei a porta. Virei devagar e fitei a cama, a pá de jardim. Meus dedos formigaram.

Volta para o seu lugar.

Eu não tinha lugar algum. Minha mãe estava morta e...

Me afastei da porta e me aproximei da cama. Peguei a pá e passei meus dedos pelas bordas afiadas. *Volta para o seu lugar.* Havia somente um lugar em que eu me sentia acolhida e não era deitada em posição fetal na cama de um hotel imundo no lado errado de Miami.

Vai para o Covenant.

Um arrepio correu por minha nuca. Covenant? Eu poderia mesmo voltar para lá depois de três anos, sem ao menos saber por que fugimos? Mamãe agia como se lá não fosse seguro para nós, mas eu sempre pensei que era apenas paranoia. Será que permitiriam que eu voltasse sem ela?

Eu seria punida por ter fugido e não tê-la entregado?

Estava fadada ao que evitei por tantos anos quando me coloquei diante do conselho e chutei uma idosa na canela?

Podiam me forçar à servidão.

Todos esses riscos eram melhores do que ser mastigada por um daímôn, melhores do que colocar meu rabo entre as pernas e desistir. Eu nunca tinha desistido de nada na minha vida. Não podia começar agora que minha vida dependia seriamente da minha capacidade de não perder o juízo.

E, a julgar pela minha aparência e meu cheiro, eu estava oficialmente perdendo o juízo.

O que a minha mãe diria se pudesse me ver agora? Duvido que ela sugerisse voltarmos para o Covenant, mas não ia querer que eu entregasse os pontos.

Seria uma desonra a tudo que ela defendia, ao amor dela.

Eu não podia desistir.

A tempestade dentro de mim se acalmou, e o plano começou a tomar forma. O Covenant mais próximo ficava em Nashville, Tennessee. Eu não sabia exatamente onde, mas a cidade inteira estaria cheia de sentinelas e guardas. Conseguiríamos sentir uns aos outros — o éter sempre nos chamava, vindo mais forte dos puros e mais sutilmente dos meios. Eu teria que encontrar um meio de transporte, porque de jeito nenhum iria até o Tennessee a pé. Ainda tinha dinheiro suficiente para comprar uma passagem de um daqueles ônibus nos quais, normalmente, eu nem consideraria entrar. O terminal do centro da cidade havia fechado fazia anos, e o ponto de ônibus mais próximo com destinos para fora do estado ficava no aeroporto.

Seria uma baita caminhada até lá.

Olhei para o banheiro. Não havia luz entrando pela janela. Era noite novamente. Na manhã seguinte, eu poderia chamar um táxi para ir até o aeroporto e, então, pegar um daqueles ônibus. Sentei, quase sorrindo.

Eu tinha um plano, um plano bem louco que poderia acabar saindo pela culatra, mas era melhor do que desistir e não fazer nada. Já era *alguma coisa*, e isso me deu esperança.

Antes de amanhecer, peguei um táxi até o aeroporto e esperei perto do terminal de ônibus quase vazio. A única companhia que eu tinha era um velhinho que estava limpando os assentos de plástico e os ratos perambulando pelos corredores mais escuros.

Nenhum deles estava a fim de papo.

Puxei minhas pernas e as coloquei sobre o assento, aninhando a pá em meu colo enquanto me forçava a ficar alerta. Após passar dias existindo no vazio, minha vontade era vestir meu pijama favorito e me aconchegar na cama da minha mãe. Se não fosse pelo fato de que qualquer barulhinho me fazia sobressaltar, eu teria caído da cadeira em um sono profundo.

Algumas pessoas estavam esperando pelo ônibus quando o sol começou a brilhar pelas janelas.

Todos me evitavam, provavelmente porque eu estava um caos. O chuveiro do hotel nem estava funcionando quando fui finalmente experimentá-lo, e a limpeza rápida que eu fizera na pia não incluíra sabonete ou xampu.

Levantei devagar e esperei até todo mundo entrar na fila, olhando para baixo e analisando as roupas que usava há dias. Minha calça jeans estava rasgada nos joelhos e as bordas gastas estavam manchadas de vermelho. Uma pontada aguda atingiu meu estômago.

Me recompus e subi no ônibus, fazendo o breve contato visual com o motorista. No mesmo instante, desejei não ter feito. Com a cabeça cheia de cabelo branco e óculos com lentes bifocais apoiados no nariz avermelhado, o motorista parecia ainda mais velho do que o cara limpando as cadeiras.

Ele tinha até um adesivo da associação de aposentados na viseira solar e usava suspensórios.

Suspensórios?

Deuses, havia uma boa chance desse Papai Noel cair no sono e matar a todos nós.

Arrastando os pés, avistei lugar vago no meio e sentei no assento da janela. Felizmente, o ônibus tinha menos que metade da capacidade de assentos ocupados, então o odor corporal estava abaixo do normal.

Acho que eu era a única fedendo.

Fedendo pra valer. Uma moça que estava a alguns assentos à minha frente virou para trás, franzindo o nariz. Quando seu olhar pousou em mim, virei o rosto rapidamente.

Minha higiene questionável era o menor dos meus problemas, mas, ainda assim, fez minhas bochechas queimarem de humilhação. Como, em um momento como esse, eu poderia sequer me importar com a minha aparência ou com o meu cheiro? Não deveria, mas me importava. Eu não queria ser a fedorenta do ônibus. Meu constrangimento me fez lembrar de outro momento horrendamente mortificante na minha vida.

Eu estava com treze anos e tinha acabado de começar a fazer treinamento de ataque no Covenant. Lembro de estar animadíssima para praticar algo além de fuga e defesa. Caleb Nicolo — meu melhor amigo maravilhoso — e eu tínhamos passado o início da primeira aula empurrando um ao outro para lá e para cá, feito animais selvagens.

Éramos um tanto... incontroláveis quando estávamos juntos.

O instrutor Banks, um meio-sangue que havia se lesionado enquanto cumpria seus deveres como sentinela, dava essa aula. Ele nos informou de que treinaríamos derrubadas e me colocou para fazer dupla com um garoto chamado Nick. O instrutor Banks nos mostrou várias vezes como fazer corretamente, nos alertando que, se fizéssemos a posição errada, poderíamos quebrar o pescoço e que não queria ensinar isso naquele dia.

Parecia tão fácil, e, sendo a pirralha arrogante que eu era, não tinha prestado bem atenção. Lembro de ter dito a Caleb que havia entendido tudo.

Comemoramos feito dois idiotas e voltamos para nossos parceiros. Nick executou a derrubada perfeitamente, arrastando a perna enquanto mantinha o controle dos meus braços. O instrutor Banks o elogiou.

Quando chegou minha vez, Nick sorriu e esperou. No meio da manobra, o braço dele escorregou do meu aperto e o derrubei de pescoço no chão.

Nada bom.

Quando ele não levantou logo em seguida e começou a gemer e se contorcer, eu soube que havia cometido um terrível erro de cálculo quanto ao meu nível de habilidade. Fiz Nick ficar na enfermaria por uma semana e, por meses depois do incidente, fui chamada de "destruidora de colunas".

Desde então, nunca tinha ficado tão constrangida em toda a minha vida. Acho que preferiria levar um tombo na frente dos meus colegas do que cheirar a meias suadas esquecidas no cesto.

Suspirando, baixei o olhar para meu itinerário de viagem. Teria duas trocas de ônibus: uma em Orlando e outra em Atlanta. Esperava que uma dessas paradas tivesse algum lugar onde eu pudesse me limpar um pouco melhor e comprar algo para comer. Talvez também tivessem motoristas que não estavam com o pé na cova.

Olhei em volta do ônibus, abafando meu bocejo com a mão. Não havia nenhum daímôn ali; imagino que eles odeiem transportes públicos. E, pelo que podia perceber, não vi nenhum possível serial killer que caçava garotas imundas. Puxei a pá de jardim e a coloquei entre mim e o assento. Acabei caindo no sono rapidamente e acordei após algumas horas, com meu pescoço doendo para caramba.

Algumas pessoas no ônibus tinham uns travesseiros fofinhos, e eu daria meu braço esquerdo por um. Me remexi até encontrar uma posição em que eu não parecesse estar confinada em uma gaiola e não notei que tinha companhia até erguer meu rosto.

A mulher que havia cheirado o ar mais cedo estava de pé no corredor ao lado do meu assento. Meu olhar percorreu seu cabelo castanho perfeitamente penteado e a calça cáqui engomada. Não sabia o que pensar de sua presença ali. Será que eu tinha empesteado o ônibus inteiro? Com um sorriso tenso, ela puxou a mão das costas e me estendeu um pacote de biscoitos. Eram aqueles recheados com pasta de amendoim, com seis unidades. Meu estômago roncou.

Pisquei devagar, confusa.

Ela balançou a cabeça, e notei a cruz pendurada na corrente dourada em volta de seu pescoço.

— Achei... que estaria com fome.

Senti uma pontada de orgulho no peito. A moça achava que eu era uma jovem sem-teto. *Espere. Eu SOU uma jovem sem-teto.* Engoli o bolo repentino em minha garganta.

A mão da moça tremeu um pouco quando ela recuou.

— Você não precisa aceitar. Mas se mudar de...

— Espera — eu disse com a voz rouca, estremecendo com aquele som. Limpei a garganta, sentindo as bochechas esquentarem. — Aceito. Obri... obrigada.

Meus dedos pareceram encardidos perto dos dela, mesmo que eu os tivesse esfregado no banheiro do hotel. Comecei a agradecer novamente, mas ela já estava voltando para seu assento. Olhei para o pacote de biscoitos, sentindo uma tensão no peito e na mandíbula. Tinha lido em algum lugar que esses eram sintomas de um ataque cardíaco, mas eu duvidava que fosse esse o problema.

Fechei os olhos com força e abri a embalagem, comendo tão rápido que nem senti o gosto direito. Se bem que era difícil saborear a primeira coisa que eu comia depois de dias quando havia lágrimas presas em minha garganta.

9

Durante a conexão em Orlando, tive várias horas para tentar me limpar melhor e comprar algo para comer. Quando o banheiro ficou livre e parecia que ninguém entraria ali, tranquei a porta e fui até a pia. Era difícil me olhar no espelho, então evitei fazê-lo. Tirei minha blusa, reprimindo um choramingo ao sentir vários músculos doloridos repuxarem. Escolhi ignorar o fato de que estava meio que tomando banho em um banheiro público e peguei um punhado de toalhinhas marrons ásperas que, com certeza, fariam minha pele arder. Umedecendo-as e usando sabonete neutro, limpei-me o mais rápido possível. Fantasmas de hematomas roxos ainda se mostravam na minha pele, do meu sutiã até meu quadril. Os arranhões nas minhas costas — de quando escapei pela janela do quarto da minha mãe — não estavam tão ruins quanto achei que estariam.

No geral, não estava tão ruim assim.

Consegui uma garrafa d'água e umas batatinhas em uma máquina de lanches antes de embarcar no próximo ônibus. Ver o motorista notavelmente mais jovem me deixou muito mais aliviada, já que estava começando a escurecer. O ônibus estava mais cheio do que o que eu peguei em Miami, e não consegui voltar a dormir. Fiquei apenas olhando pela janela, passando os dedos pelo cabo da pá de jardim. Meu cérebro meio que desligou depois que terminei o pacote de batatinhas, e passei a encarar o garoto universitário que estava algumas fileiras à frente. Ele tinha um iPhone, e fiquei com inveja. Não pensei em mais nada durante as próximas cinco horas, mais ou menos.

Era por volta das duas da manhã quando desembarcamos em Atlanta, chegando antes do previsto. O ar da Geórgia estava tão úmido e denso quanto o da Flórida, com um cheiro de chuva. A rodoviária ficava em uma espécie de parque industrial rodeado por campos e armazéns abandonados. Parecia que estávamos nos arredores de Atlanta, porque o brilho das luzes da cidade resplandecia a alguns quilômetros de distância dali.

Massageando meu pescoço dolorido, perambulei pela rodoviária. Havia carros esperando para buscar pessoas. Vi o garoto universitário correr até um sedan, e um homem de meia-idade com uma aparência cansada, mas alegre saiu do veículo e o abraçou. Antes que meu peito apertasse mais uma vez, desviei minha atenção, indo procurar outra máquina de lanches para atacar.

Levei vários minutos para encontrá-las. Diferente das que tinham em Orlando, essas ficavam nos fundos, perto dos banheiros, o que era nojento. Peguei o maço de dinheiro no meu bolso e separei algumas notas trocadas das de cem.

Um som arrastado, como se fosse tecido deslizando pelo chão, capturou minha atenção. Olhei por cima do ombro, examinando o corredor pouco iluminado. Mais à frente, vi as janelas de vidro da sala de espera. Após passar vários instantes paralisada, tentando ouvir algo, ignorei e voltei para a máquina, pegando mais uma garrafa d'água e *mais* um pacote de batatinhas.

A ideia de passar as próximas horas sentada me dava vontade de quebrar alguma coisa, então peguei minhas míseras guloseimas e voltei para o lado de fora. Eu meio que estava gostando do cheiro úmido no ar, e a ideia de me molhar na chuva não parecia tão ruim assim. Seria tipo um banho natural. Mastigando minhas batatinhas, dei a volta no terminal e passei por um posto cheio de caminhoneiros. Nenhum deles assobiou ou me fez propostas indecentes quando me viram.

Em frente à saída do posto, havia mais fábricas. Pareciam ter saído direto de um reality show de casas mal-assombradas: janelas quebradas ou remendadas com tábuas, mato transbordando nas rachaduras do concreto, e trepadeiras serpenteando pelas paredes. Antes de Matt julgar que eu era uma grande maluca, fomos a uma daquelas feiras de casas mal-assombradas. Pensando melhor agora, eu já devia saber que ele era um covarde. Ele gritou feito uma criancinha quando um cara nos perseguiu com uma serra elétrica.

Sorrindo, segui um caminho estreito ao redor do posto e joguei as embalagens já vazias em uma lata de lixo. O céu estava cheio de nuvens pesadas, e o ronronar alto dos motores do reboque de trator era reconfortante de certa forma. Em quatro horas, eu estaria em Nashville. Mais quatro horas e eu encontraria...

Tomei um susto ao ouvir o som de vidro quebrando. Meu coração subiu para a garganta.

Virei rapidamente, esperando me deparar com uma horda de daímônes. Mas eram apenas dois garotos. Um deles havia atirado uma pedra na janela de um edifício em obra.

Que rebeldes, pensei.

Afastei a mão da pá de jardim, na parte de trás da minha calça, e os analisei. Não eram muito mais velhos — nem estavam muito mais limpos — do que eu. Um estava usando uma touca vermelha... em maio. Me perguntei se havia alguma condição climática da qual eu não estava ciente.

Meu olhar passou para seu parceiro, cujos olhos ficavam alternando entre mim e seu amigo.

E aquilo me deixou nervosa.

O Touquinha sorriu. A camisa branca que ele usava era justa em sua figura esguia. Ele não parecia ter acesso a três refeições ao dia.

Nem seu amigo.

— E aí, como vai?

Mordi o lábio.

— Bem. E vocês?

Seu amigo soltou uma risada alta e afiada.

— A gente *tá* bem também.

Meu estômago começou a encher de nós. Respirando fundo, comecei a tentar passar por eles.

— Bem... tenho que pegar o ônibus.

O Risadinha lançou um olhar rápido para o Touquinha, que não perdeu tempo e partiu para a ação. Em um segundo, ele estava bem diante de mim e com uma faca apontada para a minha garganta.

— A gente viu que você tem dinheiro, quando estava naquelas máquinas — disse o Touquinha. — Então, passa pra cá.

Quase não conseguia acreditar. Para completar, eu estava sendo assaltada.

Era oficial. Os deuses me odiavam. E eu odiava eles também.

10

Perplexa e sem acreditar, ergui as mãos e soltei o ar pelo nariz lentamente.

O garoto que não estava com a faca ficou boquiaberto com o parceiro.

— Cara, o que você tá fazendo? Por que puxou a faca? Ela é só uma garota. Não vai lutar com a gente.

— Cala a boca. Sou eu que mando aqui. — Touquinha agarrou meu braço e me lançou um olhar maligno, pressionando a pontinha da faca em meu queixo.

— Isso não fazia parte do plano! — argumentou o cara que não parecia querer me esfaquear.

Olhei para ele, esperançosa, mas ele estava encarando seu parceiro, abrindo e fechando as mãos nas laterais do corpo.

Ótimo, pensei, *estou sendo assaltada por criminosos atrapalhados. Alguém definitivamente vai levar uma facada, e provavelmente vai ser eu.*

Em vez de medo, senti uma pontada de irritação. Eu não tinha tempo para essa palhaçada. Precisava pegar um ônibus e, quem sabe, retomar a minha vida.

— A gente te viu comprando comida. — Ele deslizou a ponta da faca para meu pescoço. — A gente sabe que você tem dinheiro. Um montão de notas, não é, John? Deve fazer muito programa pra ter toda essa grana.

Tive vontade de dar um chute na minha própria cara. Eu deveria ter tomado mais cuidado. Não podia tirar um maço de dinheiro do bolso e esperar não ser roubada. Sobreviver ao ataque de um daímôn só para ter meu pescoço degolado por algumas notas de cem? Caramba, as pessoas não prestavam.

— Tá me ouvindo?

Estreitei os olhos, sentindo que estava a uns cinco segundos de surtar.

— Sim, estou.

Seus dedos apertaram minha pele.

— Então passa a porcaria do dinheiro!

— Você vai ter que vir pegar. — Olhei para o amigo dele. — E eu te desafio a tentar.

Touquinha gesticulou para John.

— Pega o dinheiro do bolso dela.

Os olhos de seu parceiro ficaram saltando entre nós dois. Eu esperava que ele recusasse, ou ia se arrepender muito. Aquele maço de dinheiro era tudo que eu tinha. No meio dele, estava a minha passagem para pegar o próximo ônibus. Ninguém ia me tirar isso.

— Qual bolso? — o garoto que estava me segurando perguntou.

Quando não respondi, ele me chacoalhou e era o que bastava.

Entrei no modo megera e, bem, meu senso de autopreservação foi embora voando. Tudo — *tudo* o que havia acontecido fervilhou dentro de mim e explodiu. Esses bandidinhos de araque achavam mesmo que eu tinha medo deles? Depois de tudo que eu tinha visto? Meu semblante ficou vermelho. Eu ia acabar com esses dois.

Dei uma risada na cara do Touquinha.

Aturdido com a minha reação, ele abaixou a faca mais um pouco.

— É sério mesmo isso? — Libertei meu braço e arranquei a faca da mão dele. — Vocês vão me assaltar? — Apontei a faca para ele, meio tentada a espetá-lo com ela. — *A mim?*

— Ei, calma aí! — John recuou.

— Exatamente. — Gesticulei com a faca. — Se quiser que as suas bol...

Um arrepio desceu por minha espinha, gélido e agourento. Uma sensação instintiva se instalou e cada fibra do meu ser gritou em alerta. Era a mesma coisa que tinha sentido antes de avistar o daímôn da minha varanda.

Um pânico abriu um buraco em meu peito.

Não. Eles não podem estar aqui. Não podem.

Mas eu sabia que estavam. Os daímônes tinham me encontrado. O que eu não conseguia entender era *por que* me encontraram. Eu era apenas uma meio-sangue, caramba.

Eu não era nem um lanchinho para eles. Não servia nem de tira-gosto — eles desejariam éter novamente em poucas horas.

Fariam melhor uso de seu tempo caçando puros. Não a mim. Não uma meio-sangue.

Vendo que eu estava distraída, Touquinha se aproveitou e me atacou, agarrando e torcendo meu braço até eu largar a faca em sua mão.

— Sua vadia estúpida! — ele sibilou na minha cara.

Empurrei-o e olhei em volta.

— Vocês precisam sair daqui! Precisam sair daqui agora!

Touquinha me devolveu o empurrão e eu cambaleei para o lado.

— Chega de palhaçada. Passa logo a grana ou você vai ver!

Recuperei meu equilíbrio, me dando conta de que esses dois eram estúpidos demais para sobreviver.

E eu também era, já que permanecia ali tentando convencê-los.

— Vocês não estão entendendo. Precisam fugir agora. Eles estão vindo!

— Do que ela *tá* falando? — John girou, examinando a escuridão. — Quem *tá* vindo? Red, eu acho que é melhor a gente...

— Cala a boca — Red disse. A luz da lua atravessou as nuvens pesadas, cintilando na lâmina que ele apontou para o amigo. — Ela só *tá* tentando assustar a gente.

Parte de mim queria dar no pé e deixar que eles lidassem com o que eu sabia que estava se aproximando, mas não consegui. Eles eram mortais — mortais obscenamente burros que tinham puxado uma faca para mim, mas não mereciam aquele tipo de morte. Com ou sem tentativa de assalto, eu não podia deixar isso acontecer.

— As coisas que estão vindo vão matar vocês. Não estou tentando...

— Cala a boca! — Red gritou, virando para mim. Novamente, a faca estava em meu pescoço. — Cala essa boca!

Olhei para John, o mais coerente dos dois.

— Por favor. Você precisa me ouvir! Você tem que sair daqui e tem que fazer o seu amigo ir também. Agora.

— Nem pense, John — Red avisou. — Agora, vem aqui e pega esse dinheiro logo!

Desesperada para tirá-los dali, enfiei a mão no bolso e puxei o maço de dinheiro. Sem pensar, empurrei no peito de Red.

— Toma! Pega e sai daqui enquanto ainda pode! Vá!

Red olhou para baixo, ficando de queixo caído.

— Mas que...

Uma risada fria e arrogante fez o sangue nas minhas veias congelar. Red virou, estreitando os olhos na escuridão. Foi quase como se o daímôn tivesse se materializado das sombras, porque o lugar estava vazio poucos segundos antes. Ele estava a alguns passos de distância do edifício, com a cabeça inclinada para o lado e seu rosto horrendo contorcido em um sorriso macabro. Para os garotos, ele parecia um mauricinho de calça jeans de marca e camisa polo — um alvo fácil.

Já para mim, era o daímôn que eu acertara na cabeça com um abajur.

— É só isso? — John olhou para Red, visivelmente aliviado. — Cara, a gente ganhou na loteria hoje.

— Corram — pedi, baixinho, levando a mão às costas e pegando o cabo da pá de jardim. — Corram o mais rápido que puderem.

Red olhou por cima do ombro para mim, dando risadinhas.

— É o seu cafetão?

Nem consegui responder. Foquei no daímôn, sentindo o coração quase explodir quando ele deu um passo lento e preguiçoso à frente.

Tinha algo de errado. Ele estava calmo... calmo demais. Quando a magia elementar se instalou, seus traços cativantes estavam cheios de diversão.

Então, quando eu tive certeza de que não havia como essa semana terrível ficar ainda pior, outro apareceu.

Dessa vez era uma daímôn mulher, surgindo das sombras... E atrás dela, mais um.

Eu estava totalmente ferrada.

11

Minha mão ainda estava estendida para a frente, segurando com força os quatrocentos e vinte e cinco dólares e a minha passagem de ônibus. Talvez tenha sido o choque que me segurou naquela posição. Meu cérebro repassou rapidamente minhas aulas no Covenant, uma em especial, quando nos falaram que alguns puros-sangues provaram do éter e passaram para o lado sombrio.

Lição número 1: eles não trabalhavam bem juntos. Errado.

Lição número 2: eles não andavam em bandos. Errado de novo.

Lição número 3: eles não dividiam sua comida. Errado mais uma vez.

E lição número 4: eles não caçavam meios-sangues.

Pode apostar. Eu ia dar um chute na cara de qualquer instrutor do Covenant se conseguisse chegar lá viva.

John recuou um passo.

— Muita gente...

O primeiro daímôn ergueu a mão, e uma rajada de ar soprou do campo atrás deles. O vento chacoalhou o chão de terra e atingiu o peito de John, fazendo-o voar para trás. Ele caiu nos fundos do posto, seu grito surpreso interrompido pelo som de seus ossos quebrando. Quando caiu nos arbustos, já era um amontoado de membros sem vida.

Red tentou se mexer, mas o vento ainda estava soprando. Ele acabou sendo empurrado para trás e meu braço foi atingido. Era como estar presa em um tornado invisível. Notas de cem dólares, um monte de trocados e minha passagem de ônibus saíram voando. Um buraco se abriu em meu peito conforme as rajadas de vento levavam meu dinheiro e a passagem de ônibus para fora do meu alcance.

Era quase como se os daímônes soubessem que, sem essas coisas, eu estaria encurralada. Completamente encurralada.

Lição número 5: eles ainda conseguiam controlar os elementos. Pelo menos essa parte os instrutores do Covenant tinham acertado.

— O que tá acontecendo? — Red recuou, tropeçando nos próprios pés. — Que droga tá acontecendo?

— Você vai morrer — disse o daímôn usando jeans de marca. — É isso que está acontecendo.

Capturei um dos braços agitados de Red.

— Anda! Você tem que fugir!

O medo prendeu Red no lugar. Puxei seu braço até ele finalmente se mexer. E, então, saímos correndo, eu e o garoto que havia segurado uma faca contra minha garganta momentos antes. Risadas nos seguiram conforme nossos pés saíram do chão de terra e começaram a desbravar o campo de gramado.

— Corre! — gritei, aumentando a velocidade das minhas pernas até senti-las queimarem. — Corre! CORRE!

Red era muito mais lento que eu e ficava tropeçando — *muito*.

Considerei por um momento deixá-lo se virar, mas minha mãe não me criou assim. Nem o Covenant. Eu o ajudei a ficar de pé novamente e saí puxando-o pelo campo. Ele, por sua vez, matracava coisas incoerentes enquanto eu o arrastava. Estava rezando e chorando — copiosamente.

Um raio atravessou o céu, e o estrondo de um trovão nos assustou. Em seguida, mais um raio surgiu rasgando o céu escuro. Através da neblina que cobria o campo, pude enxergar os formatos de mais armazéns abandonados por trás de um aglomerado de árvores antigas. Nós tínhamos que conseguir chegar lá. Podíamos despistá-los, ou ao menos tentar. Qualquer lugar era melhor do que ficar ao ar livre. Acelerei ainda mais — e puxei Red comigo.

Nossos tênis se enroscavam no mato emaranhado e meu peito doía, os músculos do meu braço se desgastando para manter Red de pé.

— Vamos. — Falei ao dispararmos em meio às árvores, seguindo para a direita. Parecia ser melhor do que correr em uma linha reta. — Continue correndo.

Red finalmente conseguiu acompanhar meu ritmo, correndo ao meu lado. Não estava mais de touca, revelando uma cabeça cheia de dreadlocks grossos. Desviamos de uma árvore, tropeçando em raízes espessas e plantas rasteiras. Galhos baixos nos golpeavam, rasgando nossas roupas, mas continuamos correndo.

— O que... eles são? — Red perguntou sem fôlego.

— Morte — respondi, sem saber um jeito melhor de descrevê-los para um mortal.

Red choramingou. Acho que entendeu que eu não estava brincando.

Então, do nada, uma força nos atingiu com a ferocidade de um trem descarrilhado. Caí de cara no chão, inspirando saliva e terra. De alguma forma, consegui segurar a pá de jardim e rolei para ficar de costas, torcendo para que tivéssemos sido atacados por um chupa-cabra ou um Minotauro. Naquele momento, qualquer um desses seria melhor do que o que nos perseguia.

E não tive muita sorte.

Observei o daímôn pegar Red e erguê-lo a vários metros do chão com apenas uma mão. Debatendo-se enlouquecido, Red gritou, quando o daímôn sorriu, mesmo sem ver as fileiras de dentes iguais a lâminas que eu via. Em pânico e aterrorizada, fiquei de pé e avancei na direção do daímôn.

Antes que eu conseguisse alcançá-lo, o daímôn estendeu o braço e chamas cobriram sua mão. O fogo elementar queimava e brilhava de forma anormal, mas as cavidades dos olhos continuavam escuras. Indiferente ao pavor no rosto de Red e aos seus gritos aterrorizados, o daímôn pousou a mão em chamas na bochecha do garoto. O fogo passou da mão do daímôn para o rosto e o corpo de Red em questão de segundos. Red gritou até que sua voz se perdeu, seu corpo em chamas.

Cambaleei para trás, me engasgando em um grito silencioso. O gosto de bile encheu minha boca.

O daímôn largou o cadáver de Red no chão. No instante em que suas mãos soltaram o corpo, as chamas desvaneceram. Ele virou para mim e riu conforme a magia elementar camuflava sua verdadeira forma.

Meu cérebro se recusou a aceitar a realidade. Ele não era o daímôn de Miami ou o que havia falado atrás do posto. Era um quarto. Havia quatro criaturas — *quatro daímônes*. O pânico me sufocou com garras novas e afiadas.

Meu coração martelou com força no peito conforme recuei, sentindo um desespero gelado dentro de mim. Virei e me deparei com ele bem na minha frente. Nada se movia mais rápido do que um daímôn, percebi. Nem mesmo eu.

Ele piscou.

Desviei para o lado, mas ele imitou meus movimentos. Ele copiou cada passo que dei e riu das minhas tentativas patéticas de passar por ele. Então, ficou imóvel, deixando as mãos caírem inofensivamente aos lados do corpo.

— Pobre meio-sangue, não há nada que possa fazer. Não pode escapar de nós.

Fechei a mão em torno do cabo da pá, incapaz de falar enquanto ele dava um passo para o lado.

— Corre, meio-sangue. — O daímôn inclinou a cabeça em minha direção. — Vou gostar da caça. E, assim que eu te pegar, nem os deuses serão capazes de impedir o que vou fazer com você. Corre!

Foi o que fiz. Não importava o quanto eu tentasse encher meus pulmões de ar, parecia impossível respirar. Tudo em que eu conseguia pensar enquanto galhos agarravam mechas do meu cabelo era que não queria morrer assim. Não dessa forma.

Ai, deuses... assim não.

O chão começou a ficar irregular; cada passo era uma fisgada de dor que subia pela minha perna até os quadris. No momento em que saí do meio das árvores, outro estrondo de trovão abafou todos os sons ao redor, exceto do sangue pulsando em minhas têmporas. Ao ver os contornos dos armazéns abandonados, forcei ainda mais meus músculos doloridos. O chão de terra coberto por plantas rasteiras deu lugar a uma fina camada de cascalho. Segui por entre as construções, sabendo que, para onde quer que eu fosse, teria pouquíssimos momentos de segurança.

Um dos edifícios, o mais afastado da floresta, tinha vários andares, fazendo o restante parecer minúsculo. As janelas do térreo estavam quebradas ou remendadas com tábuas. Desacelerei o passo, espiando por cima do ombro antes de tentar abrir a porta. Chutei a maçaneta emperrada de ferrugem e a madeira em volta cedeu. Entrei rapidamente e fechei a porta.

Meus olhos examinaram o interior escuro, procurando por algo para bloquear a entrada. Minha visão demorou vários segundos para se ajustar e, então, pude enxergar os formatos de bancadas, prensas e um lance de escadas. Forcei meus dedos a pararem de tremer, enfiando a pá de volta na calça. Agarrei uma das mesas e empurrei até porta. O som estridente que o movimento causou me lembrou muito o uivo de um daímôn e também pareceu fazer bichos saírem correndo pelas sombras.

Após bloquear a porta, corri para as escadas. Os degraus rangiam e vacilavam sob os meus pés, conforme subia dois de cada vez, segurando o corrimão de metal como se minha vida dependesse disso. No terceiro andar, fui direto para uma área que tinha janelas bem grandes, desviando de mesas velhas e caixas amassadas. Cheguei a uma conclusão alarmante ao espiar freneticamente pela janela, procurando pelos daímônes.

Se eu não chegasse a Nashville — se eu acabasse morrendo esta noite —, ninguém sequer saberia. Ninguém sentiria a minha falta ou se importaria. Meu rosto sequer estaria no rótulo de uma caixa de leite.

Surtei.

Voltei para as escadas bambas e subi até chegar no último andar. Corri pelo corredor escuro, ignorando os rangidos do piso. Abri a porta de uma vez e cambaleei para a cobertura.

A tempestade continuava rondando e violenta, como se tivesse se tornado parte de mim. Raios brilhavam no céu, e o som de um trovão vibrou meu corpo, zombando do meu turbilhão de emoções.

Me aproximei do parapeito da cobertura e espiei pela neblina. Meus olhos escanearam cada centímetro da floresta ali perto e todos os lugares por onde eu havia passado. Quando não vi nada, fiz o mesmo nos demais lados.

Os daímônes não tinham me seguido.

Talvez estivessem brincando comigo, me deixando acreditar que os havia enganado de alguma forma. Eu sabia que ainda podiam estar ali em algum lugar, me manipulando, como um gato faz com um rato antes de atacar e partir a pobre criatura no meio.

Voltei para o centro da cobertura, com o vento jogando meu cabelo no rosto. Mais raios brilharam no céu, revelando minha sombra por todo o telhado. Ondas de tristeza me sufocaram, com raiva e frustração. Cada uma me cortava de dentro para fora, abrindo feridas que nunca sarariam de verdade. Me curvando, cobri a boca com as mãos e gritei no mesmo instante em que o trovão ribombou pelas nuvens escuras.

— Não! — Minha voz era um sussurro rouco. — Não pode ser.

Me endireitei, engolindo o nó na garganta.

— Vão se ferrar. Vão todos se ferrar! Eu não vou morrer dessa forma. Não nesse estado, não nessa cidade estúpida e, com certeza, não nessa porcaria de edifício!

Uma determinação feroz — tão quente e cheia de ódio — queimou em minhas veias conforme tornei a descer as escadas até o cômodo com janelas. Desabei sobre uma pilha de caixas de papelão achatadas. Puxei minhas pernas para o peito e apoiei a cabeça contra a parede. A poeira cobriu minha pele e as roupas molhadas, secando a maior parte da umidade.

Fiz a única coisa que podia, porque não era possível aquele ser o meu fim. Sem dinheiro e sem passagem de ônibus, talvez eu ficasse presa ali por um tempo, mas não ia morrer. Me recusei a sequer pensar na possibilidade. Fechei os olhos, sabendo que não poderia me esconder para sempre.

Corri os dedos pela borda da pá, me preparando para o que teria que fazer quando os daímônes viessem. Eu não podia mais fugir.

Estava decidido. Os sons da tempestade dissiparam, restando apenas uma umidade desagradável e, ao longe, ouvi o rugido de caminhões passando pelas estradas. Do lado de fora daquelas paredes, a vida prosseguia. Não seria diferente do lado de dentro.

Eu vou sobreviver.

MEIO-SANGUE

1

Meus olhos se abriram de repente quando meu sexto sentido despertou meu instinto de sobrevivência. A umidade da Geórgia e a poeira que cobria o chão dificultavam a minha respiração. Desde que eu tinha fugido de Miami, nenhum lugar havia sido seguro. E essa fábrica abandonada não parecia ser diferente.

Os daímônes estavam aqui.

Podia ouvi-los no andar inferior, vasculhando minuciosamente cada espaço, abrindo portas com brutalidade, batendo-as ao fechá-las. O som me fez lembrar de alguns dias antes, quando abri a porta do quarto da minha mãe e a encontrei nos braços de um desses monstros, ao lado de um vaso quebrado de hibiscos, as pétalas caídas manchadas de sangue. A lembrança fez meu estômago se contorcer em uma dor crua, mas eu não podia pensar nela agora.

Levantei em um pulo, parando no corredor estreito, me esforçando para ouvir quantos daímônes havia ali. Três? Mais? Meus dedos envolveram o cabo da pá de jardim. Puxei-a, correndo os dedos pelas bordas afiadas revestidas de titânio. O gesto me lembrou o que precisava ser feito. Daímônes odiavam titânio. Além de decapitação — que era nojento *demais* —, titânio era a única coisa capaz de matá-los. O nome do metal precioso foi uma homenagem aos Titãs e ele era venenoso para as criaturas viciadas em éter.

Em algum lugar no edifício, uma tábua de assoalho rangeu e cedeu. Uma lamúria baixa quebrou o silêncio, antes de virar um uivo intenso e estridente; um som desumano, doentio e horripilante. Não havia nada nesse mundo que soasse como um daímôn — um daímôn faminto.

E ele estava perto.

Disparei pelo corredor, meus tênis maltrapilhos batendo nas tábuas gastas. A velocidade estava em meu sangue, e mechas de cabelo comprido e sujo esvoaçavam atrás de mim. Dobrei no fim do corredor, sabendo que tinha apenas segundos...

Um vento forte e abafado me envolveu conforme o daímôn agarrou minha blusa, me arremessando em uma parede. Poeira e reboco saíram voando. Pontinhos pretos comprometiam minha visão enquanto eu levantava com dificuldade. Aquelas cavidades escuras e sem alma onde os olhos deviam estar me encarando como se eu fosse sua próxima refeição.

O daímôn agarrou meu ombro, e deixei meu instinto assumir o controle. Dei um giro, notando, por um milésimo de segundo, a surpresa em seu rosto pálido, antes de dar um chute nele. Meu pé atingiu a lateral de sua cabeça. O impacto fez com que ele cambaleasse em direção à parede oposta. Girei novamente, golpeando-o. A surpresa se transformou em horror quando o daímôn olhou para baixo e encontrou a pá de jardim enterrada na barriga. Não importava onde fossem atingidos. Titânio sempre matava daímônes.

Um som gutural escapou por sua boca escancarada antes de ele explodir em uma nuvem de poeira azul cintilante.

Com a pá ainda em mãos, comecei a descer as escadas, dois degraus de cada vez. Ignorei a dor nos quadris. Eu ia conseguir — tinha que conseguir. Ficaria muito pê da vida no além se morresse virgem nessa espelunca.

— Pequena meio-sangue, para onde está fugindo?

Tropecei para o lado, me chocando contra uma prensa de aço grande. Olhei para trás e senti o coração martelar nas costelas. O daímôn apareceu a poucos metros de mim. Assim como o anterior, era uma aberração. Sua boca estava aberta, exibindo dentes afiados, e aqueles olhos escuros e vazios me encheram de arrepios. Eles não refletiam luz ou vida. As bochechas eram fundas, a pele era pálida e sobrenatural. Veias protuberantes marcavam seu rosto como cobras. Ele era meu pior pesadelo, algo demoníaco. Somente um meio-sangue era capaz de enxergar o que havia por baixo do encanto por alguns instantes. Então, a magia elementar se instalou, revelando como ele era antes. Minha mente o associou a Adônis — um homem louro deslumbrante.

— O que faz aqui sozinha? — ele perguntou, com uma voz grave e sedutora.

Dei um passo para trás, olhando para todo canto em busca de uma saída. O Adônis de araque me encurralou, e eu soube que não podia ficar ali parada por muito tempo. Daímônes conseguiam controlar os elementos. Se ele me atingisse com ar ou fogo, seria o meu fim.

Ele deu uma risada fria e sem vida.

— Talvez se você implorar, implorar mesmo, eu te deixe morrer bem rápido. Francamente, meios-sangues não me apetecem tanto assim. Já os puros... — Ele emitiu um som de prazer. — Esses, sim, são uma excelente refeição. Meios-sangues? Vocês estão mais para um lanche.

— Dê mais um passo e vai acabar como o seu amiguinho lá em cima.
— Eu esperava estar soando ameaçadora o suficiente. Pouco provável. — Experimenta.

Ele ergueu as sobrancelhas.

— Agora você está começando a me chatear. Já matou dois de nós.

— Está contando? — Meu coração parou quando o piso atrás de mim rangeu.

Virei e me deparei com mais um daímôn, dessa vez do sexo feminino. Ela se aproximou, me forçando na direção do outro.

Estavam me cercando, me deixando sem brecha alguma para escapar. Outro daímôn guinchou em algum lugar daquela pocilga. O pânico me sufocava. Meu estômago revirou de forma violenta, e meus dedos tremiam em torno da pá de jardim. Deuses, eu queria vomitar.

Aquele que parecia ser o líder se aproximou.

— Sabe o que vou fazer com você?

Engoli em seco e abri um sorriso presunçoso.

— Blá-blá-blá. Você vai me matar, blá-blá. Eu sei.

O grito estridente da daímôn mulher impediu que ele respondesse. Obviamente, ela estava muito faminta. Me rondava feito um abutre, pronta para me dilacerar. Estreitei os olhos para ela. Os famintos eram sempre os mais burros — os mais fracos do bando. A lenda dizia que eram puros--sangues que provaram do éter — a força vital que corria em nosso sangue. Bastava uma única provinha para que se tornassem daímônes e passassem o resto da vida viciados. Existia a possibilidade de eu conseguir passar por ela. Já pelo outro... nem tanto.

Fiz de conta que ia atacar a fêmea. Ela veio direto na minha direção. O outro daímôn gritou para que ela parasse, mas era tarde demais. Saí correndo pela direção oposta como uma atleta olímpica, com o objetivo de chegar à porta que havia chutado mais cedo para entrar no edifício. Assim que eu conseguisse sair, as chances estariam a meu favor novamente. Uma pequena faísca de esperança surgiu e me impulsionou.

Mas aí aconteceu o pior. Uma parede de chamas se ergueu diante de mim, queimando mesas e subindo quase dois metros no ar. Era real. Nada de ilusão. O calor me fez recuar e o fogo estalou, devorando as paredes.

Bem na minha frente, *ele* surgiu atravessando as chamas, com a postura que um caçador de daímônes deveria ter. O fogo não queimou sua calça, nem sujou sua camisa. Nenhum fio de cabelo escuro sequer foi tocado pelas labaredas. Seus olhos frios da cor de nuvens de tempestade fixaram em mim.

Era ele — Aiden St. Delphi.

Nunca esqueci seu nome ou seu rosto. Desde a primeira vez que o vi na área de treinamentos, passei a nutrir um sentimento ridículo por ele. Eu tinha catorze anos na época, e ele, dezessete. Não ligava que ele fosse puro-sangue quando eu o via pelo campus.

A presença de Aiden só podia significar uma coisa: os sentinelas chegaram.

Nossos olhares se encontraram e, então, ele olhou para trás de mim.

— Abaixa.

Não foi preciso dizer duas vezes. Como uma profissional, fui ao chão. O impulso de calor foi lançado acima de mim, atingindo o alvo pretendido. O piso chacoalhou com a daímôn se contorcendo, seus gritos sofridos preenchendo o ar. Somente titânio era fatal para um daímôn, mas eu tinha certeza de que ser queimado vivo não devia ser muito bom.

Apoiada nos cotovelos, espiei Aiden entre os fios sujos do meu cabelo. Ele baixou a mão e, quando o fez, ouvi um estalo e as chamas sumiram na mesma velocidade com que apareceram. Em questão de segundos, havia apenas cheiro de madeira e carne queimadas.

Outros dois sentinelas chegaram correndo. Reconheci um deles: Kain Poros, um meio-sangue que era mais ou menos um ano mais velho do que eu. Houve uma época em que treinamos juntos. Kain se movia com uma graciosidade que eu nunca tinha visto antes. Ele avançou em direção à daímôn e, com um único e rápido golpe, enfiou uma adaga comprida e delgada em sua carne queimada. Ela também se transformou em uma nuvem de poeira.

O outro sentinela carregava um ar de puro-sangue, mas eu não o reconhecia. Ele era grande — do tipo que parecia tomar anabolizantes — e focou no daímôn que ainda rondava a fábrica. Vendo o cara se mover tão elegantemente, mesmo tão musculoso, me senti inadequada. Ainda mais estando jogada no chão. Me forcei a ficar de pé, sentindo a onda de adrenalina passar.

Senti uma dor explosiva na cabeça e, quando dei por mim, meu rosto estava atingindo o chão com *força*. Perplexa e confusa, demorei um instante para me dar conta de que o Adônis de Araque havia capturado minhas pernas. Tentei me contorcer e girar, mas o monstro enfiou as mãos no meu cabelo e puxou minha cabeça para trás. Enterrei as unhas em sua pele, mas isso em nada adiantou para aliviar a pressão no meu pescoço. Por um segundo, achei que ele estava tentando arrancar minha cabeça, mas então ele fincou os dentes afiados feito lâminas no meu ombro, rasgando minha blusa e perfurando minha carne. Gritei — gritei *pra valer*.

Eu estava em chamas — era a única explicação. A drenagem queimava minha pele; meu corpo parecia estar sendo coberto por picadas insuportáveis. Embora eu fosse apenas uma meio-sangue, com bem menos éter do que um puro-sangue, o daímôn continuou a extrair a minha essência como se eu fosse um puro. Não era o meu sangue que ele queria; ele engoliria litros disso só para chegar ao éter. Meu espírito foi alterado conforme ele o sugava. Tudo se transformou em dor.

De repente, o daímôn retirou a boca de mim.

— O que é você? — Sua voz saiu sussurrada e arrastada.

Não houve tempo nem para pensar naquela pergunta. Ele foi arrancado de mim, e meu corpo caiu para a frente. Me encolhi no chão, ensanguentada e atordoada, soando como um animal ferido. Era a primeira vez que eu era sugada por um daímôn.

Além dos sons que eu emitia, pude ouvir um ruído repugnante de algo sendo esmagado, seguido por gritos horripilantes, mas a dor havia tomado conta de todos os meus sentidos e começou a recuar dos meus dedos e deslizar até meu cerne, onde ainda ardia. Tentei respirar para aliviar, mas *caramba*...

Mãos cuidadosas viraram meu corpo, me posicionando de barriga para cima e afastando meus dedos do meu ombro. Olhei para cima e me deparei com Aiden.

— Você está bem? Alexandria? Por favor, diga alguma coisa.

— Alex — respondi, arfando. — Todo mundo me chama de Alex.

Ele deu uma risada curta e aliviada.

— Certo. Que bom! Você consegue se levantar, Alex?

Acho que assenti. A cada poucos minutos, um calor perfurante me percorria, mas a agonia havia enfraquecido um pouco, restando agora uma dor constante.

— Aquilo foi... Nossa, foi horrível!

Aiden conseguiu me envolver com o braço e me ajudar a ficar de pé. Cambaleei um pouco enquanto ele afastava meu cabelo para dar uma conferida no estrago.

— Espera alguns minutos. A dor vai passar.

Ergui o rosto e olhei em volta. Kain e o outro sentinela estavam franzindo o rosto para montes de poeira azul quase idênticos. O puro-sangue virou para nós.

— Acho que já cuidamos de todos.

Aiden assentiu.

— Alex, precisamos ir. Agora. Temos que voltar para o Covenant.

Covenant? Com pouco controle das minhas próprias emoções, virei para Aiden. Ele usava preto da cabeça aos pés — o uniforme dos sentinelas. Por um breve segundo, aquela paixonite adolescente de três anos atrás ressurgiu. Aiden estava sublime, mas uma fúria abafou aquela paixão estúpida.

O Covenant estava envolvido nisso? No meu resgate? Onde eles tinham se enfiado quando um daímôn invadiu minha casa?

Ele deu um passo à frente, mas eu não o vi — o que vi foi o corpo sem vida da minha mãe novamente. A última coisa que ela viu nessa vida foi o rosto tenebroso de um daímôn, e a última coisa que sentiu... estremeci, lembrando da dor dilacerante da mordida.

Aiden deu outro passo em minha direção. Reagi, uma resposta oriunda de raiva e dor. Eu o ataquei, usando movimentos que não praticava fazia anos. Coisas simples como chutes e socos eram uma coisa, mas um ataque ofensivo era algo que eu mal havia aprendido.

Ele capturou minha mão e me girou, me colocando de costas para si. Em questão de segundos, ele prendeu meus braços, mas toda a dor e a tristeza se intensificaram em mim, anulando qualquer sensatez. Curvei-me para frente, com o propósito de conseguir espaço suficiente para desferir um chute brutal para trás.

— Não faça isso — Aiden alertou, com a voz suave. — Eu não quero te machucar.

Minha respiração estava pesada e irregular. Eu podia sentir o sangue escorrendo por meu pescoço, misturando-se com suor. Continuei lutando embora minha cabeça estivesse girando, e a facilidade com que Aiden conseguia me conter só me deixou vermelha de raiva.

— Calma aí! — Kain gritou de algum lugar. — Alex, você conhece a gente! Não lembra de mim? Não vamos te machucar.

— Cala a boca! — Me soltei dos braços de Aiden, desviando de Kain e do Senhor Bombado. Nenhum deles esperava que eu fosse fugir, mas foi o que fiz.

Cheguei à porta da fábrica e, após tirar a madeira quebrada do meu caminho, saí correndo. Meus pés me carregaram para o campo do outro lado da rua. Meus pensamentos estavam uma bagunça total. Por que eu estava fugindo? Não estava tentando voltar para o Covenant desde o ataque do daímôn em Miami?

Meu corpo protestava, mas continuei correndo em meio aos galhos altos e arbustos espinhosos. Ouvi passos pesados atrás de mim, se aproximando cada vez mais. Minha visão embaçou um pouco, meu coração martelando no peito. Eu estava tão confusa, tão...

Um corpo rígido colidiu com o meu, fazendo todo o meu fôlego escapar dos pulmões. Caí em um caos de pernas e braços emaranhados. De alguma forma, Aiden girou e recebeu todo o impacto da queda. Caí em cima dele e fiquei por um momento até que ele me rolou e parou sobre mim, prendendo-me no gramado pinicante.

Explodi em pânico e fúria.

— Agora? Onde vocês estavam há uma semana? Onde estava o Covenant quando a minha mãe foi morta? Onde vocês estavam?

Aiden recuou de repente, arregalando os olhos.

— Sinto muito. Nós não...

Seu pedido de desculpas só me deixou com mais raiva. Eu queria machucá-lo. Queria fazê-lo me soltar. Eu queria... queria... não sei que droga queria, mas não conseguia parar de gritar, de arranhá-lo e chutá-lo. Só parei quando Aiden pressionou seu corpo comprido e esguio contra o meu. Seu peso e a proximidade conseguiram me deixar imóvel.

Não havia um centímetro de espaço entre nós. Eu podia sentir as ondulações rígidas dos músculos de seu abdômen contra minha barriga, podia sentir seus lábios a pouquíssima distância dos meus. De repente, cogitei uma ideia maluca. Será que seus lábios eram tão macios quanto pareciam? Porque pareciam incrivelmente macios.

Era algo errado a se pensar. Eu só podia estar louca — era a única explicação plausível para o que eu estava fazendo e pensando. Como eu olhava para seus lábios ou como eu queria desesperadamente ser beijada... tudo errado por uma infinidade de motivos. Além de eu ter acabado de tentar arrancar a cabeça dele, eu estava um desastre. Meu rosto estava tão sujo que era difícil me reconhecer; eu não tomava banho há uma semana e tinha quase certeza de que estava fedendo. Estava *muito* nojenta.

Mas pela forma como ele baixou a cabeça, achei mesmo que ele fosse me beijar. Meu corpo inteiro tensionou em expectativa, como se eu estivesse esperando ser beijada pela primeira vez, e aquela definitivamente não era a minha primeira vez. Já tinha beijado vários garotos, mas não ele.

Não um *puro-sangue.*

Aiden se ajustou, pressionando-me ainda mais. Inspirei profundamente e minha mente acelerou, sem formular nada de útil. Ele pousou a mão direita em minha testa. Sinais de alerta começaram a soar.

Ele murmurou uma hipnose, rápido e baixinho, rápido demais para que eu conseguisse distinguir as palavras.

Filho de uma...

Uma escuridão repentina me engoliu, vazia de pensamentos e sentido. Não tinha como lutar contra algo tão poderoso e, sem proferir nem uma palavra de protesto, afundei em profundezas obscuras.

2

Minha cabeça repousava em algo firme mas estranhamente confortável. Me aconcheguei um pouco mais, me sentindo segura e quentinha — algo que não sentia desde que mamãe me levara embora do Covenant três anos antes. Ficar pulando de um lugar para outro raramente oferecia esse conforto. Algo não estava certo.

Abri os olhos de repente.

Filho da mãe.

Pulei e recuei do ombro de Aiden tão rápido que bati a cabeça na janela.

— Ai!

Ele virou para mim, com as sobrancelhas escuras erguidas.

— Tudo bem?

Ignorei a preocupação em sua voz e olhei para ele irritada. Não fazia ideia de quanto tempo eu estive apagada. Julgando pelo azul intenso do céu do lado de fora das janelas blindadas, imaginei que por horas. Puros não deveriam hipnotizar meios-sangues que não estivessem em regime de servidão. Era considerado altamente antiético porque tirava o livre-arbítrio do indivíduo. Não que eles ligassem muito pra ética.

Maldito hêmatoi.

Antes de morrerem com Hércules e Perseu, os semideuses originais se relacionaram de uma forma que só os gregos faziam. Essas uniões produziram os puros-sangues — os hêmatois —, uma raça muito, muito poderosa. Eles eram capazes de controlar os quatro elementos — ar, água, fogo e terra — e de manipular o poder bruto em feitiços e hipnoses. Puros não podiam usar seus dons em outros puros, sob risco de serem presos ou até condenados à morte.

Como meio-sangue, descendente da união de um puro-sangue com um humano — uma vira-lata, nos padrões dos puros —, eu não tinha controle algum sobre os elementos. Minha espécie possuía a mesma força e velocidade dos puros, mas tínhamos um dom especial extra que nos diferenciava. Podíamos enxergar através da magia elementar que os daímônes usavam. Os puros não.

Havia muitos meios-sangues por aí, provavelmente até mais do que puros. Considerando que puros se casavam entre si, para melhorar suas posições na sociedade, em vez de casarem por amor, tinham a tendência de pular a cerca — *e com muita frequência.* Como não eram suscetíveis a doenças que assolavam os mortais, imagino que presumiram que não precisavam de proteção. Como resultado, seus descendentes meios-sangues ocupavam uma posição muito valiosa na sociedade puro-sangue.

— Alex. — Aiden franziu a testa ao me observar. — Você está bem?

— Sim, estou. — Fiz uma careta ao assimilar o meu entorno.

Estávamos em algum veículo enorme — provavelmente um dos suvs gigantescos do Covenant que poderia destruir uma vila inteira. Puros não se preocupavam com coisas como dinheiro e consumo de gasolina. "Quanto maior, melhor" era o lema não oficial deles.

O outro puro — o grandão — estava ao volante e Kain estava no assento do passageiro, olhando pela janela em silêncio.

— Onde estamos?

— Na costa, perto da ilha Bald Head. Quase chegando na ilha Divindade — Aiden respondeu.

Meu coração saltou no peito.

— O quê?

— Estamos voltando para o Covenant, Alex.

Covenant — o lugar onde eu treinava e que chamava de lar até três anos antes. Suspirando, massageei a parte de trás da minha cabeça.

— Foi o Covenant que mandou vocês? Ou foi... meu padrasto?

— O Covenant.

Minha respiração se acalmou. Meu padrasto puro-sangue não ficaria feliz em me ver.

— Você trabalha para o Covenant agora?

— Não. Sou apenas um sentinela. Estou lá só por enquanto. Seu tio nos mandou atrás de você. — Aiden fez uma pausa, olhando pela janela por um instante. — Muita coisa mudou desde que você foi embora.

Eu queria perguntar o que um sentinela ganhava ficando na muito bem protegida ilha Divindade, mas deduzi que não era da minha conta.

— O que mudou?

— Bom, o seu tio agora é diretor do Covenant.

— Marcus? Espera. O quê? O que aconteceu com o diretor Nasso?

— Ele morreu há dois anos.

— Ah. — Não era uma surpresa tão grande assim. Ele já estava muito velho.

Eu não disse mais nada enquanto remoía o fato de que meu tio agora era o *diretor* Andros. Aff. Fiz uma careta. Eu mal conhecia o homem, mas, pelo que lembrava, ele estava tentando ascender no mundo político dos puros-sangues. Não me surpreendia descobrir que ele tinha conseguido alcançar uma posição tão cobiçada.

— Desculpa ter usado coação em você, Alex. — Aiden quebrou o silêncio que tinha se instalado entre nós. — Não queria que se machucasse.

Não respondi.

— E... lamento pela sua mãe. Procuramos por toda parte, mas vocês nunca ficavam no mesmo lugar por tempo suficiente. Chegamos tarde demais.

Meu coração apertou no peito.

— Sim, chegaram tarde demais.

Mais alguns minutos de silêncio preencheram o carro.

— Por que vocês foram embora?

Olhei de soslaio, com o rosto meio coberto pelo cabelo. Aiden ficou me observando enquanto esperava uma resposta para sua pergunta difícil.

— Não sei.

Aos sete anos, me tornei uma meio-sangue em treinamento — uma dos chamados meios "privilegiados". Tínhamos duas opções na vida: entrar no Covenant ou fazer parte da classe trabalhadora. Meios que tinham um responsável puro-sangue disposto a arcar com sua educação eram matriculados no Covenant para fazerem o treinamento de sentinelas ou guardas. Os outros meios não tinham tanta sorte assim.

Eles eram enviados para os mestres, um grupo de puros que dominava a arte da hipnose com uma excelência sem precedentes. Também aos sete anos, esses meios-sangues recebiam um elixir — feito de papoulas e chá. Em vez de causar sonolência, a mistura os deixava submissos — dando um barato que nunca passava. Completamente vazios, eram facilmente dominados pelos mestres e perdiam sua liberdade.

Os mestres eram os únicos responsáveis por oferecer o elixir e monitorar o comportamento dos meios-sangues em servidão. Também eram eles que marcavam suas testas. Um círculo com uma linha atravessada — o sinal dolorosamente visível da escravidão.

Todos os meios-sangues temiam esse destino. Mesmo se acabássemos entrando no programa de treinamentos do Covenant, bastava um único passo em falso para que nos dessem a bebida que nos escravizaria. Ao me levar embora do Covenant sem explicação, minha mãe acabou me complicando.

Eu também tinha certeza de que ter levado a metade da fortuna de seu marido — meu padrasto — não me ajudaria muito.

Além disso, eu deveria ter entrado em contato com o Covenant para entregar a minha mãe, como esperavam de mim. Uma ligação — uma droga de ligação — teria salvado a vida dela.

O Covenant também usaria isso contra mim.

A lembrança do momento em que acordei e me deparei com o meu pior pesadelo ressurgiu em minha mente. Dias antes, ela me pedira para limpar o jardim da varanda que eu exigi ter, mas acabei dormindo até tarde. Quando finalmente levantei e peguei a bolsa de ferramentas de jardinagem, já era meio-dia.

Imaginei que mamãe já estava trabalhando no jardim, então fui para a varanda, mas lá fora estava vazio. Fiquei ali por um tempo, olhando para o beco do outro lado da rua, brincando com a pá de jardim. Então, um homem surgiu das sombras — um daímôn.

Ele estava ali em plena luz do dia, olhando para mim. Estava tão próximo que eu podia ter atirado a pá e o acertado. Com o coração na garganta, me afastei do corrimão. Voltei correndo para dentro de casa, chamando pela minha mãe. Não houve resposta. Os cômodos se tornaram um borrão conforme corri em direção ao seu quarto e abri a porta. A cena que vi me assombraria para sempre: sangue, tanto sangue, e os olhos da minha mãe abertos e vazios, olhando para o nada.

— Chegamos — Kain disse, entusiasmado.

Todos os meus pensamentos se dissolveram e meu estômago se contorceu de um jeito estranho. Virei e olhei pela janela. A ilha Divindade consistia, na verdade, em duas ilhas. Os puros moravam em suas casas extravagantes na primeira. Olhando de fora, parecia ser uma comunidade normal. Pequenas lojas e restaurantes ladeavam as ruas. Havia até mesmo lojas administradas por humanos e feitas sob medida para eles. As praias impecáveis eram cobiçadíssimas.

Daímônes não gostavam de viajar pelas águas. Quando um puro passava para o lado sombrio, sua magia elementar se distorcia e só podia ser acessada se eles estivessem pisando na terra. Perder esse contato os enfraquecia. Por isso, uma ilha era o esconderijo perfeito para a nossa espécie.

Estava muito cedo para ter alguém nas ruas e, em questão de segundos, atravessamos a segunda ponte. Nessa parte da ilha, situada em meio a pântanos, praias e florestas praticamente invictas do toque humano, ficava o Covenant.

Erguida entre o mar infinito e hectares de praias de areia branca estava a extensa estrutura de arenito que abrigava a escola para puros e meios-sangues. Com suas grossas colunas de mármore e estátuas dos deuses estrategicamente posicionadas, era um lugar intimidante e de outro mundo. Mortais achavam que o Covenant era uma escola particular de elite, em que seus filhos nunca teriam o privilégio de entrar. Estavam certos. Só pessoas com algo superespecial no sangue vinham para cá.

Por trás do prédio principal, ficavam os dormitórios, que também ostentavam colunas e estátuas. Prédios menores e bangalôs completavam a paisagem. Adjacentes ao pátio principal ficavam as academias e os centros de treinamento. As construções me lembravam coliseus antigos, ainda que fossem cobertas e fechadas, já que, às vezes, sofríamos com furacões.

75

Era tudo lindo — um lugar que eu amava e odiava ao mesmo tempo. Naquele momento, me dei conta do quanto havia sentido falta dali... e o quanto sentia falta da minha mãe. Ela ficava na ilha principal enquanto eu ia para a escola, mas era figurinha carimbada no campus, aparecendo para me levar para almoçar depois das aulas ou convencer o antigo diretor a me deixar ficar com ela durante os fins de semana. Deuses, eu só queria mais uma chance, mais um segundo para dizer a ela...

Me recompus.

Controle. Eu precisava estar no controle agora, e ceder ao luto que eu ainda carregava não ia me ajudar. Me ajeitei e desci do carro, seguindo Aiden até o dormitório feminino. Éramos os únicos percorrendo os corredores silenciosos. Como era o começo do verão, apenas alguns alunos estariam por ali.

— Toma um banho. Volto para te buscar daqui a pouco. — Ele começou a se virar para sair, mas parou. — Vou procurar algo para você vestir e deixar na mesa.

Assenti, sem saber o que dizer. Embora eu estivesse tentando sufocar minhas emoções, algumas delas escaparam. Três anos atrás, todo o meu futuro estava perfeitamente planejado. Todos os instrutores do Covenant elogiavam minhas habilidades nas sessões de treinamento. Chegaram até a dizer que eu podia me tornar sentinela. Sentinelas eram os melhores — e eu era, *mesmo*, uma das melhores.

Três anos sem treinar me deixaram mais atrasada do que qualquer meio-sangue dali. Era mais provável que estivesse fadada a uma vida de servidão — um futuro que eu não conseguiria encarar. Ficar submissa aos desejos dos puros, não ter controle algum, nem poder decidir nada... a possibilidade me assustava pra caramba.

E se tornava ainda pior diante da minha necessidade avassaladora de caçar daímônes.

Lutar contra eles era algo enraizado em meu sangue, mas, depois de ver o que aconteceu com a minha mãe, o desejo disparou. Somente o Covenant poderia me fornecer os meios para alcançar meus objetivos e, agora, meu futuro estava nas mãos do meu tio puro-sangue ausente.

Meus passos pareciam pesados conforme eu me movia pelos cômodos familiares. Estavam completamente mobiliados e pareciam maiores do que eu me lembrava. Havia uma sala de estar separada, um quarto de tamanho decente e um banheiro. O Covenant oferecia somente o melhor aos seus alunos.

Tomei um banho mais longo que o necessário, curtindo a sensação de estar limpa novamente. As pessoas não davam valor a coisas simples, como banhos. E eu também não. Depois do ataque do daímôn, fugi com pouco dinheiro. Me manter viva acabou sendo mais importante do que tomar banho.

Assim que tive certeza de que havia lavado todo o grude, encontrei a pilha de roupas limpas e dobradas na pequena mesa em frente ao sofá. Peguei e percebi na hora que eram as vestimentas de treinamento do Covenant. A calça era pelo menos dois números maior que o ideal, mas eu não ia reclamar. Enfiei no rosto e suspirei. Estava tão limpinha.

Voltei ao banheiro e inclinei a cabeça para o lado, expondo meu pescoço. O daímôn havia me mordido perto da clavícula. A marca ficaria bem vermelha pelos próximos dois dias mais ou menos, e então começaria a sumir e se tornar uma cicatriz pálida e lustrosa. A mordida de um daímôn sempre deixava marcas. As fileiras quase idênticas de pequenas reentrâncias me deixaram enjoada e também me lembraram uma antiga instrutora.

Ela era uma mulher linda e mais velha que havia começado a ensinar táticas básicas de defesa depois de um péssimo encontro com um daímôn. Seus braços eram cobertos de cicatrizes pálidas em formato de meia-lua, um tom ou dois mais claros que sua pele. Uma mordida já tinha sido ruim. Não conseguia imaginar como teria sido a experiência dela. Os daímônes tentaram transformá-la drenando todo o seu éter. Quando tentavam fazer isso com um puro, não havia troca de sangue.

Era um processo assustadoramente simples.

Um daímôn colocava seus lábios nos do puro recém-drenado, compartilhavam um pouco de éter e — *voilà!* — um daímôn novinho em folha. O éter era como sangue contaminado e, depois da troca, não havia como reverter. Os puros se perdiam para sempre. Até onde sabíamos, era a única forma de se fazer um daímôn, mas, vamos combinar, não era como se pudéssemos confirmar isso com eles. Tínhamos que matá-los na hora.

Sempre achei essa política estúpida. Ninguém, nem mesmo o conselho, sabia o que os daímônes realmente buscavam. Se capturássemos um e ele fosse interrogado, poderíamos aprender muito. Quais eram seus planos, seus objetivos? Eles ao menos tinham algum? Ou a necessidade por éter bastava para motivá-los? Não sabíamos. Os hêmatois só se importavam em detê-los e garantir que nenhum puro fosse transformado.

Enfim, dizem que a nossa instrutora esperou até o último momento para atacar, frustrando, assim, os planos do daímôn. Lembro de olhar para aquelas marcas e pensar quão terrível era ter seu corpo, que um dia tinha sido impecável, totalmente marcado.

Meu reflexo no espelho embaçado me fitou de volta. Seria difícil esconder essa marca, mas podia ser pior. Ele podia ter fincado os dentes no meu rosto — daímônes sabiam ser bem cruéis.

Meios-sangues não podiam ser transformados e por isso éramos excelentes para lutar contra daímônes. A pior coisa que poderia acontecer conosco era morrer. Quem ligava se um meio-sangue morresse em uma batalha? Para os puros, nós podíamos ser encontrados em qualquer esquina.

Suspirando, joguei o cabelo por cima do ombro e, ao me afastar do espelho, ouvi uma batida suave na porta. Um segundo depois, Aiden entrou no meu dormitório. Seu metro e noventa de altura parou no instante em que ele me viu, surpreso com minha nova versão.

O que posso dizer? Eu estava precisando de um banho.

Sem toda aquela sujeira, eu parecia com a minha mãe. Cabelo longo e escuro caía em cascata por minhas costas; eu tinha maçãs do rosto bem definidas e lábios cheios igual à maioria dos puros. Meu corpo era um pouco mais curvilíneo do que o da minha mãe, que era esbelta, e eu não tinha os olhos incríveis dela. Os meus eram castanhos e sem graça.

Inclinei a cabeça um pouco para trás, olhando-o bem nos olhos pela primeira vez.

— O que foi?

Ele se recompôs em tempo recorde.

— Nada. Está pronta?

— Acho que sim. — Dei mais uma checada nele ao sairmos do meu quarto.

Aiden ainda tinha o cabelo castanho-escuro com mechas caindo na testa, roçando nas sobrancelhas escuras. Os traços de seu rosto eram quase perfeitos, a curva de sua mandíbula era forte, e ele tinha os lábios mais expressivos que eu já tinha visto. Mas o que eu achava realmente lindo nele eram seus olhos cor de nuvens de tempestade. Ninguém tinha aqueles olhos.

Durante o momento em que ele me segurou naquele campo, tive a certeza de que o restante dele era tão magnífico quanto. Pena que era um puro-sangue. Puros eram extremamente proibidos para mim e qualquer outro meio-sangue. Aparentemente, os deuses haviam proibido interações divertidas entre meios e puros havia eras. Tinha algo a ver com não comprometer a pureza do sangue — o medo de que essa união resultasse em um... franzi a testa para as costas de Aiden.

Resultaria em quê? Num ciclope?

Eu não sei o que podia acontecer, mas sabia que era considerado algo muito, muito ruim. Os deuses se ofendiam, o que não era uma coisa boa. Então, a partir do momento em que tínhamos idade suficiente para entender como eram feitos os bebês, nós, meios-sangues, éramos ensinados a nunca olhar para um puro com mais do que respeito e admiração. Eles, por sua vez, eram ensinados a nunca manchar sua linhagem ao cruzar com um de nós. Não que isso impedisse que alguns se envolvessem, mas a relação acabava mal e, geralmente, eram os meios-sangues que sofriam as piores punições.

Não era justo, mas esse mundo era assim. Os puros ficavam no topo da cadeia alimentar. Eles ditavam as regras, controlavam o conselho e até administravam o Covenant.

Aiden me lançou um olhar por cima do ombro.

— Quantos daímônes você matou?

— Só dois. — Acelerei o passo para acompanhar o ritmo dele.

— Só dois? — Sua voz se encheu de admiração. — Você tem noção do quanto é incrível uma meio-sangue sem treinamento completo conseguir matar um daímôn? Imagine dois.

— Acho que sim. — Fiz uma pausa, sentindo a raiva ameaçando borbulhar dentro de mim.

Quando o daímôn me viu na porta do quarto da minha mãe, ele se lançou na minha direção... e acabou empalado na pá de jardim que eu segurava. *Idiota*. O outro daímôn não tinha sido tão burro assim.

— Eu teria matado o outro em Miami... mas estava... sei lá. Não estava pensando. Sei que deveria ter ido atrás dele, mas entrei em pânico.

Aiden parou e virou para mim.

— Alex, você ter derrotado um daímôn sem treinamento é notável. Foi corajosa, mas também tola.

— Bem, valeu.

— Você não é treinada. O daímôn poderia ter facilmente te matado. E aquele que você matou na fábrica? Outro ato destemido, mas tolo.

Franzi o rosto.

— Achei que tivesse dito que foi incrível e notável.

— E foi, mas você podia ter morrido.

Ele saiu andando.

Lutei para acompanhar seu passo.

— Por que você se importaria se eu tivesse morrido? Por que Marcus se importa? Eu nem conheço o cara, e se ele não permitir que eu retome o meu treinamento, vai ser como morrer mesmo.

— Seria uma pena. — Ele me lançou um olhar suave. — Você tem muito potencial.

Estreitei os olhos atrás dele. Senti uma vontade repentina de empurrá-lo, quase grande demais para deixar passar. Não falamos mais depois disso. Assim que pisamos do lado de fora, a brisa brincou com meu cabelo e eu inspirei o gosto de água salgada no ar enquanto o sol aquecia minha pele arrepiada.

Aiden me levou de volta ao prédio principal e subimos a quantidade ridícula de degraus até a sala do diretor. As portas duplas formidáveis estavam logo adiante, e engoli em seco. Eu tinha passado muito tempo ali quando o diretor Nasso comandava o Covenant.

Assim que os guardas abriram as portas para nós, lembrei da última vez em que estive naquela sala para receber uma bronca. Tinha catorze anos e, por não ter mais o que fazer, convenci um dos puros a inundar a ala de ciências usando seu poder com o elemento água. Obviamente, o puro me dedurou.

Nasso não tinha gostado nem um pouco.

Meu primeiro vislumbre da sala me fez constatar que era exatamente como eu lembrava: perfeita e bem projetada. Havia várias cadeiras de couro dispostas diante de uma mesa grande de carvalho. Peixes coloridos nadavam de um lado para o outro no aquário que ficava na parede atrás da mesa.

Meu tio surgiu em meu campo de visão, e eu vacilei. Fazia tanto tempo que não o via — anos, na verdade. Tinha me esquecido de quanto ele parecia com a mamãe. Eles tinham os mesmos olhos cor de esmeralda que mudavam dependendo do humor. Eram olhos que somente os dois tinham.

A diferença era que, da última vez que tinha visto os da minha mãe, eles não brilhavam. A sensação nauseante cresceu dentro de mim, me dando um aperto no peito. Dei um passo à frente, empurrando tudo de volta para o fundo.

— Alexandria. — A voz grave e culta de Marcus me fez voltar à realidade. — Depois de todos esses anos. Te ver novamente? Estou sem palavras.

Meu tio — um termo que eu usava de forma vaga — não soava como um membro próximo da família. Seu tom era frio e impassível. Quando encontrei seu olhar, soube na hora que eu estava condenada. Não havia nada ali que me ligasse a ele — nem um pingo de felicidade ou alívio por ver sua única sobrinha estar viva e inteira. Sinceramente, ele parecia entediado.

Alguém pigarreou, atraindo minha atenção para o canto da sala. Não estávamos sozinhos. O Senhor Bombado estava ali, com uma puro-sangue. Ela era alta e esbelta, com cabelo comprido preto e lustroso. Deduzi que era uma instrutora.

Somente puros que não aspiravam fazer parte do jogo político de seu mundo se tornavam instrutores do Covenant ou sentinelas — ou puros como Aiden que tinham motivos pessoais para isso, como, sei lá, ter os pais assassinados por daímônes bem na sua frente quando criança. Eu imaginava que ele havia escolhido se tornar sentinela para buscar algum tipo de vingança.

Algo que tínhamos em comum.

— Senta. — Marcus gesticulou mostrando uma cadeira. — Temos muito a discutir.

Desviei o olhar dos puros e segui a instrução. Senti uma pequena esperança brotar com a presença deles. Por que mais haveria puros-sangues ali se não para falar sobre a minha falta de treinamento e maneiras para remediar isso?

Marcus foi para trás de sua mesa e se sentou. De lá, cruzou as mãos e ficou me olhando. Uma inquietação me fez endireitar as costas, e meus pés acabaram suspensos na cadeira.

— Realmente, não sei por onde começar com todo esse... caos que Rachelle criou.

Não respondi, já que não tinha certeza se tinha ouvido corretamente.

— Primeiro, ela quase destruiu a vida de Lucian. Duas vezes. — Ele falava como se eu tivesse algo a ver com isso. — O escândalo que criou quando conheceu o seu pai já tinha sido ruim o suficiente. Agora, esvaziar a conta bancária de Lucian e fugir com você? Bem, tenho certeza de que até mesmo você é capaz de entender que uma decisão tão imprudente reverbera por muito tempo.

Ah, Lucian. O marido puro-sangue perfeito da minha mãe — meu padrasto. Dava para imaginar sua reação. Aposto que ele saiu atirando coisas e se queixando de seu péssimo julgamento de caráter. Eu nem sabia se ela o amara — ou mesmo se tinha amado meu pai, com quem tivera um caso —, mas sabia que Lucian era cheio de frescura.

Marcus continuou a listar como as decisões dela haviam magoado Lucian. Eu nem estava mais escutando. Pelo que me lembrava, Lucian estava trabalhando para conseguir um cargo no conselho dos puros-sangues. Semelhante à corte olímpica da Grécia Antiga, o conselho tinha doze figuras governantes e, desses doze, dois eram ministros.

Os ministros eram os mais poderosos. Eles governavam as vidas tanto dos puros quanto dos meios-sangues, assim como Hera e Zeus governavam Olímpia. Nem preciso dizer que tinham egos enormes.

Cada unidade do Covenant tinha seu próprio conselho: Carolina do Norte, Tennessee, Nova York e a universidade dos puros-sangues na Dakota do Sul. Os oito ministros controlavam o conselho.

— Está ao menos me ouvindo, Alexandria? — Marcus franziu a testa para mim.

Ergui a cabeça de uma vez.

— Sim... você está falando sobre como tudo isso prejudicou o Lucian. Lamento por ele. De verdade. Mas tenho certeza que nem se compara a ter sua vida arrancada de você.

Uma expressão estranha se apossou de seu rosto.

— Está se referindo ao destino da sua mãe?

— Você quer dizer o destino da sua irmã?

Estreitei os olhos ao fitá-lo.

Marcus me encarou, seu rosto ficando impassível.

— Rachelle traçou seu próprio destino quando abandonou a segurança da nossa sociedade. O que aconteceu com ela foi muito trágico, mas não consigo me sentir triste. Ao levá-la embora do Covenant, ela provou não se importar com a reputação de Lucian ou com a sua segurança. Ela foi egoísta, irresponsável...

— Ela era tudo para mim! — Dei um pulo. — Ela não fez nada além de pensar em mim! O que aconteceu com ela foi *horrendo*. Trágico é quando alguém morre em um acidente de carro!

A expressão dele não mudou.

— Ela não fez nada além de pensar em você? Isso eu acho estranho. Ela foi embora da segurança do Covenant e colocou vocês duas em perigo.

Mordi o interior da bochecha.

— Pois é. — Seu olhar ficou gélido. — Senta, Alexandria.

Furiosa, me forcei a sentar e ficar calada.

— Ela te contou por que vocês precisavam ir embora do Covenant? Deu algum motivo para fazer algo tão imprudente?

Lancei um olhar rápido para os puros. Aiden também estava com eles. Os três assistiam à novela com expressões impassíveis. Estavam provando ser de grande ajuda — só que não.

— Alexandria, eu fiz uma pergunta.

A madeira rígida se encaixou em minhas palmas quando agarrei os braços da cadeira.

— Eu ouvi. Não. Ela não me contou.

Um músculo saltou na linha da mandíbula de Marcus enquanto ele me encarava em silêncio.

— Bem, é uma pena.

Já que eu não sabia direito como responder, observei-o abrir um envelope em sua mesa e espalhar os papéis diante de mim. Me inclinei para a frente, tentando ver do que se tratava.

Limpando a garganta, ele pegou um dos papéis.

— De fato, não posso responsabilizá-la pelo que Rachelle fez. Os deuses sabem que ela já está sofrendo as consequências.

— Acho que Alexandria está ciente de como a mãe sofreu — a puro-sangue interrompeu. — Não há necessidade de continuar citando isso.

O olhar de Marcus ficou glacial.

— Sim. Acho que tem razão, Laadan. — Ele voltou a focar no papel que segurava entre seus dedos elegantes. — Quando fui informado de que você tinha sido finalmente localizada, pedi que me enviassem seus relatórios.

Estremeci e me encolhi na cadeira. Isso não ia ser nada bom.

— Todos os seus instrutores rasgaram elogios entusiasmados em relação ao seu treinamento.

Um pequeno sorriso se formou em meus lábios.

— Eu era muito boa mesmo.

— Entretanto... — Ele ergueu o olhar, encontrando meus olhos brevemente. — Em relação aos seus registros de comportamento, estou... estupefato.

Meu sorriso murchou e morreu.

— Várias advertências por desrespeito aos seus professores e aos outros alunos — continuou. — Um bilhete em particular, escrito pessoalmente pelo instrutor Banks, afirma que o seu nível de respeito pelos seus superiores é quase inexistente e se trata de um problema recorrente.

— O instrutor Banks não tinha senso de humor.

Marcus arqueou a sobrancelha.

— Então, imagino que o instrutor Richards e o instrutor Octavian também não? Eles também reportaram, várias vezes, que você era incontrolável e indisciplinada.

Meus protestos morreram na ponta da minha língua. Eu não tinha nada a dizer.

— Seus problemas com respeito não pareciam ser os únicos. — Ele pegou outro papel e ergueu as sobrancelhas. — Você foi punida diversas vezes por sair escondida do Covenant, brigar, perturbar as aulas, quebrar inúmeras regras e, ah, sim, o meu favorito... — Ele abriu um sorriso tenso. — Você acumulou vários deméritos por desrespeitar o toque de recolher e confraternizar no dormitório masculino.

Me remexi, desconfortável.

— Tudo isso antes dos catorze anos. — Seus lábios formaram uma linha fina. — Você deve estar orgulhosa.

Arregalei os olhos, mantendo minha atenção na mesa dele.

— Eu não diria orgulhosa.

— Isso importa?

Ergui o olhar.

— Acho que... não?

O sorriso tenso apareceu novamente.

— Considerando o seu comportamento anterior, sinto dizer que não há como eu permitir que você retome os treinamentos...

— O quê? — Minha voz saiu estridente. — Então, por que estou aqui?

Marcus colocou os papéis de volta no envelope e o fechou.

— Nossas comunidades estão sempre precisando de serviçais. Falei com Lucian esta manhã. Ele lhe ofereceu um lugar em sua casa. Você deveria se sentir honrada.

— Não! — Fiquei de pé mais uma vez. Pânico e raiva me dominavam. — De jeito nenhum vocês vão me drogar! Eu não vou ser serviçal na casa dele, nem de nenhum outro puro!

— Então, vai fazer o quê? — Marcus cruzou as mãos novamente e me olhou com calma. — Vai voltar a morar nas ruas? Não permitirei isso. A decisão já foi tomada. Você não será reinserida no Covenant.

3

Aquelas palavras me chocaram tanto que fiquei em silêncio. Todos os meus sonhos de vingança evaporaram. Encarei meu tio, odiando-o quase tanto quanto odiava daímônes.

O Senhor Bombado pigarreou.

— Me permite dizer uma coisa?

Marcus e eu nos viramos para ele. Fiquei surpresa ao ver que ele sabia falar, mas Marcus gesticulou para que ele continuasse.

— Ela matou dois daímônes.

— Estou ciente disso, Leon.

O homem que estava prestes a destruir meu mundo inteiro não pareceu muito interessado.

— Quando a encontramos na Geórgia, estava se virando sozinha contra outro dois daímônes — Leon continuou. — O potencial que ela tem, se for treinado adequadamente, é astronômico.

Chocada com um puro disposto a falar a meu favor, sentei-me devagar. Marcus continuava indiferente, aqueles olhos verdes brilhantes ásperos feito gelo.

— Compreendo, mas o comportamento dela antes do incidente com a mãe não pode ser apagado. Isto é uma escola, não uma creche. Não tenho tempo nem energia para ficar de olho nela. Não posso deixá-la à solta por esses corredores influenciando outros alunos.

Revirei os olhos. Ele falava como se eu fosse uma criminosa articulada que estava prestes a desandar o Covenant inteiro.

— Então, delegue essa tarefa a alguém — Leon disse. — Há instrutores aqui durante o verão que podem ficar de olho nela.

— Eu não preciso de babá. Não é como se eu fosse incendiar um prédio.

Todos me ignoraram.

Marcus suspirou.

— Mesmo que eu delegue essa tarefa a alguém, ela não está com os treinamentos em dia. É impossível estar em pé de igualdade com os alunos de sua classe. Assim que o outono chegar, ela estará muito atrasada.

Dessa vez, foi Aiden que falou:

— Teríamos o verão inteiro para prepará-la. Ela pode ficar pronta o suficiente para frequentar as aulas.

— Quem tem tempo para uma empreitada dessas? — Marcus franziu as sobrancelhas. — Aiden, você é sentinela, não instrutor. Nem Leon. E Laadan retornará a Nova York em breve. Os outros instrutores têm vidas. Não posso esperar que desistam de seus compromissos por uma meio-sangue.

A expressão de Aiden estava impossível de interpretar, e eu com certeza não imagino o que o fez proferir as palavras a seguir.

— Eu posso trabalhar com ela. Não vai interferir nos meus deveres.

— Você é um dos melhores sentinelas. — Marcus balançou a cabeça. — Seria um desperdício do seu talento.

Eles ficaram debatendo sobre o que fazer comigo. Tentei intervir uma vez, mas depois do olhar de alerta que tanto Leon quanto Aiden me lançaram, fiquei calada. Marcus continuou afirmando que eu era um caso perdido, enquanto os dois sentinelas argumentavam que eu podia melhorar. A intenção do meu tio de me entregar para Lucian doeu. Servidão não era um futuro agradável. Todos sabiam disso. Eu tinha ouvido boatos terríveis em relação a como os puros tratavam os meios — especialmente os do sexo feminino.

Laadan deu um passo à frente depois que Aiden e Marcus ficaram presos em um impasse quanto ao que fazer comigo. Lentamente, ela jogou o cabelo comprido por cima do ombro.

— Que tal fazermos um acordo, diretor Andros? Se Aiden diz que pode treiná-la e ainda cumprir seus deveres, então o senhor não tem nada a perder. Se ela não estiver pronta no fim do verão, não fica no Covenant.

Virei novamente para Marcus, cheia de esperança.

Ele me encarou pelo que pareceu uma eternidade.

— Está bem. — Ele se recostou na cadeira. — Mas isso é por sua conta, Aiden. Está entendendo? Qualquer coisa, repito, qualquer coisa, que ela fizer vai refletir em você. E, acredite, ela vai fazer alguma coisa. É igualzinha à mãe.

Aiden pareceu cauteloso de repente ao olhar para mim.

— Sim. Eu entendo.

Um sorriso enorme se espalhou em meu rosto e a expressão preocupada em seu rosto se acentuou, mas, quando olhei novamente para Marcus, meu sorriso se esvaiu diante de seu olhar frígido.

— Eu serei menos tolerante do que seu antigo diretor, Alexandria. Não faça eu me arrepender desta decisão.

Assenti, achando melhor não falar nada. Existia uma boa chance de eu estragar tudo se o fizesse. Depois disso, Marcus me dispensou fazendo um gesto com a mão. Levantei e saí da sala. Laadan e Leon ficaram, mas Aiden me seguiu.

Virei para ele.

— Obrigada.

Aiden me fitou.

— Não me agradeça ainda.

Contive um bocejo e dei de ombros.

— Bem, acabei de agradecer. Acho que Marcus teria realmente me mandado para a casa do Lucian se não fosse por você.

— Ele teria, sim. O seu padrasto é o seu guardião legal.

Estremeci.

— Que reconfortante...

Ele notou minha reação.

— Lucian foi o motivo de você e sua mãe terem ido embora?

— Não, mas Lucian... não gostava muito de mim. Sou filha ilegítima da minha mãe, sabe? E ele é só o Lucian. O que aquele bocó está aprontando, afinal de contas?

Aiden ergueu as sobrancelhas.

— Aquele bocó é ministro do conselho.

Meu queixo caiu.

— O quê? Está brincando, não está?

— Eu não brincaria com uma coisa dessas. Então, talvez seja melhor você evitar chamá-lo de bocó em público. Duvido que isso ajudaria a sua causa.

A notícia de que Lucian havia se tornado ministro do conselho me deu um aperto no estômago, especialmente considerando que ele tinha um "lugar" para mim em sua casa. Balancei a cabeça e afastei aquela possibilidade dos meus pensamentos. Eu tinha preocupações mais imediatas do que lidar com ele.

— É melhor você descansar. A partir de amanhã, vamos começar a treinar... se estiver disposta.

— Estou.

O olhar de Aiden percorreu meu rosto machucado e desceu em seguida, como se pudesse ver os inúmeros cortes e hematomas que eu tinha acumulado desde que fugi de Miami.

— Tem certeza?

Fiz que sim, direcionando minha atenção para a mecha de cabelo que ele ficava afastando da testa.

— Com o que vamos começar? Não cheguei a iniciar as táticas de ataque ou treino de Silat.

Ele balançou a cabeça.

— Odeio decepcioná-la, mas você não vai começar com treino de Silat.

Isso era *mesmo* decepcionante. Eu gostava de adagas e todas essas coisas cortantes e queria muito aprender a usá-las de maneira efetiva.

Comecei a caminhar para o meu quarto, mas a voz de Aiden me deteve.

— Alex... Não... me desaponte. Qualquer coisa que você fizer vai respingar em mim. Entendido?

— Sim. Não se preocupa. Não sou tão ruim quanto Marcus falou.

Ele pareceu duvidar disso.

— Confraternizando nos dormitórios masculinos?

Corei.

— Eu estava visitando *amigos*. Não era como se estivesse me envolvendo com algum deles. Eu só tinha catorze anos.

— Bom saber. — Ele foi embora.

Suspirando, voltei para meu quarto. Estava cansada, mas toda a empolgação por ter recebido uma segunda chance havia me despertado. Após passar um tempo absurdo olhando para a cama, saí do quarto e perambulei pelos corredores vazios dos dormitórios femininos. O Covenant era o único lugar onde os puros e meios-sangues compartilhavam moradias. Em qualquer outro lugar, ficávamos segregados.

Tentei me lembrar de como era estar ali. Cronogramas rigorosos de treinamento, aulas ridículas sobre coisas que me entediavam até a morte e milhões de jogos sociais. Nada se compara a um monte de adolescentes maldosos que podiam arremessar os amiguinhos para o outro lado do mundo ou fazê-lo pegar fogo com um mero pensamento. Isso influencia sua escolha de amizades e inimizades. E, no fim das contas, era sempre bom ter um incendiário ao seu lado.

Todos tinham um papel a desempenhar. Antes eu era considerada descolada para uma meio-sangue, mas não fazia ideia de onde me encaixaria a partir do outono.

Após vagar pelos salões comuns vazios, saí da ala dos dormitórios e segui para um dos prédios menores, perto dos pântanos. Era quadrado e tinha apenas um andar, onde ficavam a cantina e os salões de convívio, rodeados por um pátio colorido.

Desacelerei ao me aproximar de um dos salões maiores. As risadas e os barulhos provindos do local indicavam que havia alguns alunos ali, mesmo nas férias de verão. Senti um revirar dentro de mim. Será que me aceitariam de volta? Será que ao menos me reconheceriam? Caramba, será que sequer se importariam?

Respirei fundo e abri as portas. Ninguém pareceu me notar. Todo mundo estava ocupado aplaudindo e exaltando uma puro-sangue que fazia vários itens de mobília flutuarem. A jovem ainda estava aprendendo a controlar o ar, o que explicava toda a barulheira. Mamãe também usava esse elemento. Afinal, era o mais comum. Puros podiam controlar apenas um, às vezes dois, se fossem muito, muito poderosos.

Analisei a garota. Com seus cachos ruivos brilhantes e olhos azuis enormes, ela parecia ter uns doze anos, especialmente por usar um moletom fofo ao lado de meios-sangues bem altos. Eu era suspeita para falar. Tinha mais ou menos um e sessenta e cinco de altura, o que era considerado baixo se comparado com a maioria dos meios.

Eu culpava meu pai mortal por isso.

Enquanto isso, a puro-sangue apertou os lábios e outra cadeira caiu no chão, arrancando mais risadas de sua plateia — exceto de uma pessoa. Caleb Nicolo. Alto, loiro e com um sorriso charmoso, Caleb foi meu parceiro de treino quando morei no Covenant. Eu não deveria me surpreender por vê-lo aqui durante o verão. Sua mãe mortal nunca quis saber do filho "esquisito" e seu pai puro-sangue era totalmente ausente.

Caleb me encarou com os olhos arregalados, perplexo.

— Caram... ba!

Naquele momento, todos viraram para mim, até mesmo a puro-sangue. Ao quebrar sua concentração, todos os itens caíram no chão. Vários meios se dispersaram quando o sofá desabou, seguido da mesa de sinuca.

Balancei a mão, acenando para eles.

— Quanto tempo, não é?

Caleb finalmente reagiu e, em questão de dois segundos, ele atravessou o salão e me puxou para um abraço de urso. Em seguida, me ergueu e me girou no ar.

— Por onde você andou, caramba? — Ele me colocou no chão. — Três anos, Alex? O que houve? Você tem noção do que os alunos andam dizendo que aconteceu com você e com a sua mãe? Achamos que estava morta! Sério, eu poderia dar um soco na sua cara agora mesmo.

Eu mal conseguia conter meu sorriso.

— Também senti a sua falta.

Ele me olhava como se eu fosse uma miragem.

— Não consigo acreditar que está mesmo aqui. É melhor que tenha uma história bem louca para me contar.

Dei risada.

— Tipo o quê?

— Acho melhor você ter tido um bebê, matado alguém ou dormido com um puro. São as suas três opções. Qualquer outra coisa é completamente inaceitável.

— Você vai quebrar a cara, porque não foi nada empolgante.

Caleb apoiou um braço em volta dos meus ombros e me conduziu até um dos sofás.

— Então tem que me contar que bosta tem feito e como voltou para cá. E por que não ligou para nenhum de nós? Não existe um lugar nesse mundo que não tenha sinal de celular.

— Meu palpite é que ela deve ter matado alguém.

Virei o rosto e avistei Jackson Manos em um grupo de meios-sangues que eu não reconhecia. Ele ainda era exatamente como eu me lembrava. Cabelo escuro partido ao meio, um corpo feito especialmente para garotas babarem e olhos sensuais e sombrios. Dei meu melhor sorriso.

— Se liga, otário. Não matei ninguém.

Jackson balançou a cabeça ao se aproximar de nós.

— Você lembra de jogar o Nick com o pescoço no chão durante o treinamento de quedas? Quase matou o cara. Ainda bem que nós, meios-sangues, saramos rápido, senão ele teria sido obrigado a se afastar dos treinamentos por meses.

Todos rimos da lembrança. O coitado ficou uma semana na enfermaria. Nossa interação e a curiosidade de todos atraíram outros meios-sangues para o sofá. Sabendo que teria que responder a perguntas relacionadas à minha ausência em algum momento, contei uma história bem sem graça sobre mamãe querer viver em meio aos mortais. Caleb me olhou pouco convencido, mas não insistiu.

— A propósito, que roupas são essas? Parece o uniforme de treinamento dos meninos. — Caleb deu um puxão leve na minha manga.

— É tudo que eu tenho. — Dei um suspiro dramático. — Duvido que eu vá sair daqui tão cedo e não tenho um tostão.

Ele abriu um sorriso largo.

— Eu sei onde guardam todas as roupas de treinamento aqui. Amanhã, posso comprar algumas coisas para você na cidade.

— Não precisa. Além disso, não acho uma boa ideia você fazer compras para mim. Vou ficar parecendo uma stripper.

Caleb riu, fazendo a pele em volta de seus olhos azuis enrugarem.

— Não se preocupa com isso. Meu pai me mandou praticamente uma fortuna há algumas semanas. Acho que deve se sentir mal por ser um pai de merda. Enfim, posso chamar algumas garotas para ir comigo, ou algo assim.

A puro-sangue — seu nome era Thea — acabou vindo até nós. Ela parecia legal e genuinamente interessada em mim, mas fez a única pergunta que eu mais temia.

— Então, a sua mãe... se reconciliou com Lucian? — perguntou em uma voz baixinha e infantil.

Me forcei a não demonstrar reação alguma.

— Não.

Ela pareceu surpresa. Os meios-sangues também.

— Mas... eles não podem se divorciar — disse Caleb. — Eles vão viver em casas separadas ou algum assim?

Puros nunca se divorciavam. Eles acreditavam que seus companheiros eram predestinados pelos deuses. Sempre achei uma grande balela, mas explicava por que tantos deles tinham casos extraconjugais.

— Hã... não — respondi. — A minha mãe... não sobreviveu.

Caleb ficou boquiaberto.

— Ah, cara. Sinto muito.

Me forcei a dar de ombros.

— Tudo bem.

— O que aconteceu com ela? — Jackson perguntou, indelicado como sempre.

Respirei fundo e decidi contar a verdade.

— Um daímôn a matou.

Isso levou a mais uma rodada de questionamentos, aos quais respondi honestamente. Todos demonstraram choque e admiração quando cheguei à parte em que eu lutei e matei dois daímônes. Até Jackson ficou impressionado. Nenhum deles tinha chegado a ver um daímôn pessoalmente.

Não entrei em detalhes sobre a minha reunião com Marcus, mas contei que meu verão não ia ser tão divertido assim. Quando mencionei que treinaria com Aiden, todos ficaram surpresos.

— O que foi? — Olhei em volta.

Caleb levantou do sofá.

— Aiden é o mais exigente...

— Mais rigoroso — Jackson acrescentou, sério.

— O mais cruel — disse uma meio-sangue de cabelo castanho bem curtinho. Acho que seu nome era Elena.

Comecei a ficar inquieta. No que eu havia me metido? E os adjetivos não tinham acabado ainda.

— O mais forte — acrescentou outra pessoa.

Elena olhou em volta do salão, seus lábios se curvando em um sorrisinho.

— O mais sexy.

Várias garotas suspiraram, mas Caleb franziu a testa.

— Isso não vem ao caso. Cara, ele é fera. Ele nem é instrutor. É sentinela, de cabo a rabo.

— As últimas turmas que se formaram foram delegadas para ele. — Jackson balançou a cabeça. — Ele nem é um guia, mas eliminou mais da metade deles e os mandou de volta como guardas.

— Ah. — Dei de ombros.

Não me parecia tão ruim assim. Eu estava prestes a dizer isso quando uma nova voz me interrompeu.

— Ora, veja só quem voltou! Se não é a nossa desistente do colegial — disse Lea Samos de maneira arrastada.

Fechei os olhos e contei até dez. Só fui até o cinco.

— Está perdida, Lea? Não é aqui que estão distribuindo testes de gravidez de graça.

— Ah, cacete. — Caleb foi para trás do sofá, saindo do caminho.

Eu não o culpava. Lea e eu tínhamos uma história lendária. Quase todas as minhas advertências que Marcus citara envolviam ela.

Lea soltou aquela risada rouca e gutural que eu conhecia bem até demais.

Finalmente olhei para ela. Não havia mudado nada.

Ok. Isso era mentira.

Na verdade, Lea havia ficado ainda mais bonita nos últimos três anos. Com seu cabelo comprido cor de cobre, olhos de ametista e pele incrivelmente bronzeada, ela parecia uma modelo glamurosa. Não pude evitar pensar nos meus olhos castanhos sem graça.

Enquanto a minha reputação espetacular fazia com que meu nome estivesse sempre na ponta da língua de muita gente por aqui, Lea era a rodada do Covenant. Era praticamente a rainha do lugar.

Seus olhos me percorreram dos pés à cabeça ao atravessar o salão, assimilando a camiseta enorme e a calça amarrotada que eu usava.

— Que gracinha!

Ela, é claro, usava a saia mais justa e curta do mundo.

— Essa não é a mesma saia que você usou na terceira série? Está ficando um pouco apertada. Talvez seja melhor mudar para um número três vezes maior.

Lea abriu um sorriso malicioso e jogou o cabelo por cima do ombro. Ela sentou em uma das poltronas fluorescentes de frente para nós.

— O que aconteceu com o seu rosto?

— O que aconteceu com o seu? — retruquei. — Está parecendo uma tangerina. Você deveria pegar mais leve no bronzeamento artificial, Lea.

Algumas risadinhas vieram da nossa plateia improvisada, mas Lea ignorou. Ela estava focada em mim — sua arqui-inimiga. Éramos assim desde os sete anos de idade. Inimigas desde o parquinho.

— Sabe o que fiquei sabendo esta manhã?

Suspirei.

— O quê?

Jackson se aproximou de Lea, seus olhos escuros devorando as pernas dela. Ele se posicionou atrás dela e deu um puxão em uma mecha de seu cabelo.

— Lea, para. Ela acabou de voltar.

Ergui as sobrancelhas quando ela, com apenas um estalar dos dedos, o fez abaixar o rosto para beijá-la. Lentamente, virei para Caleb. Ele parecia entediado com a exibição e apenas deu de ombros. Instrutores não podiam evitar que os alunos se envolvessem. Até porque, fala sério! Com um monte de adolescentes juntos, isso acontecia, mas o Covenant não via com bons olhos. Por isso, geralmente, os alunos eram discretos.

Quando eles terminaram de enfiar a língua na boca um do outro, Lea voltou a olhar para mim.

— Soube que o diretor Andros não queria você de volta. Seu próprio tio queria te mandar para a servidão. Que triste, hein?

Mostrei o dedo do meio para ela.

— Foi preciso três puros-sangues para convencer o tio dela de que valia a pena deixá-la aqui.

Caleb soltou uma risada pelo nariz.

— A Alex é uma das melhores. Duvido que tenha sido tão difícil assim convencê-lo.

Lea abriu a boca, mas eu a interrompi.

— Eu era mesmo uma das melhores. E, sim, é verdade. Aparentemente, tenho má reputação, e ele achou que eu tinha perdido muita coisa.

— O quê? — Caleb me fitou.

Dei de ombros.

— Tenho até o fim do verão para provar a Marcus que consigo recuperar o tempo perdido para me juntar aos outros alunos. Não vai ser tão difícil assim, não é, Lea? — Virei para ela, sorrindo de orelha a orelha. — Lembra da última vez que brigamos? Faz muito tempo, mas tenho certeza que você lembra claramente.

Um rubor rosado começou a surgir em suas bochechas bronzeadas e ela levou a mão até o nariz no que pareceu um gesto subconsciente, fazendo meu sorriso crescer ainda mais. Como éramos muito novas, era para ter sido um exercício de treinamento sem contato físico algum.

Mas um insulto levou a outro e, então, eu quebrei seu nariz.

Em dois lugares.

Isso também me rendeu uma suspensão de três semanas.

Lea franziu os lábios cheios.

— Sabe do que mais eu sei, Alex?

Cruzei os braços.

— O quê?

— Enquanto todos aqui parecem acreditar na desculpa que você deu para sua mãe ter ido embora, eu sei o verdadeiro motivo. — Seus olhos cintilaram com maldade.

Senti um gelo percorrer minha espinha.

— E como você sabe?

Os cantos de seus lábios se curvaram para cima quando ela encontrou meu olhar. Notei vagamente Jackson se afastando dela.

— A sua mãe se encontrou com a vovó Piperi.

Vovó Piperi? Revirei os olhos. Piperi era uma idosa maluca que também era, supostamente, um oráculo. Os puros-sangues acreditavam que ela se comunicava com os deuses. Eu acreditava que ela se comunicava com muito álcool.

— E? — perguntei.

— Eu sei o que a vovó Piperi disse para fazer a sua mãe ficar louca. Ela era louca, não era?

Quando dei por mim, eu estava de pé.

— Lea, cala a boca.

Ela me encarou, com os olhos arregalados e imperturbáveis.

— Olha, Alex, talvez seja melhor você se acalmar. Basta uma briguinha e você passará o resto da vida limpando privadas.

Fechei as mãos em punhos. Será que ela tinha se escondido debaixo da mesa de Marcus ou algo assim? Como podia saber de tantas coisas? Mas a pior parte era que Lea estava certa. Se eu quisesse sair por cima, tinha que me afastar dali. Era mais difícil do que eu imaginava, como andar por areia movediça. Quanto mais eu me movia, mais o ar à minha volta literalmente exigia que eu ficasse e quebrasse o nariz dela de novo. Mas eu consegui e passei pela poltrona dela sem atacá-la.

Eu era uma pessoa totalmente diferente — uma pessoa melhor.

— Você não quer saber o que ela disse para a sua mãe? Que a fez ir embora? Vai ficar feliz em saber que tinha tudo a ver com você.

Parei. Exatamente como Lea sabia que eu faria.

Caleb surgiu ao meu lado e segurou meu braço.

— Vamos, Alex. Se o que ela está dizendo é verdade, você não precisa cair nessa baboseira. Você sabe que ela não sabe de nada.

Lea virou-se e apoiou o braço esguio no encosto da poltrona.

— Ah, eu sei, sim. Sabe, a sua mãe e a Piperi não estavam sozinhas no jardim. Uma outra pessoa ouviu toda a conversa.

Me desvencilhei de Caleb e virei para ela.

— Quem?

Ela deu de ombros, admirando suas unhas pintadas. Eu soube naquele exato momento que eu, em algum momento, daria uma surra nela.

— O oráculo disse à sua mãe que você a mataria. Considerando que não pôde impedir que um daímôn a sugasse, acho que Piperi estava falando em um sentido abstrato. Que valor tem uma meio-sangue que não consegue nem proteger a própria mãe? Não me admira Marcus não te querer de volta.

Houve um momento em que ninguém se mexeu, nem mesmo eu. Então, sorri para ela, logo antes de agarrar um punhado de seu cabelo cor de cobre e derrubá-la da poltrona.

Pessoa melhor uma ova.

4

O jeito como ela ficou boquiaberta ao cair para trás quase compensou suas palavras cruéis. Lea claramente não esperava que eu fosse fazer alguma coisa, achando que me importaria com a ameaça de expulsão. Não sabia o poder que aquelas palavras carregavam.

Ergui o punho, com intenção total de desfazer o trabalho dos médicos para consertar aquele narizinho empinado dela, mas não cheguei a acertar o soco. Caleb conseguiu me impedir antes que eu pudesse fazer qualquer outra coisa. Ele literalmente me carregou para fora do salão e, quando me colocou no chão, ficou bloqueando minha passagem para que eu não fosse até Lea. Um sorriso enorme enfeitava o rosto dele enquanto eu tentava passar.

— Me deixa passar, Caleb. Juro pelos deuses, vou quebrar a cara dela!

— Não faz nem um dia que você voltou, Alex. Minha nossa!

— Cala a boca.

Encarei-o irritada.

— Alex, para. Se você entrar em alguma briga, será expulsa. E vai fazer o que depois? Ser uma serviçal pelo resto da vida? De qualquer forma, você sabe que ela está mentindo. Então, deixa pra lá.

Olhei para minha mão e notei vários fios de cabelo emaranhados nos dedos. Beleza.

Caleb captou o brilho cruel em meu olhar e pareceu se dar conta de que ficar perto daquele salão não acabaria bem. Então, ele agarrou meu braço e praticamente saiu me arrastando pelo corredor.

— Ela é só uma garota idiota. Você sabe que ela só está falando merda, não sabe?

— Quem garante? — resmunguei. — Ela tem razão, sabia? Não faço ideia de por que a mamãe foi embora. Pode ter falado com a vovó Piperi. Sei lá.

— Duvido muito que o oráculo tenha dito que você mataria a sua própria mãe.

Não convencida, abri a porta com um soco. Caleb veio atrás.

— Esquece isso, ok? Você precisa focar nos treinamentos, não em Lea ou no que o oráculo pode ter dito.

— Falar é fácil.

— Ok. Então pergunta ao oráculo o que ela disse à sua mãe.

Fitei Caleb.

— O quê? Você poderia perguntar a ela, se isso te incomoda tanto.

— Não é possível que aquela mulher ainda esteja viva. — Estreitei os olhos sob o sol ofuscante. — Se a minha mãe falou mesmo com ela, já faz três anos.

Foi a vez de Caleb me olhar com a mesma expressão.

— Que foi? Não é possível. Ela teria, sei lá, uns cento e cinquenta anos agora.

Puros-sangues tinham muito poder e um oráculo podia ser mais poderoso ainda, mas nenhum deles era imortal.

— Alex, vovó Piperi é o oráculo — Caleb explicou, didaticamente. — Ela viverá até o próximo surgir.

Revirei os olhos para ele.

— Ela é só uma velhinha maluca. Se comunica com os deuses? As únicas coisas com as quais ela se comunica são com as árvores e sua turma do bingo.

Ele bufou.

— Sempre fico impressionado com isso. Você, mesmo sendo quem é, o que nós somos, ainda assim não acredita nos deuses.

— Não. Acredito neles, sim. Só que penso neles como senhorios ausentes. Agora mesmo, eles devem estar curtindo em algum lugar em Las Vegas, traçando strippers e trapaceando no pôquer.

Caleb se afastou de mim em um pulo, seus pés aterrissando no chão de pedrinhas.

— Cruzes! — disse ele, com a cara apavorada. — Que eu não esteja perto de você quando um deles resolver te atacar.

Dei risada.

— Sim, eles estão mesmo nos observando e cuidando bem das coisas. Por isso temos daímônes à solta por aí drenando puros e matando mortais só por diversão.

— É por isso que os deuses têm a nós.

Caleb sorriu como se tivesse acabado de explicar tudo.

— Tanto faz.

Paramos no final do caminho de pedrinhas. A partir dali, ou íamos para o dormitório das meninas ou dos meninos.

Nós dois olhamos para o pântano. Havia plantas lenhosas e arbustos baixinhos espalhados pela água salobra, basicamente impossibilitando atravessar aquele caos. Do outro lado, havia uma floresta — uma terra de ninguém. Quando eu era mais nova, costumava achar que monstros moravam na floresta escura. Conforme fui crescendo, aprendi que aquele caminho levava à ilha principal, oferecendo uma rota de fuga perfeita quando eu queria sair escondida.

— A velhota ainda mora lá? — perguntei finalmente.

E se eu pudesse falar com Piperi?

— Acho que sim, mas quem sabe? Ela vem ao campus de vez em quando.

— Ah. — Apertei os olhos sob a luz radiante. — Sabe o que eu estava pensando?

Ele me lançou um olhar.

— O quê?

— A mamãe nunca me disse por que tivemos que ir embora, Caleb. Nem uma vez durante esses três anos. Acho que eu... me sentiria um pouco melhor se soubesse o motivo. Sei que isso não muda o que aconteceu, mas eu ao menos saberia por que droga era tão importante irmos embora daqui.

— Só o oráculo sabe. Mas você não pode ir até ela, ela mora lá do outro lado. Nem eu me aventuro tão longe nos pântanos. Então, nem pense nisso.

Meu lábio se curvou.

— Depois de todos esses anos, você ainda me conhece tão bem.

Ele deu uma risadinha.

— Talvez a gente possa dar uma festa e atraí-la. Acho que ela veio aqui no equinócio de primavera.

— Sério? — Talvez, se eu falasse com o oráculo, ela poderia me dar algumas respostas, ou me contar o meu futuro.

Caleb deu de ombros.

— Não lembro, mas por falar em festa, vai ter uma nesse fim de semana, na ilha principal. Zarak que vai organizar. Está a fim?

Contive um bocejo.

— Zarak? Nossa! Faz uma eternidade que não o vejo, mas duvido que vou poder sair tão cedo. Estou de castigo permanentemente.

— Quê? — O queixo de Caleb caiu. — Você pode sair escondida. Você era, tipo, a rainha em fazer isso.

— É, mas isso foi antes do meu tio virar diretor e eu estar a um passo de ser expulsa.

Caleb soltou uma risada pelo nariz.

— Alex, você quase foi expulsa umas três vezes. Desde quando isso te impede? De qualquer forma, tenho certeza de que a gente pode bolar alguma coisa. Além disso, vai ser como uma festa de boas-vindas para você.

Era uma má ideia, mas senti uma empolgação familiar se formando na boca do meu estômago.

— Bom... eu não vou treinar à noite.

— Não — Caleb concordou.

Um sorriso se espalhou em meus lábios.

— E sair escondido nunca matou ninguém.

— Ou resultou em expulsão.

Sorrimos um para o outro e, simples assim, as coisas voltaram a ser como eram antes de tudo virar um inferno.

Caleb e eu nos aventuramos um pouco na sala de materiais do edifício principal após o jantar. Surrupiamos todas as peças de roupas possíveis que caberiam em mim, e Caleb prometeu mais uma vez que chamaria uma das outras garotas meios-sangues para fazer compras para mim no dia seguinte. Eu só podia imaginar o que ele traria.

Com os braços cheios, voltamos para meu dormitório. Não fiquei muito surpresa quando avistei Aiden e sua estrutura formidável perto de uma das colunas de mármore que havia na varanda ampla. Caleb arregalou os olhos.

Grunhi.

— Pegos no flagra.

Meus passos desaceleraram conforme nos aproximamos dele. Não consegui interpretar nada em sua expressão estoica ou na maneira respeitosa com que ele fez um aceno de cabeça para Caleb. Pela primeira vez em sua vida, meu amigo ficou sem palavras quando Aiden deu um passo em nossa direção e pegou a pilha de roupas dos braços dele.

— Preciso lembrá-lo de que garotos não são permitidos nos dormitórios das garotas, Nicolo?

Caleb balançou a cabeça, mudo.

Aiden ergueu as sobrancelhas ao se dirigir a mim.

— Precisamos conversar.

Olhei para Caleb, impotente, mas ele recuou, oferecendo-me apenas um meio-sorriso pesaroso. Por um breve segundo, pensei em segui-lo. Mas não o fiz.

— Sobre o quê?

Aiden gesticulou para mim com um breve aceno de cabeça, incentivando-me a continuar andando.

— Você não descansou nem um pouco hoje, descansou?

Mudei a pilha de roupas para o outro braço.

— Não. Passei o dia me reconectando com meus amigos.

Ele pareceu ponderar isso enquanto seguíamos pelo corredor. Graças aos deuses meu quarto ficava no andar térreo. Eu odiava escadas, e mesmo que o Covenant tivesse mais dinheiro do que eu era capaz de assimilar, não havia um único elevador no campus inteiro.

— Você deveria estar descansando. Amanhã não vai ser fácil.

— Você bem que podia facilitar para mim.

Aiden riu. Era um som profundo e rico que teria colocado um sorriso no meu rosto em um momento diferente. Por exemplo, um em que ele não estivesse rindo de mim.

Franzi a testa ao abrir a porta do meu dormitório.

— Por que você tem permissão para me seguir, mas o Caleb não?

Ele arqueou a sobrancelha.

— Não sou aluno.

— Ainda assim, você é um garoto. — Joguei a pilha de roupas no chão do quarto. — Você nem é um instrutor ou orientador. Então eu acho que, se tem permissão para entrar aqui, Caleb também deveria ter.

Aiden me analisou por um momento, cruzando os braços.

— Me disseram que você tinha interesse em se tornar sentinela ou guarda.

Me sentei na cama e esbocei um sorriso para ele.

— Você tem pesquisado sobre mim.

— Achei que seria melhor estar preparado.

— Tenho certeza que te disseram coisas maravilhosas a meu respeito.

Ele revirou os olhos.

— A maior parte das coisas que o diretor Andros disse estava correta. Você é famosa entre os instrutores. Eles elogiavam o seu talento e a sua ambição. E as outras coisas... bem, era de esperar. Você era só uma criança. Ainda é.

— Não sou criança.

Os lábios de Aiden se retorceram, como se estivesse contendo um sorriso.

— Você ainda é criança.

Minhas bochechas esquentaram. Ouvir isso de qualquer outra pessoa, era uma coisa. Quem liga? Mas ouvir de um cara supergato não estava me despertando uma sensação muito boa.

— Não sou criança — repeti.

— É mesmo? Então, deve ser adulta, não é?

— Claro.

Abri meu melhor sorriso, um que geralmente me livrava de encrencas. Aiden não se afetou.

— Interessante. Uma adulta saberia virar as costas e ir embora para evitar briga, Alex. Especialmente depois de ter sido alertada de que qualquer comportamento questionável poderia resultar em sua expulsão do Covenant.

Meu sorriso murchou.

— Não faço ideia do que você está falando, mas tenho que concordar.

Aiden inclinou a cabeça para o lado.

— Ah, não faz?

— Não.

Um pequeno sorriso apareceu em seus lábios. Deveria ter servido como um aviso, mas minha atenção acabou se voltando toda para aqueles lábios em vez de prestar atenção *nele*. De repente, ele se curvou na minha frente, nivelando seu olhar ao meu.

— Então, posso ficar aliviado por saber que o que me disseram a uma hora atrás é falso. Não foi você que derrubou uma garota da poltrona pelo cabelo no salão de convívio.

Abri a boca para negar, mas meus protestos morreram. Droga! *Sempre* tinha alguém disposto a dedurar os outros.

— Você compreende a situação precária em que se encontra? — Seu olhar firme prendeu o meu. — Como pode permitir que simples palavras te tirem do sério?

Derrubar Lea da cadeira havia sido idiotice mesmo, mas ela me provocou.

— Ela estava falando da minha mãe.

— E isso importa? Pensa bem. São apenas palavras, e palavras não significam nada. Atos sim. Você vai brigar com cada pessoa que disser alguma coisa sobre você ou sua mãe? Se for assim, é melhor juntar as suas coisas e ir embora logo.

— Mas...

— Haverá rumores, rumores ridículos sobre o que motivou a sua mãe a ir embora, e por que você não voltou. Você não pode brigar com cada pessoa que te chatear.

Inclinei a cabeça para o lado.

— Eu posso tentar.

— Alex, você precisa focar em voltar ao Covenant. Nesse momento, está aqui por cortesia. Quer se vingar dos daímônes, não quer?

— Sim! — Minha voz se intensificou e meus punhos se fecharam.

— Quer ser capaz de derrotá-los? Então, precisa focar nos treinos em vez de dar bola pras coisas que estão dizendo de você.

— Mas ela disse que a mamãe morreu por minha causa! — Ao ouvir como minha voz falhou, tive que desviar o olhar.

Foi fraco da minha parte. Vergonhoso. Fraco e vergonhoso não faziam parte do vocabulário de um sentinela.

— Alex, olha para mim.

Hesitei antes de fazer o que ele pediu. Por um instante, a aspereza em sua expressão suavizou. Quando ele me olhava daquele jeito, eu acreditava fielmente que ele compreendia a minha reação. Talvez não concordasse, mas ao menos compreendia por que eu havia feito aquilo.

— Você sabe que não tinha nada que pudesse fazer em relação a sua mãe. — Ele examinou meu rosto. — Sabe disso, não sabe?

— Eu deveria ter feito alguma coisa. Tive todo aquele tempo e deveria ter ligado para alguém. Talvez assim... — Passei a mão pelo cabelo e respirei fundo. — Talvez assim nada disso tivesse acontecido.

— Alex, você não tinha como saber que acabaria dessa forma.

— Eu tinha, sim. — Fechei os olhos, sentindo um revirar no estômago. — Todos nós sabemos. É isso que acontece quando se vai embora da segurança da comunidade. Eu sabia que isso aconteceria, mas tinha medo de que não a deixassem voltar. Eu não... não podia deixá-la sozinha.

Aiden ficou em silêncio por tanto tempo que achei que ele havia saído do meu dormitório, mas, então, senti sua mão em meu ombro. Abri os olhos e olhei para ela. Seus dedos eram longos e tinham uma aparência graciosa. Letais, eu imaginava. Mas, naquele momento, eram delicados. Como se eu não tivesse vontade própria, olhei em seus olhos prateados. Acabei me lembrando do que aconteceu entre nós naquela fábrica.

Em um movimento abrupto, Aiden recuou seu toque. Ele passou a mão pelo cabelo, como se não soubesse direito o que estava fazendo.

— Olha. Descansa. Logo logo, vai amanhecer. — Ele virou para ir embora, mas parou. — E não saia desse quarto de novo esta noite. Não quero descobrir que você incendiou um vilarejo enquanto eu dormia.

Eu tinha várias respostas na ponta da língua, todas sagazes e sarcásticas, mas reprimi todas e desci da cama. Aiden parou na minha porta e deu uma conferida no corredor vazio.

— Alex, o que aconteceu com a sua mãe não foi culpa sua. Ficar alimentando esse sentimento só vai te atrapalhar. Não vai te levar a lugar algum. Está me entendendo?

— Sim — menti.

Embora quisesse acreditar no que o Aiden disse, sabia que não era verdade. Se eu tivesse chamado o Covenant, mamãe ainda estaria viva. Então, de certa forma, Lea tinha razão.

Eu era a responsável pela morte da minha mãe.

5

No dia seguinte, foi como se eu tivesse voltado no tempo — acordei cedo demais para pensar direito e vesti roupas feitas para levar uma surra. No entanto, dessa vez, algumas coisas eram diferentes.

Ao olhar para Aiden, por exemplo, ficava claro que ele não seria como os instrutores que já tive. Antes eram sentinelas ou guardas que haviam sofrido lesões durante a função ou que queriam se estabelecer e sossegar. Eu sempre acabava sob a mentoria de instrutores que eram velhos demais ou entediantes pra caramba.

Aiden não era nem uma coisa, nem outra.

Ele usava a mesma calça de treino que eu havia roubado da sala de materiais, mas enquanto eu vestia uma camiseta branca modesta, ele estava de regata. E, cara, ele tinha belos braços para exibir. Sua pele não era flácida, ele estava longe de ser entediante e continuava a caçar daímônes por aí. Mas havia uma coisa que tinha em comum com os meus instrutores antigos.

No instante em que entrei na academia, ele entrou em um modo sério e foi direto ao que importava. Pela forma como instruiu vários exercícios de aquecimento e ordenou que eu arrumasse todos os tatames, eu soube que estaria dolorida no fim do dia.

— Do que você se lembra do seu treinamento anterior?

Olhei em volta, para coisas que eu não via fazia três anos — tatames para amortecer quedas, bonecos com peles que pareciam reais e kits de primeiros socorros em todos os cantos. Geralmente, as pessoas sangravam em algum momento durante o treinamento. Mas era a parede mais distante que me interessava mais. Estava coberta com facas e adagas intimidadoras com as quais eu nunca tive a chance de treinar.

— Das coisas normais: o que vinha nos manuais, treinamento de ataque, técnicas de chutes e socos.

Fui direto até a parede de armamentos; era como um impulso incontrolável.

— Pouca coisa, então.

Peguei uma das adagas de titânio que os sentinelas costumavam carregar e assenti.

— A parte boa começou bem quando...

Aiden estendeu a mão e retirou a adaga da minha posse, colocando-a de volta na parede. Seus dedos se demoraram um pouco sobre a lâmina, de forma reverente.

— Você ainda não conquistou o direito de tocar nessas armas, principalmente *nesta*.

A princípio, achei que ele estava brincando, mas a expressão em seu rosto me disse que não.

— Por quê?

Ele não respondeu.

Eu meio que queria tocá-la de novo, mas recuei a mão e me afastei da parede.

— Eu era boa em tudo que aprendia. Sabia bater e chutar com força. Corria mais rápido do que qualquer um na minha turma.

Ele retornou ao centro do salão e apoiou a mãos em seu quadril estreito.

— Pouca coisa, então — repetiu.

Meus olhos o seguiram.

— Pode-se dizer que sim.

— É bom você ir se acostumando com esse lugar. Passaremos oito horas por dia aqui.

— Está brincando, né?

Não parecia.

— No fim do corredor, tem uma academia. Recomendo que você a visite... com *frequência*.

Meu queixo caiu.

Aiden me olhou impassível.

— Você está magra demais. Precisa ganhar um pouco de peso e mais massa muscular. — Ele estendeu a mão e tocou meu braço esquelético. — Velocidade e força você já tem naturalmente. Mas, nesse momento, uma criança de dez anos conseguiria te derrotar.

Fechei a boca. Ele tinha razão. Essa manhã, eu tive que apertar bastante o nó das cordas da minha calça para ela não cair.

— Bom, não era como se eu tivesse acesso a três refeições por dia. Por falar nisso, estou com fome. Não vou ter café da manhã?

A expressão rude em seu olhar suavizou um pouco e, por um instante, ele era o mesmo que estava no meu quarto na noite anterior.

— Trouxe um shake de proteínas para você.

— Eca — resmunguei, mas quando ele pegou a garrafa de plástico e me ofereceu, eu aceitei.

— Beba. Vamos estabelecer algumas regras básicas primeiro. — Aiden deu um passo para trás. — Vá se sentar. Quero que preste atenção.

E o olhar mais suave e gentil já era. Revirei os olhos e me sentei, aproximando a garrafa da minha boca com cautela. Tinha cheiro de chocolate estragado e gosto de milk-shake aguado. Que nojo.

Ele ficou de pé diante de mim, com aqueles braços inacreditavelmente sarados cruzados contra o peito.

— Primeira coisa: nada de beber ou fumar.

— Ah, poxa. Vou ter que abandonar meu vício em crack, então.

Ele me encarou, nem um pouco impressionado.

— Você não poderá sair do Covenant sem permissão ou... não me olhe assim.

— Eu, hein, quantos anos você tem?

Eu sabia muito bem qual era a idade dele, mas queria provocá-lo.

Aiden estalou o pescoço.

— Farei vinte e um em outubro.

— Hum. — Balancei a garrafa. — E você sempre foi assim, tão... maduro?

Ele juntou as sobrancelhas.

— Maduro?

— Sim, você parece um pai falando. — Engrossei minha voz e tentei ficar séria. — Não me olhe assim ou vai ver só.

Aiden piscou devagar.

— Eu não falo desse jeito, e não disse "ou vai ver só".

— Mas se tivesse dito, o que estaria implícito nesse "ou vai ver só"?

Escondi meu sorriso malicioso com a garrafa. Ele desviou o olhar por um momento, franzindo o rosto.

— Será que você pode ficar calada enquanto eu falo?

— Tá bom. — Tomei um gole. — Por que não posso sair da ilha?

— É para sua segurança e minha paz de espírito. — Aiden retornou à sua postura original, braços cruzados no peito, pernas bem afastadas. — Você não sairá desta ilha desacompanhada.

— Meus amigos contam? — perguntei.

— Não.

— Então quem vai poder me acompanhar?

Aiden fechou os olhos e suspirou.

— Eu ou um dos outros instrutores.

Fiquei girando o líquido na garrafa.

— Eu conheço as regras, Aiden. Você não precisa repassá-las comigo.

Ele pareceu querer argumentar que seria bom eu recapitulá-las, mas acabou cedendo. Depois que terminei de tomar o shake, ele pegou a garrafa e a levou para o canto onde ficavam vários sacos de pancada apoiados na parede.

Levantei e me alonguei.

— Então, o que vou aprender hoje? Acho que deveríamos começar com qualquer coisa que não envolva você me dar uma surra.

Seus lábios se contorceram, como se lutasse contra um sorriso.

— O básico.

— O básico. — Fiz beicinho. — Você só pode estar de brincadeira. Eu sei o básico.

— Sabe o suficiente para não ser morta de primeira. — Ele fez uma careta quando comecei a pular de um lado para outro. — O que está fazendo?

Parei, dando de ombros.

— Estou entediada.

Aiden revirou os olhos.

— Então, vamos começar. Você não vai ficar entediada por muito tempo.

— Sim, mestre.

Ele fez uma careta.

— Não me chama assim. Eu não sou seu mestre. Somente os deuses podem ser chamados de mestre.

— Sim... — Fiz uma pausa, vendo seus olhos cintilarem e sua mandíbula tensionar. — *Senhor*.

Aiden me fitou por um momento e, então, assentiu.

— Ok. Quero ver como você aguenta uma derrubada.

— Eu quase consegui te acertar lá na fábrica.

Senti a necessidade de enfatizar isso.

Ele virou para mim e gesticulou para um dos tatames.

— "Quase" não conta, Alex. Nunca conta.

Me arrastei e parei diante dele, enquanto ele me circulava.

— Quando atacam, daímônes usam tanto força bruta quanto magia elementar.

— Sim, aham.

Daímônes podiam ser ridiculamente fortes, dependendo de quantos puros ou meios-sangues haviam drenado. Ser atacado por um deles usando o elemento ar era equivalente a ser atingido por um trem de carga. O único momento em que não eram perigosos era quando estavam sugando éter.

— O segredo é não deixar que te derrubem, mas isso vai acontecer, até com o melhor de nós. Quando acontecer, você precisa conseguir se reerguer. — Seus olhos cinzentos focaram em mim.

Que coisa chata!

— Aiden, eu lembro do meu treinamento. Sei lidar com uma derrubada.

— Sabe mesmo?

— Resistir a uma queda é a coisa mais fácil...

Minhas costas se chocaram contra o tatame. A dor começou a me invadir. Fiquei ali deitada, atônita.

Aiden pairou sobre mim.

— Isso foi só uma prévia, e você não aterrissou corretamente, nem de longe.

— Ai!

Não sabia se conseguia me mover.

— Você deveria ter aterrissado com a parte superior das costas. Dói menos e é mais fácil manobrar depois. — Ele me ofereceu sua mão. — Achei que você sabia lidar com uma derrubada.

— Deuses — vociferei. — Você não podia ter me avisado?

Ignorei sua mão e descobri que conseguia me mexer. Levantei, olhando irritada para ele.

Um sorriso torto se formou em seus lábios.

— Mesmo sem aviso, você tem um segundo antes de cair. É tempo mais do que suficiente para posicionar o seu corpo direito.

— Gira os quadris e mantém o queixo para baixo. — Fiz uma careta, massageando as costas. — Sim, eu lembro.

— Então, me mostra. — Ele parou, me olhando como se eu fosse algum espécime estranho. — Ergue os braços. Assim. — Ele posicionou meus braços de forma que bloqueassem meu peito. — Mantenha-os bem firmes. Nada de braços molengas.

— Ok.

Ele fez uma expressão engraçada ao examinar meus braços finos.

— Bom, mantenha-os o mais firme que puder.

— Engraçadinho.

Sorriu novamente.

— Muito bem.

Então, ele atingiu meus braços com a lateral de um dos seus. Sendo sincera, nem foi tão forte, mas ainda assim, eu caí. E do jeito errado. Rolei, fazendo careta.

— Alex, você sabe o que fazer.

Rolei mais uma vez e grunhi.

— Bom... aparentemente, esqueci.

— Levanta. — Ele me ofereceu a mão novamente, mas tornei a recusar. Fiquei de pé. — Posiciona os braços.

Fiz o que ele instruiu e me preparei para o golpe inevitável. Caí de novo, e de novo e de novo. Passei as próximas horas com as costas no chão, e não de um jeito bom. Estava tão ruim que, em determinado momento, Aiden teve que repassar o mecanismo de queda como se eu tivesse dez anos.

Mas, finalmente, em meio a todas as porcarias inúteis flutuando em meu cérebro, encontrei a técnica que havia aprendido tempos antes e arrasei.

— Até que enfim — Aiden murmurou.

Fizemos um intervalo para o almoço, o que consistiu em ficar comendo sozinha enquanto Aiden foi fazer sabe-se lá o quê. Após uns quinze minutos, uma puro-sangue de jaleco branco apareceu na minha frente. Engoli o que estava mastigando.

— Oi?

— Venha comigo, por favor — ela disse.

Olhei para meu sanduíche pela metade e suspirei. Esvaziei meu prato no lixo e segui a puro-sangue até o edifício médico que ficava por trás das unidades de treinamento.

— Vou fazer um exame físico ou algo assim?

Ela não respondeu.

Qualquer tentativa de conversa foi ignorada, e eu já tinha desistido quando me sentei na mesa. Observei-a ir a um armário e vasculhar por alguns segundos. Então, ela se virou para mim, dando petelecos na ponta da seringa.

Arregalei os olhos.

— Hã... o que é isso?

— Por favor, erga a manga da sua camiseta.

Desconfiada, fiz o que ela pediu.

— Mas o que você vai me... *maldição!* — Minha pele ardeu onde ela furou. — Isso doeu pra caramba.

Seus lábios se curvaram em um sorriso quase imperceptível, mas suas palavras pingaram repúdio.

— Você receberá um lembrete em seis meses para receber outra dose. Tente evitar atividades sexuais sem proteção pelas próximas quarenta e oito horas, por favor.

Tente evitar? Como se eu tivesse vontades animalescas incontroláveis e pulasse em tudo que visse pela frente...?

— Não sou tarada, moça.

A puro-sangue me deu as costas, claramente me dispensando. Desci da mesa, puxando minha manga para baixo. Eu não acreditava que tinha esquecido do anticoncepcional obrigatório do Covenant para meios--sangues do sexo feminino. Afinal de contas, a prole de dois meios era praticamente um mortal e inútil para os puros. Isso nunca havia me incomodado, já que eu duvidava que um dia desenvolveria um instinto maternal. Mas a puro-sangue poderia ter ao menos me avisado antes de me espetar.

Quando voltei à sala de treinamento, Aiden notou que eu estava esfregando o braço, mas eu não expliquei. Então, passamos para outro movimento que eu adorava: ser derrubada e ficar de pé novamente com um pulo.

Também me saí péssima nesse.

No fim da sessão de treinos, cada músculo das minhas costas doía e parecia que alguém tinha enchido minhas coxas de socos. Comecei a recolher os tatames muito devagar. Tanto que Aiden acabou assumindo essa tarefa.

— Vai ficar mais fácil. — Ele ergueu o olhar enquanto eu mancava até onde ele estava empilhando os tatames. — O seu corpo vai se acostumar novamente.

— Tomara.

— É melhor você esperar alguns dias para começar a academia.

Quase o abracei por isso.

— Mas seria muito bom você fazer alongamentos à noite. Vai te ajudar a relaxar os músculos. Assim, não ficará tão dolorida.

Segui Aiden até a porta. Parecia um bom conselho. Do lado de fora da sala de treinamento, esperei ele fechar as portas duplas.

— Amanhã, vamos trabalhar um pouco mais o salto para se levantar. Depois, passamos para as técnicas de bloqueio.

Eu quis argumentar que já tinha aprendido várias técnicas de bloqueio, mas me lembrei do quão rápido o daímôn me mordeu na Geórgia. Minha mão buscou meu ombro, tocando a cicatriz levemente irregular.

— Você está bem?

Baixei a mão e assenti.

— Estou.

Como se pudesse ler mentes, ele se aproximou e afastou meu rabo de cavalo do ombro. O toque leve desencadeou um arrepio.

— Não está tão ruim. Vai sumir logo.

— Vai ficar uma cicatriz. Já está se formando, na verdade.

— Alguns diriam que cicatrizes assim são símbolos de honra.

— É mesmo?

— Sim. Elas demonstram o quanto você foi corajosa. Não há do que se envergonhar.

— Claro. — Forcei um sorriso rápido.

Pude ver em seu rosto que ele não acreditou em mim, mas não insistiu. Segui mancando em direção ao meu quarto. Caleb estava me esperando em frente à minha porta com várias sacolas de compras na mão e uma expressão nervosa.

— Caleb, você não precisava ter feito isso. E vai acabar sendo pego aqui.

— Então me deixa entrar logo no quarto, antes que eu seja pego. E não se preocupa com as compras. Consegui umas gatinhas que passaram o dia experimentando roupas para mim. Acredite, nós dois saímos ganhando.

Soltei uma risadinha, indo até o sofá, e me sentei devagar.

— Obrigada. Fico te devendo uma.

Caleb começou a falar sobre todas as coisas que eu tinha perdido durante a minha ausência — era como eu estava me referindo a isso no momento — enquanto eu esvaziava as sacolas com várias calças jeans, vestidos e shorts que provavelmente não eram permitidos no Covenant. Balancei a cabeça. Onde raios eu ia usar algumas dessas coisas?

Aparentemente, as coisas não tinham mudado tanto. Todo mundo ainda saía escondido e se envolvia com todo mundo. Lea havia conseguido com sucesso fazer dois ou três garotos ficarem uns contra os outros e competirem por sua atenção. De acordo com o que vi no dia anterior, Jackson parecia ter vencido essa. Dois meios-sangues um ano mais velhos do que nós, Rosalie e Nathaniel, haviam se formado e se tornado sentinelas, eu quase morri de inveja. Depois do treinamento de hoje, era difícil Aiden ainda achar que eu tinha algum potencial.

Luke, um meio-sangue com quem eu costumava andar, tinha se assumido ano passado — não que ser gay ou bissexual fosse um problema por aqui. Éramos todos filhos de um monte de deuses que, com certeza, não discriminavam quando escolhiam seus parceiros sexuais, então pouca coisa chegava a ser chocante quando se tratava de sexo.

Parecia que eu era a única virgem ali. Suspirei.

— O seu treinamento foi tão ruim assim?

— Acho que quebrei as costas — falei, sem rodeios.

Ele parecia querer rir.

— Você não quebrou as costas. Só está... fora de forma. Daqui a alguns dias, vai estar chutando o Aiden.

— Duvido muito.

— Ei, o que ele queria ontem? Cara, vou ser sincero. Estou esperando o momento em que ele vai aparecer aqui e me quebrar na porrada por estar no seu quarto.

— Então você não deveria estar aqui, se está com medo.

Caleb ignorou isso.

— O que o Aiden queria ontem?

— Acho que a Lea me dedurou. Aiden sabia sobre o lance na sala de convívio. Ele não brigou comigo, nem nada, mas eu podia ter ficado sem o sermão.

— Caramba, às vezes ela é tão cretina. — Ele sentou na poltrona, passando a mão pelo cabelo. — Talvez a gente pudesse queimar as sobrancelhas dela ou algo assim. Tenho certeza de que o Zarak toparia isso.

Dei risada.

— E tenho certeza que isso não vai me favorecer muito.

— Sabe, eu transei...

— O quê? — Soltei um grito agudo, quase caindo do sofá. Péssimo movimento. Doeu. — Por favor, não me diga que você transou com a Lea.

Ele deu de ombros.

— Eu estava entediado. Ela estava disponível.

Enojada, joguei um travesseiro na cabeça dele e o interrompi:

— Não quero saber os detalhes. Vou só fingir que você nunca admitiu isso.

Um sorriso enorme esticou seus lábios.

— Bom, parece que a Lea está determinada a meter você em encrenca, se tiver mesmo te dedurado.

Recostei no sofá novamente, pensando em quem mais estava presente naquele momento.

— Não sei. E aquela puro-sangue que também estava lá?

— Quem? Thea? — Ele fez que não. — Impossível ela ter contado pra alguém.

— O que Thea está fazendo aqui, afinal?

Era estranho ver qualquer puro-sangue no Covenant durante o verão. Eles ficavam durante o ano letivo, mas, quando o verão chegava, eles saíam de férias com os pais — provavelmente viajando pelo mundo e fazendo outras coisas ridiculamente caras. Coisas divertidas e muito legais. Obviamente, eles eram acompanhados por guardas em suas aventuras, para o caso de algum daímôn aparecer.

— Os pais dela fazem parte do conselho e não têm tempo para a filha. Ela é bem legal, mas muito quieta. Acho que é a fim do Deacon.

— Deacon, irmão do Aiden?

— Aham.

Dava para perceber que havia algo por trás disso.

— Qual é o problema? Os dois são puros.

Caleb arqueou a sobrancelha para mim, mas então pareceu lembrar que eu havia passado três anos longe daqui.

— O Deacon tem certa fama.

— Ok. — Tentei me acomodar melhor ao sentir uma fisgada repentina nas costas.

— A Thea também. E digamos que ela ganha o prêmio de pureza.

Bom saber que eu não era a única virgem.

— E?

— A fama do Deacon é mais do tipo... hum, como dizer isso sem ser grosseiro? — Ele pausou, pensativo. — Deacon puxou a reputação de Zeus.

— Bem... os opostos se atraem, eu acho.

— Mas não *tão* opostos assim.

Dei de ombros e, então, estremeci.

— Ah, quase esqueci. Você não vai acreditar no que ouvi hoje na cidade. Uma das donas da loja de roupas femininas estava fofocando à beça enquanto eu pagava, sem se importar com quem ouvia, mas... Ah! A propósito, ela provavelmente acha agora que eu sou cross-dresser.

Sorri.

Ele revirou os olhos.

— Enfim, você se lembra da Kelia Lothos?

Apertei os lábios. Kelia Lothos — o nome não me era estranho.

— Ela não era guarda aqui?

— Sim, ela é uns dez anos mais velha que a gente. Arranjou um namorado.

— Bom para ela.

— Calma, Alex. Espera ouvir o resto da história. O nome dele é Hector, não sei o sobrenome. Mas é um puro-sangue de outra comunidade. — Ele parou para causar um efeito dramático.

Passei a mão no rabo de cavalo, sem entender muito bem onde ele queria chegar com isso.

— Ele é puro-sangue, cacete! — Caleb ergueu as mãos. — Lembra? É proibido.

Arregalei os olhos.

— Ah, sim, isso não é nada bom!

Ele balançou a cabeça e mechas loiras roçaram em seus olhos.

— Não acredito que eles foram tão burros de nem considerar uma coisa dessas.

A gente já nascia internalizando a regra de que qualquer tipo de relacionamento romântico entre puros e meios era proibido. A maioria dos meios-sangues nem questionava, mas era aquilo: a maioria dos meios não questionava nada. Éramos treinados para obedecer desde o primeiro instante. Tentei encontrar uma posição confortável.

— O que você acha que vai acontecer com a Kelia?

Caleb soltou uma risada.

— Ela provavelmente vai perder o cargo de guarda e ser enviada para trabalhar em uma das casas.

Aquilo me encheu de irritação e ressentimento.

— E o Hector vai levar uma palmadinha na mão. Onde isso é justo?

Ele me lançou um olhar estranho.

— Não é justo, mas é o que acontece.

— Que estupidez... — Senti a mandíbula tensionar. — Quem liga se um meio e um puro ficam juntos? É mesmo uma coisa tão grave a ponto de a Kelia ter que perder tudo?

Caleb arregalou os olhos.

— As coisas são assim, Alex. Você sabe disso.

Cruzei os braços, me perguntando por que aquilo estava me afetando tanto. As coisas eram assim havia eras, mas era tão injusto.

— É errado, Caleb. Kelia vai ser escravizada só porque se envolveu com um puro.

Ele ficou quieto por um momento e, então, me encarou.

— Essa sua reação tem a ver com o fato de seu novo personal trainer ser o puro-sangue que faz todas as garotas babarem?

Fiz uma careta.

— Claro que não! Tá louco? Ele vai acabar me matando. — Pausei, afundando no sofá. — Acho que é o que ele pretende.

— Então tá.

Estiquei as pernas e prendi-o sob meu olhar.

— Você se esquece de que eu passei três anos no mundo normal, um mundo onde puros e meios nem existem. Ninguém confere a linhagem divina antes de sair com a pessoa.

Ele ficou encarando o nada por alguns instantes.

— Como era?

— Como era o quê?

Caleb se remexeu inquieto na poltrona.

— Estar em outro mundo, longe de tudo... isso?

— Ah! — Me apoiei no cotovelo.

A maioria dos meios-sangues não fazia ideia de como era. Claro, eles interagiam com o mundo lá fora — destaque para o interagiam —, mas nunca fizeram parte dele, nem por pouco tempo. Os puros também não. Para a nossa espécie, a vida mortal parecia muito violenta, onde daímônes não eram as únicas coisas cruéis com que se preocupar.

Sim, nós também tínhamos nossas loucuras. Caras que não tinham a palavra "não" em seu vocabulário, garotas traiçoeiras e pessoas que fariam *qualquer coisa* para conseguir o que queriam. Mas não era nada como o mundo mortal, e eu não sabia se isso era bom ou ruim.

— Cara, é diferente. Tem tantas pessoas diferentes. Chegou um momento em que eu só me enturmei, de certa forma.

Caleb prestou atenção, com empolgação até demais para seu próprio bem, enquanto eu tentava explicar como era o mundo lá fora. Sempre que nos mudávamos, mamãe usava hipnoses para conseguir me inserir no sistema escolar sem que eu precisasse de matrícula. Caleb demonstrou bastante interesse nas escolas do mundo dos mortais, mas era diferente do Covenant. Aqui, nós passávamos quase todos os dias lutando. No mundo mortal, eu passava as aulas olhando para o quadro.

Ter curiosidade pelo mundo não era necessariamente bom. Em geral, levava uma pessoa a querer sair daqui. Mamãe e eu tivéramos mais êxito do que a maioria. O Covenant sempre encontrava as pessoas que tentavam viver no mundo mortal.

No nosso caso, eles chegaram um pouco tarde demais.

Caleb inclinou a cabeça para o lado e me examinou.

— Como você se sente tendo voltado?

Deitei no sofá, fitando o teto.

— Bem.

— Sério? — Ele ficou de pé. — Porque você passou por muita coisa.

— Sim, estou bem.

Caleb se aproximou e sentou no sofá também, praticamente me empurrando para abrir espaço.

— Ai!

— Alex, não é possível que as merdas que aconteceram não tenham, sabe, mexido com você. Teriam mexido comigo.

Fechei os olhos.

— Caleb, eu agradeço a sua preocupação, mas você está praticamente sentado em mim.

Ele se remexeu, mas se manteve no lugar.

— Vai falar comigo sobre isso?

— Olha. Eu estou bem. Não é como se isso tivesse mexido comigo. — Abri os olhos devagar e o encontrei me observando com expectativa. — Está bem. Tudo me afetou. Está feliz?

— Claro que não.

Se tinha coisa que não era meu forte era falar sobre meus sentimentos. Aff, eu não era boa nem em pensar sobre meus sentimentos. Mas parecia que Caleb não ia desistir tão cedo.

— Eu... tento não pensar nisso. É melhor assim.

Ele franziu a testa.

— Sério? Preciso usar psicologia básica com você e dizer "acho que não é uma coisa boa você não pensar nisso"?

Grunhi.

— Odeio baboseiras de psicologia, então, por favor, não começa.

— Alex?

Sentei, ignorando como minhas costas protestaram, e o empurrei do sofá. Ele se equilibrou facilmente.

— O que você quer que eu diga? Que sinto falta da minha mãe? Sim. Eu sinto falta dela. Que foi horrível vê-la sendo drenada por um daímôn? Sim, foi horrível. Lutar com daímônes e achar que eu ia morrer foi divertido? Não, nem um pouco. *Também* foi horrível, caramba.

Ele assentiu, aceitando meu pequeno desabafo.

— Você chegou a fazer um velório para ela ou algo assim?

— É uma pergunta estúpida, Caleb. — Afastei a mecha que havia escapulido do meu rabo de cavalo. — Não houve enterro. Depois que matei o daímôn, apareceu outro. Eu fugi.

Seu rosto empalideceu.

— Alguém voltou para buscar o corpo dela?

Me encolhi.

— Não sei. Não perguntei.

Ele pareceu remoer um pouco o assunto.

— Talvez ajudasse um pouco se você fizesse algum tipo de cerimônia para ela. Sabe, uma pequena reunião só para relembrá-la.

Lancei um olhar rígido para ele.

— Não vamos fazer um velório. É sério. Se você ao menos pensar em algo assim, vou arriscar ser expulsa por te dar uma surra. — Fazer um velório significava admitir que ela estava morta. A muralha, a dureza que eu havia erguido à minha volta, desmoronaria e eu... eu não poderia lidar com isso.

— Tudo bem. Tudo bem. — Ele ergueu as mãos. — Só achei que isso te traria um desfecho.

— Eu tive um desfecho. Lembra? Eu a vi morrer.

Dessa vez, foi ele que se encolheu.

— Alex... eu sinto muito. Deuses, eu não sei como você deve ter se sentido. Não consigo nem imaginar.

Ele deu um passo à frente, como se pretendesse me dar um abraço, mas eu o ignorei. Caleb pareceu entender que eu não queria mais falar sobre isso, então ele mudou para assuntos mais seguros — fofocas, histórias de travessuras no Covenant.

Continuei no sofá depois que ele saiu com cuidado do dormitório. Eu deveria estar com fome ou pronta para ir socializar, mas não estava. Nossa conversa — a parte sobre a minha mãe — ficou incomodando feito uma ferida purulenta. Tentei focar nas partes leves. Tentei até mesmo pensar em como Jackson estava bonito — e Caleb também, porque havia crescido bastante nos últimos três anos —, mas as imagens deles foram rapidamente substituídas por Aiden e seus braços.

E isso era *tão* errado.

Deitei novamente e voltei a encarar o teto. Eu estava bem. Estava ótima, na verdade. Estar de volta ao Covenant era muito melhor do que estar no mundo lá fora ou limpando privadas na casa de algum puro-sangue. Esfreguei meus olhos, franzindo as sobrancelhas. Eu estava bem.

Eu tinha que ficar bem.

6

Eu queria me enfiar em um buraco e morrer.

— Isso, muito bem. — Aiden assentiu quando desviei de um de seus golpes. — Usa o antebraço. Se movimenta com propósito.

Me movimentar com propósito? Que tal eu me movimentar até chegar a um lugar onde eu pudesse me deitar? Esse, sim, seria um ótimo propósito. Aiden avançou em mim e eu bloqueei seu soco. Ah, eu era boa nisso, pode crer. Em seguida, ele deu um giro e, para alguém tão alto quanto ele, o cara sabia mover o corpo feito um ninja.

Seu calcanhar passou de raspão em meus braços e acertou a lateral do meu corpo. Mal registrei a força do impacto. Àquela altura, eu já estava acostumada ao pico agudo de dor e à sensação latejante que restava em seguida. Inspirei lentamente e tentei respirar, a fim de amenizar a agonia. Meios-sangues não demonstravam dor diante do inimigo. Pelo menos disso eu me lembrava.

Aiden endireitou a postura, com uma leve expressão preocupada.

— Você está bem?

Cerrei os dentes.

— Sim.

Ele se aproximou de mim, pouco convencido.

— Foi um chute bem forte, Alex. Tudo bem se estiver doendo. Vamos tirar alguns minutos de intervalo.

— Não. — Dei alguns passos enquanto ele me observava. — Estou bem. Vamos tentar mais uma vez.

E tentamos. Perder alguns socos e chutes era bem melhor do que ter que correr em volta de um campo, como no dia anterior, ou passar a tarde na academia.

Foi o que aconteceu na última vez, quando eu reclamei que minhas costas e costelas estavam doendo. Aiden reproduziu mais técnicas de bloqueio que uma criança de dez anos conseguiria desempenhar enquanto eu observava seus movimentos de forma obsessiva. No decorrer dos últimos dias, havia me dado conta do quanto estava atrasada, e até mesmo eu estava impressionada por ter conseguido matar dois daímônes.

Eu mal conseguia bloquear a maioria dos chutes de Aiden.

— Observe. — Ele me circulou, seu corpo tenso. — Sempre há algo que entrega qual será a minha próxima ação. Pode ser um leve tremor do músculo ou um olhar breve, mas sempre tem alguma coisa. Não é diferente quando um daímôn ataca.

Assenti e nos preparamos novamente. Aiden avançou com um movimento de sua mão. Bloqueei seu braço e depois o outro. Não era com seus socos que eu tinha problema. Era com seus chutes — ele girava muito rápido. Mas, dessa vez, vi seus olhos descerem para minha cintura. Me contorci para desviar do chute, porém desci o braço em um movimento impecável com um segundo de atraso. O pé dele atingiu minhas costas machucadas. Me curvei imediatamente, me apoiando nos joelhos e respirando fundo.

Imediatamente, Aiden veio até mim.

— Alex?

— Isso... doeu um pouco.

— Se te anima, você quase conseguiu dessa vez.

Ergui o rosto e dei uma risadinha ao ver seu sorriso torto.

— Bom saber.

Ele começou a dizer alguma coisa, mas seu sorriso sumiu e sua voz me deu um aviso baixo.

— Alex. Se endireita.

Minhas costas protestaram com o movimento repentino, mas no instante em que vi Marcus na porta, entendi por quê. Eu não precisava parecer que tinha acabado de ser arrebentada na porrada na frente dele.

Marcus estava encostado à porta, braços cruzados.

— Queria saber como estava indo o treinamento. Vejo que está avançando como esperado.

Ai. Respirei fundo.

— Gostaria de experimentar?

Marcus ergueu as sobrancelhas e sorriu, mas Aiden segurou meu braço.

— Não faça isso.

Afastei sua mão. Eu tinha certeza de que dava conta do meu tio. Com seu cabelo perfeitamente penteado e calça cáqui bem passada, ele parecia pertencer a um pôster de divulgação do clube de iate do mês.

— Eu topo, se você topar.

Ofereci mais uma vez, com um sorriso radiante.

— Alex, estou te dizendo para não fazer isso. Ele era um...

Marcus se afastou da porta.

— Tudo bem, Aiden. Normalmente, eu não aceitaria uma oferta tão ridícula, mas estou me sentindo caridoso hoje.

Soltei uma risada de escárnio.

— Caridoso?

115

— Marcus, isso não é necessário. — Aiden ficou na minha frente. — Ela ainda está começando a aprender a bloquear corretamente.

Fiz uma careta para Aiden. *Caramba, hein. Valeu por me apoiar, amigão.* Meu ego ressurgiu a todo vapor e eu desviei de Aiden.

— Acho que dou conta dele.

Marcus jogou a cabeça para trás e gargalhou, mas Aiden não parecia nada contente com aquela situação.

— Alex, estou te dizendo para *não* fazer isso. Fique quieta e me ouça.

Lancei um olhar inocente para Aiden.

— Fazer o quê?

— Não. *Ela dá conta,* Aiden. Vamos ver o que ela aprendeu. Já que está me desafiando, presumo que esteja pronta.

Apoiei as mãos nos quadris.

— Não sei. Acho que me sentiria mal por dar uma surra em um coroa.

O olhar brilhante de esmeralda de Marcus focou em mim.

— Ataca.

— O quê?

Ele ficou perplexo, mas então estalou os dedos.

— Ah, é mesmo! Você ainda não aprendeu movimentos de ataque. Então, eu vou atacá-la. Conhece técnicas de bloqueio e defesa, não é?

Marcus sabia sobre técnicas de bloqueio e defesa? Mudei o peso do corpo de uma perna para outra e lancei um olhar rápido para Aiden. Ele não parecia nem um pouco satisfeito com isso.

— Sim.

— Então, deve estar adequadamente treinada para se defender. — Marcus fez uma pausa e seu sorriso desapareceu. — Imagine que sou seu inimigo, Alexandria.

— Ah, isso não vai ser muito difícil, *diretor Andros...* — Ergui as mãos e gesticulei para que ele avançasse. Eu era tão durona...

Marcus não demonstrou nenhum aviso prévio, exceto pelo leve tremor em seu braço logo antes de lançar seu golpe. Ergui meu braço, exatamente como Aiden instruíra, e bloqueei o soco. Não pude evitar o sorriso de orelha a orelha que se abriu em meus lábios quando desviei de mais um golpe cruel. Estreitei os olhos para meu tio conforme ele se preparava para mais um ataque.

— Se afasta. — A voz de Aiden ecoou, baixa e áspera. — Você está muito perto.

Avancei, bloqueando mais um dos socos de Marcus.

A arrogância tomou conta de mim.

— Você tem que ser mais rápido...

Em vez de Marcus fazer o que eu esperava — um giro seguido de um chute —, ele agarrou meu braço e o torceu. Ao girar meu corpo, ele colocou o outro braço em torno do meu pescoço, me prendendo em um mata-leão brutal.

Meu coração martelou com força no peito. Qualquer movimento que eu fizesse resultaria em torcer ainda mais meu braço em um ângulo muito pior. Dentro de segundos, ele me deixou impotente. Em qualquer outra situação, se não fosse o *meu tio* me segurando em um mata-leão, eu o teria parabenizado por uma manobra tão rápida.

Ele baixou a cabeça, falando diretamente em meu ouvido.

— Agora, imagine se eu fosse um daímôn — disse Marcus. — O que você acha que aconteceria em seguida?

Recusei-me a responder, cerrando os dentes.

— Alexandria, eu te fiz uma pergunta. O que aconteceria se eu fosse um daímôn? — Ele me apertou um pouco mais.

Meu olhar encontrou o de Aiden. Ele assistia à cena com uma raiva impotente estampada em sua expressão. Dava para ver que havia uma parte dele que queria intervir, mas ele sabia que não podia.

— Precisamos tentar isso de novo? — perguntou Marcus.

— Não! Eu... eu estaria morta.

— Sim. Você estaria morta. — Marcus me soltou e eu cambaleei para a frente. Ele passou por mim, dirigindo-se a Aiden. — Se você tem a mínima esperança de que ela esteja pronta no outono, talvez queira consertar essa marra que ela tem e se certificar de que atenda às suas instruções da próxima vez. Se continuar dessa forma, vai falhar.

Sem desviar o olhar de mim por um segundo sequer, ele fez um aceno breve de cabeça para Marcus.

Furiosa, fiquei me corroendo em silêncio até Marcus desaparecer.

— Mas que droga eu fiz para ele? — Massageei meu pescoço. — Ele podia ter quebrado o meu braço!

— Se ele quisesse quebrar o seu braço, teria quebrado. Eu disse para você ficar quieta, Alex. O que esperava do Marcus? Achou que ele não passava de um puro-sangue preguiçoso que precisa de proteção? — Sua voz pingava sarcasmo.

— Bom, é o que ele parece! Como eu ia saber que, secretamente, ele é o Rambo de Calça de Grife?

Aiden veio até mim e segurou meu queixo.

— Você deveria saber porque eu te avisei para não o provocar. Ainda assim, foi o que você fez. Não me deu ouvidos. Ele era sentinela, Alex.

— O quê? Marcus era sentinela? Não sabia!

— Eu tentei te dizer. — Aiden fechou os olhos e soltou meu queixo. Em seguida, me deu as costas e passou a mão pelo cabelo. — Marcus tem razão. Você não estará pronta no outono se não me der ouvidos. — Ele suspirou. — É por isso que eu nunca poderia ser instrutor ou orientador. Não tenho paciência para essa porcaria.

Essa era uma das vezes em que eu sabia que precisava ficar calada, mas não consegui. Fervendo de raiva, fui até ele.

— Eu estou te dando ouvidos!

Ele virou para mim.

— Que parte você ouviu, Alex? Eu te disse explicitamente para não o provocar. Se não é capaz de me dar ouvidos, como qualquer pessoa, incluindo Marcus, pode esperar que você vá obedecer aos instrutores no outono?

Ele tinha razão, mas eu estava muito envergonhada e zangada para admitir.

— Ele só fez isso porque não gosta de mim.

Aiden soltou um som exasperado.

— Não tem nada a ver com ele gostar ou não de você, Alex. Tem tudo a ver com o fato de que você não obedece a ninguém! Passou muito tempo no mundo lá fora, onde podia facilmente se defender de mortais, mas não está mais no mundo mortal.

— Eu sei disso. Não sou burra!

— É mesmo? — Seus olhos assumiram um tom prateado cheio de fúria. — Você está em desvantagem em relação a cada pessoa daqui. Até mesmo os puros-sangues que vão começar as aulas no outono têm um conhecimento básico de como se defenderem. Quer ser sentinela? Depois do que me mostrou hoje, duvido. Sabe o que um sentinela faz? Obedece, Alex.

Senti meu rosto corar. A onda repentina de lágrimas quentes ardeu em meus olhos. Pisquei e virei as costas para ele.

Aiden xingou baixinho.

— Eu... eu não estou tentando te constranger, Alex. Mas esses são os fatos. Só estamos treinando há uma semana, e você tem um longo caminho pela frente. Precisa me ouvir.

Assim que tive certeza de que não começaria a chorar, virei para ele novamente.

— Por que você me ajudou, afinal? Quando Marcus queria me mandar para a casa de Lucian?

Aiden desviou o olhar, franzindo as sobrancelhas.

— Porque você tem potencial, e não podemos nos dar ao luxo de desperdiçar isso.

— Se eu... não tivesse perdido tanto tempo, eu sei que seria boa.

Ele tornou a me fitar, seus olhos ficando em um tom de cinza mais suave.

— Eu sei, mas perdeu. Agora, temos que tentar recuperar. Ficar batendo de frente com o seu tio não vai ajudar.

Curvei os ombros e desviei o rosto.

— Ele me odeia. Muito.

— Alex, ele não te odeia.

— Ah, acho que odeia, sim. Essa foi a primeira vez que eu o vi desde a primeira manhã aqui, e ele estava doido para provar que sou uma idiota. É óbvio que não quer que eu seja treinada.

— Não é isso.

Olhei para ele.

— É mesmo? O que é, então? — retruquei. Aiden abriu a boca, mas fechou logo em seguida. — Pois é. Exatamente.

Ele ficou em silêncio por alguns instantes.

— Vocês já foram próximos?

Soltei uma risada curta.

— Antes? Não. Eu só o via quando ele visitava a minha mãe. Ele nunca me deu atenção alguma. Sempre imaginei que era um dos puros que não são muito chegados à minha... espécie.

Havia muitos puros-sangues por aí que se achavam superiores aos meios, nos viam mais como cidadãos de classe inferior do que qualquer outra coisa. Eles sabiam que precisavam de nós, mas isso não mudava o fato de que nos enxergavam com desprezo.

— Marcus nunca se sentiu assim em relação a... meios-sangues.

Dei de ombros, cansada de falar de repente.

— O problema sou eu, então. — Ergui o olhar e forcei um sorriso fraco. — Então... você vai me mostrar o que eu fiz de errado?

— Que parte? — Ele crispou os lábios. — Tudo?

Finalmente sorriu, mas as alfinetadas que costumávamos trocar durante nossas sessões de treinamento desapareceram. Suas instruções diretas e formais deixaram clara sua decepção comigo. Mas o que eu podia fazer? Não sabia que Marcus era um Chuck Norris. Eu havia perdido a cabeça. E daí? Por que me sentia estranha?

Depois que acabou, ainda não conseguia me livrar da sensação de ser um completo fracasso. Nem mesmo quando Caleb apareceu à minha porta horas mais tarde.

Franzindo a testa, afastei-me para o lado e o deixei entrar.

— Você é muito bom em vir escondido para esse dormitório, Caleb.

Ele abriu um sorriso malicioso que murchou assim que ele deu uma olhada nas minhas vestimentas suadas.

— A festa do Zarak é hoje. Lembra?

— Droga. Não. — Fechei a porta com um chute.

— Bom, é melhor você se arrumar. Tipo, agora. Já estamos atrasados.

Pensei em dizer a ele que não estava muito a fim, mas a ideia de ficar amuada no quarto não parecia muito divertida. Decidi que merecia uma noite de diversão depois do dia que tive, e não achei que Aiden ou Marcus saberiam se eu fosse à festa do Zarak.

— Preciso tomar um banho rápido primeiro. Pode ficar à vontade.

— Claro. — Ele sentou no sofá e pegou o controle remoto. — Vai ter um monte de puros lá. Alguns que não te viram ainda desde que você voltou. Mas eles sabem que você voltou, é claro. Todos estão falando sobre isso.

Revirei os olhos e abri a porta do banheiro, tirando minhas roupas. Não me preocupei com a possibilidade de Caleb acabar me vendo. Seria como ver sua irmã nua sem querer; eu duvidava que ele quisesse ver as minhas partes. Contorci o corpo diante do espelho e vi a miscelânea de manchas azuladas cobrindo minhas costas e as laterais. Credo! Saí dali.

Caleb continuou falando da sala de estar.

— Lea e Jackson tiveram uma baita briga hoje, bem na praia, para todo mundo ver. Foi divertido assistir.

Eu não tinha tanta certeza disso. Após um banho rápido, sequei meu cabelo para que ficasse ondulado o suficiente para parecer arrumado. Agora, o que vestir?

— Está perto de terminar aí? Deuses, estou entediado.

— Quase. — Peguei uma calça jeans e uma camiseta, embora quisesse usar o vestidinho preto que Caleb tinha comprado, mas as costas nuas deixariam os hematomas à mostra. Caleb levantou quando voltei à sala de estar.

— Que sexy!

Fiz uma careta.

— Você acha isso sexy?

Ele riu ao irmos para a porta.

— Não.

Quando por fim encontramos alguns outros meios-sangues nos arredores do campus, o monólogo frenético de Caleb sobre quem estaria na festa já tinha melhorado a maior parte do meu mau humor. Caleb ficava dando olhadinhas de soslaio para uma das garotas que haviam se juntado a nós conforme atravessávamos a ponte para a ilha principal. Foi fácil esquecer dos treinos do dia e tudo o que eu havia perdido nos últimos anos.

Não foi difícil passarmos pelos guardas. Nenhum deles me reconheceu, ou, se o fizeram, não se importaram o suficiente para me mandar de volta para meu dormitório. Estavam acostumados com adolescentes indo e voltando de uma ilha a outra, especialmente durante o verão.

— Nossa! — Uma das garotas ficou surpresa quando contornamos as dunas. — A festa está definitivamente a todo vapor.

Ela tinha razão. Assim que chegamos ao fim da curva, vimos puros e meios-sangues aos montes na enorme casa de praia. Fazia tempo desde a última vez em que eu estive na casa de Zarak. Assim como Thea, os pais dele ocupavam cadeiras no conselho, tinham muito dinheiro e pouquíssimo tempo para sua cria. Com uma vista incrível para o mar, revestimentos em azul-claro e deques pintados de branco, a casa de praia deles era idêntica à casa onde mamãe tinha morado. Imaginei que ela ainda existia, do outro lado da ilha. Um misto de luto e felicidade me percorreu. Me vi ainda criança, brincando na varanda, correndo pela areia, rindo, e vi mamãe, sorrindo para mim. Ela sempre estava sorrindo.

— Ei. — Caleb se aproximou por trás de mim. — Você está bem?

— Sim.

Ele envolveu meus ombros com o braço e me deu um aperto leve.

— Vamos, você vai ser tipo uma celebridade aqui. Todos ficarão felizes em te ver.

Ao entrarmos na casa de praia, me senti mesmo uma celebridade. Por toda parte, alguém chamava meu nome ou vinha correndo até mim para me dar um abraço caloroso e desejar boas-vindas. Por um tempo, fiquei perdida em meio ao mar de rostos familiares. Uma pessoa enfiou um copo de plástico na minha mão; outra pegou uma garrafa e o encheu e, quando dei por mim, estava me divertindo com velhos amigos.

Subi os degraus amplos, esperando encontrar Zarak em algum lugar da casa. Afinal de contas, ele era um dos meus puros-sangues favoritos. Desviei de um casal de meios-sangues dando uns amassos enquanto continuavam segurando com firmeza seus copos vermelhos de plástico — uma habilidade incrível, a propósito — e entrei na cozinha, que estava menos cheia. Finalmente, avistei a cabeça cheia de cachos loiros. Ele parecia ocupado com uma garota loira bonitinha.

Eu tinha quase certeza de que iria interromper, mas achei que Zarak não se importaria. Ele deveria ter sentido a minha falta. Me aproximei e toquei seu ombro. Demorou um pouco até ele erguer o rosto e virar para mim. Extraordinários olhos cinzentos — e que, claramente, não pertenciam a Zarak — encontraram os meus.

7

Dei um passo para trás. Eu nunca tinha visto aquele garoto antes, mas havia algo estranhamente familiar naqueles olhos e nos traços de seu rosto.

— Ora, mas o que temos aqui? — Ele abriu um sorriso preguiçoso. — Uma meio-sangue louca para me conhecer? — Ele olhou para a outra garota e, em seguida, novamente para mim.

— Ah, err... Achei que você fosse outra pessoa. Desculpa.

Uma diversão cintilou em seus olhos.

— Acho que fui presunçoso, não fui?

Não pude evitar meu sorriso.

— Sim, foi.

— Mas você não foi presunçosa ao presumir que eu era outra pessoa? Isso importa? — Balancei a cabeça. — Bom, então é melhor eu me apresentar. — Ele deu um passo à frente e fez uma reverência, literalmente, curvando-se para a frente e tudo. — Sou Deacon St. Delphi. E você... é?

Meu queixo quase caiu no chão. Sinceramente, eu deveria saber no instante em que vi seus olhos. Eram quase idênticos aos de Aiden.

Os lábios de Deacon se curvaram em um sorriso convencido.

— Vejo que você já ouviu falar de mim.

— Sim, eu conheço o seu irmão.

Ele ergueu as sobrancelhas.

— Meu irmão perfeitinho conhece uma meio-sangue? Interessante. Qual é o seu nome?

Claramente irritada com a falta de atenção, a garota atrás dele bufou e saiu dali. Meu olhar a seguiu, mas ele não se deu ao trabalho de ao menos notá-la.

— Meu nome é Alexandria Andros, mas...

— Mas todo mundo te chama de Alex. — Deacon suspirou. — Sim. Também ouvi falar de você.

Tomei um gole da minha bebida, olhando para ele por cima da borda do copo.

— Ah, que bom! Tenho até medo de perguntar o quê.

Ele foi até a bancada e pegou uma garrafa, tomando um gole generoso.

— Você é a garota que o meu irmão passou meses procurando e com quem agora está comprometido por causa do treinamento.

Meu sorriso azedou.

— Comprometido?

Ele deu uma risada, balançando a garrafa de bebida entre os dedos.

— Não que eu ache uma má ideia ficar comprometido com você. Mas o meu irmão... bem, ele tem uma tendência a raramente desfrutar do que está bem debaixo do nariz dele. Como eu, por exemplo. Ele passa a maior parte do tempo livre se certificando de que estou me comportando como um bom puro-sangue em vez de se divertir comigo. Agora... ele vai passar todo o tempo se certificando de que *você* se comporte.

Aquilo fazia pouco sentido para mim.

— Acho que o seu irmão não gosta muito de mim, no momento.

— Duvido. — Ele me ofereceu a garrafa. Neguei com a cabeça. Ele se serviu com uma bebida e abriu um sorriso largo. — Tenho certeza que o meu irmão gosta muito de você.

— Por que você...

Ele deixou a garrafa de lado, pegou um copo e pousou o dedo na borda. Chamas tomaram conta do objeto. Um segundo depois, ele soprou o fogo e virou o conteúdo de uma vez. Mais um incendiário, o que eu já deveria saber. As afinidades dos puros com certos elementos tendiam a ser coisa de família.

— Por que eu acharia isso? — Deacon se inclinou para mim, como se estivesse prestes a compartilhar um grande segredo. — Porque conheço o meu irmão e sci que ele não teria se oferecido para ajudar qualquer outro meio-sangue. Ele não é uma pessoa muito paciente.

Franzi a testa.

— Ele é bem paciente comigo. — Exceto por hoje, talvez, mas eu não ia mencionar isso.

Deacon me lançou um olhar astuto.

— Preciso dizer mais?

— Acho que não.

Ele pareceu se divertir com aquilo. Com o braço em torno dos meus ombros, me conduziu em direção à varanda e acabamos cruzando caminho com Lea e Elena, a garota que eu conheci no dia em que voltei. Só me lembrei dela por causa de seu corte de cabelo curtinho.

Suspirei.

Deacon me olhou de soslaio.

— Amigas suas?

— Não exatamente — murmurei.

— Ei, ruivinha — ele chamou. — Tá gata, hein.

Eu precisava admitir. Lea estava deslumbrante em um vestido vermelho justo que destacava cada curva de seu corpo. Ela era muito linda — uma pena ser tão cretina.

Seu olhar pousou em mim brevemente antes de notar o braço de Deacon, que ainda estava em meus ombros.

— Ai, deuses, por favor, me diga que você derramou bebida na sua camisa e está com ela só para esconder a mancha. Deacon, eu preferiria usar um fio de cabelo de um daímôn como fio dental do que andar com uma dessas por aí.

Deacon ergueu as sobrancelhas para mim.

— Parece que você estava certa sobre não serem exatamente amigas.

Lancei um olhar monótono para ele.

Ele abriu um sorriso radiante para Lea. Deacon tinha até covinhas, e eu tinha certeza de que também apareceriam em Aiden se ele sorrisse de verdade.

— Você tem uma boca tão bonita e fala palavras tão feias.

Lea sorriu.

— Você nunca se importou com como eu uso a minha boca, Deacon.

Fiquei boquiaberta, olhando para Deacon.

— Ai... nossa.

Os lábios dele se curvaram em um meio-sorriso, mas ele não respondeu. Me afastei dele de fininho e puxei Caleb para a varanda espaçosa. Não estava mais tão cheia assim. Olhei rapidamente para trás e vi que Lea e Deacon tinham entrado na casa.

— Ok. Eu perdi alguma coisa enquanto estava fora? — perguntei.

Caleb enrugou o rosto.

— Do que está falando?

— Lea e Deacon estão juntos?

Ele caiu na gargalhada.

— Não, mas eles vivem de papinho.

Dei um tapa em seu braço.

— Não ri de mim. E se as pessoas acharem que eles estão? A Lea poderia se dar muito mal.

— Eles não estão juntos, Alex. A Lea é burra, mas não tanto assim. Mesmo que estejam tentando mudar a lei da ordem de raça, nenhum meio-sangue aqui está disposto a se envolver com um puro.

— Estão mudando a ordem de raça?

—Tentando. Se vão conseguir, já é outra história.

Caleb esbugalhou os olhos diante da voz inesperada. Virei, quase derrubando meu copo. Kain Poros estava sentado no corrimão, usando uniforme do Covenant.

— O que você está fazendo aqui?

— Bancando a babá — Kain resmungou. — E não ligo para o que você está bebendo, então para de procurar um lugar para jogar seu copo.

Assim que me recuperei do choque em relação a sua postura indiferente aos menores de idade bebendo, abri um sorriso enorme.

— Então, estão tentando mudar a ordem de raça?

— Sim, mas tem muita resistência. — Ele parou, estreitando o olhar para um meio-sangue que estava chegando muito perto da fogueira que alguém havia decidido acender. — Ei! Sim! Você! Afaste-se agora mesmo.

Caleb estendeu a mão e pousou seu copo discretamente.

— Odeio esse nome, ordem de raça. É tão ridículo.

— Tenho que concordar — Kain assentiu. — Mas sempre foi assim.

Àquela altura, já tínhamos atraído uma pequena plateia.

— Alguém pode me contar que droga eles estão tentando mudar?

— É uma petição para remover a proibição das duas espécies procriarem.

Um garoto de cabelo castanho bem curto sorriu ironicamente.

— Uma petição para permitir que meios e puros procriem? — Arregalei os olhos. — De onde surgiu isso?

O garoto puro-sangue soltou uma risada pelo nariz.

— Não fica tão esperançosa. Não vai rolar. Permitir que meios e puros procriem não é a única coisa que eles querem. O conselho não vai querer ir contra os deuses e, com toda a certeza do mundo, não vão permitir meios-sangues no conselho. Nada para se animar.

A vontade forte de lançar minha mão na cara dele foi difícil de ignorar, mas eu duvidava que Kain fosse aprovar isso.

— Quem é você?

Ele me lançou um olhar cortante, obviamente desaprovando meu tom.

— Não era eu que deveria te fazer essa pergunta, meio-sangue?

Caleb se manifestou antes que eu pudesse responder.

— O nome dele é Cody Hale.

Ignorei Caleb e fiz cara feia para o puro.

— E eu deveria saber quem você é?

— Para, Alex. — Kain desceu do corrimão, lembrando efetivamente do meu lugar nesse esquema. Se Cody me mandasse saltar, eu teria que perguntar de qual altura. Um meio-sangue não deveria bater boca com um puro, nunca. — Enfim, ouvi membros do conselho falando sobre isso. Os meios-sangues do Covenant em Tennessee têm bastante apoio. Eles estão fazendo uma petição para entrar no conselho.

— Duvido que consigam chegar lá — Caleb comentou.

— Não sabemos — Kain respondeu. — Há uma boa chance de o conselho os ouvir em novembro e talvez até concordem.

Ergui as sobrancelhas.

— Quando tudo isso começou?

— Há cerca de um ano. — Kain deu de ombros. — Está se tornando um movimento significativo. O Covenant na Dakota do Sul também está se envolvendo. Já era hora, mesmo.

— E o daqui e o de Nova York? — perguntei.

Caleb soltou uma risadinha de escárnio.

— Alex, a filial da Carolina do Norte parece que ainda vive na Grécia Antiga e, como o conselho principal fica em Nova York, eles vão fazer de tudo para manter todas as regras e os ritos antigos. O norte do estado é um mundo completamente diferente. Lá é brutal.

— Se tem um movimento tão grande, por que Hector e Kelia estão tão ferrados? — Franzi a testa, lembrando do que Caleb tinha me contado.

— Porque nada vingou ainda, e acho que nossos ministros estão querendo fazê-los de exemplo. — Kain crispou os lábios.

— Sim, um jeito de nos lembrar qual é o nosso lugar e o que acontece quando não seguimos as regras. — Jackson se infiltrou no pequeno grupo, sorrindo apesar das palavras deprimentes.

— Ah, pelo amor dos deuses! — Kain vociferou. Ele virou e desceu da varanda. Dois meios-sangues estavam tentando ligar um bugre. — É melhor que estejam a mais de um quilômetro desse negócio quando eu chegar aí. Sim! vocês dois!

A conversa sobre a petição foi morrendo conforme bebíamos. Aparentemente, discussão política só era algo socialmente aceito até o terceiro copo. Eu ainda estava pensando na lei da ordem de raça e no que poderia significar, quando Jackson sentou ao meu lado no balanço.

Ergui o olhar, sorrindo.

— Oi.

Ele abriu um sorriso charmoso.

— Você viu a Lea?

— Quem não viu? — Dei risadinhas.

Ele não achou tanta graça, mas meu comentário malicioso cumpriu dois propósitos. Jackson passou o resto da noite grudado em mim e, quando Lea reapareceu, seu rosto ficou vermelho ao ver a proximidade entre mim e Jackson. E nós estávamos mesmo bem próximos no balanço da varanda. Eu estava praticamente no colo dele.

Cumprimentei-a esticando meu copo em sua direção.

O jeito como ela me encarou, estreitando os olhos, disse tudo. Satisfeita comigo mesma, virei para Jackson com um sorriso presunçoso.

— A sua namorada não parece muito feliz.

— Ela está assim desde que você voltou. — Ele deslizou o dedo pelo meu braço. — Qual é a parada entre vocês duas, mesmo?

Nossa relação sempre foi assim. Eu imaginava que era por sermos as mais agressivas, afrontosas e descoladas. Mas tinha mais coisas aí; só não conseguia me lembrar o quê. Dei de ombros.

— Quem sabe?

Zarak finalmente apareceu e ficou mais do que feliz em me ver. Graças a ele e Cody, todos ficaram animados com a ideia de transferir a festa para outro lugar, pegando os Porsches da mamãe e do papai para ir a Myrtle.

Como eu estava com as mãos ocupadas com Jackson, acabei perdendo Caleb de vista, escondi meu copo ainda cheio até a metade atrás do balanço. Estava só levemente alterada, mas sabia que faltava apenas alguns goles para ficar completamente de porre.

— Você vai com eles?

Franzi as sobrancelhas e olhei para Jackson.

— Hã?

Ele sorriu, inclinando-se de modo que seus lábios quase roçaram na minha orelha e falou.

— Vai para Myrtle?

— Ah. — Balancei meus pés para s frente e para trás. — Não sei, mas parece divertido.

Jackson puxou minhas mãos para que eu ficasse de pé.

— Zarak está saindo. Podemos pegar carona com ele.

Eu devia ter perdido a parte em que ele e eu tínhamos nos tornado "nós", mas não protestei quando ele me conduziu pelos degraus da varanda até o outro lado da praia. Várias pessoas já tinham ido, e tive um vislumbre rápido de Lea entrando em um banco de trás com Deacon. Eu não fazia ideia de onde Kain estava; não o via desde o incidente com o bugre. Zarak entrou no banco do motorista do carro que restava — pelo menos ele parecia bem o suficiente para estar no volante. A garota que eu tinha visto mais cedo com Deacon estava tentando decidir qual carro era mais maneiro, sem pressa alguma.

Fiquei entediada, encostando na lateral da casa enquanto a garota conversava com Lea. Jackson se aproximou por trás de mim.

Inclinei minha cabeça para trás, adorando a brisa morna acariciando minhas bochechas.

— Você não deveria ir com a Lea?

Ele fez uma pausa, olhando por cima do ombro.

— Ela obviamente tem outros planos.

— Mas está olhando para você — disse, apontando. Lea estava com o rosto colado na janela do carro.

— Deixa ela olhar. — Ele ficou ainda mais perto, com um sorriso perverso. — Ela decidiu, não foi?

— Acho que sim.

— Eu também. — Jackson se inclinou para me beijar.

Eu adoraria beijar o Jackson só para ver a cara da Lea, mas desviei. Jackson também era um jogador oportunista, e eu não estava a fim de entrar nesse tipo de jogo.

Ele deu risada e estendeu a mão para me alcançar. Acabou conseguindo segurar meu braço e me puxou de volta.

— Vai me fazer correr atrás de você?

O barato bom que eu estava sentindo poderia desaparecer totalmente se ele continuasse com aquela merda. Puxei meu braço e forcei um sorriso.

— É melhor você ir. Zarak vai acabar te deixando para trás.

Ele tentou me alcançar mais uma vez, mas desviei de sua mão boba.

— Você não vai?

Balancei a cabeça.

— Nah. Acho que vou encerrar a noite.

— Posso te fazer companhia, se quiser. Podemos levar a festa para o meu dormitório ou para o quarto de Zarak. — Ele começou a dar passos para trás em direção ao carro. — Acho que ele não vai se importar. Última chance, Alex.

Precisei de cada gota do meu autocontrole para não cair na risada. Balancei a cabeça e recuei, sabendo que parecia que eu o estava provocando.

— Quem sabe na próxima. — Então, dei as costas, fazendo com que ele parasse de tentar me persuadir a entrar naquele carro.

Fiquei me perguntando se Caleb havia ido para Myrtle enquanto atravessava a praia em direção à ponte, passando por várias casas de praia silenciosas. O ar à minha volta tinha cheiro de maresia. Eu amava aquele cheiro. Me lembrava da minha mãe e dos dias que passávamos um tempão sentadas na areia. Estava tão perdida em lembranças que só despertei para a realidade quando um arrepio sutil percorreu minha espinha conforme eu me aproximava da ponte.

Os arbustos irregulares e a grama alta balançavam com a fria brisa. Estranho, já que estava agradável minutos antes. Dei um passo à frente, examinando o pântano. Uma penumbra cobria aquele lamaçal, mas uma sombra maior se destacava li no meio, cada vez mais sólida com o passar dos segundos.

O vento carregava um sussurro.

— *Lexie...*

Eu devia estar ouvindo coisas. Somente mamãe me chamava de Lexie. Era impossível ter algo ali, mas o medo continuava se enrolando em meu estômago como molas.

Sem aviso prévio, mãos fortes agarraram meus ombros e me puxaram para trás. Meu coração falhou e, por um instante, eu não fazia ideia de quem era. O instinto de atacar começou a se formar, mas, então, senti o aroma familiar de sabonete e mar.

Aiden.

— O que você está fazendo? — Sua voz tinha um tom exigente.

Girei e o fitei. Seus olhos estavam estreitos. Me deparar com ele me deixou sem palavras por um segundo.

— Eu... tem alguma coisa lá.

As mãos de Aiden deslizaram dos meus ombros, e ele olhou na direção em que apontei. Naturalmente, não havia nada além das sombras que a lua formava sobre o terreno pantanoso. Ele retornou a atenção para mim.

— Não tem nada lá. O que está fazendo aqui sozinha? Você não tem permissão para sair da ilha sem supervisão, Alex. Nunca.

Eita. Dei um passo para trás, sem saber bem responder.

Então, ele se inclinou um pouco para a frente, farejando o ar.

— Você andou bebendo.

— Andei nada.

Ele ergueu a sobrancelha e crispou os lábios.

— O que está fazendo fora do Covenant?

Mexi na barra da blusa, inquieta.

— Eu estava... visitando amigos e, se bem me lembro, me disseram que eu não podia sair da ilha. Tecnicamente, ainda estou na ilha Divindade.

Ele inclinou a cabeça para o lado, cruzando os braços.

— Tenho quase certeza que permanecer na área controlada pelo Covenant estava obviamente implícito.

— Bom, você sabe o que dizem sobre presumir as coisas.

— Alex. — Ele baixou o tom de voz, em sinal de advertência.

— O que você está fazendo aqui, andando de fininho pelo escuro feito um... tarado? — Assim que a última palavra saiu da minha boca, senti vontade de me dar um tapa.

Aiden riu, incrédulo.

— Não que você precise saber disso, mas eu estava prestes a seguir um grupo de idiotas até Myrtle Beach.

Meu queixo caiu.

— Você ia segui-los?

— Sim, eu e outros sentinelas. — Aiden deu um sorriso torto. — O que foi? Você parece surpresa. Acha mesmo que deixaríamos um bando de adolescentes sair dessa ilha sem proteção? Eles podem não saber que estamos sempre de olho neles, mas ninguém sai daqui sem que saibamos.

— Bem... que fantástico saber disso. — Guardei aquela informação. — Então por que ainda está aqui?

Ele não respondeu à pergunta de imediato, já que estava ocupado me empurrando de volta para a ponte.

— Vi que você não foi com eles.

Cambaleei.

— O que... você viu, exatamente?

Ele ergueu a sobrancelha.

— O suficiente.

Ruborizando até o couro cabeludo, grunhi. Aiden riu baixinho, mas eu o ouvi.

— Por que não foi?

Pensei em mencionar que ele já sabia o porquê, mas decidi que já estava encrencada o suficiente.

— Eu... imaginei que já tinha me envolvido em muita estupidez esta noite.

E então ele riu mais alto. Foi um som grave e rico. Agradável. Olhei para cima rapidamente, esperando ver as covinhas *dele*. Mas não tive sorte.

— É bom ouvi-la dizer isso.

Curvei os ombros.

— Então, quão encrencada estou?

Aiden pareceu ponderar aquilo por alguns instantes.

— Não vou contar ao Marcus, se é isso que está insinuando.

Surpresa, sorri para ele.

— Obrigada.

Ele desviou o olhar, balançando a cabeça.

— Não me agradeça ainda.

Lembrei da primeira vez que ele disse aquilo para mim. Me perguntei quando eu deveria agradecê-lo, então.

— Mas não quero te ver com bebida na mão novamente.

Revirei os olhos.

— Caramba, olha só você falando como um pai de novo. Precisa começar a falar como se tivesse quase vinte e um anos.

Ele ignorou meu comentário, fazendo um aceno de cabeça para os guardas pelos quais passamos ao alcançar o outro lado da ponte.

— Já é ruim o suficiente eu ter que andar atrás do meu irmão. Por favor, não se torne mais um dos meus problemas.

Ousei dar uma espiada nele. Ele olhou para a frente, tensionando a mandíbula.

— É... ele parece do tipo de que dá trabalho mesmo.

— Um pouco mais que isso.

Lembrei do que Deacon disse sobre Aiden ter que se certificar de que eu me comportaria.

— Me... desculpa. Não quero que você se sinta na obrigação de tomar conta de mim.

Aiden me lançou um olhar cortante.

— Bem... obrigado.

Comecei a retorcer os dedos, me sentindo travada, por algum motivo.

— Deve ter sido difícil criá-lo praticamente sozinho.

Ele bufou.

— Você não faz ideia.

Eu não fazia mesmo. Aiden era apenas uma criança quando seus pais foram assassinados. E se eu tivesse um irmãozinho ou irmãzinha para criar? Impossível. Não conseguia sequer me imaginar nessa situação.

Alguns momentos se passaram antes de eu perguntar:

— Como... você conseguiu?

— Consegui o quê, Alex?

Terminamos de atravessar a ponte, e o Covenant estava cada vez mais próximo. Desacelerei meus passos.

— Como você cuidou do Deacon depois... de ter acontecido algo tão terrível?

Um sorriso tenso se formou em seus lábios.

— Eu não tive escolha. Me recusei a permitir que Deacon fosse entregue a outra família. Acho que... meus pais iriam querer que eu o criasse.

— Mas é muita responsabilidade. Como você fazia isso enquanto frequentava a escola? Os treinamentos?

Se formar no Covenant não significava que o treinamento de um sentinela havia terminado. O primeiro ano no trabalho era notoriamente cruel. O tempo era dividido entre acompanhar sentinelas treinados, que se chamavam guias, e continuar a treinar em aulas de artes marciais de alto impacto e testes de estresse.

Ele enfiou as mãos nos bolsos de seu uniforme preto do Covenant.

— Algumas vezes pensei em fazer o que a minha família queria para mim. Ir à faculdade e, ao voltar, me envolver na política do nosso mundo. Sei que os meus pais iriam querer que eu cuidasse do Deacon, mas a última coisa que escolheriam para mim era que eu me tornasse sentinela. Eles nunca entenderam... esse tipo de vida.

A maioria dos puros-sangues não entendia mesmo, e eu também não muito até ver a minha mãe ser atacada. Somente naquele momento assimilei por completo a necessidade dos sentinelas. Afastei o pensamento conturbado e tentei pensar no que eu sabia sobre os pais dele.

Tinham a aparência jovem, como a maioria dos puros, e, pelo que eu soube, foram bem poderosos.

— Eles faziam parte do conselho, não faziam?

Ele fez que sim.

— Mas, após a morte deles, o que eu queria era ser sentinela.

— O que você *precisava* ser — corrigi suavemente.

Seus passos diminuíram o ritmo, e ele ficou surpreso.

— Você tem razão. Me tornar sentinela era uma necessidade, e ainda é. — Ele fez uma pausa, desviando o olhar. — Você entende. Também precisa disso.

— Sim.

— Como você sobreviveu? — Ele virou o interrogatório para mim.

Comecei a ficar desconfortável, então foquei nas águas calmas do mar. À noite, sob a luz da lua, pareciam escuras e densas feito óleo.

— Não sei.

— Você não teve escolha, Alex.

Dei de ombros.

— É, acho que sim.

— Você não gosta de falar sobre isso, né?

— Ficou muito óbvio?

Paramos no local onde o caminho se dividia entre os dormitórios.

— Não acha uma boa ideia tentar? — Sua voz carregava um tom sério que o fazia soar muito mais velho. — Você mal teve tempo para digerir o que aconteceu com a sua mãe... o que viu e o que teve que fazer.

Senti a mandíbula tensionar.

— O que eu tive que fazer foi o que todos os sentinelas têm que fazer. Estou treinando para matar daímônes. E não posso conversar com ninguém. Se Marcus suspeitasse que tenho problemas para lidar com isso, ele me entregaria de bandeja para Lucian.

Aiden parou e, quando olhou para mim, pude ver uma quantidade infinita de paciência em seu rosto. Mais uma vez, pensei no que Deacon havia dito.

— Você só tem dezessete anos. Sentinelas geralmente só matam pela primeira vez mais ou menos um ano depois de se formarem.

Suspirei. Aquele era um bom momento para mudar de assunto.

— Sabe o que disse sobre os seus pais não quererem que você tivesse esse tipo de vida?

Aiden fez que sim, com uma expressão curiosa. Devia estar se perguntando onde eu queria chegar com isso.

— Eu acho... não, eu *sei* que eles teriam orgulho de você mesmo assim.

Ele ergueu a sobrancelha.

— Você acha isso porque eu me ofereci para treiná-la?

— Não. Eu acho isso porque me lembro de você.

Minhas palavras pareceram pegá-lo de surpresa.

— Como? Não frequentávamos as mesmas aulas e tínhamos cronogramas diferentes.

— Eu te vi por aí algumas vezes. Sempre sabia quando você estava por perto — deixei escapar.

Os cantos da boca de Aiden se erguerem um pouco enquanto ele me fitava.

— O quê?

Dei um passo para trás, corando.

— Quero dizer, você tinha uma reputação por mandar muito bem nos treinamentos. Mesmo que ainda estivesse na escola, todos sabiam que você seria um sentinela incrível.

— Ah. — Ele riu novamente, relaxando um pouco. — Acho que eu deveria me sentir lisonjeado.

Assenti vigorosamente.

— Deveria, sim. Os meios-sangues se inspiram em você. Bom, os que querem ser sentinelas. Há poucos dias, eles estavam me contando quantos daímônes você já matou. É lendário. Ainda mais para um puro... ah, me desculpa. Eu não quis dizer que matar muitos daímônes é necessariamente uma coisa boa ou algo do que se orgulhar, mas... preciso calar a boca agora.

— Não. Entendo o que está dizendo. Matar é uma necessidade do nosso mundo. Mas tem seu preço, porque o daímôn já foi uma pessoa. Às vezes, até mesmo alguém que você conhecia. Nunca é fácil tirar a vida de alguém, muito menos de alguém que um dia você considerou... um amigo.

Fiz uma careta.

— Não sei se eu conseguiria... — Vi a diversão sumir de seu rosto. Essa não devia ser a resposta certa. — Quero dizer, quando vemos um daímôn, nós, meios-sangues, conseguimos enxergar sua verdadeira forma. Pelo menos em um primeiro momento, e só depois vemos quem eles eram. A magia elementar os transforma, então eles assumem sua aparência anterior. Você já sabe disso, é claro, mesmo que não consiga ver através da magia sombria como nós. Eu poderia fazer isso. Tenho certeza de que conseguiria matar alguém que conhecia.

Aiden apertou os lábios e desviou o rosto.

— É difícil.

— Você já enfrentou um conhecido que passou para o lado sombrio?

— Sim.

Engoli em seco.

— E você...?

— Sim. Não foi fácil. — Ele olhou para mim. — Está ficando tarde, já passou muito do seu toque de recolher, e você não vai se safar tão facilmente pelo que aprontou esta noite. Espero te ver na academia amanhã às oito.

— O quê? — Eu havia presumido que teria o fim de semana livre.

Ele apenas arqueou as sobrancelhas.

— Preciso listar as regras que você quebrou?

Eu quis argumentar que eu não fui a única a quebrar as regras — e que algumas pessoas que não eram eu ainda estavam, naquele momento, quebrando as regras —, mas consegui ficar de boca fechada. Até eu era capaz de reconhecer que a minha punição poderia ser muito pior. Assentindo, comecei a ir para meu dormitório.

— Alex?

Virei para ele, imaginando que ele tinha mudado de ideia e me mandaria ver o Marcus pela manhã, para confessar meu mau comportamento.

— Sim?

Ele afastou uma mecha escura da testa e abriu um sorriso torto.

— Eu me lembro de você.

Franzi a testa.

— O quê?

O sorriso dele cresceu. E... ah, cara. Ele tinha covinhas. O ar fugiu dos meus pulmões.

— Também me lembro de você.

8

Eu estava sendo punida. A conversa da noite anterior sobre não ter permissão para sair da área da ilha controlada pelo Covenant, ao que parece, não era uma suposição. Ok, eu sabia disso, mas, sinceramente, era tão grave assim?

Para Aiden era.

Fui arrastada para a academia bem cedo e passamos a maior parte do dia lá. Ele me mostrou alguns exercícios que queria que eu fizesse, algumas séries com pesos e, então, uma sessão maçante de cardio.

Eu odiava cardio.

Enquanto eu pulava de aparelho em aparelho, Aiden sentou-se, esticou as pernas compridas e abriu um livro que devia ter o mesmo peso que eu.

Olhei para o aparelho de flexão de perna.

— O que está lendo?

Ele não ergueu o olhar.

— Se você consegue falar enquanto está se exercitando é porque não está pegando pesado o suficiente.

Fiz careta para ele e subi no aparelho. Após fazer minhas repetições, me dei conta de que não havia como sair de cima daquela coisa com o mínimo de graciosidade. Preocupada em parecer uma idiota, dei uma rápida olhada na direção dele antes de sair rolando do aparelho.

Havia mais alguns aparelhos nos quais ele queria que eu me exercitasse, mas fiquei quieta por uns cinco minutos.

— Quem lê livros desse tamanho por diversão?

Aiden ergueu a cabeça e me prendeu sob um olhar enfadado.

— Quem fala para se ouvir falando?

Arregalei os olhos.

— Você está com um ótimo humor hoje.

Com o livro gigantesco equilibrado em um dos joelhos, ele virou uma página.

— Você precisa trabalhar a força nos membros superiores, Alex. Não as suas habilidades de fala.

Olhei para o peso e o imaginei voando para o outro lado da sala — bem na cara dele. Mas ele tinha um rosto tão lindo, e eu odiaria estragá-lo. Horas se passaram assim. Ele lia seu livro, eu o amolava, ele brigava comigo e, então, eu subia em mais um aparelho.

Por mais triste que fosse, eu até que estava me divertindo enchendo o saco dele, e acho que ele também estava gostando. Vez ou outra, um pequeno sorriso — bem pequeno *mesmo* — agraciava seus lábios sempre que eu fazia uma pergunta irritante. Nem tinha realmente certeza de que ele estava prestando atenção naquele livro...

— Alex, para de olhar para mim e faz seu cardio. — Ele virou mais uma página.

— Espero que esse seu livro seja sobre como ter charme e personalidade.

Hahaha! Mais um rastro de sorriso.

— Cardio. Faça seu cardio. Você é rápida, Alex. Daímônes também são, e daímônes famintos são ainda mais.

Deixei a cabeça cair para trás, resmungando ao me arrastar até a esteira que ele indicara mais cedo.

— Quanto tempo?

— Sessenta minutos.

Hades tenha dó de mim! Ele estava louco? Quando perguntei isso, ele não achou graça. Precisei de várias tentativas até conseguir ajustar a esteira a uma velocidade na qual eu pudesse correr devagar.

Cinco minutos depois, Aiden ergueu o olhar e viu a velocidade da minha corrida. Exasperado, ele veio até mim e, sem dizer uma palavra, aumentou a velocidade para acima de seis — estava em quatro — e, em seguida, voltou para seu canto e seu livro.

Maldito seja.

Sem fôlego e ainda completamente fora de forma, eu quase caí da esteira quando o temporizador bateu sessenta minutos e a velocidade diminuiu. Olhei para Aiden, que ainda estava encostado na parede, imerso em seu livro monstruoso.

— O que... você está lendo?

Ele ergueu o rosto e suspirou.

— *Lendas e fábulas gregas.*

— Ah! — Eu adorava ler o que o mundo mortal escrevia sobre nossos deuses.

Algumas partes eram corretas, enquanto o restante era só um monte de maluquice.

— Peguei na biblioteca. Sabe, é o lugar onde você deveria passar o seu tempo livre em vez de sair para beber.

Estremeci e sacudi os braços.

— Odeio a biblioteca. Todo mundo odeia a biblioteca daqui.

Balançando a cabeça, ele fechou o livro.

— Por que os meios-sangues acreditam que tem cães do inferno, harpias e fúrias morando na biblioteca? Não entendo.

— Você já foi lá mesmo? Aff. É medonha e tem barulhos estranhos o tempo todo. Quando eu era criança, ouvi um rosnado, uma vez. — Desci da esteira e parei diante dele. — Caleb já ouviu asas batendo lá, perto do andar de baixo. Não estou brincando.

Aiden soltou uma gargalhada.

— Vocês são ridículos. Não tem nada na biblioteca. E todas essas criaturas já foram removidas do mundo mortal há muito tempo. Enfim. — Ele ergueu o livro e o chacoalhou. — É um dos seus livros didáticos.

Sentei ao lado dele.

— Nossa! Que mala! Não acredito que você lê livros didáticos por diversão. — Fiz uma pausa, ponderando aquilo. — Quer saber, deixa pra lá. Pensando melhor, acredito, sim.

Ele virou o rosto para mim.

— Alongamento para desaquecer.

— Sim, senhor! — Bati continência para ele, esticando as pernas e tentando alcançar meus dedos dos pés. — Então, qual lenda você está lendo? Sobre como Zeus era o deus mais promíscuo de todos? — Essa era uma que os mortais acertaram. Ele foi o responsável pela maioria dos semideuses originais anos atrás.

— Não. — Ele me ofereceu o livro. — Aqui. Que tal você ler um pouco? Tenho a sensação de que, depois de hoje, vai passar algumas longas noites no seu quarto.

Revirei os olhos, mas peguei o livro. Após os treinos, encontrei com Caleb e fiquei uma hora reclamando de como Aiden havia pegado no meu pé. Depois, reclamei por ter desaparecido na noite anterior, me deixando com Jackson.

Amigos não deixam amigos agirem como idiotas.

Pouco tempo depois, voltei para meu quarto, em vez de sair escondido com Caleb. Alguma coisa lá no fundo me dizia que, se tentasse, seria pega, e eu realmente não queria passar mais um dia inteiro na academia. Já era ruim o suficiente ter que passar uma hora ou duas lá toda noite.

Entediada até a alma, peguei o livro antigo e mofado e comecei a folheá-lo. Metade estava escrita em grego antigo que eu não sabia decifrar. Para mim, não passava de um monte de linhas onduladas. Ao encontrar a parte escrita no idioma que eu sabia ler, descobri que não era sobre lendas ou fábulas. Era, na verdade, um relato detalhado sobre cada um dos deuses, o que representavam e sua ascensão ao poder. Havia até mesmo uma seção sobre puros-sangues e suas metades inferiores — nós. Sim, estava descrito exatamente assim.

Sem brincadeira:

O puro-sangue e sua metade inferior — o meio-sangue.

Passei aquelas páginas rapidamente, parando ao chegar a um pequeno capítulo com o nome "Ethos Krian". Até eu me lembrava daquele nome. Todos nós, meios-sangues, lembrávamos. Ele foi o primeiro dentre um grupo muito seleto de meios-sangues a ter o poder de controlar os elementos. Mas... ah, foi bem mais que isso. Foi o primeiro Apôlion — um meio-sangue com habilidade de controlar os elementos e usar os mesmos tipos de hipnose que os puros eram capazes de usar nos mortais.

Em outras palavras, o Apôlion era um meio-sangue poderoso, o dono do pedaço.

Ethos Krian, nascido da união de um puro-sangue e um mortal em Nápoles, ano 2848 (1256 d.C.), foi o primeiro meio-sangue registrado na história a apresentar as habilidades de um verdadeiro hêmatoi. Como previsto pelo oráculo de Roma, aos dezoito anos, a palingenesia despertou seus poderes.

Havia diferentes linhas de pensamento em relação à origem do Apôlion e seu propósito. A crença popular afirmava que os deuses concederam o dom dos quatro elementos e de akasha, o quinto e último, para Ethos como uma garantia de que o poder de nenhum puro-sangue ultrapassasse o de seus mestres. O Apôlion tinha uma ligação direta com os deuses e atuava como o Destruidor, sendo conhecido como "aquele que andava entre os deuses".

Desde o nascimento de Ethos, apenas um Apôlion nascia a cada geração, como previsto pelo oráculo...

A seção, então, listou os nomes de outros Apôlions, parando no ano 3517 do calendário hêmatoi — 1925 d.C.

Estávamos precisando *muito* de livros didáticos atualizados.

Passei o olho por aquela parte rapidamente e virei a página. Havia outra seção descrevendo as características do Apôlion e outra passagem que eu não conhecia.

Perdi um pouco o fôlego ao ler uma, duas vezes.

— Fala sério.

Ao longo do tempo, nascera apenas um Apôlion por geração, com exceção do que acabou conhecido como "a tragédia de Solaris".

No ano 3203 (1611 d.C.), foi descoberto um segundo Apôlion no Novo Mundo. A palingenesia despertou em Solaris (sobrenome e ascendência desconhecidos) em seu décimo oitavo aniversário, desencadeando uma série de eventos alarmantes e dramáticos. Até os tempos atuais, nunca houve uma explicação sobre como ou por que dois Apôlions existiram na mesma geração.

Li a seção novamente. *Nunca* houve dois Apôlions.

Nunca.

Eu tinha ouvido lendas sobre isso quando criança, mas considerei que fossem apenas... bem, lendas. Ao continuar a leitura, constatei rapidamente que eu não sabia de nada.

Acredita-se que o Primeiro sentiu o surgimento de outro Apôlion próximo ao seu aniversário de dezoito anos e, sem saber das consequências, juntou-se a ela no novo mundo. Os efeitos dessa união foram narrados como vastos e prejudiciais tanto para os puros-sangues quanto para seus mestres, os deuses. Ao se encontrarem, como se fossem duas metades destinadas a serem uma só, os poderes de Solaris se transferiram para o Primeiro Apôlion, que então se tornou o que sempre temeram: O Assassino de Deuses. O poder do Primeiro se tornou instável e destrutivo.

A reação dos deuses, particularmente da ordem de Tânatos, foi rápida e justa. Os dois Apôlions foram executados sem direito a julgamento.

— Nossa... — Fechei o livro e me recostei.

Os deuses, quando ameaçados, não brincavam em serviço. Um Apôlion atuava como um sistema de equilíbrio, capaz de lutar contra tudo e qualquer coisa, mas e se houvesse dois ao mesmo tempo?

Havia um Apôlion na minha geração, mas eu não o conhecia. Ele era tipo uma celebridade. Sabíamos que estava por aí, mas nunca chegamos a vê-lo pessoalmente. Eu sabia que o Apôlion agora focava em caçar daímônes em vez de buscar justiça contra os puros-sangues. Desde a criação do conselho, os puros não achavam mais que eram capazes de dar conta dos deuses — ou, pelo menos, não diziam isso abertamente.

Deixei o livro de lado e apaguei o abajur. Pobre Solaris.

Em algum lugar, os deuses tinham feito besteira e criado dois. Não foi como se ela tivesse culpa. Provavelmente nem esperava por isso.

Enquanto a empolgação pelo solstício de verão borbulhava por todo o Covenant, eu me acomodei na vida de uma meio-sangue em treinamento. O entusiasmo pela minha presença havia desmanchado, e a maioria dos alunos que ficaram no Covenant durante o verão acabou se acostumando a me ter por perto. Mas, claro, eu ter matado dois daímônes continuou garantindo a minha magnificência. Até os comentários maldosos de Lea se tornaram menos frequentes.

Lea e Jackson terminaram, voltaram e, na última vez que soube, terminaram de novo.

Durante as vezes em que Jackson ficava solteiro, eu tinha que me preparar para evitá-lo. Sim, ele era sensualidade pura, mas também era muito rápido com as mãos e, em mais de uma ocasião, tive que tirá-las da minha bunda. Caleb estava sempre pronto para dizer que eu não tinha o direito de reclamar, já que havia me colocado naquela situação.

Também acabei caindo em outra rotina um tanto estranha, mas essa era entre mim e Aiden. Como eu era sempre rabugenta pela manhã, costumávamos começar os treinos com alongamentos e corridas em círculos — basicamente coisas que não exigiam conversa. Ao fim da manhã, eu já estava menos inclinada a soltar os cachorros nele e mais disposta a mergulhar no treinamento para valer. Ele nunca mencionou a noite em que me flagrou na festa. Ele também nunca explicou o que quis dizer com "eu lembro de você".

Obviamente, fiquei criando um monte de explicações na minha cabeça. Meu talento era tão incrível que todo mundo sabia sobre mim. Ou as minhas artimanhas tanto dentro quanto fora das salas de treinamento me transformaram em uma lenda. Ou eu era tão linda e estonteante que foi impossível ele não me notar. Essa última era a mais absurda. Eu era desajeitada e muito chata na época. Sem contar que alguém como Aiden nunca olharia para uma meio-sangue dessa forma.

Durante os treinamentos, Aiden era sério e rígido em seus métodos. Eram poucas as vezes que ele parecia deixar escapar um sorrisinho, quando achava que eu não estava olhando. Mas eu sempre o observava.

Quem podia me culpar? Aiden era... o gostoso em pessoa. Eu alternava entre fitar seus braços musculosos e sentir inveja de como ele se movimentava com uma graciosidade tão fluida, mas o que me fazia babar por ele ia além de suas habilidades. Eu nunca havia conhecido alguém tão paciente e tolerante comigo. Os deuses sabiam que eu era irritante pra caramba, mas Aiden me tratava como uma semelhante. Nenhum puro-sangue fazia isso. O dia em que fiz papel de palhaça ao desafiar meu tio parece que foi esquecido, e Aiden fazia de tudo para que eu evoluísse de acordo com o esperado.

Com sua orientação, eu estava me acostumando às exigências dos treinamentos e os efeitos no meu corpo. Tinha até ganhado um pouco de peso. A parte sobre ser uma pentelha ainda estava aberta a debate. Aiden *continuava* me proibindo de chegar a menos de um metro e meio de distância de qualquer uma das armas interessantes da parede.

No dia do solstício de verão, tentei me aproximar da parede da destruição quando os treinos estavam chegando ao fim.

— Nem pense nisso. Você vai acabar decepando a sua mão... e a minha.

Congelei, com a mão a centímetros da adaga maligna. Droga.

— Alex. — Aiden soou um pouco divertido. — Temos pouco tempo. Precisamos trabalhar os seus bloqueios.

Resmungando, me afastei do que eu realmente queria aprender.

— Bloqueios, de novo? É só o que estamos fazendo há semanas.

Aiden cruzou os braços. Hoje, estava usando uma camiseta branca lisa. Ficava muito, muito bem nele.

— Não fizemos só isso.

— Ok. Estou pronta para avançar para outra coisa, como treinar com facas ou defesa contra as artes das trevas. Coisas legais.

— Você acabou de fazer uma referência a Harry Potter?

Sorri.

— Talvez.

Ele balançou a cabeça.

— Temos praticado chutes e socos, Alex. E as suas técnicas de bloqueio ainda precisam melhorar. Quantos chutes meus conseguiu bloquear hoje?

— Bom... — Fiz uma careta. Ele já sabia a resposta. Tinha conseguido bloquear pouquíssimos. — Alguns, mas você é rápido.

— E daímônes são mais ainda mais rápidos do que eu.

— Não tenho tanta certeza. — Nada era mais veloz do que Aiden.

Às vezes, ele parecia um borrão ao se movimentar. Mas entrei em posição e esperei.

Aiden repassou as manobras comigo mais uma vez, e eu podia jurar que ele pegou um pouquinho mais leve nos chutes, porque consegui bloquear como nunca antes. Nos separamos, prestes a começar mais uma rodada de chutes, quando ouvi um assobio vindo do corredor. O culpado — Luke e seu cabelo cor de bronze — estava na porta da sala de treinamento. Sorri e acenei.

— Você não está prestando atenção! — Aiden vociferou.

Meu sorriso desmanchou, e Luke desapareceu de vista, acompanhado por alguns outros meios-sangues.

— Desculpa.

Ele soltou o ar lentamente e gesticulou para que eu avançasse. Obedeci, sem discutir.

— Esse aí também é seu? Você sempre está com aquele outro garoto.

Deixei meus braços caírem.

— *O quê?*

Aiden girou e desferiu um chute muito rápido. Mal tive tempo para bloqueá-lo.

— Esse carinha aí também é seu?

Eu não sabia se deveria rir, ficar brava ou extasiada por ele ter notado que eu estava sempre com *aquele outro garoto*. Joguei meu rabo de cavalo por cima do ombro e bloqueei seu antebraço antes que atingisse minha barriga.

— Não que seja da sua conta, mas não foi para *mim* que ele assobiou.

Ele recolheu a mão, franzindo a testa.

— O que isso quer dizer?

Ergui as sobrancelhas para ele e o esperei entender. No momento em que isso aconteceu, ele arregalou os olhos e ficou boquiaberto. Em vez de me jogar no chão gargalhando, como tive vontade, avancei com um chute brutal. Mirei no ponto vulnerável logo abaixo de suas costelas e quase soltei um gritinho ao me dar conta do chute perfeito que estava prestes a completar.

Mas não completei.

Com um único movimento de seu braço, ele me derrubou no tatame.

Aiden se aproximou de mim e, olhando para baixo, sorriu.

— Bela tentativa.

Me apoiei nos cotovelos, fazendo cara feia.

— Por que você sorri quando me derruba?

Ele me ofereceu a mão.

— São as pequenas coisas que me fazem feliz.

Aceitei sua ajuda, e ele me puxou de pé.

— Bom saber. — Dando de ombros, passei por ele e peguei minha garrafa de água. — Então, hã... você vai para as celebrações hoje à noite?

O solstício era algo importante para os puros-sangues. Marcava o início de uma temporada de mais de um mês de eventos sociais até a reunião do conselho, em agosto. Aquela seria a noite de maior celebração e, por isso, a mais provável de serem abençoados com a presença dos deuses. Eu duvidava que fosse acontecer, mas os puros, por via das dúvidas, colocavam suas roupas mais coloridas e chamativas.

Também haveria um monte de festas na ilha principal — para as quais nenhum de nós, meios-sangues, éramos convidados. E como todos os pais dos puros-sangues estariam em casa, não haveria festa na casa de Zarak. Contudo, boatos diziam que haveria uma festa na praia organizada por ninguém mais, ninguém menos que Jackson. Eu não sabia se iria ou não.

— Provavelmente. — Aiden se alongou, exibindo um pedacinho de pele próximo ao cós de sua calça. — Não gosto muito dessas coisas, mas preciso comparecer a algumas.

Me forcei a focar em seu rosto, o que foi mais difícil do que eu pensava.

— Por quê?

Ele abriu um sorriso.

— É o que nós, adultos, temos que fazer, Alex.

Revirei os olhos e bebi mais água.

— Você pode curtir com os seus amigos. Vai ser divertido.

Aiden me lançou um olhar estranho.

Abaixei a garrafa.

— Você sabe se divertir, não sabe?

— Claro.

Do nada, me dei conta. Aiden não *conseguia* se divertir. Assim como eu não suportava pensar de verdade sobre o que tinha acontecido com a minha mãe. Culpa de sobrevivente — ou, pelo menos, era assim que eu achava que se chamava.

Aiden estendeu a mão, tocando meu braço.

— No que está pensando?

Ergui o rosto, encontrando seu olhar fixo em mim.

— Só estava... pensando.

Ele se afastou, recostou na parede e me fitou com curiosidade.

— Pensando em quê?

— É difícil para você se... divertir, não é? Quero dizer, eu nunca te vejo fazendo nada. Você está sempre com Kain ou Leon, nunca com uma garota. Se bem que eu te vi de calça jeans uma vez... — Parei, ruborizando. O que a calça dele tinha a ver com qualquer coisa? Mas tinha sido uma visão e *tanto*. — Enfim, acho que é difícil depois do que aconteceu com os seus pais.

Aiden se afastou da parede, seus olhos ficaram prateados de repente.

— Tenho amigos, Alex, e sei me divertir.

Minhas bochechas esquentaram mais ainda. Eu obviamente havia tocado em um assunto sensível. Ops! Me sentindo completamente patética, finalizei meu treino e fugi com pressa para meu dormitório. Às vezes, eu me perguntava por que abria a boca.

Revoltada, tomei um banho rápido e vesti um short. Pouco tempo depois, voltei para o centro do campus para encontrar Caleb na cantina, determinada a esquecer minha esquisitice.

Caleb já estava lá, muito envolvido em uma conversa com outro meio--sangue sobre quem havia feito as melhores pontuações nos exercícios de campo no fim do último semestre. Como eu ainda começaria os exercícios de campo, fiquei de fora da conversa. Me senti uma fracassada.

— Você vai à festa hoje à noite? — Caleb perguntou.

Ergui o rosto.

— Acho que sim. Não tenho nada melhor para fazer.

— Só não repita o que fez na última vez.

Lancei um olhar cruel para ele.

— Não me deixa na mão para fugir para Myrtle Beach, seu otário.

Caleb deu risada.

— Você deveria ter ido. Lea ficou enchendo o saco até ver o Jackson chegar sem você. Ela praticamente estragou a noite de todo mundo. Bom, na verdade, Cody estragou a noite de todo mundo.

Dobrei as pernas e me recostei na cadeira. Não tinha ouvido falar nada a respeito.

— O que aconteceu?

Ele fez uma careta.

— Alguém tocou no assunto da ordem de raça de novo e o Cody perdeu completamente a compostura. Começou a falar um monte de besteiras. Disse coisas sobre o conselho não ser o nosso lugar.

— Aposto que isso acabou muito bem.

Ele abriu um sorriso sugestivo.

— Sim, depois ele ficou falando que as duas espécies não deveriam se cruzar e toda aquela merda sobre a pureza do sangue. — Ele fez uma pausa, olhando com grande interesse para alguém passando atrás de mim.

Virei para conferir, mas só consegui pegar um vislumbre de uma pele amarronzada, de um tom mais claro, e cabelo cacheado comprido. Virei de volta para ele, arqueando a sobrancelha.

— Então, o que aconteceu?

— Hã... Alguns meios ficaram putos. Quando percebemos, Cody e Jackson estavam caindo no soco pra valer.

Arregalei os olhos.

— O quê? Cody o denunciou?

— Não — ele respondeu, sorrindo de orelha a orelha. — Zarak convenceu Cody a não fazer isso, mas Jackson deu uma bela surra nele. Foi muito maneiro. Mas é claro que, pouco tempo depois, os dois idiotas fizeram as pazes. Estão numa boa agora.

Aliviada, me acomodei melhor em meu assento. Acertar um puro-sangue — mesmo em caso de autodefesa — era expulsão do Covenant na certa. Matar um puro, em qualquer circunstância, levava à execução, mesmo que ele estivesse tentando arrancar a sua cabeça. Por mais injusto que fosse, deveríamos ter cuidado ao navegar pelas políticas do mundo dos puros-sangues. Podíamos sair no soco entre nós o quanto quiséssemos, mas, quando se tratava dos puros, eles eram intocáveis de inúmeras maneiras. E se nós, por acaso, infringíssemos alguma das regras... bem, ficávamos a um único passo de uma vida inteira de servidão — ou da morte.

Estremecendo, pensei na situação precária em que me encontrava. Se não fosse aceita no outono, me restaria somente o caminho da servidão. Eu nunca aceitaria isso. Teria que ir embora, mas para onde iria? O que faria? Moraria na rua? Tentaria encontrar um trabalho e fingiria ser mortal novamente?

Afastei esses pensamentos perturbadores e foquei na festa de Jackson, à qual finalmente concordei em comparecer e, algumas horas depois, lá estava eu. A festinha não tinha nada de pequena; parecia que todos os meios-sangues que estavam presos no Covenant durante o verão tinham brotado naquela praia. Alguns deitados em mantas; outros, em espreguiçadeiras. Não tinha ninguém na água.

Optei por sentar em uma manta que parecia confortável, ao lado de Luke. Ritter, um meio-sangue com o cabelo ruivo mais luminoso que eu já tinha visto, me ofereceu um copo amarelo de plástico, mas recusei. Rit ficou conosco por um tempinho, contando que estava pronto para passar o resto do verão na Califórnia. Senti um pouquinho de inveja.

— Você não vai beber? — Luke perguntou.

Até eu estava surpresa com minha decisão, mas dei de ombros.

— Não estou a fim hoje.

Ele afastou uma mecha comprida de cabelo cor de bronze dos olhos.

— Te prejudiquei hoje durante o treinamento?

— Não. Eu me distraio fácil mesmo. Então, não foi novidade.

Luke me deu um empurrãozinho, sorrindo.

— Pude ver por que você se distrai tanto. Que pena ele ser puro. Eu daria a minha nádega esquerda pela oportunidade de tirar uma casquinha.

— Ele gosta de garotas.

— E daí? — Luke riu da minha expressão. — Como ele é? Parece tão quieto. Do tipo que você sabe que é bom de...

— Pode ir parando! — Dei uma risada, jogando minhas mãos para o ar. O movimento repuxou alguns dos meus músculos doloridos nas costas.

Luke inclinou a cabeça para trás, gargalhando.

— Você não pode dizer que nunca pensou nisso.

— Ele... ele é puro-sangue — repeti, como se isso anulasse o fato de que era muito sexy.

Luke me lançou um olhar astuto.

— Está bem. — Suspirei. — Ele é muito legal e paciente, na verdade. Na maior parte do tempo... e não me sinto confortável em falar sobre ele. Podemos falar sobre algum outro cara gato?

— Ah, sim. Por favor. Podemos falar sobre outro cara gato? — Caleb soltou um risinho. — É exatamente sobre o que quero falar.

Luke o ignorou, escaneando a praia com o olhar e focando perto de alguns coolers.

— E o Jackson?

Recostei.

— Nem diz o nome dele.

Ele riu da minha tentativa patética de ficar invisível.

— Ele chegou *sem* a Lea. Por falar nisso, onde diabos ela está?

Me recusei a erguer a cabeça e acabar atraindo a atenção de Jackson.

— Não faço ideia. Não tenho visto ultimamente.

— Isso é ruim? — perguntou Caleb.

— Ah, Alex, lá vem o seu homem — Luke anunciou.

Eu não tinha para onde fugir, então fiquei olhando para Caleb e Luke, impotente. Nenhum dos dois fez questão de esconder o quanto estavam achando graça.

— Alex, por onde você andou? — Jackson perguntou com a voz arrastada. — Não tenho te visto.

Fechei os olhos com força e murmurei alguns palavrões.

— Estive ocupada com o treinamento.

Jackson balançou na direção de Caleb, que estava distraído.

— O Aiden deveria saber que você precisa sair e se divertir um pouco.

Luke virou para mim e deu uma piscadela maliciosa antes de se levantar. Sentei, mas foi o máximo que cheguei a fazer. Jackson sentou no espaço vazio e jogou o braço em torno de mim, quase me derrubando.

Seu hálito estava quente e cheirava a cerveja.

— Sabe, está mais do que convidada a ficar por aqui depois da festa.

— Ah... não sei, não.

Jackson sorriu e ficou ainda mais perto. Normalmente, eu o acharia atraente, mas agora, me deixava enojada. Tinha algo de errado comigo. Só podia.

— Não é possível que você vá treinar amanhã. Não depois das celebrações. Até o Aiden vai dormir até mais tarde.

Disso eu duvidava e acabei me perguntando se Aiden estava se divertindo. Ele tinha ido a alguma das celebrações e ficado? Ou fez somente uma aparição e meteu o pé rapidinho? Eu meio que estava torcendo para que ele tivesse ficado e se divertido. Faria bem depois de passar o dia inteiro enfurnado comigo.

— Alex?

— Hã?

Jackson deu uma risada e deslizou a mão por meu ombro. Eu a agarrei e a coloquei em seu colo. Inabalável, ele estendeu a mão para me tocar novamente.

— Estava perguntando se você quer algo para beber. Zarak entrou em um frenesi compulsivo e nos abasteceu até o fim do verão.

Isso era bom saber.

— Não. Estou bem. Não estou com sede.

Jackson acabou ficando de bode com a minha falta de interesse e foi embora. Grata, virei para Caleb.

— Me dá um tapa na próxima vez que eu pensar em falar com algum garoto. Sério.

Ele olhou para seu copo, franzindo a testa.

— O que rolou com ele? Foi muito agressivo? — Uma expressão valente tomou conta de seu rosto conforme ele estreitava os olhos para as costas de Jackson. — Preciso dar uma surra nele?

— Não! — Eu ri. — É só que... sei lá. — Virei e o avistei com a meio--sangue que eu tinha visto rapidamente mais cedo. Era bonita, de cabelo castanho, levemente curvilínea e com a pele marrom-clara. — O Jackson não me interessa nem um pouco.

— E por quem você se interessa? — Ele também focou a atenção na companhia de Jackson.

— Quem é aquela garota? — perguntei.

Ele virou para mim e suspirou.

— É a Olivia. O sobrenome dela é um daqueles gregos impossíveis de pronunciar. O pai dela é mortal; a mãe é puro-sangue.

Continuei observando a garota. Estava usando uma calça jeans de grife que eu mataria para ter. Ela também estava se desvencilhando da mão boba de Jackson.

— Por que essa é a primeira vez que eu a vejo?

— Ela estava passando um tempo com o pai. Eu acho. — Ele limpou a garganta. — Ela é... bem legal, na verdade.

Olhei-o incisivamente.

— Você gosta dela, não gosta?

— Não! Não, claro que não. — Sua voz soou estrangulada.

Minha curiosidade cresceu ao notar que o olhar de Caleb parecia se atrair inevitavelmente para Olivia. Suas bochechas ficaram vermelhas.

— Ah, claro, você não está nem um pouco interessado nela.

Caleb tomou um longo gole de sua bebida.

— Cala a boca, Alex.

Comecei a falar novamente, mas o quer que eu estivesse prestes a dizer foi interrompido quando Deacon St. Delphi surgiu do nada.

— Mas o quê?

Caleb seguiu meu olhar.

— Agora ficou interessante.

Ver Deacon na praia não era tão surpreendente assim, mas vê-lo na noite do solstício, quando todos os puros se juntavam, era chocante.

Era tão... impuro da parte dele.

O olhar de Deacon percorreu o ambiente, e ele abriu um sorriso cínico quando nos viu. Então, veio em nossa direção, retirando um cantil prateado do bolso de sua calça jeans.

— Feliz solstício de verão!

Caleb se engasgou com sua bebida.

— Igualmente.

Ele sentou onde Jackson estivera antes, alheio aos olhares atônitos. Pigarreei.

— O que... você está fazendo aqui?

— Fiquei entediado lá na ilha principal, ué. Toda aquela pompa é suficiente para deixar um homem sóbrio.

— É, isso não pode acontecer. — Notei as bordas de seus olhos, que estavam vermelhas. — E você está sóbrio, por acaso?

Ele pareceu pensar um pouco.

— Não se eu puder evitar. As coisas ficam... mais fáceis assim.

Eu sabia que ele se referia aos seus pais. Sem saber direito como responder, esperei que ele continuasse.

— O Aiden odeia que eu beba muito. — Ele baixou o olhar para seu cantil. — Ele está certo, sabe.

Brinquei com meu cabelo, torcendo o rabo de cavalo.

— Certo sobre o quê?

Deacon tombou a cabeça para trás, fitando as estrelas cintilantes.

— Tudo, especialmente sobre o caminho que escolheu. — Ele parou e riu. — Se ele ao menos soubesse disso, não é?

— Eles não vão notar que você saiu? — Caleb perguntou antes que eu pudesse formular uma resposta.

— E vir até aqui estragar a diversão de vocês? — O olhar sério de Deacon se desmanchou. — Com certeza. Daqui a mais ou menos uma hora, quando começarem o ritual com cânticos e toda aquela merda, alguém, provavelmente meu irmão, vai se dar conta de que não estou lá e vai vir me procurar.

Meu queixo caiu.

— O Aiden ainda está lá?

— Você veio sabendo que eles te seguiriam? — Caleb franziu a testa.

Deacon pareceu se divertir com as duas perguntas.

— Sim para os dois. — Ele afastou um cacho de sua testa.

— Droga! — Caleb começou a se levantar enquanto eu comecei a ponderar a informação de que Aiden ainda estava na festa. — Alex, é melhor irmos.

— Senta aí. — Deacon ergueu a mão. — Vocês têm pelo menos uma hora. Darei tempo suficiente para todo mundo circular antes de eles chegarem. Confia em mim. — Caleb não pareceu ouvi-lo.

Ele olhou para a beira-mar, onde Olivia estava bem próxima a outro meio-sangue. Segundos se passaram conforme o rosto do meu amigo enrijecia. Me estiquei e dei um puxãozinho na barra de sua camisa.

Ele abriu um sorriso largo.

— Quer saber? Estou bem cansado. Acho que vou voltar para o dormitório.

— Uuuuuuuu — Deacon vaiou, fazendo beicinho.

Levantei.

— Desculpa.

— Uuuuuu de novo. — Ele balançou a cabeça. — E a diversão estava só começando.

Me despedi rapidamente de Deacon e segui Caleb pela praia. Passamos por Lea ao chegar ao píer de madeira.

— Você gosta de ir atrás das minhas sobras, não é? — Lea franziu a cara. — Que fofa!

No segundo seguinte, segurei seu antebraço.

— Ei. — Lea tentou puxar o braço de volta, mas eu era mais forte do que ela.

— O que foi?

Abri meu melhor sorriso.

— O seu namorado acabou de me dar uma apalpada. Obviamente, você não está sendo suficiente para ele. — Soltei seu braço em seguida, deixando que ela ficasse ali sozinha e furiosa.

— Caleb! — Acelerei para acompanhá-lo.

— Eu sei o que você vai dizer, então não quero ouvir.

Prendi o cabelo atrás da orelha.

— Como você sabe o que eu ia dizer? Eu só ia frisar que, se você gosta daquela garota, podia simplesmente...

Me olhando de lado, ele ergueu as sobrancelhas.

— É sério, não quero falar sobre isso.

— Mas... eu não entendo por que você não quer admitir. O que tem de mais nisso?

Ele suspirou.

— Aconteceu uma coisa na noite em que fomos para Myrtle.

Tropecei em meus pés.

— O quê?

— Não *isso*. Bom... não exatamente, mas chegou perto.

— *O quê?* — grunhi, dando um soco em seu braço. — Por que você não disse nada? Com aquela Olivia? Poxa, eu sou a sua melhor amiga e você não me contou?

— Nós tínhamos bebido, Alex. Estávamos discutindo sobre quem tinha chegado no banco da frente primeiro... e, quando me dei conta, estávamos dando uns amassos.

Mordi o lábio.

— Hum, que excitante... Então, por que você não fala com ela?

Um silêncio se instalou entre nós antes de ele responder.

— Porque gosto dela, muito mesmo, e você também ia gostar. Ela é inteligente, engraçada, forte, e tem uma bunda que...

— Tá, Caleb, entendi. Você gosta muito dela. Então, fala com ela.

Seguimos para o pátio que ficava entre os dois dormitórios.

— Você não tá entendendo, mas deveria. Não vai dar em nada. Sabe como as coisas são para nós.

— Hã? — Fitei os desenhos intrincados no chão.

Havia runas e símbolos gravados no mármore. Alguns representavam deuses variados, enquanto outros pareciam ter sido feitos por uma criança que encontrou uma caneta e mandou ver. Na verdade, pareciam algo que eu desenharia.

— Deixa pra lá. Eu só preciso ficar com outra pessoa. Descarregar o que quer que seja isso de dentro de mim.

Ergui o olhar para ele.

— Parece um bom plano.

— Talvez eu deva transar com a Lea de novo ou com outra pessoa. Que tal com você?

Olhei para ele com desaprovação.

— Nossa, valeu! Mas, falando sério, você não deveria querer transar com qualquer pessoa. É melhor que seja algo... significativo. — Parei, sem saber muito bem de onde eu tinha tirado *aquilo*.

Claramente, ele também não sabia.

— Algo significativo? Alex, você passou tempo demais no mundo lá fora. Você sabe como as coisas são para nós. Não temos a chance de viver algo "significativo".

Suspirei.

— É, eu sei.

— Nosso destino é ser guarda ou sentinela. Não marido, esposa ou pais. — Ele parou, franzindo a testa. — Rolos e pegação. É isso que temos. Nosso dever não permite nada mais.

Ele tinha razão. Nascer meio-sangue liquidava qualquer chance de se ter um relacionamento normal e saudável. Como Caleb disse, nosso dever não nos permitia formar vínculos — qualquer coisa que fosse difícil deixar para trás. Após a formatura, poderíamos ser mandados para qualquer lugar e, a qualquer momento depois disso, poderíamos ser realocados.

Era uma vida difícil e solitária, mas com propósito.

Chutei uma pedrinha, fazendo-a voar pelo matagal.

— Só porque não vamos ter um lar com cerquinha branca não significa que...

Franzi a testa quando senti um arrepio repentino. Surgiu do nada e, pela expressão confusa de Caleb, soube que ele também tinha sentido.

— Um garoto e uma garota, um com um destino brilhante e breve e o outro coberto de sombras e dúvida.

A voz, que soava senil e rouca, paralisou nós dois. Caleb e eu nos viramos. O banco rochoso estivera desocupado poucos segundos antes, mas lá estava ela. E era velha, tão velha que eu não entendia como não havia morrido ainda.

No topo de sua cabeça, havia um amontoado de cabelo branco preso em um coque, e sua pele era escura feito carvão e extremamente enrugada. Sua postura torta a envelhecia ainda mais, mas os olhos eram perspicazes. Inteligentes.

Eu nunca a tinha visto mas, por instinto, soube exatamente quem era.

— Vovó Piperi?

Ela jogou a cabeça para trás e soltou uma gargalhada alta. Cheguei a achar que o peso de seu cabelo ia fazê-la cair, mas ela se manteve no lugar.

— Ah, Alexandria, você está tão surpresa. Achava que eu não era real?

Caleb me acotovelou algumas vezes, mas eu não conseguia parar de olhar para ela.

— Você sabe quem eu sou?

Seus olhos escuros pousaram em Caleb por um segundo.

— Claro que sim. — Ela passou as mãos na roupa, que parecia ser um robe. — Também me lembro da sua mãezinha.

A incredulidade me fez dar mais um passo na direção do oráculo, mas o choque me deixou muda.

— Eu me lembro da sua mãe — ela continuou, balançando a cabeça positivamente. — Ela veio até mim três anos atrás, veio, sim. Falei a verdade para ela, sabe? A verdade que somente ela deveria ouvir. — Ela fez uma pausa, seu olhar mudando para Caleb mais uma vez. — O que está fazendo aqui, menino?

Com os olhos arregalados, ele se remexeu desconfortavelmente.

— Estávamos... voltando para nossos dormitórios.

Vovó Piperi sorriu, esticando a pele ressecada em torno da boca.

— Você deseja ouvir a verdade, a sua verdade? O que os deuses reservam para você?

Caleb empalideceu. O problema com essas verdades era que costumavam mexer com a sua cabeça. Loucuras ou não.

— Vovó Piperi, o que você disse à minha mãe? — perguntei.

— Se eu te contasse, o que mudaria? Veja, destino é destino. Assim como amor é amor. — Ela riu como se tivesse dito algo engraçado. — O que foi escrito pelos deuses se concretizará. A maioria já se concretizou. É um caso tão triste quando filhos se viram contra seus criadores.

Eu não estava entendendo nada e tinha quase certeza que ela era biruta, mas precisava saber o que Piperi tinha dito à minha mãe — se é que tinha dito alguma coisa mesmo. Talvez Caleb tivesse razão e eu precisasse de um desfecho.

— Por favor. Eu preciso saber o que você disse a ela. O que a fez ir embora?

Ela inclinou a cabeça para o lado.

— Não quer saber sobre a sua verdade, menina? Isso que importa agora. Não quer saber sobre o amor? Sobre o que é proibido e o que é destinado?

Baixei os braços e pisquei para afugentar as lágrimas repentinas.

— Não quero saber sobre o amor.

— Mas deveria, menina. Você precisa saber sobre o amor. As coisas que as pessoas são capazes de fazer por amor. Todas as verdades se resumem ao amor, não é? De um jeito ou de outro, é assim. Veja, há uma diferença entre amar e precisar. Às vezes, o que você sente é imediato e sem poesia ou razão. — Ela endireitou um pouco as costas. — Uma pessoa vê a outra do outro lado de uma sala, ou suas peles se encostam. Suas almas reconhecem a outra como sua. Não precisa de tempo para descobrir. A alma sempre sabe... estando certo ou errado.

Caleb agarrou meu braço.

— Anda, vamos embora. Ela não vai te dizer o que você quer ouvir.

— O primeiro... o primeiro é sempre o mais poderoso. — Ela fechou os olhos, suspirando. — E então, há a necessidade e o destino. Esse é um tipo diferente. A necessidade se cobre de amor, mas necessidade... necessidade nunca é amar. Sempre tenha cuidado com aquele que precisa de você. Veja, sempre há um desejo por trás de uma necessidade.

Caleb soltou meu braço e ficou apontando para o caminho atrás de nós.

— Às vezes, você confundirá amar com precisar. Tenha cuidado. A estrada da necessidade nunca é justa, nunca é boa. Assim como a estrada que você deve percorrer. Tenha cuidado com aquele que precisa.

A velha era maluca, mas suas palavras ainda causavam arrepios em minha espinha.

— Por que a estrada não vai ser fácil para mim? — perguntei, ignorando Caleb.

Ela levantou. Bom, tanto quanto conseguia. Como tinha uma corcunda, não ficava totalmente levantada.

— Estradas são sempre esburacadas, nunca lisas. Esse aqui. — Ela acenou para Caleb com a cabeça, soltando uma risadinha. — Esse aqui tem uma estrada cheia de luz.

Caleb parou de apontar para atrás de nós.

— Bom saber.

— Uma curta estrada cheia de luz — acrescentou vovó Piperi.

O rosto dele murchou.

— Ah, que... bom saber.

— E a minha estrada? — perguntei novamente, torcendo para receber uma resposta que fizesse sentido.

— Ah, estradas são sempre obscuras. A sua é cheia de sombras, cheia de ações que precisam ser cumpridas. Isso vem da sua espécie.

Caleb me lançou um olhar sério, mas balancei a cabeça. Eu não fazia ideia do que ela estava falando, mas não queria ir embora. Ela veio mancando na minha direção e me afastei para que passasse por mim. Minhas costas roçaram em algo macio e quente, atraindo minha atenção. Virei, me deparando com flores roxas grandes que tinham o botão amarelo-vivo. Me aproximei, inspirando seu cheiro agridoce — mais azedo do que doce.

— Tenha cuidado, menina. Está tocando em beladona. — Ela parou, virando para onde estávamos. — Muito perigosa... assim como os beijos daqueles que andam entre os deuses. Intoxicante, doce e mortal... Você precisa saber lidar da maneira certa. Só um pouco não fará mal. Mas se for demais... acabará perdendo sua essência. — Ela abriu um sorriso suave, como se estivesse se lembrando de algo. — Os deuses estão à nossa volta, sempre por perto. Estão observando e esperando qual se revelará o mais forte. Estão aqui agora. Veja, o fim está próximo, próximo de todos nós. Até os deuses estão com pouca fé.

Caleb me lançou mais um olhar arregalado. Dei de ombros, decidindo tentar mais uma vez.

— Então, você não tem nada a dizer sobre a minha mãe?

— Nada além do que já foi dito.

— Espera... — Minha pele esfriou e esquentou ao mesmo tempo. — O que... o que a Lea disse é verdade? Que a mamãe morreu por minha causa?

— Vamos, Alex. Você tem razão. — Caleb deu um passo para trás. — Ela é pirada.

Piperi suspirou.

— Há sempre ouvidos aqui por perto, mas eles nem sempre ouvem corretamente.

— Alex, vamos embora.

Pisquei e — não estou exagerando —, durante o tempo que levei para reabrir os olhos, vovó Piperi surgiu bem diante de mim. A velhinha era rápida. Sua mão ossuda agarrou meu ombro com força suficiente para me fazer estremecer.

Ela me fitou com olhos afiados feito lâminas e, quando falou, sua voz já não tinha mais rouquidão. E ela não soou tão louca assim. Não, suas palavras foram claras e diretas.

— Você matará aqueles que ama. Está no seu sangue, no seu destino. Foi o que os deuses disseram e foi o que os deuses previram.

9

— Alex! Presta atenção nas mãos dele! Está perdendo muitos bloqueios!

Assenti para as palavras severas de Aiden e me posicionei diante de Kain novamente. Aiden tinha razão. Kain estava acabando comigo. Meus movimentos estavam muito lentos, irregulares e distraídos — e o motivo era, principalmente, ter passado metade da noite em claro, repassando a conversa bizarra com a vovó Piperi.

Era um péssimo momento para ficar preocupada. Era o primeiro dia de treinamento que incluía Kain, e eu estava lutando feito um bebê. Além disso, ele não estava pegando leve comigo. Não que eu quisesse isso, mas também não queria parecer uma completa idiota na frente de outro sentinela.

Mais um de seus chutes brutais atravessaram o meu bloqueio, e desviei com apenas um milésimo de segundo antes de ser atingida. O objetivo desse exercício não era desviar. Se fosse, eu estaria me saindo incrivelmente bem.

Aiden se aproximou de mim, reposicionando meus braços de um jeito que teria derrubado a perna de Kain com sucesso.

— Observe-o bem. Qualquer leve tremor de um músculo será capaz de entregar seu ataque. Você tem que prestar atenção, Alex.

— Eu sei. — Dei um passo para trás e passei o antebraço na testa. — Eu sei. Eu consigo.

Kain balançou a cabeça e se afastou para pegar sua garrafa de água, enquanto Aiden me conduziu para o outro lado da sala, com a mão em meu braço. Ele se curvou para que nossos olhares ficassem no mesmo nível.

— O que está rolando com você hoje? Sei que pode mais do que isso.

Abaixei para pegar minha água, mas a garrafa estava vazia. Aiden me entregou a dele.

— Só estou... desconcentrada. — Bebi um pouco de água e devolvi a garrafa.

— Dá para ver.

Mordi o lábio, enrubescendo. Eu podia mais do que isso e, deuses, eu queria provar pro Aiden. Se não conseguisse me sair bem nisso, não poderia passar para as próximas fases e aprender todas as coisas interessantes que eu tanto queria.

— Alex, você passou o dia inteiro distraída. — Seu olhar prendeu o meu. — É melhor que isso não tenha algo a ver com a festa que Jackson deu na praia ontem à noite.

Caramba, tinha alguma coisa que esse homem não sabia? Balancei a cabeça.

— Não.

Aiden me lançou um olhar astuto e tomou um gole da garrafa antes de colocá-la novamente em minhas mãos.

— Beba.

Suspirei, desviando dele.

— Vamos de novo, ok? — Aiden chamou Kain de volta e, em seguida, deu um tapinha em meu ombro.

— Você consegue, Alex.

Após me recompor e tomar mais um gole de água, coloquei a garrafa no chão. Voltei para o centro do tatame e assenti para Kain.

Kain me observou com cautela.

— Está pronta?

— Sim. — Cerrei os dentes.

Kain ergueu as sobrancelhas, como se duvidasse de que eu faria alguma coisa diferente dessa vez.

— Muito bem. — Ele balançou a cabeça e nos posicionamos de frente um para o outro. — Lembre-se de prever os meus movimentos.

Bloqueei seu primeiro chute, depois seu soco. Ficamos andando em círculos por alguns instantes, enquanto eu me perguntava que droga a vovó Piperi quis dizer com mataria aqueles que eu amava. Isso não fazia sentido, porque a única pessoa que eu amava já estava morta, e eu com certeza não tinha matado. Não dá para matar uma pessoa que já está morta, e não era como se eu amasse...

A bota de Kain atravessou minha defesa e atingiu minha barriga. Uma dor irradiou em mim, tão intensa e avassaladora que caí de joelhos. A forma como aterrissei prejudicou ainda mais minhas costas já maltratadas. Estremecendo, coloquei a mão nas costas e outra na barriga.

Um desastre total.

Kain abaixou diante de mim.

— Droga, Alex! O que você estava fazendo? Não deveria ficar perto de mim daquele jeito!

— Aham. — Grunhi.

Respire. Apenas respire para amenizar a dor. Como se fosse fácil, mas continuei repetindo aquilo para mim mesma. Esperei Aiden começar um sermão, mas ele não disse uma palavra. Em vez disso, se aproximou e puxou Kain pela nuca, quase tirando seus pés do chão.

— Fim do treino.

Kain ficou boquiaberto e sua pele, normalmente bronzeada, empalideceu.

— Mas...

— Aparentemente, você não entende. — A voz de Aiden soou baixa e perigosa.

Levantei com dificuldade.

— Aiden, a culpa foi minha. Eu que fiquei perto demais. — Não precisei elaborar; estava óbvio o que eu tinha feito de errado.

Aiden olhou para mim por cima do ombro. Alguns segundos depois, ele liberou Kain.

— Vá.

Kain ajeitou sua camiseta ao recuar. Quando virou para mim, seus olhos verde-mar estavam arregalados.

— Me desculpa, Alex.

Fiz um gesto vago para ele.

— Não esquenta.

Aiden se aproximou de mim, dispensando Kain sem dizer mais nada.

— Me deixa dar uma olhada.

— Ah... está tudo bem. — Virei as costas para ele.

Meus olhos arderam, mas não por causa da dor latejante. Eu queria sentar e chorar. Tinha ido em direção ao chute. Nem uma criança cometeria um erro desses. Eu era tão patética.

Ele pousou a mão em meu ombro com uma delicadeza surpreendente e me fez virar de volta. Sua expressão dizia que ele compreendia o meu constrangimento.

— Está tudo bem, Alex. — Quando não me mexi, ele deu um passo para trás. — Você colocou a mão nas costas. Preciso me certificar de que está bem.

Como eu não tinha mesmo como escapar, segui Aiden para uma das salinhas onde ficavam os materiais médicos. Era uma sala fria e esterilizada, assim como qualquer consultório médico, exceto pela pintura de Afrodite completamente nua, o que achei estranho e um pouco perturbador.

— Sobe na mesa.

Eu queria mais do que tudo sair correndo de volta para meu quarto e ficar amuada em particular, mas fiz o que ele pediu.

Aiden se virou para mim, mantendo o olhar fixado acima da minha cabeça.

— Como está a sua barriga?

— Bem.

— Por que você colocou a mão nas costas?

— Estão doloridas. — Esfreguei as pernas. — Me sinto uma idiota.

— Você não é idiota.

— Sou, sim. Devia ter prestado atenção. Fui de encontro ao chute. Não foi culpa do Kain.

Ele pareceu ponderar aquilo.

— Eu nunca te vi tão distraída.

No último mês, treinamos oito horas por dia, e acho que, durante esse tempo, ele tinha notado muitas coisas em mim. Mas eu nunca estive tão sem foco.

— Você não pode se dar ao luxo de ficar assim — ele continuou. — Está evoluindo incrivelmente bem, mas não tem tempo a perder. Estamos quase em julho e só temos dois meses para colocar o treinamento em dia. O seu tio tem pedido relatórios semanais. Não ache que ele esqueceu de você.

Cheia de vergonha e decepção, baixei o olhar para minhas mãos.

— Eu sei.

Aiden pousou os dedos em meu queixo, erguendo meu rosto.

— Por que está assim, Alex? Está se movimentando como se não tivesse dormido direito e agindo como se a sua mente estivesse a quilômetros daqui. Se não tem a ver com a festa de ontem, é algum cara?

Me encolhi.

— Olha, tem muitas coisas que eu me recuso a discutir com você. Isso inclui garotos.

Aiden arregalou os olhos.

— É mesmo? Se estiver prejudicando o seu treinamento, então está me prejudicando, também.

— Caramba. — Desconfortável, me remexi sob seu olhar intenso. — Não tem a ver com nenhum cara. Eu não tenho nenhum cara.

Ele ficou em silêncio, me observando com curiosidade. Seus olhos tinham um efeito calmante e, mesmo sabendo que seria pura burrice minha, respirei fundo e falei:

— Encontrei a vovó Piperi ontem à noite.

Parecia que Aiden esperava que eu dissesse qualquer coisa, menos isso. Enquanto seu rosto se manteve impassível como sempre, seus olhos pareceram se intensificar.

— E?

— E a Lea estava certa...

— Alex. — Ele me cortou. — Não cai nessa. Você não foi responsável.

— Ela estava certa e errada ao mesmo tempo. — Parei, suspirando diante da expressão dúbia de Aiden. — Vovó Piperi não quis me dizer nada. Na verdade, disse um monte de doideiras sobre amar e precisar... e deuses se beijando. Enfim, ela me disse que eu mataria pessoas que amo, mas como isso é possível? Minha mãe já está morta.

Seu rosto assumiu uma expressão estranha por um segundo tão breve que sumiu antes que eu pudesse desvendar o que significava.

— Achei que tivesse dito que não acreditava nessas coisas.

É claro que, dentre os bilhões de comentários aleatórios que eu já fiz, *disso* ele se lembraria.

— Eu não acredito, mas não é todo dia que te dizem que você vai matar alguém que ama.

— Então, é isso que está te incomodando hoje?

Apertei minhas coxas.

— Sim. Não. Quer dizer, você acha que foi culpa minha?

— Ah, Alex. — Ele balançou a cabeça. — Lembra quando você me perguntou por que eu tinha me voluntariado para treiná-la?

— Sim.

Ele se afastou um pouco da mesa sobre a qual eu estava sentada.

— Bom, eu menti para você.

— É. — Mordi o lábio e desviei o olhar. — Eu meio que já tinha sacado isso.

— Tinha? — Ele soou surpreso.

— Você fez isso por causa do que aconteceu com os seus pais. — Dei uma espiada nele, encontrando-o quieto enquanto me observava. — Acho que eu te faço lembrar de si mesmo na época.

Aiden me fitou por um segundo que pareceu eterno.

— Você é bem mais observadora do que eu imaginava.

— Obrigada. — Não compartilhei que tinha me dado conta disso fazia pouquíssimo tempo.

Aquele sorriso torto surgiu em seu rosto.

— Você está certa... se isso a faz se sentir melhor. Eu me lembro como foi depois. Você fica sempre se perguntando se podia ter feito algo diferente. Não faz sentido, mas você fica obcecado com os "e se". — Seu sorriso desapareceu lentamente e ele desviou o olhar. — Passei muito tempo pensando que, se eu tivesse decidido ser sentinela antes, poderia ter derrotado o daímôn.

— Mas você não sabia que um daímôn atacaria. E era, quer dizer, é, um puro-sangue. Pouquíssimos puros chegam a... escolher essa vida. E você era só uma criança. Não pode se culpar por isso.

Aiden, então, tornou a olhar para mim, curioso.

— Então, por que você acha que tem que assumir a responsabilidade pelo que aconteceu com a sua mãe? Podia estar ciente da possibilidade de um daímôn encontrar vocês, mas não tinha como ter certeza.

— É. — Eu odiava quando ele tinha razão.

— Você continua alimentando essa culpa. Tanto que está interpretando além do que o oráculo disse. Você não pode deixar o que ela disse te afetar, Alex. Um oráculo fala de possibilidades, não fatos.

— Pensei que um oráculo falasse com os deuses ou as moiras — falei secamente.

Ele pareceu incerto.

— Um oráculo vê o passado e a possibilidade do futuro, mas não é algo gravado em pedra. Não existe destino imutável. Somente você tem o controle do seu destino. Você não é responsável pelo que aconteceu com a sua mãe. Precisa desapegar dessa ideia.

— Por que você fala assim? Ninguém diz que ela morreu. Todo mundo parece ter medo de dizer isso. Não foi *o que* aconteceu. Ela foi assassinada.

A sombra apareceu em seu rosto novamente, mas ele deu a volta na mesa.

— Me deixa dar uma olhada nas suas costas.

Quando dei por mim, ele ergueu a parte de trás da minha blusa e arfou com força.

— O que foi? — perguntei, mas ele não respondeu. Aiden ergueu o tecido um pouco mais. — Ei, o que está fazendo? — Afastei suas mãos com um tapa.

Ele deu a volta na mesa novamente, seus olhos prateados.

— O que acha que estou fazendo? Há quanto tempo as suas costas estão assim?

Me encolhi.

— Desde que nós... há... começamos as técnicas de bloqueio.

— Por que não disse nada?

— Não é nada de mais. Nem dói tanto assim.

Aiden virou de costas para mim.

— Malditos meios-sangues. Eu sei que vocês têm uma tolerância à dor maior que o normal, mas *isso* é absurdo. *Isso* deve doer muito, sim.

Fiquei encarando suas costas enquanto ele vasculhava os armários.

— Eu estou em treinamento. — Forcei o máximo de maturidade em minha voz quanto possível. — Não devo ficar reclamando e choramingando de dor. Faz parte, faz parte de ser sentinela. Acontece.

Ele tornou a ficar de frente para mim, com uma expressão incrédula.

— Você passou três anos sem treinar, Alex. O seu corpo... a sua pele não está mais acostumada. Você não pode deixar coisas assim passarem por achar que alguém vai te considerar inferior.

Pisquei.

— Não acho que as pessoas vão me considerar inferior. São só... alguns hematomas, cara. Alguns até já sumiram. Está vendo?

Ele colocou um pequeno frasco ao meu lado na mesa.

— Merda nenhuma!

— Você nunca xingou antes. — Tive uma vontade enorme e estranha de rir.

— Não é só um hematoma. Você está toda roxa nas costas, Alex.

Aiden fez uma pausa, fechando os punhos.

— Estava com medo de que eu te considerasse inferior se me contasse?

Balancei a cabeça levemente.

— Não.

Ele crispou os lábios.

— Eu não esperava que o seu corpo se adaptasse rapidamente e, sinceramente, eu deveria saber.

— Aiden... é sério, não dói tanto assim. — Eu havia me acostumado à dor incessante e incômoda, então não era totalmente mentira.

Ele pegou o frasco e deu a volta na mesa.

— Isso deve ajudar e, da próxima vez, você vai me contar se algo estiver errado.

— Está bem. — Decidi não forçar a minha sorte. Acho que ele não apreciaria qualquer comentário sarcástico naquele momento. — O que é isso, afinal?

Ele desenroscou a tampa.

— É uma mistura de arnica e mentol. Arnica é uma planta medicinal. Age como um anti-inflamatório e reduz a dor. Vai ajudar a melhorar.

Esperei que ele fosse me entregar o frasco, mas em vez disso, enfiou os dedos na mistura.

— O que você está...?

— Levanta a blusa. Pode manchar.

Perplexa, levantei a barra da minha blusa. Mais uma vez, ele inspirou com força ao dar mais uma olhada nas minhas costas.

— Alex, você não pode deixar algo assim sem tratamento. — Dessa vez, a raiva não estava mais presente em sua voz. — Se estiver machucada, precisa me dizer. Eu não teria...

Pegado tão pesado comigo? Permitido que eu treinasse com Kain e levado a maior surra? Não era isso que eu queria.

— Nunca sinta que não pode falar comigo quando algo estiver errado. Você tem que confiar que eu me preocupo com você.

— Não foi culpa sua. Eu podia ter te contado...

Ele pousou os dedos em minha pele e eu quase saltei da mesa. Não porque a pomada estava fria — na verdade, gelada —, mas porque os dedos *dele* estavam percorrendo minhas costas. Um puro-sangue nunca tocava um meio-sangue dessa forma. Ou, talvez, fizessem isso agora. Eu não sabia, mas não conseguia imaginar os outros puros que eu conhecia buscando aliviar a dor de um meio. Geralmente, eles não se importavam o suficiente.

Aiden espalhou a pomada densa por minha pele, subindo por minhas costas. Em determinado momento, seus dedos roçaram na borda do meu top.

Minha pele ficou estranhamente quente, o que era surpresa, para mim, já que o produto estava tão gelado. Foquei na parede diante de mim. Ali estava a imagem de Afrodite empoleirada em uma rocha. Tinha uma expressão luxuriosa, e seus seios estavam expostos para o mundo inteiro ver.

Não estava ajudando *nem um pouco*.

Aiden continuou o que estava fazendo, em silêncio. De vez em quando, meu corpo espasmava involuntariamente, fazendo com que eu sentisse muito, muito calor.

— Você chegou a conhecer o seu pai biológico?

Sua voz baixa interrompeu meus pensamentos.

Sacudi a cabeça.

— Não. Ele morreu antes de eu nascer.

Seus dedos habilidosos deslizaram pela lateral da minha barriga.

— Sabe alguma coisa sobre ele?

— Não. Mamãe nunca falou muito sobre ele, mas acho que eles costumavam se encontrar em Gatlinburg, Tennessee. Passávamos o solstício de inverno lá quando ela conseguia escapar de Lucian. Acho que... estar naquele chalé a fazia se sentir mais perto do meu pai.

— Ela o amava?

Assenti.

— Acho que sim.

Ele passou para a minha lombar, massageando a pomada em minha pele em círculos suaves e, vez ou outra, eu sentia o aroma frio do mentol.

— O que você ia fazer se os daímônes não tivessem aparecido? Você tinha algo a fazer, não tinha?

Engoli em seco. Era uma pergunta fácil, mas eu estava com dificuldade de me concentrar em qualquer coisa além de seus dedos.

— Hã... tinha muitas coisas que eu queria fazer.

Seus dedos pararam e ele riu de leve.

— Tipo o quê?

— Eu... não sei.

— Você pensou em voltar para o Covenant, alguma vez?

— Sim e não. — Engoli em seco novamente. — Antes do ataque, achei que nunca mais voltaria. Depois, eu estava tentando chegar ao de Nashville, mas os daímônes... me atrapalharam.

— Então, o que você ia fazer se os daímônes não tivessem te encontrado? — Ele sabia que era melhor não focar naquela semana horrível depois do ataque. Sabia que eu me recusaria a falar sobre isso.

— Quando... eu era bem pequena, minha mãe e vários sentinelas levaram a mim e a um grupo de crianças ao zoológico. Adorei o lugar, *adorei* os animais. Passei o verão inteiro dizendo à mamãe que o meu lugar era no zoológico.

— O quê? — Ele soou incrédulo. — Você achava que o seu lugar era no zoológico?

Um sorriso começou a surgir em meus lábios.

— Sim, eu era uma criança estranha. Então... essa era uma das coisas que eu achava que podia fazer. Sabe, trabalhar com animais ou algo assim, mas... — Dei de ombros, me sentindo um tanto estúpida.

— Mas o quê, Alex?

Pude *sentir* seu sorriso. Olhei para meus dedos.

— Mas eu sempre quis voltar para o Covenant. Eu precisava voltar. Não conseguia me encaixar no mundo mortal. Sentia falta daqui, de ter um propósito e de saber o que deveria fazer.

Seus dedos se afastaram da minha pele, e ele ficou em silêncio por tanto tempo que achei que havia acontecido algo. Virei o tronco para olhá-lo.

— O que foi?

Ele inclinou a cabeça para o lado.

— Nada.

Cruzei as pernas e soltei um suspiro.

— Está me olhando como se eu fosse esquisita.

Aiden colocou o frasco de lado.

— Você não é esquisita.

— Então... — Ajeitei a blusa e peguei o frasco. — Terminou? — Quando ele afirmou com um aceno de cabeça, coloquei a tampa de volta.

Aiden se inclinou para a frente, apoiando uma mão de cada lado das minhas pernas cruzadas.

— Da próxima vez que estiver machucada, quero que me diga.

Quando ergui o rosto, ele estava cara a cara comigo, a centímetros de distância — o mais próximo que já estivemos fora da sala de treinamento.

— Ok.

— E... você não é esquisita. Bem, eu já conheci pessoas mais esquisitas do que você.

Comecei a sorrir, mas algo na maneira com que Aiden me olhava capturou minha atenção. Era como se ele estivesse assumindo a responsabilidade por mim e pelo que eu sentia. Na verdade, eu *sabia* que era isso. Talvez fosse por ter assumido a responsabilidade pelo irmão... e, então, lembrei do que Deacon dissera na noite anterior.

Limpando a garganta, foquei em seu ombro.

— O Deacon conversa com você? Sabe, sobre os seus pais?

Minha pergunta o pegou desprevenido. Ele demorou alguns segundos para responder.

— Não. Igual a você.

Ignorei isso.

— O hábito que ele tem de beber... acho que é para não ter que pensar no assunto.

Aiden piscou.

— É por isso que você bebe?

— Não! Eu nem costumo beber, mas essa não é a questão. O que estou dizendo é...

Deuses, o que eu estava fazendo? Tentando falar com ele sobre seu irmão?

— O que você está dizendo?

Torci para não estar ultrapassando nenhum limite ao continuar.

— Acho que o Deacon bebe para não sentir.

Aiden suspirou.

— Eu sei. Todos os orientadores e professores também acham isso. Não importa o que eu faça ou a quem eu o leve, ele se recusa a se abrir.

Assenti, compreendendo como era difícil para Deacon.

— Ele... tem orgulho de você. Ele não disse com essas palavras, mas tem orgulho do que você está fazendo.

— Por que... Como você sabe? — ele perguntou.

Dei de ombros.

— Acho que, se continuar o que está fazendo, porque é o certo a se fazer, ele vai mudar de ideia e se abrir.

Ele continuou sério, e havia traços de mais emoções em sua expressão. Parecia preocupado e, por motivos que eu preferia não reconhecer, aquilo me incomodou.

— Ei. — Estendi a mão e toquei a sua, apoiada ao lado da minha perna esquerda. — Você é...

A mão que toquei virou a palma para cima e segurou a minha. Congelei conforme ele entrelaçava os dedos aos meus.

— Sou o quê?

Lindo. Bondoso. Paciente. Perfeito. Mas eu não disse nenhuma dessas palavras. Em vez disso, fitei seus dedos, me perguntando se ele sabia que estava segurando a minha mão.

— Você é sempre tão...

Seu polegar acariciou minha mão. A pomada tinha deixado seus dedos frios e macios.

— O quê?

Ergui o rosto e me vi imediatamente capturada. Seu olhar e seu toque suave estavam me causando sensações muito estranhas. Me sentia quente e zonza, como se tivesse passado o dia inteiro exposta ao sol. Tudo em que conseguia pensar era na sensação de sua mão na minha... e em como seria senti-la em outras partes do meu corpo. Eu não deveria estar pensando nisso.

Aiden era um *puro-sangue.*

A porta da salinha abriu de uma vez. Recuei de repente, mudando minha mão para meu colo.

Uma sombra enorme surgiu na porta. O Senhor Maromba — Leon — olhou em volta e encontrou Aiden, que havia se afastado e estava a uma distância bem mais apropriada.

— Te procurei por toda parte — Leon disse.

— O que houve? — Aiden perguntou.

Leon lançou um olhar rápido para mim. Não parecia suspeitar de nada. Por que suspeitaria? Aiden era um puro de respeito e eu era apenas uma meio-sangue que ele estava treinando.

— Ela se machucou?

— Ela está bem. Por que estava me procurando?

— Marcus precisa nos ver.

Aiden assentiu. Ele começou a seguir Leon para fora da sala, mas parou na porta. Virou para mim e, de repente, sua postura voltou a ser totalmente séria.

— Falaremos mais sobre isso depois.

— Está bem — eu disse, mas ele já tinha ido embora.

Meu olhar pousou novamente na pintura da deusa do amor. Engoli em seco, apertando o pequeno frasco que segurava. Não era possível eu estar interessada em Aiden daquele jeito. Claro, ele era de tirar o fôlego e muito legal, paciente e com um humor meio seco. Tinha muitas coisas para se gostar nele. Se fosse um meio, não seria um problema. Ele não trabalhava para o Covenant, então não seria um caso de uma aluna se envolvendo com um professor, e era só três anos mais velho do que eu. Se fosse um meio, eu provavelmente já teria me jogado em cima dele.

Mas Aiden era puro-sangue, caramba.

Um puro-sangue com dedos maravilhosamente fortes e um sorriso que... bom, me fazia sentir como se houvesse um ninho de borboletas no meu estômago. E como me olhava — como seus olhos mudavam de cinza para prata em um segundo — me afetava mesmo em sua ausência. Meu coração estúpido deu um salto no peito.

10

Alguns dias depois, enquanto eu estava esparramada nos tatames fazendo meus alongamentos pós-treino, Aiden decidiu me contar por que Marcus quisera vê-lo.

— Lucian está vindo.

Fitei o teto, decepcionada.

— E?

Em vez de pairar sobre mim como geralmente fazia, ele sentou ao meu lado no tatame. Sua perna roçou na minha, fazendo meu peito apertar um pouco. *Você está sendo ridícula, Alex. Para.* Afastei a perna da dele.

— Ele vai querer falar com você.

Tentei deixar de lado a minha atração latente por ele e foquei em suas palavras.

— Por quê?

Ele dobrou os joelhos e abraçou as pernas.

— Lucian é o seu guardião legal. Acho que deve estar curioso para ver como está indo o seu treinamento.

— Curioso? — Dei um chute no ar com as duas pernas. Por quê? Eu não fazia ideia. — Lucian nunca teve interesse algum em qualquer coisa relacionada a mim. Por que teria agora?

Sua expressão ficou tensa por um momento.

— As coisas são diferentes agora. Com a sua mãe...

— Não importa. Não tem nada a ver comigo.

Ele ainda parecia estranho enquanto continuava a me observar apontar os dedos dos pés para o teto.

— Tem tudo a ver com você. — Ele respirou fundo, como se tentasse escolher bem as próximas palavras. — Lucian é completamente contra você voltar ao Covenant.

— Bom saber que Lucian e Marcus têm isso em comum.

Sua mandíbula tensionou.

— Lucian e Marcus não têm nada em comum.

Lá vinha ele de novo, tentando me convencer de que Marcus não era o babaca que eu achava. Estava martelando esse assunto havia semanas, falando o quanto ele pareceu preocupado quando mamãe e eu desaparecemos. Ou quão aliviado Marcus ficou quando soube que eu estava viva.

165

Legal da parte de Aiden querer remediar o relacionamento entre nós, mas o que ele não entendia era que não havia o que remediar.

Aiden estendeu a mão e abaixou minhas pernas de volta para o tatame.

— Você não consegue ficar quieta por cinco segundos?

Sorri, sentando.

— Não.

Ele parecia querer sorrir, mas não sorriu.

— Hoje à noite, quando encontrar com Lucian, você precisa se comportar.

Fiquei de pé, rindo.

— Me comportar? Quer dizer que não posso desafiar Lucian a lutar comigo, não é? Essa eu ganharia. Ele é um fracote.

A careta severa que surgiu em seu rosto foi um sinal claro de que ele não tinha achado graça.

— Você está ciente de que o seu padrasto pode anular a decisão de Marcus de permitir que você fique aqui, não é? A autoridade dele sobrepõe a do seu tio.

— Sim. — Apoiei as mãos nos quadris. — Já que Marcus só vai permitir que eu fique se provar que sou capaz de retomar as aulas no outono, não sei por que todo esse alvoroço.

Aiden levantou rapidamente. Por um instante, fiquei impressionada com a rapidez com que ele se movia.

— O problema é que se você bancar a respondona com o ministro, como faz com Marcus, não vai ter uma segunda chance. Ninguém vai poder te ajudar.

Desviei meu olhar dele.

— Não vou bancar a respondona com ele. Sinceramente, não há nada que Lucian possa dizer que vá me irritar. Ele não significa nada para mim. Nunca significou.

Ele não pareceu acreditar muito.

— Tente se lembrar disso.

Abri um sorriso para ele.

— Você tem tão pouca fé em mim.

Me surpreendi quando Aiden retribuiu meu sorriso. Me senti toda quente e idiota por dentro.

— Como estão as suas costas?

— Ah, estão bem. Aquele... negócio ajudou bastante.

Ele atravessou o tatame, com os olhos cinzentos focados em mim.

— Lembra de passar todas as noites. Os hematomas devem desaparecer em alguns dias.

Você bem que poderia me ajudar a passar de novo, pensei, mas não disse. Recuei, mantendo distância entre nós.

— Sim, senhor.

Aiden parou na minha frente.

— É melhor irmos. O ministro e seus guardas chegarão logo, e todos que estão no Covenant têm que recebê-lo.

Grunhi. Todos usariam algum uniforme do Covenant, coisa que eu não tinha recebido.

— Vou parecer uma...

Aiden pousou as mãos nos meus braços, aniquilando minhas habilidades de pensamento crítico. Fitei-o, imaginando um cenário vívido e louco no qual ele me puxava contra si e me beijava feito aqueles homens de peito largo dos livros eróticos que mamãe costumava ler. Ele me ergueu e me tirou do tatame. Em seguida, agachou e começou a recolhê-lo. Lá se foram minhas fantasias.

— Você vai parecer o quê? — perguntou.

Passei as mãos nos braços.

— O que eu devo vestir? Vou ficar diferente de todo mundo e chamar atenção.

Ele me olhou por baixo de seus cílios grossos.

— Desde quando você se incomoda em chamar atenção?

— Bem pensado. — Sorri para ele e, então, comecei a me retirar. — Te vejo depois.

Quando cheguei à área de convivência, todos estavam comentando sobre o que aconteceria à noite.

Não era por causa de Lucian que Caleb estava andando de um lado para o outro. Até mesmo Lea parecia tensa, enrolando uma mecha de cabelo nos dedos. Nenhum de nós, meios-sangues, se importava muito com Lucian em um nível pessoal, mas como ministro do conselho, ele exercia um grande controle sobre os puros e meios-sangues. Ninguém conseguia entender por que um ministro viria ao Covenant durante o verão, quando a grande maioria dos alunos estava ausente.

Eu ainda estava ocupada imaginando Aiden como um pirata e abalando meu mundo.

— Você sabe de alguma coisa? — perguntou Luke.

Antes que eu pudesse responder, Lea se meteu:

— Como ela saberia? Lucian mal quer saber dela.

Lancei um olhar impassível para ela.

— Isso deveria me deixar magoada ou algo assim?

Ela deu de ombros.

— A minha madrasta me visita todo domingo. Por que o Lucian não visita você?

— Como você sabe disso?

Seu olhar era dissimulado.

— Sabendo.

— Você está dando para um dos guardas, não está? — Franzi a testa para ela. — Isso explica por que sempre sabe das coisas.

Lea estreitou os olhos, como um gato ao avistar um rato.

Eu apostava que era Clive, um guarda mais jovem que estava presente no dia em que retornei ao Covenant. Ele era bonito, gostava de reparar nas garotas mais novas, e eu o vi próximo aos dormitórios algumas vezes.

— Talvez Lucian esteja a caminho para tirar você do Covenant. — Lea analisou suas unhas. — Sempre achei mesmo que você se encaixava melhor com os serviçais.

De forma casual, me inclinei e peguei uma das revistas mais grossas. Arremessei na cabeça de Lea. Com reflexos de meio-sangue, ela a apanhou antes que pudesse atingi-la.

— Obrigada. Estava precisando de algo para ler. — Começou a folhear a revista.

Como já estava perto das sete, voltei para meu quarto para me aprontar. Sobre a mesinha de centro, havia um uniforme do Covenant na cor verde-oliva. Arregalei os olhos ao pegar as vestimentas e notar um pequeno bilhete em meio às peças. Abri-o com dedos trêmulos:

Tive que adivinhar o seu tamanho. Te vejo hoje à noite.

Sorrindo, olhei a etiqueta da calça e descobri que era, sim, do meu tamanho. Foi impossível impedir o calor que se espalhou em mim. O que Aiden havia feito significou muito. Eu me vestiria como se realmente pertencesse ao Covenant.

Em vez do uniforme preto que os sentinelas treinados usavam, os alunos vestiam roupas verdes no mesmo formato — lembravam uniformes do exército. E tinham vários bolsos legais e colchetes com espaço para armas, o que eu gostava muito.

Tomei um banho rápido e senti uma onda de adrenalina ao vestir o uniforme. Fazia anos que eu não usava um desses, e houve momentos em que achei que nunca mais usaria. Olhei no espelho e tive que admitir que eu ficava bem de verde.

Animada, prendi o cabelo em um rabo de cavalo e fui encontrar Caleb. Juntos, fomos para o campus principal e senti uma nostalgia engraçada ao entrarmos no maior prédio do Covenant.

Eu vinha evitando a seção acadêmica do campus desde o meu retorno, principalmente porque era onde ficava a sala de Marcus. Também parecia injusto me submeter a todas as lembranças se ele decidisse dali a um mês ou dois que eu não poderia ficar.

Obviamente, Caleb achava que as coisas estavam indo muito bem e Marcus me permitiria ficar, mas eu não tinha tanta certeza. Não o via desde o dia em que ele passou na sala de treinamento e eu tinha feito o maior papel de trouxa. Tinha certeza que aquilo havia deixado uma marca. Pensando melhor, por isso Aiden estava tão preocupado com o que eu poderia dizer a Lucian.

Balançando a cabeça, olhei em volta da multidão que preenchia o saguão grandioso do colégio. Parecia que todos os guardas e sentinelas estavam presentes, de pé sob as estátuas das nove musas. As nove olimpianas, filhas de Zeus e Mnemosyne, ou de alguma outra com quem tinha se envolvido. Quem sabia ao certo? Aquele deus era pegador.

Os guardas se enfileiraram em todos os cantos e bloquearam cada saída, parecendo inflexíveis e valentes. Os sentinelas ficaram no meio, parecendo brutais e prontos para a batalha.

Não foi surpresa nenhuma quando meus olhos pousaram diretamente em Aiden. Ele estava entre Kain e Leon. Na minha opinião, aqueles três eram os mais perigosos de todos.

Então, Aiden ergueu o olhar, encontrando o meu. Ele me deu um breve aceno de cabeça e, mesmo que não tivesse dito nada, seus olhos falaram. Aquele simples olhar carregava orgulho e apreço. Talvez ele tivesse até me achado bonita no uniforme. Comecei a sorrir, mas Caleb me puxou para a esquerda, onde os alunos deveriam ficar. Conseguimos nos posicionar bem ao lado da paixão secreta de Caleb — Olivia. Que conveniente!

Ela sorriu.

— Estava me perguntando se vocês conseguiriam chegar.

Caleb disse algo incoerente, ruborizando.

Cheia de vergonha alheia, desviei a atenção dos dois e nem ouvi a resposta de Olivia. Pobre Caleb.

— Está bonita, hein, Alex — Jackson sussurrou.

Nunca falhava. Logo o cara que eu não queria que me notasse notou. Olhei para ele e forcei um sorriso.

— Obrigada.

Ele pareceu achar que eu tinha realmente apreciado seu elogio, mas, então, Lea apareceu e, juro, ela conseguiu deixar o uniforme tão justo quanto possível. Olhei para o meu e concluí que minhas pernas estavam longe de serem tão atraentes quanto as dela. Vaca.

Observei-a passar pelos guardas e curvar os lábios para um deles antes de se espremer entre Luke e Jackson. Ela murmurou algo, mas minha atenção já havia sido capturada por algo mais surpreendente do que suas pernas impressionantes.

Havia servos meios-sangues atrás da equipe, imóveis e quietos. Túnicas cinza monótonas e calças brancas desbotadas os tornavam quase indistinguíveis uns dos outros. Desde que eu retornei ao Covenant, vi apenas um servo aqui e outro ali. Parte do papel deles era serem invisíveis, facilmente esquecidos. Também era possível que estivesse enraizado em todos nós

— os meio-sangue livres — ignorar sua presença. Observando-os agora, eu notava que eram muitos e pareciam iguais. Seus olhos eram vidrados, com expressões vagas e testas cruelmente marcadas com círculos e uma linha atravessada. Aquela marca tornava inquestionável sua posição em nossa sociedade. De repente, a ficha caiu.

Eu tinha muitas chances de me tornar um deles.

Engoli a onda de pânico e olhei para a frente bem a tempo de ver meu tio ir até o centro do salão e ficar ali com as mãos cruzadas às costas. Não havia um fio de cabelo castanho fora do lugar na cabeça de Marcus, e o terno escuro parecia tão inadequado. Até os instrutores presentes, nos uniformes do Covenant, estavam vestidos de forma mais simples que ele.

As grossas portas de vidro e mármore se abriram quando os guardas do conselho entraram. Não pude evitar o pequeno suspiro que escapou dos meus lábios. Eram uma visão e tanto, usando uniformes brancos e munidos de expressões brutais. Em seguida, os membros do conselho entraram. Na verdade, apenas dois deles vieram atrás dos guardas. Eu não tinha ideia de quem era a mulher, mas reconheci o homem imediatamente. Em vestes brancas, Lucian não havia mudado nada desde a última vez que eu o vi. Seu cabelo super preto ainda era ridiculamente comprido, e seu rosto, tão sem emoção quanto o de um daímôn. Não podia negar, ele era um homem bonito — como todos os puros —, mas havia algo nele que me deixava com um gosto amargo na boca.

Seu ar de arrogância lhe servia como uma segunda pele. Ao se aproximar de Marcus, seus lábios se curvaram em um sorriso falso. Os dois trocaram cumprimentos. Marcus até se curvou levemente. Graças aos deuses que eles não esperavam que fizéssemos nenhuma dessas bobagens. A única maneira de me fazer ficar de joelhos seria me dando um chute nas canelas.

Lucian era um ministro, mas não um deus, nem da realeza. Era apenas um puro-sangue com muito poder. Ah, e presunção. Não podia esquecer isso. Eu nunca entenderia o que mamãe tinha visto nele, para começo de conversa.

Dinheiro, poder e prestígio?

Suspirei. Ninguém era perfeito — nem mesmo ela.

Vários outros guardas seguiram Lucian e a mulher, que percebi ser a outra ministra. Cada um era idêntico ao do primeiro conjunto, exceto um. *Ele* era diferente, muito diferente de todos os meios-sangues ali.

Todos perderam o fôlego no momento em que *ele* apareceu.

Era alto — talvez até tanto quanto Aiden, mas não podia ter certeza. Seu cabelo loiro estava preso em um pequeno rabo de cavalo, exibindo feições impossivelmente perfeitas e pele dourada. Estava todo de preto, como os sentinelas. Em diferentes circunstâncias — se eu não soubesse o que ele era — eu teria dito que era muito gato.

— Caramba... — Luke murmurou.

Uma fina corrente de eletricidade permeou o salão, percorrendo minha pele e, depois, me atravessando. Estremeci e dei um passo para trás, esbarrando em Caleb.

— O Apôlion — disse alguém atrás de mim. Talvez Lea? Eu não tinha ideia.

Caramba, de fato.

O Apôlion seguiu atrás de Lucian e Marcus, se mantendo a uma distância segura o suficiente. Não os sufocava, mas podia reagir a qualquer ameaça percebida. Todos nós ficamos encarando embasbacados, afetados por sua mera presença. Inconscientemente, dei outro passo para trás quando o pequeno grupo se aproximou de onde estávamos. Não sei o que deu em mim, mas, de repente, eu quis estar o mais longe possível... e precisava estar ali mais do que qualquer outra coisa neste mundo. Bem... talvez não qualquer coisa, mas quase isso.

Eu não queria olhar para ele, mas não conseguia desviar o olhar. Meu estômago embrulhou quando nossos olhares se encontraram. Seus olhos tinham a cor mais estranha que eu já tinha visto, e, quando ele se aproximou, percebi que não era minha imaginação. Eram da cor âmbar, quase iridescentes.

Enquanto ele continuava a me encarar, algo aconteceu. Começou como uma linha tênue serpenteando por seus braços, ficando mais escura ao chegar nos dedos. Então, de repente, a linha fina se espalhou pelo tom dourado de sua pele e se transformou em uma infinidade de desenhos em espiral. A tatuagem mudou e se transformou, subindo sob sua camisa e se estendendo por seu pescoço, até os desenhos intrincados cobrirem o lado direito de seu rosto.

As marcas significavam alguma coisa. O que, eu não tinha ideia. Quando ele passou por nós, minha respiração se tornou um suspiro sôfrego.

— Você está bem? — Caleb franziu a testa para mim.

— Sim. — Passei as mãos trêmulas no cabelo. — Ele era...

— Um gostoso. — Elena virou para mim, seus olhos dançando de empolgação. — Quem diria que o Apôlion seria incrivelmente lindo daquele jeito?

Caleb fez uma careta.

— É o Apôlion, Elena. Você não deveria falar sobre ele dessa maneira.

Franzi as sobrancelhas.

— Mas aquelas marcas...

Elena lançou um olhar reprovador para Caleb.

— Que marcas? E qual é o problema em dizer que ele é um gato? Duvido que ele se ofenderia.

— Como assim? — Passei por Caleb. — Você não viu aquelas... tatuagens? Apareceram do nada. Cobriram todo o rosto e o corpo dele!

Elena apertou os lábios ao me fitar.

— Não vi nada. Acho que estava muito focada naqueles lábios.

— E naquela bunda — acrescentou Lea.

— Aqueles braços — completou Elena.

— Estão falando sério? — Olhei irritada para cada um. — Vocês não viram nenhuma tatuagem?

Eles negaram com a cabeça.

Os meninos, com exceção de Luke, pareciam enojados com a comoção que Elena e Lea estavam causando. Eu também. Exasperada, girei de uma vez e me deparei com Aiden.

— Opa! Desculpa.

Ele ergueu as sobrancelhas.

— Não se afaste muito — foi tudo o que ele disse.

Caleb me puxou num canto.

— O que foi isso?

— Ah, parece que o Lucian quer falar comigo ou sei lá.

Ele se encolheu.

— Aposto que vai ser desconfortável.

— Acertou na mosca. — Por um momento, me esqueci das tatuagens do Apôlion.

Mesmo que eu quisesse, não me afastei muito dali. Nosso pequeno grupo saiu pela frente em direção ao pôr do sol. Todos pareciam estar falando sobre o Apôlion. Ninguém esperava que ele fosse aparecer ali, nem sabia desde quando ele era um guarda de Lucian. Como meu padrasto morava na ilha principal, era de imaginar que alguém teria ficado sabendo da presença do Apôlion antes.

Aquele questionamento se transformou em algo mais interessante.

— Geralmente, o Apôlion está por aí caçando daímônes. — Luke subiu no corrimão. — Por que ele atuaria como um dos guardas de Lucian?

— Talvez esteja acontecendo alguma coisa. — Caleb olhou para o edifício. — Tipo, algo bem sério. Talvez Lucian esteja sendo ameaçado.

— Pelo quê? — Franzi a testa, encostando em uma das colunas. — Ele sempre está rodeado por uma cacetada de guardas. Impossível algum daímôn conseguir chegar até ele.

— Quem liga? — Lea mordeu o lábio e sorriu. — O Apôlion está aqui e é o maior gato. Precisamos nos preocupar com alguma outra coisa?

Fiz uma careta.

— Nossa! Você vai ser uma excelente sentinela um dia.

Ela me lançou um olhar de desdém.

— Pelo menos eu *vou* ser sentinela um dia.

Estreitei os olhos para Lea, mas a inquietação incessante de Olivia atraiu minha raiva.

— Qual é o seu problema?

Olivia virou para mim com os olhos cor de chocolate arregalados.

— Desculpa. É que... estou tão apreensiva agora. — Ela estremeceu e abraçou o próprio corpo. — Não sei como vocês conseguem dizer que ele é gato. Não me entenda mal, mas é o Apôlion. Todo aquele poder é assustador.

— Todo aquele poder é sexy. — Lea se recostou, fechou os olhos e suspirou. — Imagina só como ele deve ser na...

As portas atrás de nós se abriram, e Aiden me chamou com um aceno. Nos degraus, alguém fez um ruído. Ignorei e deixei meu pequeno grupo de amigos e inimigos para trás.

— Mas já? — perguntei após entrarmos.

Ele assentiu.

— Acho que querem acabar logo com isso.

— Ah. — Segui Aiden pelas escadas. — Ei. Obrigada pelo uniforme. — Sorri ao lembrar que ele pegou o uniforme para mim.

Ele olhou para mim por cima do ombro.

— Sem problemas. Você ficou bem nele.

Ergui as sobrancelhas, enquanto meu coração dava uma cambalhota. Corando, Aiden desviou o olhar.

— Quer dizer... é bom te ver de uniforme.

Meu sorriso cresceu em proporções épicas. Acompanhei a velocidade de seus passos e subi as escadas ao lado de sua figura alta.

— Então... o Apôlion?

Aiden enrijeceu.

— Eu não fazia ideia de que ele viria com Lucian. Deve ter sido realocado há pouco tempo.

— Por quê?

Ele deu um empurrãozinho em um braço.

— Tem coisas que não posso revelar, Alex.

Normalmente, eu teria ficado nervosa com isso, mas ele falou de um jeito tão brincalhão que me senti leve e descontraída.

— Não é justo.

Aiden não respondeu, e subimos alguns lances de escada em silêncio.

— Você... sentiu alguma coisa quando Seth chegou?

— Seth?

— O nome do Apôlion é Seth.

— Ah! Que nome sem graça. Devia ter recebido um nome mais interessante.

Ele riu baixinho.

— Qual deveria ser o nome dele, então?

Pensei um pouco.

— Sei lá. Algo que viesse do grego ou, pelo menos, algo marcante.

— Que nome você daria a ele?

— Não sei. Algo bem maneiro, pelo menos. Talvez Apolo. Entendeu? Apolo. Apôlion.

Aiden riu.

— Enfim, você sentiu alguma coisa?

— Sim... foi estranho. Tipo uma corrente elétrica ou algo assim.

Ele assentiu, ainda sorrindo.

— É o éter que há nele. É muito poderoso.

Estávamos cada vez mais perto do último andar, e limpei o suor da testa. Escadas eram um saco.

— Por que perguntou?

— Você pareceu meio entorpecida. É um pouco perturbador estar perto dele pela primeira vez. Eu teria te alertado se soubesse que ele viria.

— Essa não foi a parte mais perturbadora.

— Hum?

Inspirei profundamente.

— As... tatuagens foram bem mais perturbadoras.

Observei-o com atenção. Sua reação me diria se eu estava louca.

Aiden parou de repente.

— O quê?

Ah, cara, eu estava louca.

Ele desceu um degrau.

— Que tatuagens, Alex?

Engoli em seco diante de seu olhar afiado.

— Acho que vi algumas marcas nele. Não estavam lá de cara, mas, então, começaram a surgir. Eu... devo ter imaginado.

Aiden soltou o ar lentamente, com o olhar focado em meu rosto. Ele estendeu a mão, afastando uma mecha de meu cabelo que havia escapado. Sua palma se demorou em minha bochecha e, naquele momento, não havia nada mais importante do que o fato de que ele estava me tocando. Zonza, fitei-o de volta.

Rápido demais, ele abaixou a mão, e eu percebia que havia tantas coisas que ele queria dizer, mas por qualquer que fosse a razão não podia.

— Temos que ir. Marcus está esperando. Alex, seja o mais legal que puder, ok?

Ele começou a subir as escadas novamente e me apressei para acompanhá-lo.

— Então, eu estava vendo coisas?

Aiden lançou um olhar significativo para os guardas no fim do corredor.

— Não sei. Vamos falar sobre isso depois.

Frustrada, segui-o para a sala de Marcus. Lucian não tinha chegado ainda, e Marcus estava sentado à sua mesa grande e antiga. A única diferença em sua aparência era que havia retirado o paletó.

— Venha. Sente-se. — Ele gesticulou para que eu me aproximasse.

Atravessei a sala, aliviada por ver que Aiden não ia me deixar sozinha. Ele não se sentou ao meu lado, mas permaneceu encostado na parede no mesmo lugar em que estava quando eu estivera diante de Marcus pela primeira vez.

Aquele cenário como um todo não me parecia um bom presságio, mas não tive muito tempo para pensar nisso. Mesmo de costas para a porta, eu soube quando o grupo de Lucian se aproximou da sala, mas não era ele que estava deixando meus braços arrepiados. No momento em que o Apôlion entrou com meu padrasto, todo o oxigênio evaporou.

Lutando contra a necessidade quase avassaladora do meu corpo de me virar, apertei os braços da cadeira. Não queria cumprimentar Lucian e não queria olhar para o Apôlion. Aiden pigarreou, e minha cabeça se levantou de repente. Marcus semicerrou os olhos para mim. *Ah... droga.* Me forcei a ficar de pé, sentindo minhas pernas estranhamente dormentes.

Pelo canto do olho, vi Seth se posicionar ao lado de Aiden. Ele o cumprimentou com um aceno breve de cabeça, que foi retribuído. Como não vi aquelas tatuagens, me permiti erguer o rosto.

No mesmo instante, nossos olhos se encontraram. Ele não estava me olhando de maneira muito lisonjeira. Estava me dando uma conferida, mas não do jeito que a maioria dos caras fazia. Estava me analisando. Como estávamos um pouco mais próximos, percebi que era jovem. Eu não esperava por essa. Com todo aquele poder e reputação, achei que seria alguém mais velho, mas ele devia ter uma idade próxima à minha.

E realmente era... lindo. Bom, tão lindo quanto um cara poderia ser. Mas sua beleza era fria e rude, como se tivesse sido montado para ter determinada aparência, mas os deuses tinham esquecido de dar um toque de humanidade — de vida.

Senti os outros olhares e, quando olhei para Aiden, vi uma expressão perplexa em seu rosto enquanto observava a mim e Seth. Marcus... bom, ele parecia estar em expectativa, como se esperasse algo acontecer.

— Alexandria. — Ele apontou para Lucian com um gesto de cabeça.

Reprimi meu impulso de resmungar alto e ergui a mão, balançando os dedos para o ministro do conselho.

— Oi.

Alguém — acho que Aiden ou Seth — parecia ter engolido uma risada. Mas, então, algo absurdo aconteceu. Lucian se aproximou e me envolveu em seus braços. Congelei, com os braços presos nas laterais do meu corpo enquanto o cheiro de ervas e incenso invadia meus sentidos.

— Ah, Alexandria, é tão bom vê-la. Depois de todos esses anos e de todo o medo e preocupação, você está bem aqui. Os deuses atenderam a nossas preces. — Lucian se afastou, mas manteve as mãos em meus ombros. Seus olhos escuros escanearam cada centímetro do meu rosto. — Pelos deuses... você se parece tanto com Rachelle.

Eu não tinha ideia do que fazer. De todas as reações que eu esperava, essa não estava incluída nas possibilidades. Sempre que eu estive perto de Lucian no passado, ele me olhou com um desdém tão frio. Aquela demonstração de afeto bizarra me deixou sem palavras.

— No instante em que Marcus me avisou que você havia sido encontrada e estava segura, fiquei exultante. Disse a Marcus que tinha um lugar na minha casa para você.

Os olhos de Lucian focaram nos meus e havia algo em seu olhar em que eu não conseguia confiar.

— Eu teria vindo antes, mas estava resolvendo compromissos relacionados ao conselho. Mas o seu antigo quarto... de quando você morava conosco... ainda está intacto. Quero que venha para casa comigo, Alexandria. Não precisa ficar aqui.

Fiquei boquiaberta, me perguntando se ele havia sido substituído por um puro-sangue mais gentil nos últimos três anos.

— O quê?

— Tenho certeza que Alexandria está transbordando de felicidade — Marcus comentou com pouca vontade.

Aquele som de risada abafada ecoou novamente e comecei a suspeitar que Seth era o culpado. Aiden era muito bem-treinado para cometer deslizes. Fitei Lucian.

— Estou... confusa.

— Confusa? Imagino. Depois de tudo que você passou. — Lucian soltou meus ombros e, então, segurou minha mão. Tentei não demonstrar meu desgosto. — Você é jovem demais para sofrer como sofreu. A mordida... nunca desaparecerá, não é, querida?

Toquei meu pescoço inconscientemente.

— Não.

Ele assentiu, cheio de empatia, e em seguida me guiou até as cadeiras. Soltou minha mão, reajustando sua vestimenta ao se sentar. Afundei na outra cadeira.

— Você tem que vir para casa. — Os olhos de Lucian penetraram os meus. — Não precisa se esforçar para acompanhar os outros. Essa vida não é mais necessária para você. Conversei bastante com Marcus. Poderá frequentar o Covenant no outono como aluna, mas não em treinamento.

Eu não podia estar ouvindo direito. Meios-sangues não frequentavam o Covenant somente como alunos. Ou treinavam, ou iam para a servidão.

Marcus sentou devagar, com seu olhar fixo em mim.

— Alexandria, Lucian está lhe oferecendo uma chance de viver uma vida muito diferente.

Não pude conter. Minha risada se formou na garganta e acabou saindo.

— Isso... isso é piada, né?

Lucian trocou um olhar com Marcus.

— Não. Não é piada alguma, Alexandria. Eu sei que não éramos muito próximos quando você era mais nova, mas depois de tudo que aconteceu, me dei conta de que falhei como seu pai.

Dei risada novamente, recebendo um olhar reprovador de Marcus.

— Desculpa. — Arfei ao tentar recuperar o controle. — Isso não é nem um pouco o que eu estava esperando.

— Não precisa pedir desculpas, minha filha.

Engasguei.

— Você não é meu pai.

— Alexandria! — Marcus me repreendeu.

— O quê? — Olhei para meu tio. — Ele não é.

— Está tudo bem, Marcus. — A voz de Lucian se encheu de aço revestido de veludo. — Quando Alexandria era mais nova, eu não representei muita coisa para ela. Deixei minha amargura controlar tudo. Mas, agora, tudo parece tão fútil. — Ele virou para mim. — Se eu tivesse sido uma figura paterna, talvez você tivesse entrado em contato para pedir ajuda quando sua mãe a levou embora.

Passei a mão pelo rosto, sentindo como se tivesse entrado em um mundo totalmente diferente — um mundo no qual Lucian não era um grande babaca e no qual eu ainda tinha alguém que, tecnicamente, era minha família e se importava de verdade comigo.

— Mas tudo isso está no passado, minha querida. Vim para levá-la para casa. — Lucian abriu um sorriso tenso. — Já conversei com Marcus e concordamos que, considerando as circunstâncias, assim será melhor.

Despertei do meu torpor de choque.

— Espera. Eu estou evoluindo, não estou? — Girei em minha cadeira. — Aiden, eu estou evoluindo, não estou? Estarei pronta no outono.

— Sim. — Ele olhou para Marcus. — Mais rápido do que eu achava possível, sendo sincero.

Animadíssima por ele não ter me jogado aos leões, virei novamente para meu tio.

— Eu consigo. Tenho que ser sentinela. Não quero mais nada além disso. — Minha voz ficou rouca de desespero. — Não posso fazer mais nada além disso. — Pela primeira vez desde que eu reencontrei Marcus, ele pareceu aflito, como se estivesse prestes a dizer algo que não queria.

— Alexandria, não se trata do treinamento. Sei do seu progresso.

— Então, o que é?

Não me importei por ter pessoas testemunhando meu pânico. As paredes pareciam estar se fechando e eu nem entendia por quê.

— Você será bem cuidada. — Lucian tentou me assegurar. — Alexandria, você não pode mais ser sentinela. Não com um conflito de interesses tão terrível.

— O quê? — Alternei olhares entre meu tio e meu padrasto. — Não tem conflito de interesses. Mais do que qualquer um, eu tenho motivos para ser sentinela!

Lucian franziu a testa.

— Mais do que qualquer um, você tem motivos para *não* ser sentinela.

— Ministro... — Aiden deu um passo à frente, estreitando os olhos para Lucian.

— Eu sei que você tem trabalhado pesado com ela e agradeço, St. Delphi. Mas não posso permitir isso. — Lucian ergueu uma das mãos. — O que acha que vai acontecer depois que ela se formar? Quando sair da ilha?

— Hã, vou caçar e matar daímônes?

Lucian virou para mim.

— Caçar e matar daímônes? — Seu rosto ficou mais pálido que o normal, o que era algo bem notável, ao virar para Marcus. — Ela não sabe, sabe?

Marcus fechou os olhos brevemente.

— Não. Achamos... que seria melhor assim.

Uma inquietação me percorreu.

— Não sei o quê?

— Irresponsável... — Lucian sussurrou. Ele baixou a cabeça, apertando a ponte de nariz.

Fiquei de pé.

— Não sei *o quê?*

Marcus ergueu o rosto, que estava praticamente sem cor.

— Não há um jeito fácil de dizer isso. A sua mãe não está morta.

11

Nada mais existia além daquelas palavras.

Marcus levantou e deu a volta em sua mesa, parando diante de mim. A expressão aflita havia retornado ao seu rosto, mas, dessa vez, estava misturada com compaixão.

O tique-taque do relógio da parede e o zumbido delicado dos motores do aquário preenchiam o ambiente. Ninguém disse uma palavra; ninguém tirou os olhos de mim. Eu não fazia ideia de quanto tempo fiquei encarando-o enquanto tentava compreender o que ele disse. A princípio, nada fez sentido. A esperança e a incredulidade se colidiram, então, uma conclusão apavorante, enquanto eu finalmente entendia o olhar de compaixão em seu rosto. Ela ainda estava viva, mas...

— Não... — Me afastei da cadeira, tentando colocar distância entre mim e suas palavras. — Você está mentindo. Eu a vi. O daímôn a drenou, e eu a toquei. Ela estava... tão fria.

— Alexandria, lamento, mas...

— Não! É impossível. Ela estava morta!

Aiden surgiu ao meu lado, pousando uma mão em minhas costas.

— Alex...

Me desvencilhei de seu toque. Sua voz — *ah, deuses* — sua voz disse tudo. E quando olhei para ele e vi o pesar estampado em seu rosto, eu soube.

— Alex, havia outro daímôn. Você sabe disso.

A voz de Marcus transitou por cima do som do sangue pulsando em meus ouvidos.

— Sim, mas... — Lembrei de quão enlouquecida eu ficara.

Chorando copiosamente e histérica, eu a sacudi e implorei para que ela acordasse, mas ela não se mexeu. E, então, ouvi outra pessoa se aproximar do lado de fora.

Em pânico, bloqueei a porta do quarto e peguei o dinheiro. A partir de então, as coisas se tornaram um borrão. Eu precisei fugir. Foi para isso que mamãe havia me preparado para fazer se algo assim acontecesse. Meu coração tropeçou e descompassou.

— Ela... ela ainda estava viva? Ai... ai, meus deuses. Eu a deixei. — Senti vontade de vomitar nos sapatos polidos de Marcus. — Eu a deixei! Eu poderia ter ajudado! Poderia ter feito alguma coisa!

— Não. — Aiden estendeu a mão para mim, mas me afastei. — Não havia nada que você pudesse fazer.

— O outro daímôn fez isso? — Olhei com raiva para Marcus, exigindo uma resposta.

Ele assentiu.

— Pressupomos que sim.

Comecei a tremer.

— Não. A mamãe não pode ter se tornado... é impossível. Você... vocês estão errados.

— Alexandria, você sabe como pode ter acontecido.

Marcus tinha razão. A energia que um daímôn passava era contaminada. Ela ficaria viciada desde o primeiro momento. Era uma maneira cruel de transformar um puro-sangue, roubando todo o seu livre-arbítrio.

Queria gritar e chorar, mas disse a mim mesma que eu era capaz de lidar com isso. A ardência em meus olhos era uma mentira. Virei novamente para Marcus.

— Ela é... um daímôn?

Algo similar a dor brilhou em seu rosto antes estoico.

— Sim.

Me senti presa naquela sala com estranhos. Meus olhos percorreram seus rostos. Lucian parecia entediado, o que era surpreendente considerando a onda de afeição e apoio que ele demonstrou minutos antes. Aiden parecia estar com dificuldade para manter sua expressão impassível. E Seth... bom, ele me observava cheio de expectativa. Presumi que estava esperando o momento em que eu surtaria e cairia aos prantos.

Talvez estivesse certo. Eu estava a um passo de pirar de vez.

Engolindo o nó denso em minha garganta, tentei acalmar as batidas enlouquecidas do meu coração.

— Como você sabe?

— Ela é minha irmã. Se estivesse morta, eu saberia.

— Você pode estar errado. — Meu sussurro carregava uma pontinha de esperança. Estar morta era melhor do que aquela alternativa. Depois que um puro era transformado, não tinha mais volta. Não existia poder que desfizesse isso, não importava o quanto alguém implorasse... nem mesmo os deuses podiam consertar.

Marcus balançou a cabeça.

— Ela foi vista na Geórgia. Logo antes de encontrarmos você.

Dava para ver o quanto isso doía — talvez até tanto quanto em mim. Ela era sua irmã, afinal. Marcus não era tão desprovido de emoções como fazia parecer.

Então, o Apôlion falou:

— Você disse que a mãe dela foi vista na Geórgia. Alexandria não estava na Geórgia quando a encontraram?

Sua voz tinha um sotaque carregado, quase musical.

Virei lentamente para ele.

— Sim.

Aiden juntou as sobrancelhas. Seth pareceu ponderar aquilo.

— Não acham isso estranho? Seria possível a mãe se lembrar dela? Segui-la?

Uma expressão estranha tomou conta do rosto de Marcus.

— Estamos cientes da possibilidade.

Não fazia sentido. Quando puros eram transformados, não se importavam com coisas de suas vidas anteriores. Ou, pelo menos, era no que acreditávamos. Mais uma vez, não era como se alguém tivesse se dado ao trabalho de interrogar um daímôn. Eles eram mortos na hora. Sem perguntas.

— Você acredita que a mãe está ciente dela? Talvez esteja até mesmo procurando por ela? — Seth perguntou.

— Há uma chance, mas não podemos ter certeza. Pode ter sido uma coincidência.

As palavras de Marcus soavam falsas.

— Uma coincidência ela estar na Geórgia junto com os outros dois daímônes que estavam seguindo Alex? — Aiden perguntou. A carranca de Marcus cresceu, mas Aiden continuou. — Você sabe como me sinto quanto a isso. Não sabemos a extensão do que daímônes preservam em relação às suas vidas anteriores. Há uma chance de ela estar procurando por Alex.

A sala pareceu girar, e fechei os olhos com força. Procurando por mim? Não como minha mãe, mas como um daímôn. Para quê? As possibilidades me deixaram atônita... enjoada.

— É mais um motivo para removê-la do Covenant, St. Delphi. Sob meus cuidados, Alexandria ficará protegida pelos guardas do conselho e pelo Apôlion. Se Rachelle decidiu caçá-la, minha enteada estará mais segura comigo.

Quando abri os olhos, me dei conta de que estava de pé no meio da sala. Cada respiração que eu dava, doía. A vontade de chorar estava forte, mas me segurei. Ergui o queixo e olhei Marcus bem nos olhos.

— Você sabe onde ela está agora?

Marcus ergueu as sobrancelhas ao virar para Lucian, que hesitou um pouco antes de responder.

— Tenho vários dos meus melhores sentinelas procurando por ela.

Assenti.

— E todos vocês... todos acham que saber que a minha mãe é... um daímôn vai atrapalhar o processo de me tornar uma sentinela eficaz?

Houve uma pausa.

— Nem todos concordamos, mas sim.

— Não é possível que eu seja a primeira pessoa a passar por isso.

— Claro que não — disse Marcus. — Mas você é jovem, Alexandria, e está...

Minha respiração ficou presa na garganta novamente.

— Estou o quê?

Irracional? Perturbada? Furiosa? Eram algumas das palavras que me definiam no momento.

Ele balançou a cabeça.

— As coisas são diferentes para você, Alexandria.

— Não são, não — falei com a voz rouca. — Sou meio-sangue. É meu dever matar daímônes, haja o que houver. Isso não vai me afetar. A minha mãe... está morta, para mim.

Marcus me fitou.

— Alexandria...

— Vai tirá-la à força do Covenant, ministro? — Seth perguntou.

— *Nós* não vamos forçá-la a ir — Marcus interveio, mantendo os olhos em mim.

Lucian virou para ele.

— Já chegamos a um acordo, Marcus. — Sua voz era baixa. — Ela precisa ser colocada sob meus cuidados.

Eu sabia que ele estava escondendo mais coisas. Vi Marcus considerar o que ficou implícito.

— Ela pode permanecer no Covenant. — Marcus manteve seu olhar firme. — Não haverá risco se ficar aqui. Podemos conversar mais depois, concorda?

Meus olhos arregalaram quando vi o ministro ceder para Marcus.

— Sim. Conversaremos melhor sobre isso mais tarde.

Marcus assentiu antes de virar para mim.

— O acordo original permanece, Alexandria. Você terá que provar para mim que está pronta para frequentar as aulas no outono.

Soltei a respiração que estava prendendo há alguns segundos.

— Tem mais alguma coisa que queira dizer?

— Não. — Virei para ir embora, mas Marcus me deteve. — Alexandria... eu sinto muito pelo que aconteceu. A sua mãe... não merecia isso. Nem você.

Um pedido de desculpas sincero, mas não significou nada para mim. Eu estava entorpecida por dentro e só queria ficar longe de todos eles. Saí da sala de cabeça erguida, sem olhar para ninguém. Passei pelos guardas, que provavelmente tinham ouvido tudo.

— Alex, espera.

Lutando para controlar o ciclone de emoções crescendo dentro de mim, virei. Aiden havia me seguido. Alertei-o, erguendo a mão trêmula.

— Não.

Ele recuou.

— Alex, me deixa explicar.

Por cima de seu ombro, vi que não estávamos sozinhos. Os guardas estavam diante das portas fechadas da sala de Marcus — e o Apôlion, também. Ele nos observava com uma indiferença casual.

Fiz esforço para manter a voz baixa.

— Você sabia esse tempo todo, não sabia? O que realmente aconteceu com a minha mãe.

Sua mandíbula tensionou.

— Sim. Eu sabia.

A mágoa explodiu no meu peito. Parte de mim tinha esperança de que ele não soubesse, que não tivesse escondido aquilo de mim. Dei um passo à frente.

— Nós passamos todos os dias juntos e você nunca pensou em me contar? Acha que eu não tinha o direito de saber a verdade?

— É claro que eu achava que você tinha o direito, mas não era o melhor para você. Ainda não é. Como você vai conseguir focar no treinamento, focar em se preparar para matar daímônes, sabendo que a sua mãe é um deles?

Abri a boca, mas nada saiu. Como eu conseguiria focar agora?

— Sinto muito por ter descoberto dessa maneira, mas não me arrependo de ter escondido de você. Poderíamos tê-la encontrado e cuidado do problema sem que soubesse de nada. Esse era o plano.

— Esse era o plano? Matá-la antes que eu descobrisse que ela estava viva? — Minha voz foi aumentando a cada palavra. — Queria que eu confiasse em você? Como *raios* vou conseguir confiar em você agora?

Aquelas palavras o atingiram. Ele deu um passo para trás, passando a mão no cabelo.

— Como se sente sabendo o que a sua mãe é? No que isso te faz pensar?

Lágrimas quentes arderam nos meus olhos. Eu ia acabar desmoronando bem ali na frente dele. Comecei a recuar.

— Por favor. Só me deixa em paz. Me deixa em paz.

Dessa vez, quando virei para ir embora, ninguém me deteve.

Desorientada, subi na minha cama. Uma sensação nauseante se instalou em mim. Parte de mim queria acreditar que todos estavam enganados e que mamãe não era um daímôn.

Meu estômago revirou e me encolhi em posição fetal. Desde o instante em que se transformou, a necessidade por éter devia tê-la consumido. Nada mais importava. Mesmo que se lembrasse de mim, não seria da mesma forma.

Desci da cama cambaleando, quase sem conseguir chegar ao banheiro a tempo. Caí de joelhos, agarrei a beirada da privada e vomitei até meu corpo estremecer. Quando terminei, não tive forças para levantar.

Meus pensamentos se tornaram uma bagunça completa. *Minha mãe é um daímôn.*

Havia sentinelas caçando ela por aí. Mas eu não conseguia substituir seu sorriso caloroso pelo de um daímôn. Ela era minha mãe.

Me afastei da privada e apoiei a cabeça nos joelhos. Em determinado momento, houve uma batida na porta, mas ignorei o som. Eu não queria ver ninguém, não queria falar com ninguém. Não sei quanto tempo fiquei ali. Podia ter sido minutos ou horas. Me forcei a não pensar e somente respirar. Respirar era fácil, mas não pensar era impossível. Por fim, acabei ficando de pé e encarei meu reflexo no espelho.

Mamãe me encarava de volta — tudo exceto seus olhos, a única coisa que não tínhamos em comum. Mas agora... agora ela teria aquelas cavidades escuras e sua boca estaria cheia de dentes afiados.

E se ela me visse novamente, não ia sorrir ou me abraçar. Não afagaria meu cabelo, como costumava fazer. Não haveria lágrimas de felicidade. Ela talvez nem soubesse mais o meu nome.

Ela tentaria me matar. E eu tentaria matá-la.

12

Chegou a noite de domingo e eu não conseguia mais me esconder no meu quarto. Cansada de pensar, cansada de ficar sozinha e cansada de mim mesma. Em algum momento no decorrer do dia, meu apetite havia retornado e eu estava morrendo de fome.

Consegui chegar à cantina antes que fechasse. Felizmente, estava vazia e consegui comer três fatias de pizza fria em paz. A comida caiu como uma bola densa no meu estômago, mas consegui engolir uma quarta fatia.

O silêncio pesado da cantina me dominou. Sem nada acontecendo, a tagarelice interminável dos meus pensamentos recomeçou. *Mamãe. Mamãe. Mamãe.* Desde a noite de sexta-feira, era tudo em que eu conseguia pensar.

Havia algo que eu poderia ter feito diferente? Poderia ter evitado que ela se transformasse em um monstro? Se não tivesse entrado em pânico após o ataque, talvez eu pudesse ter me defendido do outro daímôn. Eu poderia ter salvado minha mãe de um destino tão terrível.

A culpa azedou a comida no meu estômago. Me afastei da mesa e saí no momento em que um dos serviçais entrou para fechar a cantina. Algumas pessoas passavam pelo pátio, mas ninguém que eu conhecesse bem.

Não sei por que, mas fui parar na sala principal de treinamento. Já passava das oito, mas eles nunca trancavam essas salas, ainda que as armas fossem protegidas após as sessões de treinamento. Parei diante de um dos bonecos usados para a prática de facas e de lutas de boxe ocasionais. Senti uma inquietação enquanto olhava para a figura realista.

Pequenos cortes e sulcos marcavam seu pescoço, peito e abdômen. Eram as áreas onde os meios-sangues eram treinados para atacar: o plexo solar, o coração, o pescoço e a barriga.

Passei meus dedos sobre as reentrâncias. As lâminas fornecidas pelo Covenant eram perversamente afiadas, projetadas para cortar a pele de um daímôn rapidamente e causar o maior estrago possível.

Olhando para as zonas de ataque marcadas em vermelho — lugares para bater ou chutar se eu tivesse que lutar com um daímôn em combate corpo a corpo —, prendi o cabelo em um coque bagunçado. Aiden tinha me deixado praticar com os bonecos algumas vezes, provavelmente por ter se cansado de receber meus chutes.

O primeiro soco que dei jogou o boneco alguns centímetros para trás, talvez dois. Aff. O segundo e o terceiro golpes o sacudiram para trás mais alguns centímetros, mas ainda não geraram efeito algum em mim. Senti o turbilhão de emoções angustiantes se intensificar dentro de mim, exigindo que eu cedesse. *Desistir. Aceitar a oferta de Lucian. Não correr o risco de ter que enfrentar a mamãe. Deixar outra pessoa cuidar disso.*

Dei um passo para trás, apoiando minhas mãos nas coxas.

Minha mãe era um daímôn. Como meio-sangue, era meu dever matá-la. Como sua filha, eu era obrigada a... o quê? Um fim de semana inteiro se passou e não consegui encontrar essa resposta. O que eu deveria fazer?

Matá-la. Fugir dela. Salvá-la de alguma forma.

Um grito frustrado escapou de mim quando balancei minha perna e acertei o centro do boneco. Ele balançou para trás e, quando voltou em minha direção, eu ataquei — golpeando, socando e chutando. Minha raiva e incredulidade aumentavam a cada explosão.

Não era justo. Nada disso era.

O suor escorria, molhando minha blusa até o tecido grudar na pele e fios de cabelo soltos grudarem na nuca. Eu não conseguia parar. A violência jorrava de mim, tornando-se uma coisa física. Podia sentir o gosto da raiva no fundo da minha garganta — pesada, grossa como bile. Sintonizei com ela. Me tornei ela.

A raiva me percorria, extravasando através de meus movimentos, até que meus chutes e socos se tornaram tão precisos que, se o boneco fosse uma pessoa, estaria morto. Só então fiquei satisfeita. Tropecei para trás, limpando minha testa com a mão e me virei.

Aiden estava parado na porta.

Ele avançou, parando no centro da sala e assumindo a mesma posição que normalmente fazia durante nossas sessões de treinamento. Estava usando calça jeans, algo que eu raramente o via usar.

Aiden não disse nada enquanto me observava. Eu não sabia o que ele estava pensando ou por que estava lá. Não importava. A fúria ainda fervia dentro de mim. Imaginei que essa devia ser a sensação de ser um daímôn, como se algum tipo de força invisível controlasse cada movimento meu. Fora de controle — eu me sentia fora de controle. Sem dizer uma palavra, cruzei a distância entre nós. Seus olhos ficaram cautelosos.

Não havia sensatez por trás disso, apenas uma raiva avassaladora e mágoa crua. Levantei meu braço e desferi um soco bem na lateral do queixo dele. Uma dor feroz irradiou em meus dedos.

— Droga! — Me curvei, colocando a mão no peito. Não achei que doeria tanto. E o que piorava tudo era o fato de eu mal ter causado impacto nele.

Ele se virou para mim como se eu não tivesse acabado de dar um soco em seu rosto e franziu a testa.

— Isso fez você se sentir melhor? Mudou alguma coisa?

Me endireitei.

— Não! Quero fazer de novo.

— Você quer lutar? — Ele deu um passo para o lado, inclinando a cabeça para mim. — Então, luta comigo.

Ele não precisou me pedir duas vezes. Me lancei contra ele, que bloqueou o primeiro golpe, mas minha raiva me fez ser mais rápida do que ele calculou. O lado largo do meu braço passou por seus bloqueios, atingindo-o no peito. Isso não o abalou — nem um pouco. Mas o prazer disparou dentro de mim, me impulsionando. Fervendo de raiva e outra emoção quase selvagem, lutei melhor do que qualquer treino.

Circulamos um ao outro, trocando golpes. Aiden não deu tudo de si ao me atacar, e isso só me irritou. Ataquei com mais força, empurrando-o para trás no tatame. Seus olhos exibiram um brilho prateado perigoso quando agarrou meu punho a centímetros de atingir seu nariz. Não era a forma correta mirar acima do peito, mas dane-se.

— Já chega. — Aiden me empurrou para trás.

Mas não tinha sido suficiente ainda. Nunca seria *suficiente*. Decidi usar um dos movimentos de ataque que ele havia me ensinado dias antes. Aiden acabou me detendo em pleno voo, me derrubando no tatame. Após me deitar, ele se apoiou nos calcanhares.

— Eu sei que você está com raiva. — Ele respirava normalmente. Eu, por outro lado, estava sem fôlego. — Sei que está confusa e magoada. O que você está sentindo é inimaginável.

Meu peito subia e descia rapidamente. Fiz menção de me sentar, mas ele me empurrou para baixo com uma mão.

— Sim, estou furiosa!

— Você tem todo o direito de estar.

— Você deveria ter me contado! — A ardência em meus olhos aumentou. — Alguém deveria ter me contado! Se não Marcus, então você.

Ele virou a cabeça.

— Tem razão.

Suas palavras suaves não me acalmaram. Ainda o ouvi dizer que não se arrependia de não ter me contado, que tinha sido o melhor a fazer. Após alguns instantes, ele pousou as mãos nas coxas.

Decisão errada.

Me impulsionei para cima, estendendo minhas mãos para alcançar seu cabelo sedoso. Uma jogada bem feminina, mas em algum momento ao longo do caminho, eu me perdi para a raiva.

— Para com isso! — Ele capturou meus pulsos com facilidade. Na verdade, foi vergonhoso o quão rápido ele me dominou. Desta vez, me prendeu no tatame. — Para com isso, Alex — repetiu, muito mais baixo.

Joguei a cabeça para trás, pronta para fincar meu pé em algum lugar quando nossos olhos se encontraram. Foi então que parei, com seu rosto a centímetros do meu. A atmosfera mudou quando uma das emoções selvagens que giravam em mim conseguiu se libertar e aparecer.

Seu torso esguio e pernas estavam pressionadas contra as minhas de uma forma que me fez pensar em outras coisas — diferentes de lutar, matar, mas que também envolviam suor, muito suor. Ficou difícil respirar enquanto continuávamos a nos encarar. Mechas de cabelo onduladas e escuras caíram sobre seus olhos. Ele não estava se mexendo, e eu não conseguiria, nem se quisesse. Eu não queria. Ai, deuses, eu não queria me mexer *nunca mais*. Vi o momento em que ele reconheceu minha mudança de comportamento. Algo se transformou em seus olhos, e seus lábios se separaram.

Era apenas uma paixonite inofensiva e estúpida. Mesmo ao levantar a cabeça, aproximando ainda mais meus lábios dos dele, continuei repetindo isso para mim mesma. Eu não o queria. Não tanto assim — não mais do que qualquer coisa que já quis na vida.

Eu o beijei.

No começo, não foi bem um beijo. Meus lábios apenas roçaram os dele e, quando ele não se afastou, avancei e intensifiquei. Durante alguns segundos, Aiden pareceu atônito demais para fazer qualquer coisa. Mas, então, ele libertou meus pulsos e suas mãos deslizaram por meus braços.

O beijo se aprofundou, cheio de paixão e raiva. Também havia frustração, muita frustração. E, então, Aiden tomou o controle, e eu já não era a única envolvida. Seus lábios se moveram nos meus, seus dedos pressionando minha pele. Depois de apenas alguns segundos, ele interrompeu o beijo e se afastou de mim.

A vários metros de distância, Aiden se agachou. Sua respiração pesada preencheu o espaço entre nós. Seus olhos estavam arregalados, com as pupilas tão dilatadas que suas íris pareciam quase pretas.

Sentei e recuei. O que eu tinha acabado de fazer atravessou a névoa espessa que nublava meus pensamentos. Não só dei um soco na cara de um puro-sangue, como também o beijei. Ah... *ai, cara*. Minhas bochechas coraram; meu corpo inteiro corou.

Aiden se levantou devagar.

— Está tudo bem. — Sua voz saiu rouca. — Essas coisas acontecem... quando se está sob muito estresse.

Essas coisas aconteciam? Eu achava que não.

— Eu... não acredito que fiz isso.

— É só estresse. — Ele permaneceu a uma distância segura. — Está tudo bem, Alex.

Fiquei de pé em um pulo.

— É melhor eu ir agora.

Ele começou a vir em minha direção, mas parou de repente, cauteloso em se aproximar.

— Alex... está tudo bem.

— É, que droga de estresse, hein? Uau. Ok. Está tudo bem, muito bem. — Recuei, olhando para todos os lugares, menos para ele. — Estava precisando disso... Não dessa última coisa! Ou de quando te dei um soco! Mas de quando eu estava... você sabe, descarregando minha agressividade... e tal. Certo... te vejo amanhã. — Fugi da sala, e em seguida, do edifício.

Lá fora, no ar denso e úmido da noite, bati na minha testa e gemi.

— Meus deuses.

Em algum lugar atrás de mim, uma porta se abriu, então continuei seguindo pela passarela.

Não estava prestando bem atenção para onde estava indo. Choque e constrangimento não descreviam adequadamente o que estava sentindo.

Mortificação era uma palavra muito chata. Talvez eu *pudesse* culpar o estresse. Queria rir, mas também queria chorar.

Eu seria capaz de superar isso? Deuses, não conseguia acreditar que realmente o beijei. Nem conseguia acreditar que houve um momento em que ele retribuiu, que se pressionou contra mim de uma forma que dizia que queria aquilo tanto quanto eu. Devia ser coisa da minha imaginação.

Eu precisava de um novo treinador. Precisava de um novo treinador imediatamente. Não tinha como eu enfrentá-lo novamente sem desmaiar e morrer. De jeito nenhum, e...

Alguém surgiu diante de mim. Me afastei para o lado para evitar quem quer que fosse, mas a pessoa me bloqueou. Irritada por não poder ficar de mau humor em paz, comecei a despejar minha frustração sem olhar quem era.

— Deuses! Sai da minha... — As palavras morreram em meus lábios.

Era ninguém menos que o Apôlion.

— Bem, boa noite para você. — Seus lábios se curvaram em um sorriso casual.

— Hum... desculpa, eu não te vi. — Nem *senti*, o que era estranho considerando que, nas outras duas vezes, nem precisei botar os olhos nele para senti-lo.

— Isso é óbvio. Você estava olhando para o chão como se tivesse feito algo terrível com você.

— É, estou meio que tendo um fim de semana ruim... que não acaba nunca. — Desviei dele, que tornou a se colocar na minha frente. — Com licença. — Acho que usei minha voz mais gentil *possível*. Afinal, ele era o Apôlion.

— Pode me dar alguns minutinhos?

Olhei em volta do pátio vazio, sabendo que não podia recusar.

— Claro, mas preciso voltar para o meu dormitório logo.

— Então, eu te levo até lá pra gente conversar.

Consenti, sem ter a mínima ideia do que ele poderia querer falar comigo. Gesticulei para que me seguisse, cautelosa.

— Estava te procurando. — Ele começou a andar do meu lado. — Aparentemente, você se escondeu no seu quarto, e seus amigos me avisaram que homens não são permitidos no dormitório feminino. Eu não sou exceção, o que acho estranho e muito irritante. Essas regrinhas bobas do Covenant não deveriam se aplicar a mim.

Franzi a testa, sem saber o que mais me incomodava: ele saber quem eram meus amigos ou estar me procurando. Ambas as coisas eram igualmente assustadoras para mim. O cara poderia quebrar meu pescoço sem esforço algum. Ele era o Apôlion — alguém por quem *ninguém* gostaria de ser procurado.

— Então, estava esperando você reaparecer.

Agora, *isso* era assustador. Senti seu olhar, mas mantive os olhos focados à frente.

— Por quê?

Seth acompanhou meus passos facilmente.

— Quero saber o que você é.

Paralisei e tive que olhar para ele. Estava bem perto, mas sem me tocar. Francamente, não parecia querer fazer isso. Suas feições marcantes demonstravam cautela enquanto me observava.

— Eu sou uma meio-sangue.

Ele arqueou a sobrancelha loira.

— Uau! Eu não fazia ideia de que você era uma meio-sangue, Alexandria. Estou chocado.

Estreitei os olhos.

— Me chame de Alex. Então, por que perguntou?

— Sim, eu sei. Todo mundo te chama por um nome de menino. — Seu lábio superior se curvou, e a frustração encheu sua voz. — De qualquer forma, sabe que não é isso que estou perguntando. Quero saber o que você é.

Irritar o Apôlion não devia ser a coisa mais inteligente a se fazer, mas meu humor estava em algum lugar entre o péssimo e o pior ainda. Cruzei os braços.

— Sou uma garota. Você é um garoto. Isso esclarece as coisas para você?

Um canto de sua boca se curvou.

— Obrigado pela lição de gênero. Sempre fiquei confuso quando se trata de identificação de menino e menina, só que, mais uma vez, não é o que estou perguntando. — Ele deu um passo à frente, inclinando a cabeça para o lado. — Em meados de maio, Lucian solicitou minha presença no conselho. Você foi encontrada na mesma época. Estranhei.

Meus instintos gritaram para eu dar um passo para trás, mas recusei.

— Certo... e?

— Eu não acredito em coincidências. A ordem de Lucian tem a ver com você. Então, levanta uma questão muito importante.

— Qual?

— O que há de tão importante em uma garotinha cuja mãe é uma daímôn? — Ele começou a me rondar. Fui me virando, seguindo seu movimento. — Por que Lucian me quer aqui agora, considerando que nunca me solicitou antes? Você estava certa na sala do seu diretor. Não seria a primeira meio ou mesmo puro-sangue a enfrentar um ente querido ou um amigo em batalha. O que te torna tão especial?

A irritação se contorceu dentro de mim.

— Não faço ideia. Por que você não vai perguntar pra ele?

Vários fios curtos escaparam do elástico de couro em seu rabo de cavalo e caíram em volta do seu rosto.

— Duvido que Lucian esteja sendo honesto.

— Lucian não precisa ser honesto.

— Deveria ser. Ele é seu padrasto.

— Lucian não é nada para mim. O que você viu naquela sala foi uma bizarrice. Ele devia estar chapado de poder ou metanfetamina.

— Então não ficaria chateada se eu dissesse que ele é um babaca pomposo?

Segurei a risada.

— Não.

Seus lábios se curvaram em um meio-sorriso.

— Pretendo descobrir por que fui afastado da caça para proteger uma garota...

Ergui as sobrancelhas.

— Você não está me protegendo. Está protegendo Lucian.

— É mesmo? Por que Lucian precisaria de mim? Ele raramente sai do conselho e está sempre cercado por várias camadas de proteção. Qualquer novato poderia ajudá-lo. É um desperdício do meu tempo.

Ele tinha razão, mas eu não tinha respostas para ele. Dei de ombros e comecei a andar novamente, esperando que não me seguisse, mas ele seguiu.

— Então, vou perguntar de novo. O que você é?

As duas primeiras vezes que fez a pergunta, fiquei apenas irritada, mas a terceira vez cutucou meu cérebro e libertou uma lembrança. Pensei na noite na fábrica. O que o daímôn disse após me morder? Parei, franzindo a testa enquanto as palavras flutuavam até mim. "O que você é?" Minha mão foi até meu pescoço, roçando a pele ultramacia da cicatriz.

Seth estreitou os olhos para mim.

— O que foi?

Ergui o rosto.

— Sabe, você não é a primeira pessoa a me perguntar isso. Um daímôn me perguntou... depois de me morder.

O interesse brilhou em seu rosto.

— Talvez eu precise te morder para descobrir.

Desci a mão e o encarei. Ele estava brincando, mas, ainda assim, me assustou.

— Boa sorte com isso.

Ele sorriu dessa vez, exibindo uma fileira de dentes brancos perfeitos. Seu sorriso não era nada parecido com o de Aiden, mas era bonito.

— Você não parece ter medo de mim.

Respirei fundo.

— Por quê? Eu deveria ter?

Seth deu de ombros.

— Todo mundo tem medo de mim. Até Lucian ou os daímônes. Sabe, eles podem me sentir e, mesmo sabendo que sou a Morte para eles, vêm correndo até mim. Sou como um jantar fino para eles. Não podem me deixar passar.

— É... e eu sou como fast-food — murmurei, lembrando o que o daímôn na Geórgia havia dito.

— Talvez... ou talvez não. Quer ouvir algo estranho?

Olhei ao redor, procurando uma saída. Meu estômago deu aquela revirada nojenta de novo.

— Na verdade, não.

Ele prendeu seus fios de cabelo soltos atrás da orelha.

— Eu sabia que você estava aqui. Não você, por assim dizer. Mas sabia que tinha alguém... alguém diferente. Eu senti lá fora, antes de entrar no saguão. Foi como uma atração magnética. Foquei em você imediatamente.

Quanto mais eu falava com ele, mais estranha eu me sentia.

— Ah?

— Isso nunca aconteceu antes.

Ele descruzou os braços e estendeu a mão para mim. Saltei para trás. Os cantos de seus lábios se curvaram para baixo, demonstrando sua irritação.

Havia uma infinidade de razões pelas quais eu não queria que ele me tocasse. Alarmada pela possibilidade, soltei a primeira coisa que me veio à mente.

— Eu vi as suas tatuagens.

Seth congelou, o braço estendido em minha direção. Surpresa brilhou em seu rosto antes que seu braço baixasse e sua postura ficasse repentinamente cautelosa. Ele não parecia mais querer me tocar — ou estar no mesmo lugar que eu. Dessa vez, ele recuou.

Eu deveria estar feliz, mas isso só aumentou o nó se formando na minha barriga.

— Eu... tenho que ir. Está tarde.

A súbita lufada de ar fez minha cabeça levantar bruscamente. Seth se moveu rápido, possivelmente mais rápido que Aiden, invadindo meu espaço pessoal.

— Você foi sincera na sala do diretor? Quando disse que sua mãe estava morta para você? Acredita mesmo nisso?

Pega de surpresa pela pergunta, não respondi.

Ele se inclinou para mais perto, sua voz baixa, mas ainda melódica.

— Se não, é melhor torcer para nunca encontrá-la, porque ela vai te matar.

13

O treino do dia seguinte foi superdesconfortável. Aiden simplesmente fingiu que eu não o havia beijado, e fui tomada por sentimentos conflitantes. Parte de mim ficou feliz por ele não tocar no assunto. E a outra parte... bom, a outra parte ficou bem magoada. Ainda que não fizesse nenhum sentido, queria que Aiden reconhecesse o que havia rolado entre nós.

Apliquei toda a minha raiva no treino. Lutei melhor e me defendi mais do que nunca. Aiden me elogiou com todo o profissionalismo, o que me irritou. Enquanto guardávamos os tatames, ao fim do treino, eu só pensava em comprar briga.

— Encontrei com Seth... ontem à noite.

Minhas últimas palavras, "ontem à noite", provavelmente tinham muito mais peso que o restante da frase. Aiden pareceu tenso, mas não disse nada. Prossegui:

— Ele quer saber por que Lucian o trouxe aqui.

Aiden endireitou o corpo e passou as mãos nas coxas.

— Seth não deveria questionar as ordens dele.

Arqueei a sobrancelha.

— Seth acha que tem a ver comigo.

Aiden olhou para mim, com uma expressão que chegava a impressionar.

— E tem? — insisti, mas nem assim ele respondeu. — Tem a ver com o que aconteceu com minha mãe? — Minhas mãos se cerraram em punho diante do silêncio prolongado dele. — Ontem à noite você disse que eu tinha o direito de saber o que aconteceu com ela. Também acho que tenho o direito de saber o que está acontecendo. Ou vai mentir pra mim de novo?

Isso arrancou uma reação dele.

— Nunca menti para você, Alex. Só omiti a verdade.

Revirei os olhos.

— Ah, tá. E isso não é mentir.

A irritação ficou visível em suas feições.

— Acha que gostei de saber o que aconteceu com sua mãe? Acha que gostei de presenciar sua tristeza quando você soube?

— A questão não é essa.

— Estou aqui para treinar você. Para te preparar para quando as aulas voltarem no outono.

— E nada mais? — A mágoa alimentou minha fúria. — Não vai nem me fazer o favor de dizer o que está acontecendo, quando é óbvio que sabe?

A incerteza nublou sua expressão. Aiden balançou a cabeça e passou a mão pelo cabelo. Suas ondas escuras voltaram a cair sobre a testa, como sempre acontecia.

— Não sei por que o ministro mandou Seth. Sou só um sentinela, Alex. Não presencio o funcionamento interno do conselho. Mas... — Ele respirou fundo. — Não confio cem por cento em Lucian. O showzinho do seu padrasto na sala de Marcus foi... incomum.

Eu esperava que Aiden dissesse uma série de coisas, mas fiquei chocada com aquilo. O que fez parte da minha raiva, mas não toda, se dissipar.

— Acha que ele está tramando alguma coisa?

— Não sei de mais nada, Alex. No seu lugar... eu tomaria cuidado com Seth. Apôlions podem ser instáveis, perigosos até. São conhecidos por perder o controle. Se estiver bravo por ter sido convocado...

Assenti, ainda que não estivesse muito preocupada com aquilo. Aiden foi embora sem dizer muito mais. Decepcionada, deixei a sala de treino e encontrei com Caleb do lado de fora.

Ficamos olhando um para o outro.

— Imagino que você já esteja sabendo... — comentei, tentando parecer indiferente.

Ele fez que sim, seus olhos azuis como o céu pesarosos.

— Sinto muito, Alex. Não é certo... não é justo.

— Não é mesmo... — sussurrei.

Sabendo como eu era com aquele tipo de coisa, Caleb deixou o assunto morrer ali. Não voltamos a mencioná-lo e, pelo restante da noite foi como se estivesse tudo normal. Minha mãe não era uma daímôn e não estava lá fora sugando puros. Era mais fácil seguir em frente fingindo que tudo continuava normal. E por um tempo funcionou.

Dias depois, alguém novo veio me treinar, como eu queria. Quer dizer, mais ou menos. Quando abri as portas duplas da sala principal de treino, Aiden não estava sozinho. Kain se encontrava ao seu lado, com cara de quem se lembrava bem de como havia sido nosso último treino.

Desacelerei o passo. Meus olhos se alternaram entre os dois.

— Oi...

A expressão de Aiden era indecifrável — algo comum desde que eu o beijara.

— Kain vai ajudar a gente três vezes por semana.

— Ah.

Fiquei dividida entre o entusiasmo para aprender tudo que Kain pudesse me mostrar e a decepção de que outra pessoa se intrometeria no meu tempo com Aiden.

Eu tinha muito a aprender com Kain, no entanto. Ele não era tão rápido, mas eu já tinha começado a antecipar os movimentos de Aiden. Com Kain, tudo era novo. Ao fim do treino, eu estava me sentindo um pouco melhor com a mudança, embora ainda me preocupasse um pouco com a possibilidade da presença dele estar relacionada ao beijo em Aiden.

Kain não foi o único a se intrometer. Na semana seguinte, Seth estava sempre pelo campus, fosse no salão de jogos, no refeitório ou na sala de treino. Evitá-lo se tornou impossível, arruinando meus planos. Tentar encarar Kain com Aiden olhando já era difícil o bastante, e ter o Apólion presente não ajudava em nada.

Felizmente, naquele dia, Kain estava de folga. Foi acompanhar um grupo de puros em uma viagem de fim de semana. Eu me sentia mal por ele, já que havia passado a maior parte do treino da noite anterior reclamando. Era um caçador nato, não uma babá. Eu também ficaria irada se me encarregassem daquele tipo de coisa.

No treino com Aiden, finalmente deixamos as técnicas de defesa de lado para começar a treinar derrubar o adversário. Apesar de eu ter feito com que caísse de cara no chão várias vezes, ele foi superpaciente comigo. O cara seria um santo, se não tivesse mentido sobre minha mãe.

— Você se saiu muito bem essa semana — Aiden disse quando saíamos, com um sorriso hesitante.

Balancei a cabeça.

— Kain acabou comigo no treino de ontem.

Aiden abriu a porta e a segurou para mim. Antes, costumava deixá-la sempre aberta, mas havia passado a fechá-la.

— Kain tem uma experiência prática que você não tem, mas conseguiu se segurar.

Meus lábios se curvaram para cima. Por mais triste que estivesse, eu vivia pelos momentos em que Aiden elogiava minha evolução.

— Obrigada.

Ele assentiu.

— Acha que treinar com Kain está ajudando?

Paramos diante das portas de saída do complexo. Fiquei meio surpresa por ele pedir minha opinião.

— Acho... Ele usa táticas diferentes das suas. E agora você também pode ver melhor o que estou fazendo de errado e me explicar.

— Ótimo. Era o que eu pretendia.

— Sério? — Soltei. — Achei que fosse tudo porque... esquece.

Aiden estreitou os olhos.

— Claro que é sério. Por que mais eu chamaria Kain para ajudar?

Eu me virei, horrorizada e superconstrangida por ter entrado naquele assunto sem querer.

— Hã... esquece o que eu falei.

— Alex. — Ele disse meu nome daquele seu jeito suave e infinitamente paciente. Contra minha vontade, me virei em sua direção. — A presença de Kain não tem nada a ver com o que aconteceu aquela noite.

Minha vontade era sair correndo. E me amordaçar.

— Não tem?

— Não.

— Aliás... — Respirei fundo. — Desculpa por ter batido em você aquela noite... e pelo outro lance.

O tom de seus olhos se aprofundou, tornando-se mais prateado que cinza.

— Aceito seu pedido de desculpa por ter batido em mim.

Só então me dei conta de que estávamos próximos o bastante para nossos sapatos se tocarem. Eu não sabia se era ele que havia se aproximado ou eu.

— E pela segunda parte?

Aiden sorriu. Covinhas profundas apareceram em seu rosto. Roçou o braço no meu quando abriu a porta.

— Pela segunda parte, você não precisa pedir desculpa.

Saí para a luz clara do dia.

— Não preciso?

Ele balançou a cabeça, ainda sorrindo, e simplesmente foi embora. Confusa e um pouco obcecada com o que aquilo significava, eu me juntei aos meus amigos para jantar. Nosso novo companheiro de mesa estava lá novamente. Meu sorriso se desfez quando vi a adoração estampada na cara de Caleb, que só aparecia quando ele falava com Seth.

Ninguém nem olhou para mim quando me sentei.

Pareciam todos envolvidos com o que quer que Seth estivesse contando. Eu parecia ser a única que não se deixava impressionar por ele.

— Quantos você matou? — Caleb perguntou, debruçado para a frente.

Elas já não tiveram essa conversa? *Sim. Ontem.* Precisei me esforçar para reprimir um suspiro irritado.

Seth se recostou na cadeira de plástico, com uma perna apoiada na beirada da mesa.

— Mais de vinte.

— Nossa — Elena suspirou com um olhar de admiração.

Revirei os olhos e dei uma garfada na carne seca.

— Você não sabe o número exato? — As sobrancelhas de Caleb se ergueram. — Eu faria uma lista com a data e o horário.

Aquilo me pareceu mórbido, mas fez Seth sorrir.

— Vinte e cinco. Deveriam ter sido vinte e seis. Mas o último cretino conseguiu escapar.

— Ele conseguiu escapar do Apôlion? — Tomei um gole de água. — Que constrangedor pra você, né?

Os olhos de Caleb se arregalaram de maneira impressionante. Sinceramente, não sei o que me levou a dizer aquilo. Talvez o conselho que havia me dado da última vez que conversamos a sós. Seth pareceu nem ligar. Só apontou para mim com a garrafa de água e perguntou:

— E você? Quantos matou?

— Dois — respondi, enfiando uma garfada de carne na boca.

— Nada mal para uma garota que nem foi treinada.

Forcei um sorriso.

— Pois é.

Caleb me lançou um olhar em alerta antes de voltar a se concentrar em Seth.

— Então... como é a sensação de usar os elementos?

— Incrível — Seth respondeu, sem tirar os olhos de mim. — Mas eu nunca fui marcado.

Congelei, com a mão a meio caminho da boca. Essa doeu.

— Como é a sensação, Alex?

Fiz força para mastigar a comida, devagar.

— Ah... foi maravilhoso!

Ele se inclinou mais para perto, a ponto de eu sentir sua exalação no pescoço. Meu corpo travou.

— Você tem uma cicatriz bem feia aí.

O garfo caiu dos meus dedos, espalhando purê pela mesa. Fiz minha melhor cara de "princesa do gelo" antes de encará-lo.

— Você está um pouco perto demais, cara.

Seth tinha um sorriso brincalhão nos lábios.

— É? E o que vai fazer a respeito? Jogar purê em mim? Estou morrendo de medo.

Dar um soco na sua cara. Era o que eu queria dizer e fazer, porém eu não era uma completa idiota. Retribuí o sorriso para ele.

— Por que está aqui? Não deveria se concentrar em coisas mais importantes, tipo *proteger* Lucian?

Caleb e os outros não me entenderam, mas Seth entendeu. O sorriso desapareceu de seu rosto. Ele se levantou, se virou para os outros e disse.

— Foi legal falar com vocês.

Quando se afastou, Seth roçou em Olivia. A pobre garota pareceu que ia enfartar.

— Pelos deuses, Alex. Ele é o Apôlion... — Elena sussurrou.

Comecei a limpar a sujeirada que fiz.

— E daí?

Ela passou um guardanapo por cima da maior parte do purê.

— E daí que você poderia demonstrar um pouquinho mais de respeito.

— Não faltei com respeito. Só não puxei o saco do cara.

Ergui as sobrancelhas para Elena.

— A gente não estava puxando o saco. — Ela retrucou, recolhendo a sujeira com uma careta.

Franzi os lábios.

— Estava, sim.

— Deixa pra lá. — Caleb soltou o ar e assoviou. — Tipo, nossa. Ele matou vinte e cinco daímônes. É capaz de manejar não só quatro elementos, mas também o quinto. O *quinto*, Alex. Vou mais é puxar o saco do cara mesmo.

Reprimi um grunhido.

— Por que não abre um fã-clube? Elena pode ser a vice-presidente.

Ele sorriu.

— Boa ideia.

Graças aos deuses, paramos de falar de Seth assim que Olivia veio se sentar à nossa mesa. Caleb ficou superfeliz em vê-la. Meus olhos se alternavam entre os dois.

— Ficaram sabendo? — ela perguntou, com os olhos cor de café arregalados.

Tive até medo de perguntar.

— O quê?

Ela me olhou com certo nervosismo.

— Houve um ataque de daímôn em Lake Lure ontem à noite. O conselho acabou de descobrir. Não estavam conseguindo contato com o grupo de puros nem com os guardas.

A informação fez qualquer outro pensamento se esvair da minha mente. Minha grosseria com Seth ou o que Aiden tinha tentado dizer nem me passavam mais pela cabeça. Eu não pensava mais nem na minha mãe.

Elena perdeu o ar.

— Quê? Lake Lure fica a quatro horas daqui.

Tratava-se de uma cidade pequena para onde os puros gostavam de escapar. Assim como Gatlinburg, onde minha mãe costumava me levar, era bem protegido. Seguro. Ou pelo menos era o que nos diziam.

— Como é possível? — perguntei e odiei na mesma hora como minha voz saiu aguda.

Olivia balançou a cabeça.

— Sei lá, mas tinha vários guardas do conselho com o grupo desse fim de semana. E pelo menos dois sentinelas treinados.

Minha boca ficou seca. Não. Não podia ser o mesmo grupo. O grupo de que Kain tinha reclamado.

— Alguém que conhecemos? — Caleb perguntou, inclinando-se mais para a frente.

Ela olhou em volta e baixou a voz para falar.

— Minha mãe não podia dizer muito mais. Ela estava saindo pra investigar a cena, mas disse que os dois sentinelas eram Kain e Herc. Não tive notícias deles, mas...

Daímônes não deixavam meios-sangues vivos.

Um silêncio recaiu sobre a mesa enquanto processávamos. Tentei engolir em seco o nó que surgiu em minha garganta. Kain me deu uma surra e brincou comigo no dia anterior. Era bom de briga, mas, se estava desaparecido, só podia significar que havia sido levado para servir de lanchinho. Ele era meio-sangue. Não podia ser transformado em daímôn.

Não. Balancei a cabeça. *Ele escapou. Só não deve ter sido encontrado ainda.*

Caleb afastou o prato. Eu me arrependi de ter comido tanto. A notícia teve um efeito rápido na comida na minha barriga. No entanto, todos fingiram que não tinham sido afetados. Estávamos em treinamento.

Em pouco mais de um ano, encararíamos aquele tipo de coisa pessoalmente.

— E quanto aos puros? Quem eram? — Elena perguntou, com a voz trêmula.

A expressão em seu rosto me deixou inquieta. Só então eu me dei conta de que Kain não havia sido o único.

— Eram duas famílias. — Olivia engoliu em seco. — Liza e Zeke Dikti, e a filha Letha. E... o pai e a madrasta de Lea.

Silêncio.

Nenhum de nós se moveu. Acho que nem respiramos. Deuses, eu odiava Lea. Odiava mesmo. Porém, sabia como ela devia estar se sentindo. Ou, pelo menos, já tinha sentido o mesmo.

Finalmente, Caleb recuperou a fala.

— Lea e a meia-irmã estavam com eles?

Olivia fez que não com a cabeça.

— Dawn ficou em casa e Lea está aqui... ou estava. Encontrei com Dawn no caminho. Ela veio buscar a irmã.

— Isso é terrível. — Elena estava pálida. — Dawn tem quantos anos?

— Uns vinte e dois — Caleb disse, depois mordeu o lábio.

— É idade o suficiente para ocupar o assento da família, mas quem... — Olivia disse, antes de deixar a pergunta morrer no ar.

Todos sabíamos o que ela estava pensando. Quem ia querer um assento no conselho daquela maneira?

Quando cheguei no quarto, encontrei duas cartas debaixo da porta. Uma estava em um pedaço de papel dobrado, a outra, em um envelope. A primeira era um bilhete de Aiden, cancelando o treino do dia seguinte devido a um imprevisto. Ele deve ter sido convocado para investigar o ataque.

Voltei a dobrar o bilhete e o deixei na mesa. Já o envelope vinha do meu padrasto pomposo. O cartão foi direto para o lixo, mas guardei as várias notas de cem dólares que o acompanhavam.

Passei o resto da noite pensando no que havia acontecido em Lake Lure. Dormi mal e acordei cedo demais, agitada.

Na hora do almoço, descobri que Seth fez a viagem de carro de quatro horas até Lake Lure junto com Aiden. Mais informações chegaram com o passar do dia. Olivia estava certa: os puros em Lake Lure haviam sido massacrados. Assim como seus servos meios-sangues. O lago e seus arredores foram revistados, porém apenas quatro membros da equipe de segurança haviam sido encontrados. Todo o éter deles tinha sido sugado. Kain e mais um sentinela continuavam desaparecidos.

Olivia, que havia se tornado nossa principal fonte de informações, contou tudo o que sabia.

— Alguns mortos tinham mais de uma marca. E os meios-sangues encontrados... estavam *cobertos* delas.

Vi a mesma pergunta enojada em todos os rostos pálidos em volta da mesa: *Por quê?* Meios-sangues tinham menos éter que puros-sangues. Então por que daímônes sugariam repetidamente meios quando tinham puros cheios de éter à disposição?

Engoli em seco e perguntei:

— Já se sabe como eles passaram pelos guardas?

Olivia balançou a cabeça.

— Ainda não, mas havia câmeras de segurança em todas as cabanas. Talvez as imagens revelem alguma coisa.

Alguns meios-sangues tentaram retornar à normalidade com o passar do dia. Ninguém queria ficar sozinho. No entanto, faltavam as risadas em volta da mesa de sinuca, e os videogames ficaram intocados diante das televisões.

A atmosfera pesada me afetava. Jantei e fui direto para o quarto. Algumas horas depois, alguém bateu à porta. Fui atender, achando que seria Caleb ou Olivia.

Quando me deparei com Aiden, meu coração deu uma acelerada, o que eu já estava começando a odiar.

— Você está bem? — perguntei, como uma idiota. Claro que não estava bem. Aiden entrou e fechou a porta.

— Ficou sabendo?

Não adiantava mentir.

— Ontem à noite.

Eu me sentei na beirada do sofá.

— Acabei de chegar. As notícias correm.

Eu nunca o vi tão cansado, tão sério. Do jeito que seu cabelo estava, espalhado por todas as direções, parecia que Aiden havia passado as mãos por ele várias e várias vezes.

A necessidade de reconfortá-lo quase me venceu, porém não havia nada que eu pudesse fazer. Aiden apontou para o sofá.

— Posso sentar?

Fiz que sim.

— Foi... bem ruim, né?

Ele se sentou e descansou as mãos sobre os joelhos.

— Foi.

— Como passaram pelos guardas?

Aiden levantou o rosto.

— Pegaram um dos puros do lado de fora. Depois pegaram os guardas de surpresa. Eram três daímônes... Os sentinelas lutaram muito.

Engoli em seco. Três daímônes. Naquela noite na Georgia, eu me surpreendi com a quantidade deles. Aiden devia estar pensando o mesmo.

— Os daímônes estão começando a trabalhar em grupos. Também têm demonstrado contenção em seus ataques e uma organização nunca vista. Dois meios-sangues estão desaparecidos.

— O que acha que isso significa?

Ele balançou a cabeça.

— Não sabemos, mas vamos descobrir.

Eu não tinha nenhuma dúvida daquilo.

— Sinto muito que tenha que lidar com isso — falei.

Uma dureza se espalhou por seu corpo. Ele não se moveu.

— Alex... preciso te dizer uma coisa.

— Tá.

Eu queria acreditar que a seriedade em sua voz era por conta do que ele teve que lidar ao longo do dia.

— As câmeras de segurança permitem que a gente tenha uma boa ideia do que se passou fora da casa, mas não dentro. — Aiden respirou fundo e levantou a cabeça. Nossos olhos se encontraram. — Vim para cá assim que cheguei.

Senti um aperto no peito.

— Você... vai dizer algo ruim, né?

— Sim — Aiden confirmou, sem meias-palavras.

Prendi o ar.

— O quê?

Ele virou seu corpo comprido na minha direção.

— Queria que você fosse a primeira a saber. Não conseguiremos impedir que a informação circule. Tinha muita gente lá.

— Tá.

— Não tem jeito fácil de dizer isso. Vimos sua mãe nas imagens. Ela é um dos daímônes envolvidos no ataque.

Eu levantei, mas voltei a me sentar imediatamente. Meu cérebro se recusava a processar aquilo. Balancei a cabeça, com os pensamentos se repetindo sem parar. *Não. Não. Não. Ela, não. Qualquer um menos ela.*

— Alex?

Eu não conseguia respirar. Aquilo era pior que vê-la estirada no chão, com os olhos embotados. Era pior que ouvir que ela havia sido transformada. Era... era muito pior.

— Sinto muito, Alex.

Engoli em seco.

— Ela... ela matou alguém?

— Não tem como confirmar, a menos que os dois meios-sangues ainda estejam vivos, mas imagino que sim. É o que daímônes fazem.

Pisquei para segurar as lágrimas quentes que se formavam em meus olhos. *Não chora. Não faz isso.*

— Você viu Lea? Ela está bem?

Aiden pareceu surpreso.

Uma risada trêmula e entrecortada me escapou.

— Não somos amigas, mas eu não...

— Você não desejaria que ela passasse por isso. Eu sei. — Aiden pegou minha mão. Seus dedos quentes e fortes me aterraram. — Ainda tem mais, Alex.

Quase ri de novo.

— Como é possível?

Ele apertou minha mão.

— Não pode ser coincidência ela estar tão perto do Covenant. Sem dúvida ela se lembra de você.

— Ah.

Foi tudo o que eu disse, porque não conseguia dizer mais. Em vez de olhar para Aiden, encarei as nossas mãos. O silêncio se prolongou. Ele se inclinou e passou o outro braço por cima dos meus ombros. Todos os músculos do meu corpo travaram. Mesmo em um momento como aquele, podia reconhecer que aquilo era errado. Aiden não deveria estar me reconfortando. Não deveria nem ter vindo falar comigo. Meios e puros não se reconfortavam.

No entanto, com Aiden eu nunca me sentia uma meio-sangue. Tampouco pensava nele como um puro.

Aiden murmurou algo que não consegui compreender. Parecia grego antigo, a língua dos deuses. Não sei por que, mas o som de sua voz derrubou as barreiras que eu tentava erguer. Deixei o corpo cair e descansei a cabeça em seu ombro. Apertei os olhos para aguentar a dor. Minha respiração estava curta e trêmula. Não sei quanto tempo ficamos daquele jeito, ele com a bochecha no topo da minha cabeça, nossos dedos entrelaçados.

— Sua força é extraordinária — Aiden murmurou, prendendo uma mecha de cabelo atrás da minha orelha.

Eu me forcei a abrir os olhos.

— Ah... Isso vai me custar anos de terapia no futuro.

— Você não se dá o devido crédito. Tudo o que precisou enfrentar... exige força. — Quando Aiden recolheu a mão, ela roçou tão rapidamente na minha bochecha que pareceu que eu tinha imaginado o toque. — Tenho que falar com Marcus, Alex. Ele está me aguardando.

Assenti. Aiden soltou minha mão e se levantou.

— Tem... tem alguma chance da minha mãe não ter matado ninguém?

Aiden parou à porta.

— Não sei, Alex. É bastante improvável.

— Você me avisa se encontrarem os meios-sangues vivos? — pedi, mesmo sabendo que era inútil.

Ele fez que sim.

— Se precisar de alguma coisa, fala.

Então fechou a porta atrás de si.

Sozinha, escorreguei até o chão e levei a cabeça aos joelhos. Ainda havia uma chance de que minha mãe não tivesse matado ninguém. Ela podia estar com os outros daímônes por falta de opção. Talvez se sentisse confusa. Talvez estivesse atrás de mim.

Estremeci e me encolhi mais. Minha cabeça doía, como se estivesse quebrando. A chance de que minha mãe não houvesse matado era mínima. Até eu sabia que seria idiotice me agarrar a essa ideia, porém foi o que fiz. O que mais eu podia fazer? As palavras da vovó Piperi se tornaram mais claras, e não apenas o que ela havia dito, mas o que não havia dito.

Por algum motivo, minha mãe havia deixado a segurança da comunidade para me tirar do Covenant, dando início àquela enorme confusão. Eu não pedi ajuda em nenhum momento ao longo daqueles três anos, não impedi a insanidade que era viver desprotegida entre os mortais.

As inúmeras vezes em que não havia feito nada me passaram pela cabeça. De certa maneira, eu era responsável pelo que aconteceu. Pior ainda: se minha mãe havia matado inocentes, eu também era responsável por aquelas mortes.

Quando me levantei, minhas pernas não tremiam mais. Estava convicta, talvez desde a noite em que ouvi o que aconteceu com ela. Havia uma pequena chance da minha mãe não ter cometido aqueles crimes terríveis, mas... mas, se minha mãe daímôn havia matado alguém, então, eu ia matá-la, de uma maneira ou de outra. Ela era responsabilidade minha... problema meu.

204

14

Fingi que não havia nada de errado no treino do dia seguinte. Funcionou bem, até que fizemos um intervalo, e Aiden me perguntou como eu estava.

— Bem — respondi, procurando controlar a voz.

Depois bati no boneco.

Perto do fim do treino, senti uma onda de energia se aproximando pelas minhas costas um pouco antes de Seth aparecer. Ele ficou à porta, observando em silêncio. Eu desconfiava que era por minha causa. Gemendo, não tive pressa para guardar os tatames.

Aiden apontou com a cabeça na direção de Seth.

— Está tudo bem?

— Vai saber... — retruquei, de má vontade.

Aiden endireitou a coluna, ficando ainda mais alto.

— Ele tem incomodado você?

Parte de mim queria dizer que sim, porém Seth não vinha me incomodando. E, se viesse, o que Aiden poderia fazer a respeito?

Ele podia ser um sentinela durão, mas Seth era o Apôlion. Se Aiden controlava o fogo, o que era incrível, e sabia lutar, Seth controlava os quatro elementos, o que era assustador, e acabaria fácil com ele.

Aiden ficou olhando para Seth de uma maneira que dizia que, para ele, não seria um problema confrontá-lo por mim. Por mais idiota que parecesse, senti um sorriso se insinuando nos meus lábios.

Isso estava tão errado.

Eu me forcei a ficar séria e passei por Aiden.

— A gente se vê depois.

Ele assentiu, sem tirar os olhos de Seth. *Então tá.* Peguei minha garrafa de água do chão e atravessei a sala. Cumprimentei Seth com um aceno de cabeça, torcendo para que ele só estivesse ali para encarar Aiden mesmo. No entanto, assim que passei por Seth, ele se virou para me acompanhar.

— Seu treinador parece não gostar de mim — Seth disse, com um sorriso satisfeito.

— Ele não é meu treinador. É um sentinela. — Continuei andando.

— E duvido que se preocupe muito com você.

Seth riu.

— Seu treinador, que também é um sentinela, mal falou comigo em Lake Lure. E, quando falou, foi com bastante frieza. Fiquei magoado.

Eu duvidei disso.

— Ele provavelmente não estava a fim de fazer amigos, considerando tudo.

— Considerando que sua mãe estava entre os daímônes? — Ele ergueu a sobrancelha casualmente. — Seu treinador pareceu bastante alterado quando a vimos nas imagens.

As palavras foram como um tapa na cara. Eu parei e o encarei.

— O que você quer, Seth?

Ele inclinou a cabeça para trás. Uma nuvem escura passava acima de nós, deixando o pátio cinza. Ia chover.

— Só queria ver como você estava. Isso é ruim?

Refleti a respeito.

— É. Você nem me conhece. Por que se importa?

Ele olhou nos meus olhos.

— Tá, não me importo mesmo. Mas é por sua causa que estou preso neste buraco interiorano, tendo que cuidar de uma fedelha metida.

Arregalei os olhos. O tom de sua voz fez com que as palavras parecessem pomposas. Eu quase achei graça.

— Tenho coisas mais importantes com que me preocupar no momento, sabe?

Parei quando um grupo de meios-sangues olhou para nós ao passar. Olhou *para mim*. Me esforcei ao máximo para ignorar.

— Claro. Sua mãe assassinou a família de uma colega de turma. Minha mente também estaria em outro lugar nesse caso.

— Deuses! — soltei. — Valeu mesmo.

Fui embora.

Seth me seguiu.

— Acho que não fui... muito legal. Já me disseram que sou franco demais. Talvez eu devesse trabalhar nisso.

— É, talvez você deva trabalhar nisso agora mesmo — falei por cima do ombro.

Sem se abalar, ele me alcançou.

— Perguntei a Lucian por que estou aqui.

Cerrei os dentes e segui em frente. As nuvens agourentas continuavam no céu. Uma tempestade viria a qualquer minuto.

— Em resposta, ele perguntou o que eu achava de você.

Aquilo despertou parcialmente minha curiosidade.

— Lucian estava ansioso para ouvir o que eu tinha a dizer. — Um raio cortou o céu, atingindo a praia. Uma fração de segundo depois, um trovão suspendeu a conversa. Acelerei o passo, com o dormitório feminino já no meu campo de visão. — Você não quer saber?

— Não.

Outro raio iluminou o céu. Dessa vez, o raio caiu em algum lugar do pântano. Bem perto, perto demais.

— Mentirosa.

Eu me virei. Uma resposta espertinha dissolveu em minha língua antes mesmo de tomar forma. Marcas ocupavam cada centímetro exposto de sua pele dourada. Formavam símbolos, mantinham-se assim por alguns segundos, depois assumiam outra forma. O que seriam?

Tirei os olhos de seus braços, porém as tatuagens se estenderam por sua bochecha impecável, chegando até o canto dos olhos. Morri de vontade de tocá-las.

— Você está vendo de novo, né?

Não adiantava mentir.

— É.

A raiva e confusão ficaram evidentes nos olhos dele. Outro raio cortou o céu.

— Impossível.

O trovão que se seguiu soou tão alto que até me encolhi. Então tudo se encaixou.

— A tempestade... é você.

— Acontece quando fico de mau humor. E estou bem irritado no momento. — Seth deu um passo à frente, impondo-se sobre mim. — Não ficaria assim se soubesse o que está acontecendo. Preciso entender como você pode ver as marcas de um Apôlion.

Eu me forcei a encará-lo. Foi um erro, um erro imenso e idiota.

Senti um poder bruto e intenso, rastejando por minha pele, descendo pela minha espinha.

De repente, minha cabeça esvaziou, deixando somente a necessidade de encontrar a fonte daquele poder maluco. *Preciso sair daqui o mais rápido possível.* Em vez disso, no entanto, em uma espécie de transe, dei um passo à frente. Só podia ser o que ele era. A energia que fluía por ele atraía não apenas puros, mas meios também... e até daímônes.

E me atraía naquele momento. O que havia de mais selvagem em mim se ergueu e me levou a avançar. Eu precisava tocá-lo. Estava certa de que, o que quer que estivesse acontecendo, viria à tona no mesmo momento.

Seth não se moveu enquanto eu o encarava. Parecia tentar montar um quebra-cabeça, sendo eu uma das peças. O sorriso lânguido se foi, e seus lábios se entreabriram. Ele inspirou fundo e estendeu a mão.

Exigiu um grande esforço de minha parte, mas passei por ele. Seth não me seguiu. Assim que entrei no prédio, outro raio ofuscante cortou o céu escuro e caiu em algum lugar não muito longe dali.

Mais tarde, eu contei tudo o que tinha acontecido para Caleb, quando estávamos em um canto da lotada sala de recreação. A chuva trouxe todo mundo para dentro e não teríamos privacidade garantida por muito tempo.

— Lembra o que a vovó Piperi disse?

Suas sobrancelhas se ergueram.

— Não exatamente. Ela disse muita maluquice. Por quê?

Eu brincava com meu cabelo, enrolando-o no dedo.

— Às vezes acho que ela não é tão louca assim.

— Espera. Por quê? Foi você quem disse que ela era louca.

— Bom, isso foi antes da minha mãe passar pro outro lado e começar a matar pessoas.

Caleb olhou em volta.

— Alex.

Não tinha ninguém ouvindo, embora de tempos em tempos alguém olhasse para a gente e cochichasse.

— É verdade. O que Piperi disse? *Você matará aqueles que ama?* Na hora pareceu maluquice, mas isso foi antes de descobrir que minha mãe virou uma daímôn. Somos treinados pra matar daímônes. Está na cara, não acha?

— Olha, Alex, de jeito nenhum que você vai se ver nessa situação.

— Ela está a quatro horas daqui. Por que acha que veio pra Carolina do Norte?

— Não sei, mas os sentinelas vão pegar sua mãe antes que... — Ele parou de falar ao ver minha cara. — Você não vai ter que lidar com isso. Vai passar o próximo ano todo no Covenant.

Em outras palavras, um sentinela ia matar minha mãe antes que eu me formasse, eliminando a chance de que nossos caminhos voltassem a se cruzar. Eu não sabia o que pensar daquilo.

— Você está bem? — Caleb me perguntou, inclinando a cabeça para me observar de perto. — Tipo, de verdade.

Desdenhei da preocupação dele, dando de ombros.

— Aiden disse que eles não têm como confirmar que minha mãe participou do ataque de fato. Ela apareceu nas imagens, mas...

— Alex. — A compreensão passou por seu rosto, seguida pela tristeza. — Ela é uma daímôn. Sei que seria melhor não acreditar. Eu entendo, mas não pode esquecer o que sua mãe se tornou.

— Eu não esqueci! — Os alunos jogando sinuca se viraram para olhar. Baixei a voz. — Olha. Só estou dizendo que há uma chance, por menor que seja, de que ela...

— De que ela o quê? Não seja uma daímôn? — Caleb pegou meu braço e me puxou para trás de um fliperama. — Alex, ela estava com o grupo de daímônes que matou a família de Lea.

Puxei o braço de volta.

— Caleb, ela veio pra Carolina do Norte. Por que viria, se não se lembrasse de mim, se não quisesse me ver?

— Talvez ela queira te matar, Alex. Só pra começar. Ela já matou.

— Você não tem como saber! Ninguém tem.

Ele ergueu o queixo.

— E se ela tiver matado mesmo?

Minha raiva se transformou em determinação.

— Então vou encontrar e matar minha mãe. Mas eu a conheço. Ela lutaria contra o que se tornou.

Caleb passou a mão pelo cabelo e a pousou na própria nuca.

— Alex, acho que você... *ah.*

Franzi a testa.

— Você acha que eu o quê?

Identifiquei em seu rosto a admiração que transparecia quando olhava para Seth.

Virei e confirmei minha suspeita. Seth entrava, seguido por seus fãs.

— Se você fizer essa cara sempre que ele aparece, vão começar a comentar — eu disse a Caleb.

— Não estou nem aí.

Mudei de assunto.

— Aliás, o que está rolando com Olivia? Você falou com ela sobre Myrtle?

— Não falei. E não tem nada rolando com ela. — Caleb me encarou, curioso. — E o que está rolando com Seth? Espera, vou me expressar melhor. Qual é o seu problema com Seth?

Revirei os olhos.

— Só... não gosto dele. E não muda de assunto.

Caleb fez uma careta.

— Como pode não gostar do cara? É o Apólion. Como meios-sangues, somos obrigados a gostar dele. É o único capaz de controlar os elementos.

— Não estou nem aí.

— Alex. Olha pra ele. — Caleb tentou me fazer virar, mas eu me mantive firme. — Ah, espera. Seth está olhando pra cá.

Eu o empurrei na direção da parede.

— Ele não está vindo, está?

Caleb sorriu.

— Está. Ah, não. Espera. Foi parado por Elena.

— Graças aos deuses.

Caleb franziu a testa.

— Qual é o problema?

— Ele é esquisito e...

Caleb se inclinou na minha direção.

— E o quê? Anda. Me conta. Você precisa me contar. Sou seu melhor amigo. Me diz por que você odeia o cara. — Ele estreitou os olhos. — É porque não consegue evitar se sentir atraída por ele?

Soltei uma risadinha.

— Deuses, não. Você vai achar o verdadeiro motivo pior.

— Vamos ver.

Contei a Caleb sobre as suspeitas de Seth em relação a sua convocação e sobre suas tatuagens serem reais, mas deixei de fora meu desejo de tocá-lo. Seria constrangedor demais admitir em voz alta. Ele pareceu intrigado... e entusiasmado.

Meu amigo praticamente pulou em seu lugar.

— As tatuagens são reais? E só você consegue ver?

— Parece que sim. — Soltei um suspiro e olhei por cima do ombro. Elena estava perto demais de Seth. — Não tenho ideia do que tudo isso significa, mas Seth não está feliz a respeito. Sabe quem foi o responsável pela tempestade? Ele.

— Quê? Já ouvi falar de puros capazes de controlar o tempo, mas nunca tinha visto algo assim. — Caleb olhou para Seth. — Nossa, é incrível.

— Pode não parecer deslumbrado por dois segundos? Está me assustando.

Ele me deu um tapinha no braço de brincadeira.

— Tá. Vou me concentrar. — Era visível o esforço que Caleb fazia para não olhar para Seth. Não porque tivesse qualquer interesse romântico nele. Sinceramente, Seth era puro éter. Não tínhamos como evitar. — Por que a convocação de Lucian teria alguma coisa a ver com você?

— Boa pergunta — eu disse. Depois, me dei conta. — Talvez Lucian tema que eu seja um risco. Por causa da minha mãe. Talvez tenha trazido Seth caso eu faça alguma coisa.

— Tipo o quê? Abrir a porta pra ela? Dar uma festa de boas-vindas? — A descrença era evidente em sua voz. — Você não faria isso. Acho que nem passaria isso pela cabeça de Lucian.

Assenti, mas fazia certo sentido. Explicaria por que Lucian não queria que eu retornasse ao Covenant. Na casa dele, eu seria constantemente vigiada, enquanto ali estava livre. Porém, Lucian realmente acreditaria que eu seria capaz de fazer algo tão terrível?

— Não deve ser nada. — Caleb mordeu o lábio. — Afinal, o que poderia ser? Não deve significar nada.

— Tem que significar alguma coisa e preciso descobrir o que é.

Caleb me encarou.

— Você acha que está pensando nisso... por causa de tudo o que aconteceu?

Claro que sim, mas aquela não era a questão.

— Não.

— Talvez o estresse esteja te levando a imaginar coisas.

— Não estou imaginando nada. — Retruquei.

Caleb não pareceu concordar. Nervosa com ele e com a conversa, olhei em volta. Elena mantinha Seth encurralado, porém não foi isso que chamou minha atenção. Jackson havia entrado.

Estava recostado em uma das mesas de sinuca, ao lado de Cody e de outro meio-sangue. Sua pele escura parecia anormalmente pálida. Ele dava a impressão de que não dormia fazia um tempo. Eu não podia culpá-lo. Embora não entendesse a natureza de sua relação com Lea, ele devia estar preocupado com ela, chateado com o que havia acontecido com seus pais.

Virei para Cody. Por um segundo, nos olhamos de cantos opostos do cômodo. Eu não esperava que ele sorrisse nem nada do tipo, porém seu olhar gélido me feriu. Confusa, vi que ele se inclinava para dizer algo a Jackson.

Respirei com dificuldade.

— Acho que eles estão falando de mim.

— Quem? — Caleb se virou. — Ah. Jackson e Cody? É paranoia sua.

— Acha que... eles sabem?

— Da sua mãe? — Caleb balançou a cabeça. — Eles sabem que ela é uma daímôn, mas duvido que saibam que ela estava em Lake Lure.

— Aiden disse que as pessoas acabariam descobrindo — falei, com a voz tensa.

Meu medo pareceu fazer Caleb endireitar a coluna.

— Ninguém vai te culpar. Ninguém vai usar isso contra você. Porque não tem nada a ver contigo.

Assenti, querendo acreditar nele.

— Tá. Acho que você tem razão.

Ao longo da semana seguinte, os cochichos aumentaram. As pessoas encaravam. Comentavam. A princípio, ninguém teve coragem de falar direitamente comigo, mas os puros... Bom, eles sabiam que eu não podia tocá-los.

Quando estava voltando para a sala de treino depois do almoço, passei por Cody no pátio. Mantive a cabeça baixa, o que não me impediu de ouvi-lo.

— Você não deveria estar aqui.

Levantei a cabeça na mesma hora, porém ele já estava na metade da passagem. Segui meu caminho, com as palavras se repetindo na minha mente. Eu não poderia ter ouvido errado.

Aiden me olhou intrigado quando entrei. Foi só no fim do treino que falei:

— Acha que existe alguma chance... de minha mãe não ter atacado aquelas pessoas?

Ele deixou o tatame cair e me encarou.

— Se ela não tiver atacado, isso contraria tudo o que sabemos sobre os daímônes, não é?

Assenti, solene. Daímônes precisavam de éter para sobreviver. Minha mãe não seria exceção.

— Mas eles podem sugar éter sem matar.

— Podem, mas daímônes não veem motivo para não matar. Transformar um puro exige uma quantidade de contenção que a maioria deles não tem.

Nenhum dos puros em Lake Lure havia sido transformado. Os daímônes do ataque não haviam mostrado nenhuma contenção.

— Alex?

Levantei a cabeça e não me surpreendi quando deparei com ele bem à minha frente. Seu rosto estava franzido de preocupação. Forcei um sorriso.

— Parte de mim torce para que ela ainda esteja lá. Para que ela não seja cem por cento má. Para que ainda seja minha mãe.

— Eu sei — Aiden disse em tom baixo.

— É uma parte patética de mim, porque eu sei, de verdade, que ela agora é má e precisa ser impedida.

Aiden deu um passo à frente, seus olhos calorosos brilhando. Eu queria esquecer tudo e mergulhar neles. Com cuidado, ele estendeu a mão e prendeu atrás da minha orelha a mecha de cabelo que sempre caía na frente do meu rosto. Estremeci, não pude evitar.

— Não há nada de errado em ter esperança, Alex.

— Mas?

— Mas é preciso saber quando abrir mão dela. — Aiden passou as pontas dos dedos pela minha bochecha. Então deixou a mão cair e recuou um passo, rompendo a conexão. — Lembra o que você disse sobre precisar ficar no Covenant?

A pergunta me pegou desprevenida.

— Lembro... Eu disse que tinha que lutar contra os daímônes. Que precisava.

212

Aiden assentiu.

— E ainda precisa? Mesmo sabendo que sua mãe é um deles?

Refleti por um momento.

— Sim. Eles ainda estão lá fora, matando. Precisam ser impedidos. Ainda preciso disso, mesmo minha mãe sendo um deles.

Um sorrisinho se insinuou nos lábios de Aiden.

— Então ainda há esperança.

— Esperança?

Ele passou por mim, parando apenas para me lançar um olhar cheio de significado.

— Esperança para você.

Fiquei observando Aiden se afastar, confusa com suas palavras. Esperança para mim? Esperança de que os outros alunos esqueçam que minha mãe é uma daímôn que provavelmente matou a família de uma colega?

Mais tarde naquela noite, senti que olhavam para mim na sala de descanso. Depois, fiquei sabendo do que se tratava. Alguns alunos, tanto puros quanto meios, não acreditavam que eu era confiável. Não com minha mãe tão próxima, tão letal. Uma idiotice.

E ficou ainda pior. Agora as pessoas questionavam por que partimos e por que eu não retornei ao longo daqueles três anos. Boatos circulavam. Meu preferido era o de que minha mãe havia se tornado uma daímôn muito antes daquela noite terrível em Miami. E algumas pessoas acreditavam.

Dias se passaram, poucos meios falaram comigo, e nenhum puro. Seth não ajudava muito também, era impossível me livrar dele. Estava em toda parte: no pátio depois do treino, jantando com Caleb e Luke. Aparecia do nada durante o treino e ficava observando em silêncio. Era irritante e um pouco esquisito.

Aiden fazia a mesma cara sempre que o via.

Eu gostava de pensar que era tanto antipatia quanto um instinto de me proteger. Naquele dia, no entanto, o treino chegou ao fim sem sinal de Seth, assim não tive a oportunidade de pensar mais a respeito. Que pena. Aiden pegou um dos bonecos com que havíamos treinado e o arrastou como se não fosse nada, embora pesasse uma tonelada.

— Precisa de ajuda? — ofereci.

Aiden balançou a cabeça e o deixou junto à parede.

— Vem aqui.

— O que foi?

— Está vendo isto? — Aiden apontou para o peito do boneco. Havia vários amassados no material. Quando assenti, ele passou as pontas dos dedos por eles.

— São dos seus socos de hoje — ele disse, com uma voz que transmitia orgulho e uma cara mil vezes melhor do que as que fazia para Seth. — Seus socos estão fortes assim. Impressionante.

Sorri de orelha a orelha.

— Uau. Meus dedos são letais.

Ele deu uma risadinha.

— E isto é dos seus chutes. — Aiden passou as mãos pelo quadril do boneco. Havia partes meio para dentro. Senti certa inveja do boneco, porque queria que os dedos de Aiden *me* tocassem daquela maneira. — Alguns alunos da sua idade não conseguem causar esse tipo de dano mesmo com anos de treinamento.

— Sou demais. Então o que me diz? Estou pronta pra usar os brinquedinhos dos adultos?

Aiden olhou para a parede onde ficavam as armas que eu estava louca para tocar.

— Talvez.

A ideia de treinar com facas me deixava com vontade de fazer uma dancinha, mas também fui lembrada dos motivos pelos quais as usavam.

— Posso fazer uma pergunta pessoal?

Ele pareceu um pouco cansado.

— Claro.

— Se... seus pais tivessem sido transformados, o que você faria?

Aiden levou um momento para responder.

— Eu caçaria os dois. Eles não iam querer aquele tipo de vida, abandonando a moral e os ideais para matar. Não mesmo.

Engoli em seco, ainda olhando para a parede.

— Mesmo sendo seus pais?

— Não seriam mais meus pais depois de transformados. — Aiden se colocou ao meu lado, e eu senti que me observava. — Em algum momento, temos que abrir mão do apego. Se não for com... sua mãe, pode ser com qualquer outra pessoa que você conheça e ame. Se esse dia chegar, você vai ter que encarar o fato de que ela não é mais quem costumava ser.

Assenti, distraída. Aiden estava certo na teoria, mas seus pais não haviam sido transformados. Haviam sido mortos, de modo que ele nunca se viu diante de algo parecido.

Ele me afastou da parede.

— Você é mais forte do que pensa, Alex. Para você, o trabalho de sentinela é um estilo de vida, não apenas uma opção melhor, como é para tantos outros.

De novo, suas palavras me esquentaram por dentro.

— Como sabe que sou forte? Posso muito bem passar as noites chorando no quarto.

Ele me olhou meio esquisito, porém balançou a cabeça.

— Não. Você é sempre... tão viva, mesmo passando por algo que obscureceria a alma da maioria. — Aiden parou por um momento, dando-se conta do que havia acabado de dizer. Suas bochechas coraram. — Você também é incrivelmente determinada, quase teimosa. Não desiste até conseguir. E sabe diferenciar o certo do errado. Não é falta de força da sua parte que me preocupa. É excesso.

Meu coração se encheu. Ele... se importava comigo e hesitou antes de responder à pergunta sobre os pais. Por algum motivo, aquilo fez com que eu me sentisse melhor quanto às minhas próprias emoções conflituosas. Fora que Aiden tinha razão. Não importava quem eu encarasse lá fora: se fossem daímônes, era meu dever matá-los. Por isso eu estava treinando. De certa maneira, estava treinando para matar minha mãe.

Respirei fundo.

— Odeio quando você está certo, sabia?

Ele riu quando eu fiz uma careta para ele.

— Mas você estava certa sobre uma coisa.

— Hum?

— Quando disse que eu não sabia me divertir no dia do solstício. Você estava certa. Tive que crescer rápido demais depois que meus pais morreram. Leon diz que acabei perdendo minha personalidade no processo. — Aiden riu baixo. — Acho que ele também estava certo.

— E o que Leon sabe sobre isso? Falar com ele é como falar com a estátua de Apolo. Você é divertido quando quer. E bonzinho. E inteligente, muito inteligente. Tem a melhor personalidade que...

— Tá bom. — Ele ergueu as mãos, rindo. — Já entendi. Eu me divirto às vezes. Treinar você é divertido. Não é nem um pouco chato.

Murmurei algo incoerente, porque meu peito, bom, estava fazendo aquele lance de novo, de se agitar. O treino havia acabado e, muito embora eu quisesse ficar com Aiden, não tinha motivos para me demorar a sair. Segui para a porta.

— Alex?

Senti um friozinho na barriga.

— Oi?

Ele estava a alguns passos de distância.

— Acho que seria bom... você não usar mais *isso* nos treinos.

Ah. Eu havia esquecido o que estava usando. Era um short bem questionável que Caleb havia comprado para mim. Não me dei conta de que Aiden havia notado até olhar para ele agora. Com uma expressão inocente, perguntei:

— Está te distraindo?

Aiden me ofereceu um de seus raros sorrisos. Cada célula do meu corpo esquentou. Esqueci inclusive o objetivo terrível do treinamento. Tal era o impacto que aquele sorriso tinha em mim.

— Não é o short que me distrai. — Aiden passou por mim, mas parou à porta. — No próximo treino, talvez eu te deixe usar as adagas.

Meu short e todo o resto foram esquecidos por um momento.

— Ah, não. Está falando sério?

Ele procurou manter a seriedade, mas um sorriso travesso surgiu em seu rosto.

— Acho que não vai fazer mal, só por um tempinho. Pode te ajudar a ter uma ideia de como manejar.

Voltei a olhar para a parede onde as armas ficavam. Eu não podia nem tocá-las e, agora, ele ia me deixar treinar com elas. Era como se eu estivesse me formando no jardim da infância. Era como se fosse Natal.

Sem pensar, encurtei a distância entre nós e o abracei. Aiden foi pego desprevenido, e seu corpo enrijeceu no mesmo instante. Foi um abraço rápido, mas que contribuiu para o aumento da tensão no ar. De repente, eu me perguntei como seria se eu descansasse a cabeça no peito dele, como havia feito quando ele voltou de Lake Lure. Ou se ele me envolvesse com os braços, não apenas para me reconfortar. Se eu o beijasse como na outra noite... Aiden corresponderia?

— Você é bonita demais para se vestir assim. — Seu hálito fez alguns fios de cabelo esvoaçarem. — E acho que está um pouco animada demais para treinar com facas.

Fiquei vermelha e me afastei. *Quê?* Aiden me achava bonita?

Levei um bom tempo para superar aquilo.

— Tenho sede de sangue. O que posso dizer?

Ele baixou os olhos, e eu decidi que precisava ir à loja para comprar todos os shorts minúsculos que conseguisse encontrar.

15

O velório dos mortos em Lake Lure teve início pouco antes do amanhecer, e... bom, foi péssimo, como funerais sempre são. Seguindo a tradição da Grécia Antiga, consistiu em três partes. Todos os corpos recuperados foram estendidos. Eu fiquei nos fundos, porque me recusava a chegar perto deles. Prestei minhas homenagens a uma distância saudável.

Os corpos dos três membros da família Dikti, do pai e da madrasta de Lea e dos guardas foram envolvidos em linho e cobertos por ouro. Então a procissão teve início e foi longa. Os corpos foram posicionados sobre a armação de lenha e carregados pela rua principal. O turismo na ilha Divindade foi interrompido, e as ruas foram tomadas por puros e meios-sangues de luto.

Os alunos que permaneciam no Covenant se destacavam da multidão, usando roupas pretas de verão ou de festa, porque não tínhamos roupas apropriadas para um funeral. Eu vestia um tubinho preto e chinelo. Era o melhor que podia fazer.

Fiquei junto de Caleb e Olivia e só vi Lea e Dawn de relance no cemitério. As irmãs se assemelhavam no cabelo acobreado e na magreza absoluta. Mesmo com os olhos inchados, Dawn era simplesmente deslumbrante.

Os hêmatois não enterravam seus mortos: cremavam e encomendavam esculturas de mármore. A peça de arte que homenagearia a família Samos retratava o casal em um pedestal redondo com um verso grego sobre a imortalidade entre os deuses, e já se encontrava ali.

As joias e o ouro foram retirados dos corpos e colocados sobre o pedestal. Eu queria ir embora, porém seria muita falta de respeito. Eu me virei quando acenderam as fogueiras, mas, ainda assim, ouvi o fogo estalando ao consumir os corpos amortalhados. Estremeci, odiando que fosse tão definitivo, odiando que aquelas provavelmente eram vítimas de minha mãe.

Devagar, a multidão se dissipou. Alguns voltaram para casa, outros compareceram às recepções organizadas pelas famílias. Segui Caleb e Olivia, procurando me afastar do desespero e da morte, a caminho do Covenant.

Quando passamos pelas fogueiras, notei Aiden. Ele estava com Leon, a alguns passos de Dawn e Lea. Aiden levantou o rosto, quase como se sentisse minha proximidade, e nossos olhares se cruzaram. Não reconheceu minha presença de nenhuma outra maneira, mas eu sabia que a aprovava. No dia anterior, antes da conversa sobre caçar pessoas que amávamos, do incidente dos shorts e de Aiden ter dito que eu era bonita, eu tinha comentado que não sabia se iria ou não ao velório, considerando que minha mãe se incluía entre os daímônes.

Aiden havia me encarado com seriedade.

"Você vai se sentir mais culpada se não for prestar sua homenagem. Você tem esse direito, Alex. Tanto quanto qualquer outra pessoa."

Ele estava certo, claro. Eu odiava enterros, mas me sentiria mal se não fosse.

Agora, Aiden me fez um leve aceno de cabeça antes de se virar para Dawn e tocar seu braço. Um cacho de cabelo escuro caiu na testa quando ele inclinou a cabeça e ofereceu suas condolências. Voltei minha atenção para os portões grandes de ferro que separavam a cidade do terreno repleto de estátuas. Seth estava ali, de uniforme preto. Sem dúvida nos observando. Eu o ignorei ao sair do cemitério.

Passei o resto do dia tentando esquecer que havíamos perdido tantos inocentes.

E que minha mãe tinha sido responsável por aquilo.

Não fiz nada que envolvesse adagas no treino seguinte. Quando expressei minha irritação com aquilo, Aiden ficou só olhando, com toda a paciência e parecendo até achar graça.

— Por favor — pedi, enquanto recolhia os tatames. — Como vou tirar o atraso se não posso nem tocar numa adaga?

Aiden me tirou da frente e se encarregou ele mesmo dos tatames.

— Preciso me certificar de que você sabe se defender an...

— Ela nunca treinou com armas?

Seth estava recostado no batente, com os braços cruzados. Observava com uma expressão preguiçosa e os olhos anormalmente brilhantes.

Aiden endireitou o corpo, mal se dando ao trabalho de olhar na direção dele.

— Eu poderia jurar que tranquei essa porta.

Seth sorriu.

— Eu destranquei e abri.

— Como? — perguntei. — A porta tranca por dentro.

— Um truque de Apôlion. Não posso entregar. — Seth me deu uma piscadela antes de voltar seus olhos cor de âmbar para Aiden. — Como ela vai estar preparada pra lutar se não sabe empunhar a única arma que terá à disposição contra um daímôn?

A pergunta fez Seth ganhar pontos comigo. Olhei para Aiden com expectativa. A expressão fria e de poucos amigos que ele fez rendeu a Seth mais alguns pontos.

— Eu não sabia que você estava envolvido com o treinamento dela — Aiden disse, arqueando a sobrancelha preta como carvão.

— Não estou. — Seth se afastou da parede e atravessou a sala de treino. Pegou uma das adagas da parede e se virou para nós. — Mas tenho certeza de que consigo convencer Marcus ou Lucian a permitir que ela treine comigo algumas vezes. Você gostaria disso, Alex?

Senti a tensão no corpo de Aiden e balancei a cabeça.

— Não. Não gostaria.

Um sorriso lento se abriu no rosto de Seth enquanto ele virava a adaga na mão.

— Bom, eu deixaria você... usar os brinquedinhos dos adultos. — Ele parou à minha frente e me ofereceu o punho da adaga. — Toma. Pode pegar.

Meus olhos pousaram no metal brilhante em sua mão. A ponta era superafiada. Como se fosse alvo de uma coação poderosa, estendi a mão na direção dela.

A mão de Aiden foi mais rápida: ele afastou a adaga e a mão de Seth do meu alcance. Sobressaltada, eu me virei para Aiden. Seus olhos prateados pareciam furiosos e fixos nos de Seth.

— Ela vai treinar com adagas quando *eu* decidir que é hora, não você. Sua presença aqui não é desejada.

Seth baixou os olhos para a mão de Aiden. Seu sorriso não vacilou nenhuma vez.

— Você é bem controlador, não? Desde quando puros se importam tanto com o que uma meio-sangue toca ou não toca?

— Desde quando o Apôlion se preocupa com uma meio-sangue? Seria de imaginar que ele tem coisas melhores a fazer.

— Seria de imaginar que um puro-sangue seja esperto o bastante para não se a...

— Chega! — Eu me coloquei entre os dois, cortando sabe-se lá o que Seth estava prestes a dizer. — Vamos ser educados. — Nenhum deles parecia me ouvir ou mesmo me ver. Suspirando, peguei o braço de Aiden, fazendo com que voltasse a olhar para mim. — O treino acabou, né?

Relutante, ele soltou o pulso de Seth e se afastou. Parecia surpreso com sua própria reação, porém continuou observando o outro atentamente.

— Pelo momento, sim.

Seth deu de ombros e voltou a virar a adaga, agora olhando para mim.

— Na verdade, não tenho nada melhor para fazer do que me preocupar com uma *meio-sangue*.

Algo no modo como ele falou me provocou um calafrio. Ou talvez tenha sido apenas a habilidade com que manejava a arma.

— Eu passo. Obrigada.

Depois daquilo, Aiden e eu deixamos a sala de treino, sem falar. Eu não sabia por que ele reagiu daquela maneira ou por que Seth sentiu a necessidade de levá-lo ao limite. Quando encontrei Caleb, procurei afastar o assunto da cabeça por um momento.

Ele decidiu que precisávamos nos divertir um pouco. A melhor opção era ir à ilha principal, para ver um filme na casa de Zarak. Toda semana, ele descolava algum recém-lançado no cinema e, como nenhum de nós podia ir a esses lugares com frequência, precisávamos nos contentar com o que os mortais estavam obcecados no momento. Fiquei surpresa que a programação ainda estivesse de pé, apenas um dia depois do velório, mas concluí que todo mundo precisava relaxar um pouco e se lembrar de que continuava vivo.

Assim que chegamos à casa de Zarak, percebi que não ia ser muito divertido. Todo mundo parou de falar quando entramos no porão que havia sido transformado em uma espécie de sala de cinema. Tanto puros quanto meios me encararam e, no momento em que Caleb foi com Olivia para o andar de cima, começaram os cochichos.

Fingindo não me incomodar, sentei em um sofá desocupado e me concentrei em um ponto na parede. Meu orgulho me impedia de ir embora. Após alguns minutos, Deacon deixou seu grupinho de amigos para se juntar a mim.

— Como você está?

Olhei para ele.

— Ótima.

Deacon tinha um frasco de bebida e me ofereceu um gole. Aceitei e tomei uma boa dose enquanto o observava de canto de olho.

— Cuidado — ele disse, tirando o frasco dos meus dedos.

A bebida queimou minha garganta e fez meus olhos arderem.

— Nossa, o que é isso?

Deacon deu de ombros.

— Uma mistura especial minha.

— É... especial mesmo.

Alguém do outro lado do cômodo sussurrou algo que não consegui ouvir, mas que fez Cody gargalhar. Eu me esforcei para ignorá-lo, já começando a ficar paranoica.

— Eles estão falando de você.

Virei para Deacon devagar.

— Valeu.

— Todo mundo está. — Deacon deu de ombros, depois brincou com o frasco nas mãos. — Eu não ligo, de verdade. Sua mãe é uma daímôn. E daí? Você não pode fazer nada a respeito.

— Não liga mesmo?

Entre todas as pessoas, achei que *ele* fosse ligar.

— Não. Você não é responsável pelo que sua mãe fez.

— Ou não fez. — Mordi o lábio e mantive os olhos fixos no chão. — Ninguém sabe se ela fez alguma coisa.

Deacon ergueu as sobrancelhas e tomou um longo gole do frasco.

— Verdade.

O grupinho à nossa frente explodiu em risos e olhares maliciosos. Zarak balançou a cabeça e se concentrou no controle remoto que tinha na mão.

— Acho que odeio esse pessoal... — murmurei, desejando não ter vindo.

— Eles só estão assustados. — Deacon fez questão de olhar para o grupinho do outro lado do cômodo. — Todos têm medo de ser transformados. E os daímônes nunca estiveram tão perto. Quatro horas não é nada. Poderia ter sido qualquer um de nós. Poderíamos estar mortos.

Estremeci e tomei outro gole do frasco de Deacon. A bebida esquentava por dentro.

— E você, por que não tem medo?

— Todos vamos morrer um dia, né?

— Animador.

— E meu irmão nunca permitiria que algo acontecesse comigo — Deacon acrescentou. — Morreria primeiro... E ele também não deixaria isso acontecer. Falando nele, como Aiden tem tratado minha meio-sangue preferida?

— Hum... bem. Muito bem.

A voz de Cody soou alto:

— Ela só continua aqui porque é sobrinha do diretor e enteada do ministro.

A semana toda, eu havia ignorado os sussurros maldosos, os olhares de desprezo, mas aquilo... não tinha como ignorar. Minha dignidade estava em jogo. Eu me inclinei para a frente no assento, com os braços sobre os joelhos.

— O que você quer dizer com isso?

Ninguém ousou falar enquanto Cody virava a cabeça para mim.

— Você só está aqui por causa da sua família. Qualquer outro meio-sangue teria sido condenado à servidão.

Respirei fundo e procurei pensar em coisas que me acalmassem. Não consegui.

— E qual seria o motivo pra isso, Cody?

Deacon se afastou de mim, com o frasco na mão.

— Você trouxe sua mãe pra cá. Esse seria o motivo. Aqueles puros morreram porque sua mãe está te procurando! Eles ainda estariam vivos se não fosse por você.

— Merda — Zarak disse e se levantou, tirando sua cadeira da minha frente bem a tempo.

Fui com tudo para cima de Cody, parando bem diante dele.

— Você vai se arrepender do que disse.

Os lábios de Cody se contorceram em um sorriso. Ele não tinha medo de mim.

— Opa. Ameaçar um puro é o suficiente pra ser expulsa do Covenant. Mas talvez seja isso que você queira. Pra se reunir com a sua mãe.

Fiquei boquiaberta, mas também louca para dar um soco nele. Deacon me impediu. Ele me segurou pela cintura, me levantou e me virou para o outro lado.

— Fora! — Deacon disse, já me empurrando na direção das portas de vidro, sem me dar muita opção.

Estar ao ar livre não fez nada para aplacar minha fúria.

— Vou matar Cody!

— Não vai, não. — Deacon me passou seu frasco. — Toma um gole. Vai ajudar.

Desenrosquei a tampa e tomei um belo gole. A bebida me queimou por dentro, servindo de combustível para minha raiva. Procurei passar por Deacon, mas, para alguém tão magro e sem treinamento, ele se revelou um belo obstáculo.

O filho da mãe.

— Não vou te deixar entrar. O diretor pode ser seu tio, mas se você bater no Cody, será expulsa.

Ele estava certo, o que não me impediu de abrir um sorriso.

— Vai valer a pena.

— Vai mesmo? — Deacon deu um passo para o lado, impedindo minha passagem outra vez. Cachos loiros caíram sobre seus olhos. — Como você acha que Aiden vai se sentir?

A pergunta me atingiu com tudo.

— Oi?

— Se você for expulsa, o que acha que meu irmão vai pensar?

Minhas mãos relaxaram.

— Eu... não sei.

Deacon voltou a me oferecer o frasco.

— Ele vai se culpar. Vai achar que não te aconselhou bem, que não foi bem-sucedido no seu treinamento. É isso que você quer?

Estreitei os olhos. Não gostava daquele raciocínio lógico dele.

— Assim como ele te aconselha a não beber o tempo todo? Mas aqui está você. Como acha que seu irmão se sente a respeito?

Deacon baixou o frasco devagar.

— Ponto pra você.

Alguns segundos depois, os reforços chegaram.

— O que foi que aconteceu? — Caleb perguntou.

— Tem um pessoal que não está sendo muito legal — Deacon explicou, acenando com a cabeça na direção da porta.

Caleb franziu a testa e se aproximou.

— Fizeram algo com você? — Contei o que Cody tinha dito, e a raiva era visível no rosto de Caleb quando ele disse: — Está de brincadeira comigo?

Cruzei os braços.

— Pareço estar?

— Não. Vamos embora. Esses cretinos não entendem.

— Ninguém entende — retruquei, tomada pela raiva. — Pode ficar com seus amigos, mas eu vou pra casa. Foi uma péssima ideia ter vindo.

— Ei! — As sobrancelhas de Caleb se ergueram. — Eles não são meus amigos, você é. E eu entendo, sim, Alex. Sei pelo que está passando.

Eu me virei para Caleb. Sabia que não estava sendo racional, mas não conseguia evitar.

— Você *entende*? Como? Sua mãe não quer ficar com você! Seu pai ainda está vivo. Ele não é um daímôn, Caleb. Como você entenderia?

Caleb estendeu as mãos como se pudesse impedir minhas palavras fisicamente. Dor marcava seu rosto.

— Deuses, Alex.

Deacon guardou o frasco no bolso e soltou um suspiro antes de dizer:

— Vamos nos acalmar. Está todo mundo olhando.

Ele tinha razão. As pessoas tinham saído em algum momento e assistiam a tudo, ansiosas. Estavam esperando uma briga, uma briga que lhes foi negada antes. Respirei fundo e procurei conter a raiva, mas fracassei.

— Cada idiota aqui acha que sou o motivo pelo qual aquelas pessoas morreram!

Caleb não acreditou naquilo.

— Impossível. Olha, você só está estressada. Vamos voltar...

Qualquer controle que eu ainda tinha se foi. Enquanto encurtava a distância entre nós, me perguntei se seria capaz de bater no meu melhor amigo. Talvez, mas não cheguei a descobrir. Do nada, Seth apareceu ao meu lado, vestido de preto, como sempre. Será que nunca tirava o uniforme?

Sua presença me fez congelar de surpresa, mas também teve um efeito apaziguador em todos em volta. Seth olhou bem para mim, depois falou com seu sotaque e seu tom formal de sempre:

— Já chega.

223

Eu mandaria qualquer outra pessoa se ferrar, mas Seth não era uma pessoa normal, e aquela não era uma situação normal. Ficamos nos encarando. Ele claramente esperava que eu obedecesse, ou então...

Tive que me esforçar muito para recuar. Caleb deu um passo na minha direção, mas Deacon o segurou pelo braço.

— Deixa ela.

Fui embora. Passei por várias casas antes de Seth me alcançar.

— Deixou um bando de puros mexerem assim com você?

— Por que você vive me seguindo? Há quanto tempo estava lá?

— Eu não vivo te seguindo, mas estava lá há tempo suficiente pra concluir que você não tem nenhum autocontrole e é totalmente instável. Até que gosto disso em você, é divertido. Mas deve saber que não é responsável pelo que sua mãe fez. Por que se importa com o que um bando de puros mimados acha?

— Você não sabe se minha mãe fez alguma coisa!

— Está falando sério? — Seus olhos investigaram meu rosto. Ele logo encontrou o que procurava. — Está! Então posso acrescentar "estúpida" à lista de adjetivos que te descrevem.

Me perguntei o que mais haveria naquela lista.

— Ai, tá bom. Só me deixa em paz.

— Ela é uma daímôn. Mata gente inocente, Alex. É isso que os daímônes fazem. Não precisam de motivo. E é isso que sua mãe está fazendo, mas não é culpa sua.

Eu estava louca para dar um soco ou um chute nele, porém não seria uma decisão inteligente. Ou seja, eu tinha autocontrole e inteligência. Passei por Seth, mas ele não me deixou ir. Sua mão segurou meu antebraço. Ficamos pele a pele.

E o mundo explodiu.

Uma onda de eletricidade disparou por meu corpo. Era a mesma sensação que eu tinha sempre que ele estava perto, só que cem vezes mais forte. Não consegui falar. Quanto mais Seth me segurava, mais poderosa a onda de eletricidade se tornava. O que eu sentia era insano. O que *via* era insano. Uma luz azul intensa saía da mão dele, envolvendo-a como um cordão, e a meu braço também, crepitando. Instintivamente, eu soube que estava nos conectando — nos unindo.

Para sempre.

— Não. Não, é impossível! — Seth disse, com o corpo todo rígido.

Eu estava desesperada para que soltasse meu braço, porque seus dedos se cravaram em minha pele e algo... algo diferente acontecia. Se movia dentro de mim, se retorcendo e envolvendo minhas entranhas, nos unindo mais a cada volta.

Emoções e pensamentos que não eram meus passavam por mim em uma luz ofuscante, seguida por cores vibrantes girando e se alterando, até que compreendesse um pouco do que estava acontecendo.

Não é possível.

Vamos morrer, os dois.

Eu precisava de ar. Os pensamentos de Seth roçavam os meus, suas emoções passavam por nós dois. Tudo cessou abruptamente, quando uma porta se fechou na minha mente. As cores se abrandaram e, finalmente, o cordão azul se reduziu a um fraco brilho até desaparecer.

— Hum... suas tatuagens voltaram.

Seth piscou e olhou para sua mão, ainda segurando meu braço.

— Isso não pode estar acontecendo.

— O que exatamente aconteceu? Se você sabe, me conta, por favor.

Ele levantou a cabeça, seus olhos brilhando na escuridão. A expressão desnorteada se desfez e foi substituída por raiva.

— Vamos morrer.

Não era o que eu queria ouvir.

— *Oi?*

O que quer que Seth soubesse finalmente pareceu se encaixar no quebra-cabeças que ele montava. Seus lábios se afinaram e ele começou a andar, me puxando consigo.

— Espera! Aonde vamos?

— Eles sabiam! Esse tempo todo, eles sabiam. Agora entendi por que Lucian me convocou quando te encontraram.

Eu me esforçava para acompanhar seu ritmo, porém meus pés escorregavam na areia. Perdi uma sandália no processo e a outra, alguns passos adiante. Droga, eu gostava daquelas sandálias.

— Seth! Você vai ter que desacelerar e me contar o que está acontecendo.

Ele me lançou um olhar perigoso por cima do ombro.

— Seu padrasto pretensioso é que vai ter que contar pra nós dois o que está acontecendo.

Eu não gostaria de admitir, porém estava assustada, e muito. *Apôlions podem ser instáveis, perigosos até.* Sem dúvida. Seth acelerou o passo e me arrastou junto. Escorreguei. Meu joelho enganchou na barra do meu vestidinho de algodão e o rasgou. Com um grunhido impaciente, Seth me colocou de pé e prosseguiu.

Um raio cortou o céu enquanto ele me arrastava pela ilha. Acertou um bote parado a alguns metros de distância. A luz me assustou, porém Seth ignorava a confusão que sua raiva criava.

— Para! — Finquei os pés na areia. — Tem um barco pegando fogo! Precisamos fazer alguma coisa!

Seth se virou, com os olhos em chamas, então me puxou em sua direção.

— Não é problema nosso.

Eu respirava pesado.

— Você está me assustando, Seth.

A expressão dele permaneceu dura e feroz, porém sua afrouxou um pouco o meu braço.

— Não é de mim que você deve ter medo. Vamos.

Ele me conduziu para longe do barco queimando na praia silenciosa.

Chegamos à casa de Lucian, e Seth começou a subir dois degraus da varanda por vez. Claramente não se importava se eu conseguia acompanhá-lo ou não. Então me soltou e começou a bater na porta como a polícia fazia nos programas de tv.

Dois guardas de aparência assustadora abriram a porta. O primeiro só me olhou de relance antes de se concentrar em Seth, que ergueu o queixo.

— Precisamos ver Lucian imediatamente.

O guarda endireito o corpo.

— O ministro já se retirou por hoje. Vocês terão que...

Senti uma rajada brutal de ar vindo por trás de nós. Por um segundo, não consegui enxergar nada além do meu cabelo na minha cara, porém, quando vi, meu coração parou. O vento forte, parecendo um furacão, atingiu com tudo o peito do guarda, empurrando-o para trás e segurando-o suspenso contra a parede do suntuoso saguão do meu padrasto. Depois cessou, mas o guarda permaneceu onde estava.

Seth entrou na casa e se dirigiu ao outro guarda.

— Chame Lucian. Agora.

O guarda tirou os olhos do colega e correu para fazer como Seth mandou. Entrei também, com as mãos tremendo tanto que precisei segurá-las.

— Seth? O que você está fazendo? Precisa parar com isso. Tipo, agora mesmo. Você não pode fazer isso! Invadir assim a casa do Lucian...

— Quieta.

Fui para o canto mais distante do saguão e fiquei olhando para o guarda. A tensão e a energia no ar eram palpáveis — aquele era o poder do Apôlion. Me mantive junto à parede, sentindo que a força dele ainda penetrava minha pele e ia fundo dentro de mim.

Certa comoção no andar de cima chamou minha atenção. Lucian apareceu no topo da escada sinuosa, de calça de pijama e camiseta larga. Vê-lo assim me fez soltar uma risadinha, curta e meio histérica.

Lucian notou minha presença quase petrificada no canto, depois olhou para o guarda suspenso contra a parede. Então encarou Seth, parecendo estranhamente calmo.

226

— Do que se trata?

— Quero saber por quanto tempo você pretendia continuar com essa loucura antes que fôssemos ambos mortos enquanto dormíamos!

Meu queixo caiu.

— Libere o guarda e contarei tudo — Lucian falou, ainda numa voz controlada.

Seth não parecia querer fazer aquilo, porém deixou o guarda cair, sem muita delicadeza. O pobre homem foi com tudo ao chão.

— Quero saber a verdade.

Lucian assentiu.

— Por que não passamos para a sala de estar? Acho que sentar faria bem a Alexandria.

Com uma careta, Seth olhou por cima do ombro, como se tivesse me esquecido. Eu devia parecer digna de pena, porque ele concordou. Pensei em fugir, porém duvidava de que chegaria longe. Fora que, apesar do medo, estava morrendo de curiosidade de saber o que estava acontecendo.

Passamos a um cômodo pequeno, com paredes de vidro. Praticamente desmaiei na cadeira de vime branca. Os guardas nos acompanharam, porém Lucian os dispensou.

— Por favor, avisem ao diretor Andros que Seth e Alexandria estão aqui. Ele vai entender. — Os guardas hesitaram, mas Lucian reafirmou seu pedido com um aceno somente. Depois que eles foram embora, meu padrasto se virou para Seth. — Não vai sentar?

— Prefiro ficar de pé.

— Hum... Tem um bote pegando fogo lá fora — eu disse, com a voz aguda demais, supertensa. — Talvez alguém possa ir dar uma olhadinha.

— Alguém vai cuidar disso. — Lucian se sentou em uma cadeira ao meu lado. — Alexandria, não fui totalmente aberto com você.

Uma risadinha irônica me escapou.

— Jura?

Lucian se inclinou para a frente, apoiando as mãos na calça de pijama xadrez.

— Três anos atrás, o oráculo disse a sua mãe que, no seu aniversário de dezoito anos, você se tornaria o Apôlion.

Ri alto.

— Isso é ri-dí-cu-lo.

— É mesmo? — Seth perguntou, virando para mim.

Ele parecia estar com vontade de me sacudir.

— É mesmo! — Arregalei os olhos. — Só tem um de vocês...

A frase morreu no ar quando me lembrei do que havia lido no livro que Aiden me emprestou. De repente, me senti quente e fria ao mesmo tempo.

— Antes de ir embora, Rachelle contou tudo para Marcus. Ele não concordou com a decisão dela, mas sua mãe achava que era necessário te proteger.

— Me proteger do quê? — Assim que as palavras saíram da minha boca, eu soube a resposta. *Me proteger do que aconteceu com Solaris.* Balancei a cabeça. — Não. É maluquice demais. O oráculo não disse isso pra minha mãe!

— Você deve estar falando da outra parte, da parte em que ela disse que você mataria as pessoas que ama, mas não é isso que importa. O que importa é que você vai se tornar outro Apôlion. — Lucian se virou para Seth, sorrindo. — Trazer Seth aqui era a melhor maneira de confirmar se o oráculo estava certo.

Seth andava de um lado para o outro da sala de estar.

— Faz todo o sentido. O que eu senti no primeiro dia. Não foi à toa que sua mãe partiu. Ela provavelmente achava que podia te esconder entre os mortais. — Seth se virou e olhou para Lucian. — Por que você quis aproximar a gente? Sabe o que vai acontecer.

— Não sabemos o que vai acontecer — Lucian o corrigiu, retribuindo seu olhar. — Faz mais de quatrocentos anos que não tem dois de vocês. A partir daí, as coisas mudaram. E os deuses também.

Meus olhos se alternavam entre eles.

— Gente... entendo o que estão dizendo, mas vocês estão errados. É impossível que eu seja o que Seth é. Impossível.

— Então como explica o que aconteceu lá fora? — Seth perguntou, olhando para mim.

Respirei fundo e o ignorei, insistindo:

— Não é possível.

— O que aconteceu? — Lucian perguntou, curioso.

Ele olhava para um e para outro enquanto Seth contava do cordão azul e de como, por alguns segundos, ouvimos os pensamentos um do outro.

Ficou claro que aquilo não o surpreendia.

— Vocês não precisam se preocupar. O que vivenciaram foi apenas um reconhecimento um do outro. Foi por isso que eu trouxe você para cá, Seth. Precisávamos ver se ela era a outra metade. A mera possibilidade... era importante demais para deixar passar. Só não achei que fosse demorar tanto para vocês dois se conectarem.

— E vale o risco? — Seth perguntou, com a testa franzida. — Se os deuses ainda não sabiam sobre ela, logo vão saber. Você poderia ter simplesmente deixado pra lá. A vida dela não vale nada pra você?

Meu padrasto se inclinou para a frente e olhou bem nos olhos de Seth.

— Não entende o que isso significa? Não apenas para você, mas para nossa gente? Dois de vocês mudarão tudo, Seth. Sim, você já é poderoso, mas quando ela completar dezoito anos seu poder será ilimitado.

Aquilo pareceu despertar o interesse de Seth.

— Mas os deuses... eles não vão permitir que aconteça.

Lucian voltou a se recostar.

— Faz anos... que os deuses não falam conosco, Seth.

— *Quê?* — Seth e eu gritamos ao mesmo tempo. Aquela era uma revelação bombástica.

Lucian acenou mostrando não se importar com isso.

— Eles se retiraram, e o conselho não acredita que voltem a interferir. E, se os deuses estiverem curiosos ou preocupados, já sabem sobre Alexandria. Se o oráculo viu, os deuses já sabem. Certamente, não ignoram a existência dela.

Não acreditei em Lucian. Nem por um segundo.

— Os deuses ignoravam a existência de Solaris!

Os dois olharam para mim. Uma ruga se formou entre as sobrancelhas de Lucian.

— Como você sabe de Solaris?

— Eu... li sobre ela. Eles mataram os dois Apôlions.

Lucian balançou a cabeça.

— Você não conhece toda a verdade. O outro Apôlion atacou o conselho, e Solaris devia ter impedido, mas não o fez. Por isso ambos foram executados.

Franzi a testa. O livro não dizia nada do tipo. Seth finalmente se sentou.

— O que vocês ganham com isso?

Lucian arregalou os olhos.

— Com vocês dois, podemos eliminar os daímônes sem arriscar tantas vidas. Podemos mudar as regras, as leis relativas aos meios, os decretos de casamento, o conselho. Ora, tudo é possível.

Minha vontade era dar um soco nele. Lucian não se importava com os meios-sangues.

— Que regras do conselho você deseja que mudem? — Seth perguntou, atento à expressão dele.

— Temos outras coisas pra discutir antes, Seth. — Lucian acenou para mim e abriu aquele seu sorriso esquisito e desagradável. — Ela está destinada a ser sua outra metade.

Seth se virou e me olhou de cima a baixo.

— Poderia ser pior, eu acho.

Fiquei imediatamente preocupada.

— O que vocês querem dizer com isso?

— Vocês são como peças de quebra-cabeça que se encaixam. Seu poder vai alimentar o dele... e vice-versa. — Lucian sorriu. — É incrível, na verdade. Você é a outra metade dele, Alexandria. Está destinada a ficar com ele. Pertence a ele.

Foi como se depositassem algo pesado sobre meu peito.

— Ah. *Ah*. Não.

Seth franziu a testa para mim.

— Não precisa parecer assim tão horrorizada.

No outro dia, eu senti uma necessidade de tocá-lo. Pensei que era por conta do que Seth era, porém poderia ser por conta do que *nós* éramos? Estremeci.

— Horrorizada? É... repulsivo! Vocês estão se ouvindo?

Seth suspirou.

— Você está me ofendendo.

Ignorei aquilo, ignorei Seth.

— Não pertenço a ninguém.

Lucian me encarou, e a intensidade em seus olhos me surpreendeu.

— Pertence sim.

— Isso é maluquice!

— Quando ela completar dezoito anos, seu poder... — Seth franziu os lábios. — Seu poder vai passar pra mim.

— Isso. — Lucian assentiu com vigor. — Quando passar pela palingenesia, o despertar, aos dezoito anos, tudo o que você precisar fazer será tocá-la.

— Então...

Seth nem precisou completar a frase. Todos sabíamos. Então ele se tornaria o Assassino de Deuses.

Ele se virou para Lucian.

— Quem mais sabe disso?

— Marcus e a mãe de Alexandria.

Senti um aperto no coração.

Seth olhou para mim, com uma expressão indecifrável.

— Isso explica por que chegou tão perto do Covenant quando a maioria dos daímônes nem se atreveria. Mas com qual propósito? Meios-sangues não podem ser transformados.

— Por que mais um daímôn ia querer pôr as mãos em um Apôlion? O éter de Alexandria, mesmo agora poderia, alimentá-los por meses. — Lucian apontou para mim. — O que acha que vai acontecer depois que ela passar pela palingenesia?

Não conseguia acreditar no que estava ouvindo.

— Você acha que minha mãe está aqui porque me quer no cardápio?

Ele levantou a cabeça.

— E por que mais estaria, Alexandria? Por isso fui contra seu retorno ao Covenant, assim como Marcus. Não tinha nada a ver com o tempo que você perdeu, ou com seu comportamento anterior. Havia uma chance de não conseguirmos pegar Rachelle até você se formar. O risco de se ver frente a frente com ela e fracassar no seu dever era grande demais. Não posso permitir que um daímôn ponha as mãos em um Apôlion.

— E agora as coisas mudaram? — perguntei.

— Sim. — Lucian se levantou e pousou as mãos nos meus ombros. — Vamos conseguir encontrar sua mãe, agora que ela está perto. Você não vai ter que ficar frente a frente com ela. Isso é bom, Alexandria.

— Isso é bom? — Soltei uma risada dura e tirei suas mãos de mim. — Isso é... ardiloso, doentio.

Seth virou a cabeça na minha direção.

— Alex, você não pode ignorar isso. Ignorar o que é. O que *somos*... Joguei as mãos para o alto.

— Ah, nem começa. Não somos nada! Nunca seremos nada! Entendido? Ele revirou os olhos. Minha posição claramente o entediava.

Comecei a recuar.

— Não quero mais ouvir nada sobre isso, de verdade. Vou fingir que essa conversa não aconteceu.

— Para, Alex — Seth disse, vindo na minha direção.

Olhei feio para ele.

— Não me segue! Estou falando sério, Seth. Não estou nem aí se você pode me fazer voar. Se me seguir, vou pular de uma ponte e te levar comigo!

— Deixa Alexandria ir. — Lucian ordenou, com um gesto elegante. — Ela precisa de tempo para processar.

Seth ouviu, o que me surpreendeu. Eu saí, batendo a porta atrás de mim. Meus pensamentos giravam em minha cabeça ao longo do caminho de volta. Mal notei a ausência de fumaça no ar. Alguém deve ter cuidado do bote. Os guardas na ponte pareciam entediados quando fizeram sinal para eu passar.

Minutos depois, eu cruzava o campus e o trecho de praia que separava o dormitório dos professores e visitantes do restante da escola. Os alunos, incluindo eu, não podiam ficar perambulado por ali sob nenhuma circunstância. Mas eu precisava falar com alguém.

Precisava de Aiden.

Ele saberia como interpretar aquilo. Saberia o que fazer.

Como a maioria das casinhas se encontrava vazia, por conta do verão, foi fácil descobrir qual era a dele. Apenas um dos chalés quase idênticos estava com a luz acesa. Parei diante da porta, hesitando. Estar ali não colocava apenas eu mesma em risco, mas também Aiden. Não conseguia nem imaginar o que fariam se me descobrissem diante da casa de um puro-sangue àquela hora da noite. Eu precisava dele, no entanto, e aquilo importava mais do que as consequências.

Aiden atendeu após alguns segundos e pareceu receber minha presença à sua porta notavelmente bem.

— O que aconteceu?

Não era tarde, mas, por suas roupas, eu diria que já estava na cama. A calça de pijama de cintura baixa caía melhor nele que em Lucian. Assim como a regata que usava.

— Preciso falar com você.

Ele me olhou de alto a baixo.

— Onde estão seus sapatos? Por que você está coberta de areia? O que aconteceu, Alex? Diga.

Baixei os olhos, meio lenta.

— Minhas sandálias?

Elas deviam estar perdidas em algum lugar da ilha principal e eu nunca mais as encontraria. Com um suspiro, afastei os fios de cabelo emaranhados do rosto.

— Sei que eu não deveria estar aqui, mas não sabia a quem mais recorrer.

Aiden pegou meus braços com delicadeza. Sem dizer nada, me conduziu para dentro do chalé.

16

Enquanto me guiava até o sofá e me sentava, Aiden tinha uma expressão ao mesmo tempo perigosa e reconfortante.

— Vou pegar um copo de água pra você.

Meus olhos passearam pela sala de estar dele. Não era muito maior que meu quarto e tampouco contava com decoração. Não havia fotos, quadros ou qualquer obra de arte ou artesanato nas paredes. Só livros e quadrinhos espalhados na mesa de centro, enchendo as várias estantes e empilhados na mesinha do computador. Nada de televisão. Ele era um leitor — provavelmente conseguia ler quadrinhos em grego antigo. Por algum motivo, aquilo me fez sorrir.

Então meus olhos pararam no violão encostado no canto entre a estante e a escrivaninha. Havia várias palhetas alinhadas em uma prateleira, de todas as cores menos preto. E eu sabia: aquelas mãos eram aplicadas em algo gracioso e artístico. Me perguntei se conseguiria convencê-lo a tocar para mim um dia. Sempre tive uma quedinha por caras que tocavam violão.

— Você toca? — perguntei, inclinando o queixo na direção do instrumento.

— De vez em quando. — Aiden me passou o copo de água, e bebi tudo antes mesmo que ele se sentasse ao meu lado. — Que sede.

— Hum... — Enxuguei algumas gotas dos lábios. — Obrigada. Qual é a das palhetas?

Ele olhou para aquele canto.

— Eu coleciono. Meio esquisito, né?

— Você precisa de uma preta.

— Acho que sim. — Aiden pegou meu copo e o deixou sobre a mesa de centro. Quando notou que minhas mãos tremiam, ele franziu a testa. — O que aconteceu, Alex?

Uma risada ficou presa na minha garganta.

— Vai parecer maluquice...

Dei uma olhada rápida nele. A preocupação que encontrei em seu rosto quase acabou comigo.

— Alex... pode me dizer. Não vou julgar.

Eu me perguntei o que ele achava que eu ia dizer.

Sua mão envolveu a minha.

— Você confia em mim, não confia? — Aiden perguntou.

Fiquei olhando para nossas mãos, para nossos dedos. *Você está destinada a ficar com ele.*

As palavras tiveram um efeito devastador em mim. Puxei minha mão de volta e me levantei.

— Confio. De verdade. Mas é muito louco.

Aiden permaneceu sentado. Seus olhos seguiam minha movimentação errática.

— Experimenta começar pelo começo.

Assenti, passando as mãos pelo vestido. Comecei pela festa. O rosto de Aiden endureceu quando contei o que Cody disse e se tornou ainda mais tenso quando comentei que Seth destruiu o bote de alguém. Relatei tudo, até mesmo a parte desagradável com Seth e a história de que éramos "duas metades", ou o que quer que fosse.

Aiden era um bom ouvinte. Não fez perguntas, mas eu sabia que prestava atenção em cada palavra minha.

— Não pode ser verdade, né? Nada disso é real. — Voltei a andar de um lado para o outro da sala. — Lucian acha que foi por isso que minha mãe partiu. Que o oráculo disse que eu era o segundo Apôlion, e ela ficou com medo de que os deuses... fossem me matar, acho.

Soltei uma risada um pouco aguda demais.

Aiden passou uma mão pelo cabelo.

— Eu estranhei quando Lucian quis te levar para casa. E quando você comentou que tinha visto as marcas de Seth... Nem consigo acreditar que estive perto de alguém tão raro esse tempo todo. Quando você completa dezoito anos?

Desci as mãos pelas laterais do corpo, nervosa.

— Quatro de março.

Faltava menos de um ano.

Aiden esfregou o queixo.

— Quando você falou com o oráculo, ela disse algo sobre?

— Não, ela só disse que eu ia matar as pessoas que amo. Nada sobre isso. Mas ela falou muita maluquice. — Engoli em seco, ouvindo meu sangue correr nas veias. — Bom, em retrospectiva, alguma das coisas que ela disse fizeram sentido depois, mas na hora não entendi.

— Como você poderia entender? — Ele contornou a mesinha de madeira. — Agora sabemos por que sua mãe deixou a segurança da ilha. Pra te proteger. A história de Solaris é trágica, mas ela se opôs ao conselho e aos deuses. Foi o que selou seu destino. Não o que foi escrito a seu respeito nos livros.

— Por que Solaris faria isso? Não sabia o que ia acontecer?

— Alguns dizem que ela se apaixonou pelo primeiro Apôlion. Quando ele se revoltou contra o conselho, ela o defendeu.

— Que idiotice. — Revirei os olhos. — Foi suicídio, não foi amor.

Um breve sorriso passou pelos lábios de Aiden.

— As pessoas fazem idiotices quando amam, Alex. Olha o que sua mãe fez. Pode ser um tipo diferente de amor, mas ela deixou tudo para trás por amor a você.

— Nunca entendi por que minha mãe foi embora. — Minha voz soava infantil e frágil. — Agora sei. Foi mesmo pra me proteger. — A consciência daquilo caiu como leite coalhado no meu estômago. — Eu meio que odiei minha mãe por me tirar daqui, sabe? Nunca entendi por que faria algo tão arriscado e burro, mas foi pra me proteger.

— Saber o motivo deve trazer alguma paz, não?

— Paz? Não sei. Só consigo pensar que, se eu não fosse uma aberração, ela ainda estaria viva.

Minhas palavras produziram um lampejo de dor em seu rosto.

— Você não pode se culpar por isso. Não vou permitir que se culpe, Alex. Avançamos demais para isso.

Assenti, sem olhar para ele. Aiden podia acreditar no que quisesse, mas, se eu não fosse o segundo Apôlion, nada daquilo teria acontecido.

— Odeio isso. Odeio não ter controle.

— Mas você tem controle, Alex. O que é te dá mais controle que a qualquer outra pessoa.

— Como? De acordo com Lucian, sou uma tomada para Seth, ou coisa do tipo. Quem sabe? Ninguém.

— Tem razão. Ninguém sabe. Mas quando fizer dezoito anos...

— Vou virar uma aberração.

— Não era isso que eu ia dizer.

Ergui as sobrancelhas e olhei para ele.

— Então ia dizer que, quando eu completar dezoito anos, os deuses vão me matar enquanto eu durmo? Foi o que Seth disse.

A raiva deixou seus olhos prateados.

— Os deuses já devem saber de você. Entendo que isso não vai fazer com que se sinta melhor, mas se eles quisessem... se livrar de você, já teriam conseguido. Então, quando você completar dezoito anos, tudo é possível.

— Você está agindo como se fosse uma coisa boa.

— E pode ser, Alex. Com dois de vocês...

— Você parece Lucian falando! — Eu me afastei dele. — Daqui a pouco, vai dizer que sou a outra metade superespecial de Seth, que pertenço a ele, como se eu fosse um objeto e não uma pessoa!

— Não é isso. — Aiden encurtou a distância entre nós e levou as mãos aos meus ombros. Estremeci sob o peso de suas mãos. — Lembra o que eu disse sobre destino? — Balancei a cabeça. Só lembrava que ele havia dito que meu short o distraía. Minha memória era maravilhosamente seletiva. — Você é a única que tem controle sobre seu próprio futuro, Alex. É a única que tem controle sobre o que quer.

— Acha mesmo?

Ele assentiu.

— Acho.

Balancei a cabeça, incerta sobre qualquer coisa àquela altura, e comecei a me desvencilhar, só para que as mãos de Aiden segurassem meus ombros com mais força. No instante seguinte, ele me puxou para si. Hesitei, porque ficar próxima dele talvez fosse o mais doce tipo de tortura.

Eu precisava me soltar... abrir a maior distância possível entre nós... Seus braços, no entanto, envolveram meus ombros. Devagar, com cuidado, apoiei a cabeça em seu peito. Minhas mãos sentiram a curva de suas costas, e eu inspirei fundo. Seu perfume, uma mistura do cheiro do mar com sabonete, me inundou. A batida constante de seu coração sob minha bochecha me aqueceu e reconfortou. Foi só um abraço, mas pelos deuses... significava muito. Significava *tudo*.

— Não quero ser o Apôlion. — Fechei os olhos. — Não quero nem viver no mesmo país que Seth. Não quero nada disso.

Aiden passou uma mão pelas minhas costas.

— Eu sei. É assustador e opressivo, mas você não está só. Vamos dar um jeito. Vai ficar tudo bem.

Cheguei mais perto dele. O tempo pareceu desacelerar, me permitindo por um momento o prazer simples de estar em seus braços. Então seus dedos entraram nos meus cabelos, encontraram meu couro cabeludo e guiaram minha cabeça para trás.

— Você não precisa se preocupar, Alex. Não vou deixar que nada te aconteça

As palavras proibidas envolveram meu coração, se gravando para sempre na minha alma. Ficamos face a face. O silêncio se estendeu entre nós enquanto nos encarávamos. O tom de seus olhos passou a um prata ardente, e seu outro braço envolveu minha cintura. Seus dedos deixaram meu cabelo e traçaram devagar a curva do meu rosto, seu olhar intenso acompanhando o movimento. Meu corpo todo pulsava. Eles desceram por meu rosto e pousaram sobre meus lábios entreabertos.

Não deveríamos estar fazendo aquilo. Ele era puro-sangue. Tudo terminaria muito mal se fôssemos pegos, mas não importava. No momento, estar com ele parecia fazer qualquer consequência valer a pena. Aquilo era certo, parecia fadado a acontecer. Não tinha explicação lógica.

Então Aiden se inclinou para a frente e descansou a bochecha na minha. Fui acometida por um formigamento quente quando seus lábios se moveram junto à minha orelha.

— É melhor você me pedir pra parar.

Eu não disse nada.

Aiden soltou gemido rouco. Sua mão subiu pelas minhas costas, deixando um rastro de fogo em seu encalço, e seus lábios deslizaram por minha bochecha, pairando sobre os meus. Esqueci como respirar, e o mais importante: esqueci como pensar.

Ele se moveu, muito ligeiramente, e seus lábios roçaram os meus uma vez, depois duas. Foi um beijo suave, lindo, que quando se aprofundou não se mostrou tímido. Representava uma necessidade perigosamente reprimida, um desejo negado por tempo demais. Foi um beijo ardente, exigente, de incendiar a alma.

Aiden me puxou para si, pressionando meu corpo contra o seu. Ele me beijou de novo, e ficamos ambos sem ar. Nossas mãos deslizaram pelo corpo um do outro, enquanto seguimos a caminho do quarto. Minhas mãos abriram caminho por baixo da regata dele, por sua barriga definida. Nos separamos pelo tempo suficiente para que eu a tirasse e, pelos deuses, cada ondulação de seus músculos era de tirar o fôlego, como eu havia imaginado.

Depois que ele me deitou na cama, desceu as mãos do meu rosto para os braços. Em seguida, por minha barriga, meus quadris, até uma delas deslizar para dentro do meu vestido. De alguma forma, a parte de cima do meu vestido foi parar na minha cintura, enquanto sua boca passeava pelo meu corpo. Eu me derreti nele, com seus beijos, seu toque. Apertei a pele rígida de seus braços, a tensão dentro de mim crescendo. Em cada ponto que nossos corpos se tocavam, saíam faíscas.

Quando Aiden afastou os lábios dos meus, soltei um grunhido em protesto, então sua boca foi do meu pescoço ao meu colo. Minha pele ardia, meus pensamentos pegavam fogo. Seu nome mal passou de um sussurro, no entanto, senti seus lábios na minha pele.

Seus olhos e seus dedos seguiam um caminho invisível. Aiden me colocou em cima dele.

— Você é tão linda. Tão corajosa, tão cheia de vida. — Ele inclinou minha cabeça para dar um beijo doce na cicatriz no meu pescoço. — Você não faz ideia, não é? Tem tanta vida em você, tanta...

Quando virei o rosto, ele beijou a ponta do meu nariz.

— Sério?

— Sério. — Aiden afastou meu cabelo. — Desde a noite em que te vi, na Geórgia, não te esqueço. Você está dentro de mim, se tornou uma parte de mim. Não consigo evitar. É errado. — Ele nos ajeitou, me rolando na cama até ficar sobre mim. — *Ágape mou*, não posso...

De novo, Aiden levou os lábios aos meus.

Não houve mais palavras. Nossos beijos ganharam força, seus lábios e mãos assumiram um propósito que não tinha como ser confundido. Eu nunca havia ido tão longe com um cara, mas sabia que queria ficar com ele. Não havia dúvida, apenas certeza. Tudo no meu mundo dependia daquele momento.

Aiden ergueu a cabeça e me olhou com olhos interrogativos.

— Você confia em mim?

Passei os dedos pela bochecha dele, depois por seus lábios entreabertos.

— Sim.

Soltando um gemido, Aiden pegou minha mão e a levou aos lábios, então deu um beijo na ponta de cada dedo, depois na palma e na minha boca.

Foi quando alguém bateu à porta.

Ambos congelamos. Os olhos de Aiden, ainda nublados pelo desejo, buscaram os meus. Um segundo se passou, então outro. Achei que ele fosse simplesmente ignorar a batida. Deuses, eu queria que ele ignorasse. Queria muito. Mesmo. Minha vida dependia daquilo. No entanto, voltaram a bater, e dessa vez alguém falou:

— Abre a porta, Aiden. Agora.

Leon.

Droga... Foi tudo em que consegui pensar. Estávamos ferrados. Eu não sabia o que fazer. Fiquei deitada ali, com os olhos arregalados, nua. Totalmente nua.

Sem romper o contato visual, Aiden se levantou devagar. Foi só quando se abaixou para pegar a regata que eu havia atirado longe que desviou o olhar. Ele saiu do quarto sem dizer nada e fechou a porta.

Permaneci ali por um momento, sem conseguir acreditar. O clima estava arruinado, e eu continuava nua. Qualquer um poderia entrar e se deparar comigo esparramada na cama dele. Na cama *dele...* Mais surtada do que julgava possível, dei um pulo e peguei minha roupa. Vestida, procurei por um lugar onde me esconder. Até que ouvi as palavras de Leon e congelei.

— Desculpa te acordar, mas imaginei que você fosse querer saber imediatamente. Encontraram Kain. Ele está vivo.

Com o coração na garganta e me recusando a olhar para a cama, ouvi Aiden dizer a Leon que o encontraria na enfermaria. Só levantei a cabeça quando Aiden abriu a porta.

— Eu ouvi.

Aiden assentiu, um conflito interior era visível em seus olhos.

— O que quer que ele diga, te conto depois.

Dei um passo à frente.

— Quero ir. Quero ouvir o que ele tem a dizer.

238

— Alex, você já deveria estar na cama. Como saberia que ele está na enfermaria?

Droga... Odiava quando ele tinha razão.

— Posso entrar escondida. Ficar do outro lado da divisória e...

— Alex. — Ele tinha saído completamente do clima pegação. Droga...

— Você precisa voltar ao dormitório. Agora. Prometo que vou contar tudo o que ele disser, está bem?

Vendo que eu não tinha como ganhar aquela discussão, assenti. Aguardamos alguns minutos antes de sair. Aiden parou à porta, com as mãos na cintura.

Franzi a testa.

— O que foi?

Quando ele olhou para mim, o ar deixou meus pulmões. A paixão me atingiu, com força e ardor. A expressão em seu rosto, em seus olhos, me arrepiou toda. Sem dizer uma palavra. Aiden pegou meu rosto e levou os lábios aos meus. O beijo consumiu qualquer ar que ainda me restasse. Foi inebriante, profundo, de parar o coração. Eu não queria que terminasse, mas terminou. Aiden recuou, afastando os dedos lentamente da minha bochecha.

— Não faz nenhuma idiotice — falou, com a voz carregada, então desapareceu na escuridão atrás do chalé.

Voltei para o dormitório com as pernas bambas, repassando o que havia acontecido entre nós. Aqueles beijos, aquele toque, a maneira como ele me olhou, ficariam gravados para sempre na minha mente. Mais dois segundos e eu teria perdido a virgindade.

Dois segundos.

O último beijo, no entanto... havia algo nele, algo que me enchia de nervosismo e angústia. Entrei no quarto e fiquei andando de um lado para o outro. Entre a consciência de que eu ia me tornar o segundo Apólion no meu aniversário, o que havia acontecido entre mim e Aiden, e a reaparição inesperada de Kain, eu estava elétrica. Tomei um banho e até arrumei o quarto, mas nada ajudava. Naquele exato momento, Aiden e os outros sentinelas estavam interrogando Kain, obtendo as respostas de que eu precisava. Minha mãe era uma assassina?

Horas se passaram. Fiquei esperando que Aiden chegasse com notícias, o que não aconteceu. Caí em um sono pouco revigorante e acordei cedo demais. Tinha cerca de uma hora antes do treino e não conseguia esperar mais. Um plano se formou em minha mente. Eu me vesti e me apressei para sair.

O sol despontava no horizonte, porém a umidade fazia tudo parecer sombrio. Evitei os guardas que circulavam pelo exterior dos prédios e segui na direção da enfermaria. Fui recebida na construção estreita por uma lufada de ar frio. Avancei pelos corredores ladeados por escritórios pequenos e salas maiores para atendimento de emergência. Os médicos puros-sangues que trabalhavam ali durante o ano letivo moravam na ilha principal. Considerando a hora e o fato de que ainda era verão, devia haver apenas alguns poucos enfermeiros de plantão.

Eu já tinha algumas desculpas prontas caso trombasse com alguém. Estava morrendo de cólica. Tinha quebrado um dedo do pé. Poderia até dizer que precisava de um teste de gravidez, se aquilo significasse ser levada até onde Kain estava. Não tive que recorrer a subterfúgios, no entanto. Um silêncio completo se fez enquanto eu percorria os corredores mal iluminados. Após verificar alguns cômodos menores, cheguei a uma ala com várias macas vazias. Um instinto me fez passar direto por elas e verificar atrás de uma cortina verde-clara.

Congelei, o tecido fino como papel esvoaçando atrás de mim.

Kain estava sentado no meio da cama, vestindo apenas uma calça de agasalho larga. Cachos soltos escondiam a maior parte de seu rosto virado para baixo, porém seu peito... Engoli em seco a bile que subiu de repente e fiquei olhando, incapaz de fazer qualquer outra coisa.

Seu peito, incrivelmente pálido, estava coberto de marcas em forma de meia-lua e cortes finos que pareciam ter sido feitos por uma das adagas do Covenant. Não restava quase nada de pele sem marcas.

Ele ergueu a cabeça. Seus olhos azuis se destacaram em contraste com sua palidez cadavérica. Eu me aproximei, sentindo um aperto no peito. Ele estava com uma aparência péssima, que só piorou quando me abriu um sorriso. Sua pele estava tão desbotada que seus lábios pareciam vermelho-sangue. Senti uma pontada de culpa. Talvez eu devesse ter esperado para falar com ele, mas fui precipitada, como sempre.

— Kain? Você está bem?

— Acho que sim.

— Eu queria fazer algumas perguntas, se... se não tiver problema para você.

— Quer saber da sua mãe?

Ele baixou os olhos para as próprias mãos.

Senti um alívio. Não queria me explicar. Dei um passo na direção dele.

— Isso.

Kain ficou em silêncio, ainda de cabeça baixa. Segurava alguma coisa, mas eu não conseguia enxergar do que se tratava.

— Eu disse aos outros que não me lembro de nada.

Minha vontade era de me sentar e chorar. Kain era minha única esperança.

— É mesmo?

— Foi o que eu disse a eles.

Um som estranho saiu de trás da cortina que ficava do outro lado da cama de Kain. Era como se alguém arrastasse um pano pelo chão liso. Franzi a testa e olhei naquela direção.

— Tem... alguém aí?

Ouvi apenas um grunhido baixo em resposta. Um pavor repentino percorreu minha espinha, exigindo que eu fugisse imediatamente. Avancei e puxei a cortina. Meus lábios se abriram em um grito silencioso.

Havia três enfermeiras puros-sangues no chão ensanguentado. Uma ainda se agarrava à vida. Com um corte vermelho na garganta, ela tentava se arrastar para longe. Estendi a mão em sua direção, porém com um último gemido a mulher se foi. Fiquei congelada ali, sem pensar ou respirar.

As gargantas cortadas. Todas mortas.

— *Lexie.*

A voz era de Kain, porém minha mãe era a única que me chamava daquele jeito. Eu me virei, levando a mão à boca. Kain permanecia do outro lado da cama, olhando para as mãos enquanto falava.

— Lexie me parece muito melhor que Alex, mas o que é que eu sei? — Ele deu uma risada fria, sem humor. Morta. — Não sabia de nada até agora.

Tentei fugir.

Kain se revelou surpreendentemente rápido para alguém que passou semanas sendo torturado. Ele se colocou à minha frente, com uma adaga do Covenant na mão, antes que eu conseguisse chegar à porta.

Meus olhos se mantiveram fixos na adaga.

— Por quê?

— Por quê? — Ele imitou minha voz. — Você não entende? Não. Claro que não. Eu também não entendi. Tentaram com os guardas primeiro, mas o éter se esgotou rápido demais. Eles morreram.

Havia algo de muito, muito errado com ele. Podia ser culpa da tortura; todas aquelas marcas talvez o tivessem deixado maluco. O motivo não importava, no entanto: independentemente da razão, era um lunático, e eu estava encurralada.

— Quando chegaram a mim, já tinham aprendido com os próprios erros. É preciso drenar devagar. — Kain deu uma olhada na adaga. — Mas não somos como eles. Não mudamos como eles.

Recuei, procurando engolir o medo. Esqueci todo o meu treinamento. Sabia como lidar com um daímôn, mas um amigo fora de si era outra história.

— Eu estava com fome, muita fome. Não existe nada igual. Fui obrigado.

A realidade horripilante me atingiu com tudo. Dei outro passo para trás, bem quando ele se lançou sobre mim. Kain estava veloz, mais veloz que antes. Mal percebi o movimento que culminou em um soco na minha cara. Fui jogada para trás, em cima de uma mesinha. Foi tudo tão rápido que não consegui amortecer a queda. Caí com tudo, atordoada, sentindo gosto de sangue na boca.

Kain logo estava em cima de mim. Ele me colocou de pé e me jogou para o outro lado do cômodo. Bati na beirada da cama com tudo, depois fui ao chão. Com dificuldade de levantar, ignorei a dor e encarei a única coisa que não poderia ter acontecido.

Embora fosse contrário à razão e à lógica, eu não tinha dúvida de que Kain não era mais um meio-sangue. Uma única coisa se movia tão rápido quanto ele agora: um daímôn.

17

Apesar de sua palidez anormal, Kain parecia... Kain. O que explicava por que nenhum dos outros meios-sangues havia percebido sua mudança. Não havia indícios de que algo estava terrivelmente errado. Bom, a não ser pelos cadáveres atrás da cortina.

Recorri ao que parecia um monitor cardíaco e taquei na cabeça de Kain. Não cheguei a me surpreender quando ele se defendeu tranquilamente.

Kain soltou outra risada doentia.

— Não consegue fazer melhor do que isso? Esqueceu nossos treinos? A facilidade com que eu arrancava o melhor de você?

Procurei não deixar que a recordação me afetasse, mas achei melhor mantê-lo falando enquanto pensava no que fazer.

— Como é possível? Você é meio-sangue.

Ele assentiu e mudou a adaga de mão.

— Não prestou atenção? Já falei. Eles nos sugam devagar e, pelos deuses, como dói. Quis morrer mil vezes, mas não morri. E agora estou melhor do que nunca. Mais rápido. Mais forte. Você não consegue me encarar. Ninguém consegue. — Kain ergueu a adaga e a movimentou para a frente e para trás. — A alimentação é demorada, mas vale a pena.

Olhei por cima do ombro dele. Havia uma pequena chance de chegar até a porta. Eu era rápida e não estava muito machucada.

— Deve... ser horrível.

Ele deu de ombros e, por um momento, pareceu o antigo Kain, tanto que perdi o ar.

— A gente se acostuma, quando tem fome.

Bom saber. Fui um pouco para a esquerda.

— Vi sua mãe.

Meu instinto me dizia para não ouvir.

— Vocês... conversaram?

— Ela parecia frenética, matando e gostando de matar. Foi quem me transformou. — Kain lambeu os lábios. — E está vindo atrás de você, sabia?

— Onde ela está?

Não achei que ele fosse responder.

— Se deixasse a segurança do Covenant, encontraria ela... ou ela te encontraria. Mas sei que isso não vai acontecer.

— Não vai? — sussurrei, embora já soubesse.

Não era idiota. Minha mãe não teria chance de obter meu éter, porque Kain ia me retalhar e me sugar primeiro.

— Sabe a única coisa ruim em ser um daímôn? Estou sempre morto de fome. Mas você... tenho certeza que vai ser melhor do que qualquer outra coisa. Que bom que veio aqui. Que bom que confiou em mim. — Ele baixou os olhos azuis para o meu pescoço, onde uma veia pulsava freneticamente. — Sua mãe vai continuar matando até te encontrar, ou até você morrer. E você vai morrer.

Era minha deixa para tentar. Corri o mais rápido possível, porém não adiantou. Kain bloqueou minha única rota de fuga. Sem outra opção além de lutar, eu me preparei, desarmada e consciente de que ele era mais habilidoso do que eu.

Seus lábios vermelhos intensos se curvaram.

— Vai mesmo tentar?

Procurei imprimir tanta coragem à minha voz quanto possível:

— Você vai?

Dessa vez, quando ele me agarrou, dei um chute e segurei a mão da adaga. Ela voou e caiu com estardalhaço no chão. Antes que eu pudesse comemorar a pequena vitória, ele arriscou um soco, aparentemente recordando como eu era ruim em me defender. Acertou minha barriga com tudo, e eu fui obrigada a me curvar.

Uma rajada de ar fez meu cabelo esvoaçar e tive apenas um segundo para me endireitar. Estava perdida, não tinha dúvida. No entanto, quando levantei a cabeça, não era Kain na minha frente.

Era Aiden.

Ele não disse nada. De alguma maneira, simplesmente *sabia*, e fez com que eu recuasse, me afastando do daímôn. A atenção de Kain se concentrou em Aiden. Soltou um uivo, assustadoramente parecido com o do daímôn da Geórgia. Os dois ficaram se rodeando. Com Kain sem arma, Aiden tinha a vantagem. Trocaram golpes violentos, porque não eram mais parceiros e sim inimigos mortais. Então Aiden avançou. E cravou a adaga de titânio na barriga de Kain.

O impossível aconteceu: Kain não caiu.

Quando Aiden recuou, consegui ver a expressão sobressaltada de Kain. Ele baixou os olhos para a ferida aberta e começou a rir. Deveria tê-lo matado, mas me dei conta de que ainda tínhamos muito a aprender sobre daímônes meios-sangues.

Por exemplo: eles eram imunes a titânio.

Aiden deu um chute. Kain se defendeu com um chute giratório. Uma máquina foi atirada contra a parede. Fiquei assistindo aos dois, estática. Tinha que me mexer. Fiz menção de pegar a adaga no chão.

— Volta pra lá! — Aiden gritou quando meus dedos se fecharam em volta do titânio frio.

Quando levantei a cabeça, vi os reforços chegando. E o Apôlion.

A voz de Seth soou como um trovão em meio ao caos:

— Se afasta!

Aiden saltou sobre mim, me levando para mais perto da parede e me protegeu com seu corpo. Mantive as mãos em seu peito. Virei a cabeça e vi Seth se colocando diante dos sentinelas, com o braço estendido.

Segundos depois, algo que eu só poderia descrever como um raio saiu de sua mão. A luz azul intensa e brilhante obscureceu o cômodo. Akasha, o quinto e último elemento. Apenas os deuses e o Apôlion podiam manipulá-lo.

— Não olha — Aiden sussurrou.

Pressionei o rosto contra o peito dele ao som crepitante do elemento mais poderoso conhecido pelos hêmatois. Os berros horripilantes de Kain, ao ser alvo de akasha, foram mais altos, no entanto. Estremeci, me encolhendo ainda mais em Aiden. Nunca esqueceria aqueles sons.

Aiden me abraçou com força até que os gritos agonizantes parassem e o corpo de Kain tombasse no chão, depois se afastou. As pontas dos dedos dele roçaram meus lábios cortados e inchados. Por um breve segundo, seus olhos se mantiveram fixos nos meus. Tanta coisa em um único olhar. Dor. Alívio. Fúria.

As pessoas entraram correndo, de uma vez só. Em meio ao caos, Aiden conferiu rapidamente como eu estava antes de me entregar a Seth.

— Tira Alexandria daqui.

Passei pelos sentinelas acompanhada de Seth enquanto Aiden voltava sua atenção ao corpo caído. Do lado de fora, vimos Marcus e outros guardas. Ele olhou rapidamente para nós. Seth me conduziu em silêncio até chegarmos a um cômodo no fim do corredor.

Ele fechou a porta atrás de si e se aproximou lentamente de mim.

— Você está bem?

Com a respiração pesada, recostei na parede mais distante de Seth. Ele estreitou os olhos olhando para mim.

— Alex?

Em questão de horas, tudo havia mudado. Nosso mundo — *meu mundo* — não era mais o mesmo. Era demais. Minha mãe, a maluquice com Seth, a noite anterior com Aiden e agora aquilo? Perdi as forças. Deixei o corpo escorregar apoiado à parede e me sentei com os joelhos junto ao peito. Então soltei uma risada.

— Levanta, Alex. — A voz de Seth permanecia musical, ainda que tensa. — É bastante coisa pra absorver, eu sei, mas você precisa segurar a onda. Eles vão chegar logo. E vão querer respostas. Kain estava normal até ontem à noite, ou tão normal quanto possível. Agora ele é um daímôn. Vão querer saber como isso aconteceu.

Kain já era um daímôn na noite anterior, porém ninguém sabia. Ninguém teria como saber. Fiquei olhando para Seth, confusa. O que ele queria que eu dissesse? Que estava bem?

Seth se agachou diante de mim e tentou de novo:

— Alex, você não pode deixar que te vejam assim. Está entendendo? Não pode deixar que os outros sentinelas ou seu tio te vejam assim.

E importava? As regras haviam mudado. Seth não podia estar presente sempre. Sairíamos dali e acabaríamos morrendo. Pior ainda: podíamos ser transformados. Eu podia ser transformada. Igual a minha mãe. O pensamento me fez recobrar a sanidade por um instante. Para que eu serviria se perdesse a cabeça? E quanto à minha mãe? Quem ia consertar aquilo, quem ia dar um fim ao que ela havia se tornado?

Seth olhou por cima do ombro, na direção da porta.

— Você está começando a me preocupar, Alex. Por que não me xinga ou algo do tipo?

Um sorriso fraco surgiu em meus lábios.

— Você é ainda mais bizarro do que eu imaginava.

Seth riu, parecendo aliviado, porém só podiam ser meus ouvidos me pregando uma peça.

— Você é tão bizarra quanto eu. O que me diz agora?

Estremeci e segurei os joelhos com mais força.

— Odeio você.

— Não pode me odiar, Alex. Você nem me conhece.

— Não importa. Odeio o que você significa pra mim. Odeio não ter controle. Odeio que todo mundo mentiu pra mim. — Endireitei as pernas, sem conseguir parar de falar. — E odeio o que *isso* significa. Os sentinelas vão morrer lá fora, um depois do outro. Odeio ainda pensar na minha mãe... como minha *mãe*.

Seth se inclinou para a frente e segurou meu queixo. O choque do toque não foi tão intenso quanto antes, porém a bizarra transferência de energia ainda era perceptível.

— Então aproveita esse ódio pra fazer alguma coisa, Alex. Usa esse ódio. Não fica só sentada aí, como se não houvesse esperança pra eles... e pra gente.

Pra gente? Ele estava falando de todos como nós ou de mim e dele?

— Você viu o que posso fazer. E logo vai ser capaz de fazer o mesmo. Juntos, podemos impedi-los. Sem você, não podemos. Preciso que seja forte, droga. De que vai me servir se for relegada à servidão porque não consegue lidar com isso?

Bom... acho que aquilo respondia à minha pergunta. Afastei a mão de Seth com um tapa.

— Sai de cima de mim.

Ele se inclinou ficando ainda mais perto.

— O que você vai fazer a respeito?

Olhei feio para Seth.

— Vou te dar um chute na cara. Não estou nem aí se você é capaz de lançar raios ou não.

— Por que isso não me surpreende? Talvez tenha a ver com o fato de saber que não vou te machucar... que não posso te machucar.

— Talvez.

Eu não tinha certeza. Vinte e quatro horas antes, ele havia me arrastado por toda a ilha.

— Isso não parece justo.

— Nada nesse lance é justo. — Enfiei o indicador em seu peito. — Quem está no controle é você.

Seth soltou um som exasperado, então segurou minha cabeça nas mãos.

— *Você* está no controle. Não entendeu?

Agarrei seus pulsos, irritada.

— Me solta.

Com um movimento dos punhos, Seth conseguiu pegar minhas mãos nas suas. Seus olhos cor de âmbar brilharam como se aceitasse o desafio. Após um momento, Seth me soltou e endireitou o corpo.

— Muito bem, essa é a postura que eu conheço e desprezo.

Mostrei o dedo do meio para ele, porém de alguma maneira ele havia conseguido me atingir. Não que eu fosse admitir, claro. Nunca.

Seth pegou uma toalha de uma prateleira, umedeceu-a e a jogou para mim.

— Se limpa. — Ele abriu um sorrisinho travesso. — Meu Apôlion em treinamento não pode se apresentar nesse estado.

Meus dedos se fecharam em torno da toalha.

— Diga mais uma idiotice dessas e vou te matar enquanto dorme.

Suas sobrancelhas douradas se ergueram.

— Você está sugerindo que vamos dormir juntos?

Baixei a toalha, surpresa com ele ter chegado àquela conclusão.

— Quê? Não!

— Como me mataria enquanto eu durmo se não estiver na cama comigo? — Ele abriu um sorriso malicioso. — Pense a respeito.

— Ah, cale a boca!

Seth deu de ombros e olhou para a porta.

— Eles estão chegando.

Fiquei meio curiosa quanto a como Seth sabia daquilo. Enquanto passava a toalha úmida sob o lábio inchado, a porta se abriu. Marcus foi o primeiro a entrar, depois Aiden. Ele me olhou, outra vez me verificando de

247

alto a baixo. Sua expressão sugeria que queria se aproximar, porém era impossível, com a presença de Marcus e de meia dúzia de sentinelas. Reprimi a vontade de me jogar em seus braços e voltei minha atenção para meu tio.

Marcus me encarou.

— Preciso saber exatamente o que aconteceu.

Contei a meu tio tudo o que recordava. Ele permaneceu impassível durante meu relato, depois fez algumas perguntas. Quando acabou, eu só queria voltar para o meu quarto.

Reviver o que havia acontecido com Kain me esgotou.

Marcus me dispensou, e eu me levantei enquanto ele dava ordens a Leon e Aiden.

— Alertem os outros Covenants. Eu cuidarei do conselho.

Aiden me seguiu até o corredor.

— Não pedi especificamente que você não fizesse nenhuma idiotice? Estremeci.

— É, mas eu não sabia... não sabia que Kain estaria daquele jeito.

Aiden balançou a cabeça e passou uma mão pelo cabelo, então me fez uma pergunta que ninguém mais havia feito:

— Ele disse alguma coisa sobre sua mãe?

— Disse que ela o matou. — Inspirei fundo. — Que gostou de matar.

Seus olhos frios foram tomados de compaixão.

— Sinto muito, Alex. Sei que você torcia para que não fosse o caso. Como está?

Eu estava mal, porém queria me mostrar forte a ele.

— Bem.

Aiden pressionou um lábio contra o outro.

— Depois conversamos, pode ser? Aviso quando der para treinar. Os próximos dias vão ser meio caóticos.

— Aiden... Kain disse que ela está procurando por mim. Que veio atrás de mim.

Devia ter transmitido algo em minha voz, porque Aiden se colocou imediatamente à minha frente e levou a mão à minha bochecha. Quando falou, foi com uma voz tão firme que acreditei em cada palavra:

— Não vou permitir que isso aconteça. Nunca. Você nunca vai ficar frente a frente com ela.

Engoli em seco. A proximidade e o toque evocavam tantas lembranças que precisei de um momento para responder.

— Mas, se a encontrasse, eu daria conta.

— Kain disse mais alguma coisa sobre ela?

Sua mãe vai continuar matando até encontrar você...

— Não.

Balancei a cabeça, enquanto a culpa abria um buraco em minha alma.

Ele levou a mão ao peito e esfregou um pouco acima do coração.

— Você vai fazer outra idiotice.

Ofereci um sorriso fraco em resposta.

— Bom, eu faço pelo menos uma por dia.

Aiden ergueu a sobrancelha, como se achasse graça.

—Não foi isso que eu quis dizer.

— E o que foi que você quis dizer?

Ele balançou a cabeça.

— Nada. Falamos em breve.

Quando estava voltando para o quarto, Aiden passou por Seth. Por um momento, a expressão de ambos se tornou pétrea. Talvez houvesse um respeito mútuo ali, porém também havia uma antipatia recíproca.

Antes que Seth pudesse me impedir, fui embora. Quando cheguei ao dormitório feminino, havia várias alunas na varanda. As notícias corriam, mesmo tão cedo. O mais chocante, no entanto, foi que Lea se encontrava entre elas.

Vê-la me provocou uma pontada no coração. Ela estava péssima, para seus padrões — ou seja, parecia com o restante de nós em um bom dia. Eu não sabia o que dizer. Não éramos amigas, porém Lea passava por algo que me era inimaginável.

O que eu poderia falar? Nenhum pedido de desculpa, nenhuma expressão de condolências tornariam as coisas melhores para ela. Quando me aproximei, no entanto, reparei na vermelhidão em seus olhos, em seus lábios normalmente volumosos agora finos, no ar de desolação. Aquilo me lembrou de como eu me senti quando pensei que minha mãe havia morrido. Só que multiplicado por dois, no caso de Lea.

Nossos olhos se encontraram. Um pedido de desculpa patético saiu de meus lábios.

— Sinto muito... por tudo.

Surpreendentemente, Lea assentiu e entrou. Entrei também, desejando que tivesse me xingado ou tirado sarro da minha cara. Qualquer coisa teria sido melhor. Cansada e dolorida, passei por um grupo de meninas no corredor. Ouvi seus sussurros, que não mentiam. Minha mãe era mesmo uma daímôn assassina.

Quando cheguei ao quarto, desabei. Sem trocar de roupa, dormi o tipo de sono que só acontece depois de encarar algo que pode mudar a sua vida. Antes de perder a lucidez por completo, no entanto, eu me dei conta de que Seth e eu havíamos nos tocado na enfermaria sem que o cordão azul surgisse.

Aiden me mandou um bilhete no dia seguinte dizendo que não haveria treino e sem mencionar quando faria novo contato. Com o passar das horas, uma preocupação incômoda cresceu em mim: Aiden estava arrependido do que havia acontecido entre nós? Ainda me desejava? Voltaríamos a nos falar?

Minhas prioridades estavam erradas, mas eu não podia evitar. Desde que acordei, tudo em que conseguia pensar era no que quase havia acontecido entre nós. E, só de pensar nisso, subia um calor pelo meu corpo e eu me sentia envergonhada.

Fiquei olhando para o livro grosso que Aiden me emprestou. Eu o havia deixado no chão, ao lado do sofá. Uma ideia me veio. Eu podia devolver o livro — tinha um motivo inocente para procurá-lo. Antes que percebesse, já estava convencida. Peguei o livro e abri a porta com vontade.

Me deparei com Caleb com a mão erguida, como se estivesse prestes a bater, e uma pizza na outra.

— Opa!

Ele deu um passo para trás, assustado.

— Oi. — Falei, sem conseguir encará-lo.

Caleb baixou a mão. O ressentimento relacionado à nossa quase briga era palpável.

— Então... você anda interessada em mitos gregos?

— Hum... — Baixei os olhos para o livro. — É, um pouco.

Caleb mordeu o lábio, um hábito nervoso que tinha desde a infância.

— Soube do que aconteceu. E... seu rosto meio que diz tudo.

Levei os dedos automaticamente ao lábio cortado.

— Vim ver se você está bem.

Assenti.

— Estou.

— Bom... eu trouxe comida. — Ele me mostrou a pizza, com um sorriso no rosto. — E vou acabar sendo pego se você não sair comigo ou me deixar entrar.

— Beleza.

Deixei o livro no chão e saí com ele.

A caminho do pátio, puxei um assunto mais seguro.

— Vi Lea ontem de manhã.

Ele assentiu.

— Ela chegou tarde anteontem. E está bem pra baixo. Mesmo sendo uma escrota, sinto pena dela.

— Vocês conversaram?

Caleb fez que sim.

— Lea está se segurando. Não sei se a ficha caiu totalmente, sabe?

Eu sabia, mais do que ele, provavelmente. Encontramos uma sombra debaixo de algumas oliveiras e nos sentamos. Abri a pizza e fiz uma caretinha com as fatias de pepperoni.

— Alex, o que aconteceu com Kain? — Caleb perguntou, sua voz agora em sussurro. — Estão todos dizendo que ele se transformou em um daímôn, mas não pode ser, pode?

Tirei os olhos da comida.

— Ele virou um daímôn.

O sol que passava por entre os galhos fez algumas mechas do cabelo de Caleb parecerem ainda mais douradas.

— Como isso passou despercebido pelos sentinelas?

— Ele parecia normal. Seus olhos estavam normais, seus dentes estavam normais... — Eu me recostei no tronco da árvore e cruzei os tornozelos. — Não dava pra saber. Eu só soube quando... vi os puros.

Uma imagem que nunca me esqueceria.

Caleb engoliu em seco, olhando para sua pizza.

— Mais velórios... — ele murmurou. Então prosseguiu, falando mais alto: — Não consigo nem acreditar. Nunca houve um meio-sangue daímôn. Como é possível?

Contei a Caleb o que Kain havia dito, porque não via motivo para guardar segredo. A reação dele foi típica: pesada e profunda. Cair em batalha sempre significou a morte para nós. Nunca precisamos considerar essa alternativa.

Sua testa se franziu.

— E se Kain não foi o primeiro? E se aconteceu com outros, e a gente só não sabia?

Ficamos nos olhando por um momento. Engoli em seco e devolvi meu pedaço de pizza ao prato.

— Então demos o azar de nos formar na pior época possível, hein?

Rimos... de nervoso. Então retornei à minha pizza, pensando no que mais havia acontecido. Imagens de Aiden sem camisa voltaram à minha mente. O modo como me olhou, como me beijou. Até que seu toque foi lentamente substituído por Seth e o cordão azul.

— No que está pensando? — Quando não respondi, Caleb se aproximou e insistiu: — O que você sabe? Está com aquela cara... que nem quando tínhamos treze anos e pegou Lethos e Michaels se pegando no depósito!

— Eca! — Meu rosto se contorceu todo com a lembrança. Caleb não devia ter me lembrado daquilo. — Nada. Eu só estava pensando... em tudo o que aconteceu. Os últimos dias foram longos.

— Tudo mudou.

Olhei para Caleb, triste por ele.

— É.

— Vão ter que mudar nosso treinamento. — Ele prosseguiu, possivelmente, com a voz mais suave que eu o ouvi usar. — Daímônes sempre tiveram força e velocidade, mas agora vamos lutar contra meios-sangues treinados igualzinho a nós. Vão conhecer nossas técnicas, nossos movimentos... tudo.

— Vários de nós vão morrer lá fora. Mais do que nunca.

— Mas temos o Apôlion. — A mão de Caleb apertou a minha. — É um motivo pra você gostar de Seth. Ele vai salvar a nossa pele.

A vontade de contar tudo a Caleb quase me dominou, mas desviei o rosto e me concentrei em olhar para um arbusto florido que exalava um perfume amargo. Eu não conseguia lembrar como chamavam as flores. O que a vovó Piperi havia dito sobre elas? Que eram como os beijos daqueles que caminham entre os deuses?

Quando me virei para Caleb, constatei que não estávamos mais sozinhos. Ele abraçava a cintura de Olivia, ao seu lado. Caleb contou o que havia acontecido, mas não agiu como um idiota apaixonado, o que era bom. Depois, Olivia se sentou e me olhou com pena. Eu não havia me demorado diante de um espelho, porém meu rosto devia estar bem zoado.

Caleb disse algo engraçado, que fez Olivia rir. Eu também ri, mas ele me olhou como se soubesse que não era uma risada sincera. Procurei me incluir na conversa, mas não consegui. Passamos o resto do dia tentando esquecer. Caleb e Olivia se concentravam em qualquer coisa que não fosse a dura realidade de que meios-sangues podiam ser transformados em daímônes. Já eu procurava esquecer aquilo e todo o resto.

Quando o sol se pôs, voltamos aos dormitórios e combinamos de nos encontrar no almoço do dia seguinte. Olivia entrou, mas Caleb me segurou antes que eu subisse os degraus da varanda.

— Sei que você está passando por poucas e boas, Alex. E daqui a duas semanas, as aulas vão começar. É muito estresse. Sinto muito pelo que aconteceu aquela noite no Zarak.

Em duas semanas, as aulas iam começar? Droga, eu nem tinha me dado conta!

— Eu que deveria me desculpar — falei, e fui sincera. — Desculpe ter sido uma vaca.

Ele riu e me deu um abraço rápido. Quando se afastou, não sorria mais.

— Tem certeza de que você está bem?

— Tenho. — Quando ele já se virava para ir embora, eu o chamei. — Caleb?

Ele parou e ficou esperando que eu falasse.

— Minha mãe matou mesmo em Lake Lure. Foi ela que transformou Kain.

— Eu... sinto muito. — Caleb deu um passo à frente, com as mãos erguidas, que depois caíram ao lado do corpo. — Ela não é mais sua mãe. Não foi sua mãe.

— Eu sei. — Minha mãe não gostava nem de matar insetos. Nunca machucaria uma pessoa. — Kain disse que ela vai continuar matando até me encontrar.

Caleb pareceu nem saber o que dizer.

— Alex, ela vai continuar matando de qualquer maneira. Sei que vai ser difícil ouvir, mas os sentinelas vão dar um jeito nela.

Assenti, mexendo na barra da camiseta.

— Deveria ser eu a dar um jeito nela. É minha mãe.

Caleb franziu a testa.

— Deveria ser qualquer pessoa *menos* você, porque era sua mãe. Eu... — Seu rosto relaxou. Ele ficou só olhando para mim. — Alex, você não iria atrás dela, não é?

— Não! — Eu me forcei a rir. — Não sou maluca.

Caleb continuou me encarando.

— Eu nem saberia onde procurar — disse, porém as palavras de Kain se repetiram em minha mente: *Se deixasse a segurança do Covenant, encontraria sua mãe... ou ela te encontraria.*

— Por que não vem um pouco no meu quarto? Podemos ver uns filmes. Ou podemos entrar escondidos no refeitório pra pegar comida. O que acha? Seria divertido.

Seria, mas...

— Não. Estou cansada demais, Caleb. Os últimos dias foram...

— Péssimos?

— É, os últimos dias foram péssimos. A gente se vê no café? Duvido que vá ter treino.

— Tá bom. — Caleb ainda parecia preocupado. — Se mudar de ideia, sabe onde me encontrar.

Fiz que sim e entrei no dormitório feminino. Outro envelope branco estava ali. Quando reconheci a caligrafia de Lucian, não pude evitar sentir certa decepção. Nenhuma notícia de Aiden.

— Deuses. — Abri o envelope e logo deixei o bilhete de lado, sem ler. Eu estava juntando uma bela grana. Havia trezentos dólares no envelope, que eu guardei com o restante. Assim que as coisas se acalmassem, eu ia fazer umas comprinhas.

Vesti calça de pijama e regata, peguei o livro de lendas gregas e fui para a cama. Abri na parte que falava do Apôlion, li e reli em busca de informações sobre o que ia acontecer quando fizesse dezoito anos. No entanto, o livro não me revelou nada que eu já não soubesse. Mesmo não sabendo muita coisa.

Devo ter caído no sono, porque quando percebi estava olhando para o teto do quarto escuro. Eu me sentei e afastei o cabelo emaranhado do rosto. Desorientada e ainda sonada, procurei me lembrar com o que havia sonhado.

Minha mãe.

No sonho, estávamos no zoológico, como quando eu era pequena. Só que eu já era mais velha, e minha mãe... minha mãe estava matando os animais, cortando suas gargantas e rindo. Fiquei o tempo todo a seu lado, apenas observando. Não tentei pará-la em nenhum momento.

Fiquei sentada na beirada da cama, balançando as pernas, enquanto minhas entranhas se reviravam. *Sua mãe vai continuar matando até te encontrar.* Eu me levantei, sentindo as pernas estranhamente fracas. Teria sido por isso que Kain retornou?

Minha mãe de alguma forma sabia que eu ia procurá-la e queria que ele me entregasse a mensagem?

Não. Impossível. Kain tinha retornado ao Covenant, porque era...

Por que ele tinha retornado ao Covenant, um lugar cheio de gente pronta para matá-lo? Outra lembrança me veio, mais forte que as restantes. De Aiden e eu diante dos bonecos na sala de treino.

Eu havia perguntado o que ele faria se seus pais tivessem sido transformados.

Eu caçaria os dois. Eles não iam querer aquele tipo de vida.

Fechei os olhos com força.

Minha mãe ia preferir morrer a se tornar um monstro que se alimentava de criaturas vivas. E, no momento, ela estava lá fora, caçando, matando, aguardando. De repente, eu estava à frente do guarda-roupa, meus dedos pairando sobre o uniforme do Covenant.

Então vou encontrar e matar minha mãe. Minhas próprias palavras arderam em minha mente. Eu não tinha dúvida quanto ao que precisava ser feito. Era imprudente, uma loucura, uma idiotice, porém um plano tomou forma. Uma determinação fria e firme tomou conta de mim. Parei de pensar.

E comecei a agir.

Era cedo, cedo demais para alguém estar perambulando pelo Covenant. Apenas os guardas de serviço se moviam sob o luar. Chegar ao depósito atrás das salas de treino não foi tão difícil quanto eu imaginava. Os guardas estavam mais preocupados com possíveis fragilidades no perímetro. Lá dentro, encontrei um uniforme que servisse e o vesti, com o coração batendo forte e rápido. Não precisava de um espelho para confirmar — eu sempre soube que o uniforme de sentinela me cairia bem. Preto me caía muito bem.

Os hêmatois usavam o elemento terra para encantar os uniformes de modo que os mortais não desconfiassem que se tratava de uma organização paramilitar. Tudo o que o mortal via era uma calça jeans velha e uma camiseta, enquanto que, para um meio, o uniforme indicava a mais alta posição a que podia aspirar. Apenas os melhores o usavam.

Havia uma boa chance dessa ser a primeira e a última vez que eu o usasse. Se eu conseguisse voltar... provavelmente seria expulsa. Se não conseguisse... bom, eu não queria pensar a respeito.

Você vai fazer outra idiotice. Tropecei quando pensei no que Aiden havia dito. É. Aquilo era muita idiotice mesmo. Como ele sabia? Senti um aperto no coração. Aiden sempre sabia o que eu estava pensando. Não precisava de um cordão azul ou ser o oráculo para me conhecer. Simplesmente conhecia.

Mas eu não podia pensar em Aiden ou no que faria se descobrisse o que eu estava tramando. Peguei um quepe na prateleira de cima e vesti, escondendo o cabelo dentro dele e deixando-o bem baixo para que escondesse meu rosto.

Então voltei a atenção para a sala de armas, onde ficavam guardados revólveres, facas e tudo capaz de apunhalar ou decapitar. Por mais doentio que parecesse, eu estava meio entusiasmada por estar ali. Não tinha certeza do que dizia a meu respeito, mas para uma meio-sangue era normal matar, assim como para um daímôn. Nem nós nem eles conseguíamos escapar disso — os puros sim.

Escolhi duas adagas. Guardei uma na minha coxa direita e a outra, que passou de quinze centímetros a cinco apertando um botãozinho no punho, no bolso da calça. Depois peguei um revólver e me certifiquei de que estava carregado.

As balas eram revestidas de titânio. Ou seja, mortais.

Olhando uma última vez para aquela sala de desmembramento e morte, soltei um suspiro e fiz o que tanto Caleb quanto Aiden temiam: deixei a segurança do Covenant.

18

Caramba! O disfarce funcionou.

Eu me mantive na sombra a maior parte do tempo, me recusando a pensar em minhas ações. Quando cruzei a primeira ponte, os guardas apenas assentiram para mim. Um até assoviou, claramente me confundindo com outra pessoa.

Enquanto vagava pelas ruas vazias da ilha principal, pensei nos dois daímônes que havia matado. Eu fiz aquilo. E com minha mãe não seria diferente.

Ela não seria diferente.

Sendo uma jovem daímôn, seria rápida e forte, mas ela nunca passou por um treinamento sério. Nada próximo do treinamento pelo qual eu tinha passado. Eu seria mais rápida e mais forte. Aiden havia deixado claro que daímônes recém-transformados se preocupavam com uma única coisa: sugar. Com três meses, minha mãe não passava de uma bebê, uma novata.

Eu só precisava acabar com ela enquanto ainda se parecia com uma daímôn, antes que a magia elementar se assentasse e ela voltasse a parecer... minha mãe.

Foi um pouco mais difícil atravessar a ponte principal, porém, felizmente aqueles guardas não tinham muito contato com alunos. Eles não me reconheceram, mas queriam conversar. Isso me atrasou o suficiente para abalar a minha confiança.

— Retorne em segurança, sentinela — um deles disse afinal e abriu passagem.

Sentinela. Era o que eu sempre tinha sonhado me tornar, assumindo o dever de lidar com daímônes, em vez de proteger puros ou suas comunidades.

De novo, procurei me manter na sombra enquanto abria caminho em meio aos barcos de pesca e de passeio. Os habitantes da ilha Bald Head estavam acostumados às pessoas "bastante reservadas" da ilha Divindade, porém identificavam algo de diferente em nós. Não sabiam o que exatamente os fazia recuar ao mesmo tempo que desejavam se aproximar.

Meus três anos vivendo entre os mortais foram uma experiência bem estranha. Os adolescentes queriam se aproximar de mim, mas seus pais diziam que eu era "uma *daquelas* crianças" de quem eles precisavam manter distância. O que quer que aquilo significasse.

Eu me perguntava o que aqueles pais pensariam se soubessem o que eu era — praticamente uma máquina de matar. Seu instinto de manter os filhos distantes de mim provavelmente estava certo.

Quando me afastei da zona portuária, procurei andar junto às paredes. Não sabia aonde ir, mas tinha a sensação de que não seria muito longe. E estava certa. Uns dez minutos após chegar ao que chamava carinhosamente de "mundo normal", ouvi passos atrás de mim. Eu me virei já apontando a arma para meu suposto agressor.

— Caleb? — Falei, sentindo algo entre descrença e alívio.

Ele estava alguns passos atrás de mim, com os olhos azuis arregalados e os braços erguidos. Usava calça de pijama, camiseta branca e chinelo.

— Abaixe a arma! — Caleb sibilou. — Deuses. Você vai acabar atirando em alguém sem querer.

Obedeci, então o puxei pelo braço até um beco.

— O que está fazendo aqui? Ficou maluco?

— Eu poderia te fazer a mesma pergunta. — Caleb olhou feio para mim. — Segui você, óbvio.

Balancei a cabeça e guardei a arma na cintura da calça. Tinha me esquecido de pegar o coldre.

— Você precisa voltar ao Covenant. Agora. Droga, Caleb! O que deu em você?

— O que deu em *você*? — ele rebateu, de cara feia. — Sabia que ia fazer alguma idiotice. Nem consegui dormir. Fiquei sentado na janela, esperando. Aí te vi atravessando o pátio escondida.

— E como foi que você passou pelos guardas usando esse pijama do Super Mario?

Caleb baixou os olhos para a roupa em questão e deu de ombros.

— Tenho meus truques.

— Seus truques? — Eu não tinha tempo para aquilo. Me afastei e apontei para a ponte. — Você precisa voltar.

Caleb cruzou os braços, teimoso.

— Não sem você.

— Ah, pelo amor dos deuses! — Perdi a paciência. — Não posso com isso agora. Você não entende.

— Nem vem com essa história. Não se trata de entender. Você vai acabar morta, Alex! É suicídio. Não é um ato de coragem. Não é inteligente. Não é seu dever, ou uma questão de culpa equivocada...

Ele voltou a arregalar os olhos quando *algo* aterrissou a alguns passos de mim. Virei. Caleb pegou uma adaga da minha calça enquanto eu sacava o revólver.

Era ela.

Bem ali, no meio do beco. Era ela... só que não era. Seu cabelo preto comprido caía em ondas suaves, emoldurando sua face pavorosamente pálida, as maçãs do rosto pronunciadas, os lábios familiares. No entanto, onde seus olhos deveriam estar, havia apenas trevas. Veias escuras cobriam suas bochechas. Se ela sorrisse, uma fileira de dentes feios e afiados se revelaria.

Era minha mãe... uma daímôn.

O choque em vê-la, em ver seu belo e adorado rosto distorcido em uma máscara grotesca, fez meu braço fraquejar, meu dedo estremecer sobre o gatilho. Era ela... e não era.

Eu sabia que, dessa distância, ela não teria como se defender de um tiro no peito. O revólver com um cartucho completo de balas de titânio me dava vantagem. Eu poderia acabar com ela ali mesmo e seria o fim de toda aquela história.

Ela não se moveu. Nem um centímetro.

E agora parecia minha mãe. A magia elementar encobriu o daímôn nela, seus olhos brilhantes, cor de esmeralda, focaram em mim. Seu rosto continuava pálido, porém as veias escuras haviam sumido. Estava igual à noite anterior à sua transformação. Sorriu para mim.

— Lexie — murmurou, e eu ouvi alto e claro. Era a voz dela. Ouvi-la fez coisas terríveis e maravilhosas comigo.

Estava linda, deslumbrante e viva, fosse daímôn ou não.

— Alex! Anda! An... — Caleb gritou.

Uma olhada rápida para trás confirmou que minha mãe não estava só. Um daímôn de cabelo escuro agora tinha uma mão no pescoço de Caleb. Pelo momento, não ia matá-lo ou mesmo marcá-lo. Apenas o segurava.

— Olha para mim, Lexie.

Incapaz de negar o som da sua voz, virei em sua direção. Ela estava perto, perto o bastante para uma bala fazer um belo buraco em seu peito. Perto o bastante para eu sentir o cheirinho de baunilha de seu perfume preferido.

Passei os olhos por seu rosto, por cada ruga que eu conhecia e amava. Quando a encarei, recordei as coisas mais estranhas. Vieram lembranças de nossos verões juntas, do dia em que ela me levou ao zoológico e contou o nome do meu pai, de sua expressão quando me disse que precisávamos deixar o Covenant, de seu corpo estirado no chão de seu quarto.

Hesitei. Não conseguia respirar. Aquela era minha mãe, *minha mãe!* Ela havia me criado, me tratado como se eu fosse a coisa mais preciosa do mundo. E eu fui tudo para ela, sua razão de viver. Não consegui me mover.

Anda! Ela não é mais sua mãe! Meu braço tremia. *Atira! Anda!*

Soltei um grito de frustração e deixei o braço cair ao lado do corpo. Segundos se passaram, apenas segundos, porém me pareceu uma eternidade. Não era capaz.

Os lábios dela se curvaram em um sorriso convencido. Caleb soltou um grito atrás de mim, então a dor explodiu em minha têmpora. Caí na doce escuridão do esquecimento.

Acordei morrendo de dor de cabeça e com um gosto seco e amargo na boca. Precisei de alguns minutos para recordar o que havia acontecido. Uma mistura de horror e decepção me colocou de pé, em alerta, apesar da dor latejante descendo pela lateral do meu rosto. Apalpei a cabeça, com cuidado, e senti um calombo do tamanho de um ovo.

Atordoada, olhei em volta, para o cômodo prodigamente equipado. As paredes de toras de cedro, a cama grande com lençóis de cetim, a televisão de plasma, a mobília artesanal, tudo me parecia familiar. Era um dos quartos da cabana onde costumávamos nos hospedar, onde eu havia dormido meia dúzia de vezes. Havia um vaso com hibiscos roxos ao lado da cama. Eram os preferidos da minha mãe, que tinha um fraco por flores roxas.

O choque e o pavor tomaram conta de mim. Eu me lembrava daquele quarto. Deuses...

Aquilo não era bom. Nem um pouco.

Estava em Gatlinburg, no Tennessee, a mais de cinco horas do Covenant. Cinco horas. Pior ainda: não via sinal do Caleb. Eu me aproximei da porta sorrateiramente e tentei ouvir alguma coisa. Nada. Olhei para as portas de vidro que davam para o deque, mas não podia fugir. Precisava encontrar Caleb... se ainda estivesse vivo.

Procurei afastar aquela ideia. Caleb tinha que estar vivo. Precisava estar.

Meu revólver foi levado, claro, e Caleb ficou com a adaga. Eu não tinha nada no quarto para usar como arma. Se quebrasse alguma coisa, chamaria a atenção, e não tinha nada ali que pudesse se tornar letal. Se antes havia algum objeto com titânio, havia sido tirado.

Arrisquei a maçaneta e descobri que a porta não estava trancada. Eu a entreabri e olhei em volta. O sol nascia lá fora, espantando as sombras da sala de estar e da cozinha. Havia uma mesa redonda e grande no meio do cômodo, cercada por seis cadeiras iguais. Duas estavam afastadas, como se tivessem sido usadas. Várias garrafas de cerveja vazias cobriam a superfície de carvalho. Daímônes bebiam cerveja? Eu não fazia ideia. Notei dois sofás grandes e bonitos com um tecido marrom de aspecto refinado.

A televisão estava ligada, mas sem som. Era grande e estava afixada na parede. Fui até a mesa e peguei uma garrafa de cerveja. Não dava para matar um daímôn com aquilo, mas, pelo menos, era uma arma.

Um grito abafado chamou minha atenção para um quarto mais ao fundo. Se eu recordava bem, havia mais dois quartos, outra sala de estar e uma sala de jogos. Todas as portas estavam fechadas. Congelei quando ouvi o som novamente, vindo do quarto maior. Segurei a garrafa com mais força e murmurei uma prece.

Não sabia para que deus rezava, porém torcia para que um deles me ouvisse. Chutei a porta. As dobradiças rangeram e cederam, a madeira ao redor da maçaneta se estilhaçou. A porta abriu. O pesadelo com que me deparei fez o ar travar na minha garganta. Caleb estava preso à cama. Tinha um daímôn loiro em cima dele, tapando sua boca com as mãos ásperas enquanto marcava seu braço. Os sons que o daímôn fazia enquanto sugava o sangue de Caleb, para chegar ao éter, me horrorizaram.

Meu grito de raiva fez o daímôn erguer a cabeça. Seus olhos vazios me atravessaram. Avancei, com a garrafa levantada. Não ia matá-lo, mas queria garantir que doesse.

Porém nem isso consegui.

Estava tão envolvida com o que o daímôn estava fazendo com Caleb que não verifiquei o quarto. Fui burra. Aquele era o tipo de coisa que o tempo longe do Covenant havia me custado. Eu só sabia agir e lutar. Não pensava.

Alguém me segurou por trás. Meu braço foi torcido até que eu derrubasse a garrafa no chão. As duas cadeiras afastadas da mesa me voltaram à mente. Eu deveria ter previsto. Me debater se provou inútil naquela posição, porém eu ainda conseguia chutar e continuei tentando me soltar. Aquilo só fez o daímôn usar mais força contra mim, até doer.

— Ora, ora, Daniel não vai matar seu amigo. — O daímôn disse em meu ouvido. — Ainda não.

Daniel sorriu, mostrando uma fileira de dentes manchados de sangue. Em um piscar de olhos, ele estava à minha frente, com a cabeça inclinada. Então o encanto assumiu, revelando as características puro-sangue. Daniel seria bonito, se não fosse o sangue escorrendo por seu queixo.

O corpo de Caleb estremecia a cada poucos segundos. Consequência de ter sido marcado, eu sabia. Seus braços nus revelavam não apenas uma, mas duas feridas. Furiosa, gritei para Daniel:

— Vou te matar!

Ele riu e passou as costas da mão pelo queixo.

— E eu vou adorar provar você. — Daniel me farejou, literalmente. — Quase consigo sentir seu gosto.

Dei um chute e acertei seu peito. Ele cambaleou para trás e trombou com a cama. Caleb grunhiu e tentou se sentar. Daniel o atingiu com tudo. Gritei, me debatendo como um animal com raiva, porém o daímôn me derrubou.

De repente, voei, embora ninguém tivesse me tocado. Atingi a parede com tanta força que o gesso rachou. Todos os ossos do meu corpo pareceram se quebrar. Fiquei ali, prensada contra a parede, mais de um metro acima do chão. O daímôn controlava o elemento ar — algo de que eu ainda não havia aprendido a me defender.

— Você precisa se comportar. Vocês dois aliás. — O outro daímôn estendeu a mão. Falava com um sotaque do sul e tinha a voz grave. Ele se aproximou de onde eu estava e deu uma batidinha no meu pé. Era o que acompanhou minha mãe no beco, de cabelo escuro. — A gente tem fome, sabia? E ter vocês aqui... bom, dá mais fome ainda. É como se queimássemos por dentro.

Tentei descolar da parede, mas não consegui me mexer.

— Fica longe dele!

O daímôn me ignorou e se aproximou do corpo imóvel de Caleb.

— Não somos daímônes jovens, mas com vocês... é mais difícil resistir à atração do éter. Só uma dose. É tudo o que queremos. — Ele desceu os dedos pelo rosto de Caleb. — Mas não podemos. Não antes que Rachelle retorne.

— Não encosta nele.

Eu mal reconhecia minha própria voz.

O daímôn voltou a olhar para mim e fez um gesto rápido. Caí de pé no chão, depois de joelhos. Me esforcei para me levantar, ignorando o desconforto. Com o único pensamento de mantê-lo longe de Caleb, avancei em sua direção. O daímôn de cabelo escuro balançou a cabeça e ergueu o braço. Meu corpo foi arremessado contra a parede, fazendo vários quadros pendurados caírem. Aquilo... aquilo era muito diferente dos meus treinos.

Não consegui me levantar.

Claramente irritado, o daímôn se afastou de Caleb. Quando ele veio na minha direção, gritei e golpeei. Ele segurou meu braço, depois o outro e me colocou de pé.

Me restavam apenas as pernas. Aiden sempre elogiou meus chutes e, com aquilo em mente, apoiei as costas na parede. Me apoiando também nos braços do daímôn, recolhi os joelhos junto ao peito e depois chutei.

Eu o acertei com tudo. A julgar por sua expressão sobressaltada, o daímôn não esperava. Ele caiu alguns passos para trás, e eu voltei ao chão.

Daniel disparou em minha direção, enfiou as mãos no meu cabelo e puxou minha cabeça para trás. Por um momento, fui acometida por um déjà-vu, porém, agora, Aiden não estava lá para me salvar. A cavalaria não estava chegando.

Enquanto Daniel me segurava, o daímôn de cabelo escuro voltou a aparecer à minha frente. Descansando as mãos nos joelhos e com um sorriso preguiçoso estampado no rosto, ele parecia prestes a iniciar uma discussão sobre o clima, tamanha sua casualidade.

— O que está acontecendo aqui?

Daniel me soltou ao ouvir a voz cortante e furiosa da minha mãe. Eu me coloquei de pé e me virei para ela. Não conseguia evitar a mistura de medo e amor que me acometia. Ela se encontrava à porta, avaliando os danos com um olhar crítico. Eu via apenas o encanto. Não enxergava sua verdadeira forma.

Estava ferrada.

— Eric? — Minha mãe chamou, virando a careta para o daímôn de cabelo escuro.

— Sua filha... não está feliz com a situação atual.

Não consegui tirar os olhos da minha mãe enquanto ela passava por cima de um pedaço de madeira quebrada.

— É melhor não haver nem um fio de cabelo faltando na cabeça da minha filha.

Eric olhou para Daniel.

— Não fizemos nada com o cabelo dela. Sua filha está bem. E o outro meio-sangue também.

— Ah, sim. — Minha mãe se virou para Caleb. — Eu lembro dele. É seu namorado, Lexie? Gentil da parte dele ter vindo junto. Estúpido, mas uma graça.

— Mãe — eu disse, e minha voz falhou.

Ela se virou para mim com um sorriso lindo.

— Lexie?

— Por favor... — Engoli em seco. — Por favor, deixa o Caleb ir.

Ela fez um muxoxo e balançou a cabeça.

— Não posso permitir isso.

Meu estômago se revirou.

— Por favor. Ele... Por favor.

— Não posso. Preciso dele. — Ela estendeu o braço e penteou meu cabelo para trás, como costumava fazer. Eu me encolhi, e ela franziu a testa. — Eu sabia que você viria. Te conheço. Sabia que a culpa e o medo iam te devorar. Não sabia que ele viria também, mas não estou brava. Viu? Ele vai ficar.

— Deixa o Caleb ir embora — insisti, com o queixo tremendo.

Ela levou a mão à minha bochecha.

— Não posso. Ele vai garantir que você coopere comigo. Se fizer tudo que eu mandar, ele vai sobreviver. Não vou deixar que o matem ou que o transformem.

Eu não era burra de acreditar. Havia um plano, provavelmente uma pegadinha terrível.

Ela se afastou e voltou sua atenção aos outros dois daímônes.

— O que disseram a ela?

Eric ergueu o queixo.

— Nada.

Minha mãe assentiu. Sua voz continuava igual, porém faltava algo. Não havia brandura ou emoção. Dura, plana. Não era a voz dela.

262

— Ótimo. — Ela voltou a me encarar. — Preciso que você entenda uma coisa, Lexie. Te amo *muito*.

Pisquei e recuei até a parede. Suas palavras doeram mais que qualquer golpe físico.

— Como pode me amar? Você é uma daímôn.

— Ainda sou sua mãe — ela respondeu, no mesmo tom inexpressivo —, e você ainda me ama. Por isso não me matou quando teve oportunidade.

Era verdade, mas eu já estava me arrependendo. Quando olhava para ela agora, no entanto, tudo o que eu via era minha mãe. Fechei os olhos, me esforçando para ver a daímôn, o monstro por baixo. Quando voltei a abrir, ela continuava igual.

Seus lábios formaram um sorriso.

— Você não pode retornar ao Covenant. Não posso permitir isso. Tenho que te manter fora de lá. Pra sempre.

Meu olhar recaiu em Caleb. Daniel se aproximava dele.

— Por quê?

Desde que o cretino não o tocasse, eu conseguia me controlar.

— Preciso te manter longe do Apôlion.

Não esperava por essa.

— Quê?

— Ele vai tirar tudo de você. Seu poder, seus dons... tudo. Ele é o primeiro, Lexie. Ciente ou não, vai sugar tudo de você para se tornar o Assassino de Deuses. Não vai restar nada quando ele terminar. O conselho sabe disso. E não se importa. Só se importa com o Assassino de Deuses. Mas Tânatos não vai permitir que isso aconteça.

Recuei, balançando a cabeça. Minha mãe estava louca.

— Eles não se importam com o que o primeiro Apôlion fará com você. Não posso permitir isso. Está entendendo? — Ela avançou, parando bem à minha frente. — Então preciso fazer isso. Preciso te transformar em daímôn.

O quarto pareceu girar por um momento. Pensei que fosse desmaiar.

— Não tenho escolha. — Ela pegou minha mão, pousou sobre seu coração batendo e a manteve lá. — Como daímôn, você será mais rápida e mais forte. Será imune a titânio. Terá um grande poder. E, quando completar dezoito anos, será imbatível.

— Não. — Puxei a mão de volta. — Não!

— Você não tem ideia do que está recusando. Eu achava que estava viva antes, mas agora é que estou vivendo.

Minha mãe estendeu a mão diante do meu rosto e sacudiu os dedos uma vez e outra. Uma pequena faísca escapou da ponta de seus dedos, antes que sua mão toda pegasse fogo.

Procurei me afastar, porém ela me segurou com mais força.

— Fogo, Lexie. Como puro-sangue, eu mal conseguia controlar o ar, mas como daímôn sou capaz de controlar o *fogo*.

— Mas você está matando gente! Nada justifica isso!

— Você se acostuma. — Ela deu de ombros. — Vai se acostumar.

Meu sangue congelou nas veias.

— Você parece uma louca falando.

Ela me olhou sem que sua expressão se alterasse.

— Você diz isso agora, mas vai ver. O conselho quer que todos acreditem que daímônes são criaturas malignas, desprovidas de alma. Para quê? Para que sejam temidos. Porque sabem que somos muito mais poderosos e que no fim venceremos esta guerra. Somos como deuses. Não. Somos deuses.

Daniel praticamente lambia os beiços enquanto me olhava. Morrendo de medo e de nojo, balancei a cabeça.

— Não. Não faz isso. Por favor.

— É o único jeito. — Ela me deu as costas, depois olhou para mim por cima do ombro. — Não me obrigue a forçar você.

Olhei para ela, me perguntando como eu podia ter hesitado no beco. Nada daquilo à minha frente era minha mãe. Nada.

— Você é maluca.

Ela se virou na hora, com a expressão mais dura.

— Eu disse para não me obrigar a te forçar. Daniel!

Me afastei da parede quando Daniel pegou Caleb, que gemeu, já começando a voltar a si. Minha mãe me segurou antes que chegasse neles. O daímôn levou a cabeça ao braço do meu amigo.

Era horrível.

— Não! Para!

Daniel riu, então seus dentes cortaram a carne. O corpo de Caleb se dobrou na cama, seus olhos se arregalaram, seus gritos aterrorizados se espalharam pela cabana. Empurrei minha mãe, porém não consegui me livrar dela. Ela era forte, inacreditavelmente forte.

— Vem aqui, Eric.

Ele pareceu mais do que satisfeito em obedecer. Seus olhos escuros brilharam de fome. Com a repulsa e o medo renovados, voltei a me debater.

Minha mãe me segurava pela cintura.

— Lembra o que eu disse, Eric. Mordidas pequenas, a cada hora, não mais. Se ela resistir, mate o garoto. Se ela aceitar, deixe o garoto em paz.

Fiquei fria na hora.

— Não! Não!

— Sinto muito. Vai doer, mas, se não resistir, logo vai acabar. É a única opção. Não tenho outra maneira de te controlar. Você verá. No fim, será melhor. Prometo.

Então ela me empurrou para Eric.

19

Simples assim.

Que vaca!

Gritei e me virei para ela enquanto Eric me puxava para si.

— Você não pode deixar eles fazerem isso!

Ela ergueu a mão.

— Eric.

O daímôn me virou. Desferi chutes e o ameacei de todos os métodos de morte e desmembramentos possíveis, mas nada o impediu. O daímôn apenas sorriu para mim enquanto eu discursava. Então seus dedos me apertaram e, em uma fração de segundo, cortaram a carne mole do meu braço.

Senti um fogo incandescente percorrer meu corpo. Recuei, tentando fugir à queimação, mas só seguia meus movimentos. Por cima dos meus gritos, ouvi Caleb implorando que eles parassem. Nem minha mãe nem o daímôn lhe deram atenção. A dor serpenteava por todo o meu corpo enquanto Eric me sugava. O quarto girou, e eu comecei a sentir que ia desmaiar.

— Já chega. — Ela murmurou.

O daímôn ergueu a cabeça.

— Ela é uma delícia.

— É o éter. Ela tem mais éter do que um puro.

Eric me soltou, e eu caí de joelhos, trêmula. Não havia nada, absolutamente nada, igual. Até os tremores secundários provocados pela marca roubavam o meu fôlego. Tentando puxar o ar, fiquei ali até que o fogo se reduzisse a uma dor constante.

Só então me dei conta de que Caleb estava em silêncio. Ergui a cabeça e vi que me encarava. Caleb parecia entorpecido, como se tivesse se afastado daquele lugar, deixado o próprio corpo. Eu queria ir aonde quer que ele estivesse.

— Não foi tão ruim, foi? — Minha mãe perguntou, me pegando pelos ombros e me empurrando contra a parede.

— Não encosta em mim.

Minhas palavras saíram fracas e arrastadas.

Ela me ofereceu um sorriso frio.

— Sei que está chateada, mas você vai ver. Juntas, vamos mudar o mundo.

Daniel voltou para o lado de Caleb, que não se moveu. O modo como olhava para meu amigo sugeria que queria machucá-lo. De repente, as palavras do oráculo retornaram à minha mente.

Uma curta estrada cheia de luz.

Caleb ia morrer. O pavor fez com que me aproximasse da cama. Aquilo não podia estar acontecendo. Em um instante, Eric me prendeu contra a parede. Ele ainda tinha sangue, meu sangue, nos lábios. Quando teve certeza que eu não me moveria mais, o daímôn me soltou e abriu um sorriso convencido.

Enojada, afastei a dor e o medo para dizer:

— Mãe... por favor, deixa o Caleb ir. Por favor. Faço qualquer coisa. — Era verdade. Não podia deixar Caleb morrer naquele lugar. — Por favor, deixa o Caleb ir.

Ela me avaliou em silêncio.

— O que você faria?

— Qualquer coisa — retruquei, com a voz falhando. — Só deixe Caleb ir.

— Você promete não resistir e não fugir?

As palavras do oráculo se repetiam na minha mente, como um cântico doentio. Eu não sabia quanto mais Caleb suportaria. Sua pele estava pálida como giz, frágil. O que estava prestes a acontecer era o destino, não era? Os deuses não haviam visto aquilo? Se eu escolhesse não resistir, seria transformada.

Engoli a bile que subia por meu esôfago.

— Prometo.

Ela olhou para Caleb e o daímôn, então soltou um suspiro.

— Ele fica, mas como você me fez uma promessa, vou te fazer uma também. Ninguém tocará nele de novo, mas sua presença garantirá que você mantenha a promessa.

Caleb saiu do transe e balançou a cabeça freneticamente para mim. Mas eu concordei novamente. Queria tirá-lo dali, mas, pelo momento, era o melhor que eu podia fazer. Eu me sentei do outro lado da cama, com as costas contra a parede, os olhos fixos nele e em Daniel. Eric se colocou ao meu lado. Eu só podia torcer para que alguém estivesse nos procurando. Talvez Aiden finalmente tivesse aparecido para falar comigo, ou para retomar os treinos. Talvez alguém tivesse ido atrás de Caleb. Talvez alguém no Covenant tivesse entendido. Caso contrário, em uma reviravolta tenebrosa do destino, da próxima vez que me visse, Aiden tentaria me matar.

E duvido que ele hesitaria como eu.

Daniel deu as costas para Caleb e olhou para a marca fresca no meu braço. Fechei os olhos com força e virei a cabeça. Logo seria a vez dele, e eu tinha a sensação de que ia tornar tudo tão doloroso quanto possível. Meus olhos arderam, e eu imprensei o corpo contra a parede, desejando de alguma maneira me misturar a ela.

Uma hora passou, e meu corpo se tensionou todo quando Daniel se ajoelhou e afastou meu outro braço do peito. Aquilo era errado, muito errado. Eu não estava preparada, não tinha como me preparar. Eric levou uma mão à minha boca e Daniel mordeu meu pulso.

Quando acabou, fiquei jogada contra a parede, tonta. Pontualmente, Daniel e Eric se alternavam para me marcar. Minha mãe não parava de falar sobre como íamos acabar com o conselho, a começar por Lucian. Depois ocuparíamos os tronos e até os deuses se curvariam diante de nós. Íamos virar a mesa, ela disse, e os daímônes dominariam não apenas os puros-sangues, mas os mortais também.

— Vamos ter que desbancar o primeiro, mas como Apôlion e daímôn você será mais forte que eles, melhor.

Minha mãe estava completamente maluca.

Não conseguia parar de pensar sobre como eles me sugavam. Talvez ela estivesse tentando me preparar para minha nova vida. Os puros os mantinham alimentados por dias, os meios apenas por algumas horas, enquanto os mortais eles matavam só por diversão. Era uma pena que eu não tivesse um puro para entregar aos daímônes — um pensamento horrível, mas que me ocorreu enquanto via cobrirem meus braços de mordidas em forma de meia-lua, como as cicatrizes do meu antigo instrutor, que tinha ficado marcado. Eu costumava ter pena dele, o que era irônico.

O processo continuou. Parte de quem eu era desaparecia a cada marca. Eu nem me encolhia mais quando Daniel baixava a cabeça, ou Eric se inclinava. Nem gritava. O tempo todo, *ela* se manteve ali, observando. Eu estava me perdendo naquela loucura doentia. Minha alma se tornava mais escura e mais desesperada.

Uma hora, ela saiu, para patrulhar os arredores. Em nenhum momento se alimentou de mim. Eu imaginava que tivesse sugado um puro antes. Assim que ela foi embora, me vi desejando que voltasse. Sem ela, Daniel criou coragem, e deixei que se aproximasse, muito embora me desse vontade de vomitar. De tempos em tempos, ele passava as pontas dos dedos pelos meus braços, em volta das marcas de mordida. Pelo menos assim eles se esqueciam de Caleb.

— Já estou sentindo — Eric murmurou.

Eu havia até esquecido que ele continuava lá. Embora me deixasse uma série de marcas, era melhor do que Daniel.

— O quê? — perguntei, sonolenta.

— O éter. Já estou curtindo o barato. É como se eu pudesse fazer qualquer coisa. — Ele estendeu a mão e cutucou uma mordida, fazendo com que eu me encolhesse. — Você sente o éter deixando seu corpo? Entrando no meu?

Me recusei a responder e baixei a cabeça na direção dos joelhos dobrados. Ele parecia drogado, e eu me sentia mal, minha alma se sentia mal. Quando Daniel levantou minha cabeça, eu estava exausta e quase delirante de dor. Fazia um tempo que Caleb não se movia. Eric não precisava mais tapar minha boca. Só gemi quando os dentes penetraram a pele da base do meu pescoço.

Eric soltou um gemido enquanto Daniel me sugava, seu polegar passando pela veia que pulsava ali.

— Já vai acabar. Você vai ver. Só mais algumas marcas e vai acabar. Um novo mundo te aguarda.

Quando Daniel terminou, eu me deitei de lado. O quarto girava. Tive dificuldade de me concentrar no que Eric falava.

— Vamos transformar os meios primeiro. Eles não mudam visivelmente, como nós. Não precisam de magia elementar. Então atacaremos no mundo todo. Vai ser lindo. — A mera ideia fez Eric sorrir. — Vamos nos infiltrar nos Covenants... e depois no conselho.

Era um bom plano, um plano que facilmente se tornaria uma realidade assustadora. Eric não pareceu se importar com a falta de resposta e continuou falando. Eu mal conseguia manter os olhos abertos. O medo e a ansiedade tomavam conta de mim. Peguei no sono. Por quanto tempo dormi eu não sabia, porém algo me acordou de repente.

Cansada e confusa, ergui a cabeça e vi Daniel à minha frente. Já tinha passado mais uma hora? Seria o fim? Não pude deixar de me perguntar se não estavam me preparando para a última mordida, a última gota de éter, o último resquício da minha alma.

— Ainda é cedo, Daniel.

— Não me importo. Você sugou mais do que eu. Está praticamente brilhando. Olha só pra mim! — Ele fez uma careta. — Não estou como você.

Eric não estava brilhando, porém sua pele parecia mais saudável, como se ele fosse... um puro-sangue normal. Daniel, por outro lado, continuava branco como papel.

Eric balançou a cabeça.

— Ela vai te matar.

Daniel se abaixou à minha frente e enfiou uma mão no meu cabelo, depois inclinou minha cabeça para trás.

— Não se ela não souber. E como saberia? Quero só mais um pouco.

— Não... deixe. — Minha voz fraca tinha um leve tom de súplica, porém, se Eric estava preocupado com o destino de Daniel, ele não demonstrou ou tentou impedi-lo.

Havia um único ponto até então poupado no meu pescoço. Implorei em silêncio para que ele não me mordesse ali. Não sabia por que ainda me importava, mas talvez um resquício de vaidade permanecesse.

— Ela deve estar gostando — Daniel disse.

Um segundo depois, cravou os dentes naquele ponto e senti seus lábios se movendo contra minha pele. A dor tomou conta, deixando meu corpo rígido. Ele fechou uma mão no meu cabelo e a outra ficou solta e desceu pelo meu ombro.

Com tudo o que estava acontecendo, aquela foi a gota d'água.

Reuni o que me restava de força, ergui as mãos e cravei as unhas nas bochechas dele.

Daniel se afastou, uivando. Minha blusa rasgou no processo, porém aquele som e sua expressão me encheram de satisfação. Vergões profundos e vivos se formaram em seu rosto e se encheram de sangue fresco. Às cegas, ele golpeou e acertou meu olho, me jogando para cima de Eric.

— Inferno!

Eric se levantou de um pulo e me deixou cair no chão.

Fiquei de lado, em posição fetal. Eric empurrou Daniel, gritou com ele, mas eu mal ouvia. Senti um objeto longo e fino cravar na minha coxa. Devagar, eu me virei e tateei até meus dedos se fecharem sobre o objeto escondido na minha calça.

A faca retrátil.

De repente, Eric me levantou e me colocou cara a cara com ele. Algo úmido e quente escorria pela lateral da minha cabeça e entrava no meu olho direito. Sangue. E eu não podia me dar ao luxo de perder muito mais.

Por cima do ombro, vi que Caleb estava acordado. Quando ele olhou na minha direção, tentei me comunicar sem dizer nada, porém o corpo de Eric atrapalhou. Ouvimos a porta da frente da casa se abrir, depois o ruído dos saltos da minha mãe ressoou pela cabana. Eric me soltou e atravessou o quarto. Meus lábios se curvaram em um sorrisinho triste. Ele sabia. Eu sabia.

Minha mãe ia ficar puta quando visse meu rosto.

Assim que entrou no quarto, ela estreitou os olhos na minha direção. Em um segundo, estava ajoelhada à minha frente inclinando minha cabeça para trás.

— O que aconteceu aqui?

A perda de sangue e a exaustão embaralhavam meus pensamentos. Um momento se passou enquanto eu olhava para ela. Não conseguia recordar onde estava ou como fui parar ali. Tudo o que queria era colar o rosto ao corpo dela, ser abraçada e ouvi-la dizer que tudo ficaria bem. Que ela era minha mãe e enfrentaria os dois. Tinha que enfrentar, ainda mais considerando que aquilo era vil, horrendo.

— Mãe... olha... olha o que fizeram comigo.

— Shhh... — Ela tirou meu cabelo da frente do rosto.

— Por favor... faz ele parar. — Eu a abracei sem força, querendo subir em seu colo, querendo que ela me abraçasse de volta, mas não aconteceu. Quando ela me deu as costas, eu gritei e estendi o braço em sua direção.

Não. Aquela... aquela coisa diante de mim não era minha mãe. Minha mãe nunca viraria as costas para mim. Ela me abraçaria, me reconfortaria. Caí na real, piscando devagar.

— Quem fez isso com o rosto dela?

Sua voz soou fria, fatal, muito diferente da voz da minha mãe. Ao mesmo tempo, havia algo dela nas palavras. Reconheci o tom das muitas vezes em que minha mãe havia gritado comigo por me meter em encrenca. Era o mesmo tom que ela usava antes de começar um sermão fenomenal. Eric e Daniel não sabiam daquilo. Não conheciam minha mãe como eu.

— Quem você acha? — Eric desdenhou.

Ela pressionou os lábios frios contra minha testa. Fechei os olhos com força. Não era minha mãe.

— Dei ordens claras aos dois — ela disse, endireitando o corpo, e seus olhos recaíram em Daniel.

Tendo me dado conta da realidade das coisas, fiquei de joelhos. Não podia mais pensar nela, não conseguia vê-la como minha mãe. Tomei minha decisão. *Dane-se o destino*. Olhei nos olhos de Caleb, acenei com a cabeça para as costas da minha mãe e comuniquei, sem produzir som e torcendo para que ele me compreendesse: *se prepara*.

— É simplesmente inaceitável.

Foi o único aviso que minha mãe deu antes de se lançar sobre Daniel, que caiu em cima de Caleb. Os dois daímônes iniciaram uma luta no chão.

Aproveitei a oportunidade. Fiquei de pé e estendi a mão para Caleb.

Ele entendeu a mensagem, ainda bem, e se apressou em deixar a cama. Eric foi para cima de Daniel. Cambaleei, enquanto minha mãe agarrava o daímôn transgressor. Ele era uns trinta centímetros mais alto do que ela, porém foi atirado do outro lado do quarto como se não pesasse nada. Não consegui me mover por um momento. A força dela era chocante, contrária às leis da natureza.

Tonta e nauseada, cambaleei para fora do quarto, com Caleb em meu encalço. Atravessamos a cabana e saímos pela porta da frente. A chuva tamborilava o telhado do deque, quase silenciando o barulho medonho que vinha de dentro da casa. Ainda ouvíamos o suficiente, o que nos impulsionou a pular o parapeito. O deque era mais alto do que eu imaginava e bati os joelhos com tudo no chão.

— Lexie!

Ouvir a voz da minha mãe fez com que eu me levantasse imediatamente. De canto de olho, notei que Caleb fez o mesmo ao meu lado. Corremos, meio derrapando e meio caindo pelo morro enlameado. Galhos atingiam meu rosto, enganchavam no meu cabelo e nas minhas roupas, porém não me detiveram. Todo o tempo de treino tinha valido a pena. Meus músculos superavam a dor e a falta de sangue.

— Alexandria!

Não fomos rápidos o bastante. Um grito sobressaltado de Caleb me fez virar. Minha mãe o pegou por trás e jogou no chão. O choque foi visível em seu rosto antes de bater contra o tronco grosso de uma árvore. Gritei e fiz menção de ir até onde ele havia caído.

Uma barreira de chamas se ergueu, me obrigando a recuar. O fogo destruiu tudo no caminho ao se espalhar. Caleb rolou de lado, escapando por pouco. Cambaleei para trás, enquanto o mundo ardia em chamas vermelhas e violetas. A chuva não tinha nenhum poder contra o sobrenatural.

E ali estava ela — alta, com a coluna ereta, como uma terrível deusa da morte. Eu havia falhado em ver aquilo duas vezes. No beco, na ilha Bald Head, e momentos antes na cabana, logo depois de me lembrar que ainda tinha uma faca retrátil no bolso.

— Lexie, você prometeu que não ia fugir — ela disse, surpreendentemente calma.

Prometi? Enfiei a mão no bolso lateral.

— Eu menti.

— Dei um jeito em Daniel. Você não vai mais precisar se preocupar com ele. — Minha mãe chegou mais perto. — Agora vai ficar tudo bem. Mas é melhor você se sentar. Está sangrando muito.

Baixei os olhos para meu próprio corpo. Correr havia feito meu sangue fluir mais rápido. Eu o sentia escorrendo pelos braços e pelo pescoço. Fiquei meio surpresa que ainda me restasse tanto. De canto de olho, notei um raio azul-escuro disparando entre as chamas.

— Anda, Rachelle. Ela está fraca. — Fúria e impaciência coloriam as palavras de Eric. — Termina logo isso e vamos dar o fora daqui!

Era verdade. Um coelho daria conta de mim naquele momento, de tão tonta e desequilibrada que eu me sentia.

— Não cheguem mais perto.

Minha mãe riu.

— Lexie, logo estará acabado. Sei que você tem medo, mas não precisa se preocupar. Vou cuidar de tudo. Não confia em mim? Sou sua mãe.

Comecei a recuar, mas tive que parar quando senti o calor das chamas.

— Você não é minha mãe.

Ela veio em minha direção. Pensei ter ouvido alguém chamando meu nome a distância. A voz dele, a voz de Aiden. Devia ser uma alucinação, porque nem Eric nem minha mãe esboçaram qualquer reação. Mesmo que não passasse de uma triste manifestação do meu subconsciente, me deu forças para continuar de pé. Meus dedos correram para a faca retrátil. Como eles a haviam deixado passar?

— Você não é minha mãe — repeti, com a voz rouca.

— Você está confusa, meu bem. É claro que sou sua mãe.

Passei o polegar pelo botão que liberava a lâmina.

— Você morreu em Miami.

Um brilho perigoso se insinuou em seus olhos.

— Alexandria... não há alternativa.

Espera, uma voz sussurrou na minha cabeça, *espera até que ela baixe a guarda*. Se minha mãe visse a faca, seria o fim. Eu precisava que ela acreditasse que havia vencido. Precisava que ela estivesse vulnerável. O mais estranho, no entanto, era que eu tinha quase cem por cento de certeza de que a voz não pertencia a mim. O que não importava no momento.

— Há uma alternativa, sim. Você pode me matar.

— Não. Você vai se juntar a mim. — Sua voz agora soava como no quarto, antes de matar Daniel por me tocar. Aquilo foi ainda mais surreal. — E, como quebrou sua promessa, vou ter que matar seu namoradinho. Isso se ele ainda não foi queimado vivo.

Tudo se resumia àquele momento. Morrer ou matar. Ser transformada em monstro ou matar. Puxei o ar, mas não parecia ser o bastante.

— Você já está morta — sussurrei. — E prefiro morrer que virar isso também.

— Vai me agradecer depois.

Com uma velocidade que não era humana, ela enfiou a mão no meu cabelo e puxou minha cabeça para trás.

O punho da faca me pareceu estranho, errado. Puxei o ar e apertei o botão. Não havia muito espaço entre nosso corpo, mas, ainda assim, consegui colocar o meu braço entre nós. Não seria um golpe preciso, por conta do ângulo, mas seria o suficiente para matá-la.

Você vai matar aqueles que ama.

O destino estava certo quanto àquilo.

Minha mãe recuou, com a boca escancarada pela surpresa. Ela olhou para baixo. Eu também olhei. Minha mão estava na altura de seu peito, a faca cravada na sua pele, titânio encontrando pele de daímôn.

Ela cambaleou para trás quando eu puxei a lâmina de volta. Seu rosto estava contorcido. Seus belos olhos encontraram os meus, então desapareceram. Como se tivesse sido desligado, o fogo que nos envolvia desapareceu.

Seu berro se espalhou pela floresta, mas meus gritos o superaram. Ela caiu no mesmo instante em que minhas pernas decidiram se recusar a cooperar. Ficamos ambas dobradas sobre nossos próprios corpos, eu caída, ela se segurando. Houve um momento breve em que vi alívio em seu rosto. Por um instante, era a minha mãe. De verdade. Então seu corpo começou a se desfazer, até que não restasse nada além de uma fina camada de pó azul.

Descansei a cabeça na terra úmida, vagamente consciente de Eric fugindo e da chuva caindo sobre mim. Meses de luto e perda se agitavam no meu peito, invadindo cada célula, cada poro. Não existia nada além de uma dor crua, de um tipo diferente de sofrimento. As marcas e hematomas não pareciam nada em comparação a isso. Uma angústia me consumia. Eu queria morrer, queria desaparecer, como minha mãe. Eu a havia matado, havia matado minha mãe. Daímôn ou não, eu havia matado.

O tempo parou. Não sei se minutos ou horas se passaram antes de ouvir vozes. Chamavam por mim, chamavam por Caleb, mas eu não conseguia responder. Tudo soava distante e surreal.

Então mãos fortes me pegaram e me levantaram. Minha cabeça caiu para trás e a chuva fria respingou em minhas bochechas.

— Olha para mim, Alex. Por favor.

Reconhecendo a voz, obedeci. Aiden me olhava de volta, com o rosto pálido e cansado. Ele pareceu abatido enquanto avaliava as marcas das mordidas.

— Oi — murmurei.

— Vai ficar tudo bem — ele disse, porém sua voz não era desprovida de pânico e desespero. Aiden passou os dedos molhados pelas minhas bochechas, depois pegou meu queixo. — Só preciso que você mantenha os olhos abertos e fale comigo. Vai ficar tudo bem.

Eu duvidava, porque me sentia estranha. Eram tantas as vozes. Algumas eu reconhecia, outras não. Ouvi Seth falando em algum lugar.

— Cadê... o Caleb?

— Ele está bem. Está conosco. Fica comigo, Alex. Fala comigo.

— Você... tinha razão. — Engoli em seco, precisando contar para alguém, precisando contar para ele. — Ela ficou aliviada. Eu vi...

— Alex?

Aiden me puxou para mais perto de seu peito.

Senti seu coração batendo forte contra minha bochecha. Depois não senti mais nada.

20

Acordei e dei com o brilho das lâmpadas fluorescentes no teto. Não sabia ao certo o que me acordou ou onde me encontrava.

— Alex.

Virei a cabeça e me deparei com seus olhos cinza-claros. Aiden estava sentado à beirada da cama. Algumas ondas escuras de seu cabelo caíam sobre a testa. Ele me parecia diferente. Além das olheiras.

— Oi — consegui dizer.

Aiden abriu um sorriso maravilhosamente largo, o que era raro. Então estendeu a mão e, com as pontas dos dedos, afastou alguns fios de cabelo da minha testa.

— Como está se sentindo?

— Bem. Com sede.

Pigarreei um pouco.

Ele se inclinou para pegar um copo da mesa de cabeceira, o que fez o colchão ceder um pouco. Então me ajudou a sentar e ficou aguardando enquanto eu bebia a água fresca.

— Mais?

Balancei a cabeça. Sentada, tinha uma visão melhor daquele quarto que não me era familiar. Eu estava conectada a meia dúzia de tubos.

— Onde estamos?

— No Covenant de Nashville. Não podíamos arriscar te levar até a Carolina do Norte. — Ele ficou em silêncio por um momento, parecendo escolher suas próximas palavras. — Por que fez isso, Alex?

Eu me recostei e fechei os olhos.

— Estou bem encrencada, não é?

— Você roubou um uniforme de sentinela. Roubou armas. Deixou o Covenant sem permissão. Foi atrás da sua mãe, despreparada e sem o treinamento necessário. O que fez foi perigoso, imprudente. Poderia ter morrido, Alex. Então, sim, está bem encrencada.

— Eu já imaginava. — Suspirei e abri os olhos. — Marcus vai me expulsar, não vai?

Ele pareceu se solidarizar comigo.

— Não sei. Marcus ficou bem perturbado. No momento, está com o conselho. Ficaram todos alvoroçados com o que aconteceu com Kain e com as consequências.

— Tudo mudou... — murmurei para mim mesma.

— Hum?

Respirei fundo.

— Caleb não pode ser punido. Ele tentou me impedir, mas... Cadê ele?

— Aqui, mas em outro quarto. Acordou ontem e não para de perguntar de você. Quebrou algumas costelas, mas vai ficar bem. Vai voltar para casa hoje. Já você vai precisar passar mais um tempinho aqui.

Fiquei aliviada e até relaxei nos travesseiros fofos.

— Quanto tempo dormi?

Aiden ajustou as cobertas à minha volta.

— Dois dias.

— Nossa.

— Você ficou bem mal, Alex. Pensei...

Meus olhos encontraram os dele e permaneceram ali.

— Pensou o quê?

Aiden soltou o ar devagar.

— Pensei que tinha... pensamos que tínhamos perdido você. Nunca vi tantas marcas em uma pessoa ainda viva. — Seus olhos se fecharam por um momento. Quando se abriram, tinham assumido uma cor surpreendente: um belo prateado. — Você me assustou. De verdade.

Senti uma pontada estranha no peito, uma espécie de dor silenciosa.

— Não era minha intenção. Pensei que...

— Pensou o quê? Estava mesmo pensando? — Aiden baixou o queixo. Um músculo pulsava em seu maxilar. — Não importa. Caleb contou tudo.

Com "tudo", eu imaginava que ele se referia ao discurso enlouquecido dela, aos outros daímônes, àquelas horas simplesmente terríveis no quarto.

— Caleb não pode ser punido. Ele estava tentando me impedir, mas acabamos em um beco e... e então eu a vi. Deveria ter... deveria ter acabado com ela ali, mas não consegui. Falhei, e Caleb podia ter morrido.

Aiden me encarou.

— Eu sei.

Engoli em seco.

— Eu tinha que fazer isso. Ela ia continuar matando, Aiden. Eu não podia ficar parada, esperando que os sentinelas a encontrassem. Tá, foi idiotice. Olha pra mim. — Ergui os braços enfaixados. — Sei que foi idiotice. Mas era minha mãe. Eu mesma tinha que fazer isso.

Aiden ficou me observando em silêncio.

— Por que não veio falar comigo em vez de fugir?

— Porque você estava ocupado com o que aconteceu com Kain. E porque ia me impedir.

Notei a raiva que se escondia atrás de seus olhos.

— Claro que eu ia impedir você! Para que *isso* não acontecesse.

Eu me encolhi.

— Por isso não falei com você.

— Você não deveria ter enfrentado o que enfrentou. Ninguém queria que passasse por isso. Só imagino como está se sentindo...

— Eu dou conta.

Procurei engolir a pressão repentina que senti na garganta.

Aiden passou a mão no próprio cabelo. Parecia que havia feito aquilo inúmeras vezes nos dois dias anteriores.

— Você foi ao mesmo tempo tola e corajosa.

Tais palavras trouxeram de volta à minha mente a lembrança da noite na cama dele.

— Você já disse algo parecido.

— Pois é. E estava sendo sincero. Mas se soubesse que era tão corajosa assim, teria te trancado no seu quarto.

— Imaginei.

Aiden não disse nada, e passamos um longo momento em silêncio. Então ele começou a se levantar.

— Você precisa descansar. Volto mais tarde.

— Não vai embora. Ainda não.

Aiden ficou me olhando como se enxergasse o que acontecia dentro de mim.

— Sei sobre o que você quer falar, mas agora não é o momento. Precisa melhorar. Depois conversamos.

Meus dedos se fecharam em volta das cobertas.

— Quero conversar agora.

— Alex — ele disse, com tranquilidade.

— Aiden.

Seus lábios se retorceram em resposta, porém seus olhos encontraram os meus e os prenderam.

— Aquela noite... o que aconteceu entre nós foi... Bom, não deveria ter acontecido.

Ai! Foi difícil me controlar para não expressar o quanto aquelas palavras me magoavam.

— Você... se arrepende? Do que aconteceu?

Se ele dissesse que sim, eu ia morrer.

— Ainda que tenha sido errado, não me arrependo. Não posso. — Ele desviou o rosto, depois inspirou fundo. — Perdi o controle. Perdi de vista o que é importante para você... e para mim.

— Eu não ia reclamar.

Ele olhou para mim, cansado.

— Alex, você não está facilitando as coisas.

Endireitei o corpo, ignorando o puxão dos tubos nos meus braços.

— Por que deveria facilitar? Eu... gosto de você. Gosto de ficar com você. Confio em você. Não sou inocente, não sou boba. Eu quis. Ainda quero.

As mãos dele agarraram as cobertas em volta das minhas pernas.

— Eu não disse que você é inocente ou boba, Alex. Mas... droga, quase destruí meu futuro e o seu em questão de minutos. O que aconteceria se tivéssemos sido pegos?

Dei de ombros, mas sabia o que poderia ter acontecido. E não seria bonito.

— Não fomos pegos — eu disse, então algo me ocorreu. Talvez não tivesse nada a ver com a lei. — É porque sou a metade de Seth? Esse é o motivo?

— Não. Não tem absolutamente nada a ver com isso.

— Então por quê?

Aiden me olhou como se assim pudesse me fazer compreender.

— Não tem nada a ver com você ser o Apôlion. Alex, sabe que não te considero diferente de mim, mas... o conselho considera.

— Puros fazem isso o tempo todo e não são pegos.

— Sei que há puros-sangues que infringem a lei, mas se fazem isso é porque não se importam com a outra pessoa, e eu me importo com o que pode acontecer com você. — Seus olhos buscaram os meus. — Me importo mais do que deveria e, por isso, não vou te colocar nessa situação, não vou colocar seu futuro em risco.

Desesperada, tentei pensar em uma maneira de fazer aquilo funcionar. Tinha que haver. No entanto, a expressão de Aiden me tirou o fôlego e me impediu de protestar.

Ele fechou os olhos e voltou a inspirar fundo.

— Tanto eu quanto você precisamos ser sentinelas, certo? Você sabe por que preciso fazer isso. Eu sei por que você precisa fazer isso. Perdi o controle e perdi de vista quais seriam as consequências. Eu poderia ter acabado com suas chances de se tornar sentinela. E pior ainda: poderia ter acabado com seu futuro. Independentemente do que você é ou do que vai se tornar quando completar dezoito anos, o conselho te expulsaria do Covenant, e eu... eu nunca me perdoaria por isso.

— Mas a lei da ordem de raça...

— A lei da ordem de raça não mudou, e duvido que vá mudar, agora que sabemos que meios podem ser transformados. O que quer que vocês tenham conquistado nos últimos anos foi perdido no momento em que os daímônes descobriram que meios-sangues podem ser transformados.

Aquilo era deprimente, em todos os sentidos. Tudo que compartilhamos tinha sido mágico, perfeito, certo. Eu não podia ter confundido sua expressão ou seu toque. Mesmo agora, quando olhava para Aiden, sabia que não estava interpretando mal o quase desespero, o desejo e algo ainda mais forte.

— Mas eu sou o Apôlion. O que eles vão fazer? — brinquei. — Quando completar dezoito anos, posso acabar com quem colocar obstáculos no nosso caminho.

Ele retorceu os lábios.

— Não importa. São regras de quando os deuses caminhavam entre os mortais. Nem mesmo Lucian ou Marcus seriam capazes de impedir o que aconteceria. Você receberia o elixir e seria relegada à servidão, Alex. Eu não suportaria viver com isso, sabendo o que faria com você. Eu não suportaria ver você perder tudo o que te torna quem é. Não suportaria ver você no mesmo estado dos outros servos. Você tem vida demais pra isso, vida demais para perder por mim.

Cheguei mais perto, até minhas pernas tocarem suas mãos e meu rosto ficou a centímetros do dele. Sabia que estava com uma aparência péssima, mas também sabia que Aiden via além daquilo.

— Você não me quer?

Aiden soltou um gemido do fundo da garganta e encostou a testa na minha.

— Você sabe a resposta. Ainda... quero você, mas não podemos, Alex. Puros e meios não podem ficar juntos. Não vamos esquecer disso.

— Odeio as regras.

Soltei um suspiro, voltando a sentir a ardência na garganta. Desde que tinha acordado, esperava um abraço de Aiden. Mas nem isso nos era permitido.

Ele dava a impressão de que queria rir, mas sabia que aquilo só me provocaria mais, então suspirou também.

— Temos que seguir as regras mesmo assim, Alex. Não posso te fazer perder tudo.

As regras eram péssimas. Poucos centímetros nos separavam e, se eu avançasse um pouquinho mais, nossos lábios se tocariam. Me perguntei o que ele pensaria de nosso futuro então. Se eu o beijasse, Aiden se preocuparia com as regras? Com o que os outros iam pensar?

Como se lesse minha mente, ele murmurou:

— Você é tão imprudente.

Antes de desmaiar, eu pensei que nunca mais sorriria, mas, agora, lá estava eu, sorrindo.

— Eu sei.

Aiden se ajeitou na cama e beijou minha testa. O beijo durou alguns segundos, mas, antes que eu fizesse alguma coisa, se afastou — o que foi péssimo, porque eu estava me sentindo bastante imprudente mesmo.

— Eu... sempre vou me importar com você, mas não vamos fazer isso. Não podemos. Você entende?

Fiquei olhando para Aiden, sabendo que estava certo, mas também estava errado. Aiden queria aquilo tanto quanto eu, porém se preocupava demais com o que ia acontecer comigo. Parte de mim gostava ainda mais dele por isso, no entanto, meu coração... estava partido. As únicas coisas que o impediam de se estilhaçar por completo foram o desejo e o carinho que sentia só de olhar rapidamente o rosto de Aiden quando ele já se virava para a porta.

— Descanse um pouco — Aiden disse, quando não respondi à pergunta que havia feito. — Mais tarde, venho ver como está.

Voltei a me deitar, então algo me ocorreu.

— Aiden?

Ele parou e se virou para mim.

— O que foi?

— Como vocês encontraram a gente?

Sua expressão endureceu.

— Seth.

Voltei a me sentar, confusa.

— Quê? Como assim?

Ele balançou a cabeça de leve.

— Não sei. Seth apareceu cedo, na manhã em que você partiu, e disse que havia algo de errado, que você estava em perigo. Fui até seu quarto e você não estava lá. Pegamos a estrada, e ele simplesmente sabia onde te encontrar. De alguma maneira, podia sentir. Não sei como, mas foi o que aconteceu. Foi graças a Seth que encontramos vocês.

Dois dias depois, retornei ao Covenant da Carolina do Norte, com sangue e fluidos repostos. Assim que cheguei, fui levada à enfermaria para ser examinada. Aiden ficou ao meu lado enquanto removiam a gaze branca que cobria minha pele.

Nem preciso dizer que estava toda retalhada. Mordidas em forma de meia-lua marcavam cada braço. Continuavam bem vermelhas e, enquanto passavam uma mistura de ervas, que *deveria* garantir que as cicatrizes ficassem menos feias, olhei em volta.

— O que está procurando? — Aiden perguntou.

— Um espelho.

Ele sabia o motivo. Às vezes, por mais irritante que fosse, era como se compartilhássemos o mesmo cérebro.

— Não está tão ruim assim, Alex.

Olhei para ele por cima do ombro.

— Quero ver.

Aiden tentou me manter sentada, porém me recusei a ouvir. Então ele se levantou, pegou um espelhinho de plástico e entregou a mim, sem dizer nada.

— Obrigada.

Levantei o espelho e quase o derrubei.

O roxo profundo que cobria meu olho direito e se espalhava até a testa não era a pior parte. Em pouco dias, sumiria. Um olho roxo não era nada demais. Eu gostava de pensar que me conferia um aspecto perigoso. No entanto, as marcas nos dois lados do meu pescoço eram horrendas. Algumas pareciam profundas, quase como se pedaços de pele tivessem sido arrancados e depois implantados. A pele estava toda irregular, vermelha. A cor ia normalizar, porém as cicatrizes permaneceriam visíveis.

Meus dedos se fecharam em torno do cabo de plástico do espelho.

— Está... horrível.

Ele se colocou imediatamente ao meu lado.

— Não. Vai melhorar. Daqui a pouco você nem vai notar mais.

Balancei a cabeça. Não tinha como esconder tudo aquilo.

— Fora que as cicatrizes são motivos de orgulho — Aiden disse, com delicadeza. — Pense só no que você passou. Essas cicatrizes são um sinal de força e te deixam mais bonita, no fim das contas.

— Foi o que você disse sobre a primeira.

— E ainda vale, Alex. Eu juro.

Deixei o espelho sobre a bancada e... surtei.

Não por conta das cicatrizes em si ou do que Aiden havia dito. O fato era que aquelas marcas sempre me lembrariam da perda da minha mãe em Miami. De todas as coisas horríveis que ela havia feito e permitido que acontecessem. E do que eu havia feito: matado minha mãe. Soltei soluços potentes de choro. Que me impediam de respirar ou pensar direito. Então procurei me recompor, mas fracassei.

Fiquei sentada no meio do consultório, chorando. Queria minha mãe, que nunca mais apareceria, que nunca mais me reconfortaria. Ela tinha partido, e partido de vez. Um buraco se abriu em mim e a tristeza simplesmente fluiu, sem parar.

Aiden se ajoelhou ao meu lado e passou o braço sobre meus ombros curvados. Não disse nada. Só permitiu que eu chorasse. Após meses obrigando a mim mesma a suportar tudo, toda a dor e toda a mágoa tinham formado um nó que finalmente se desfazia.

Não tenho certeza de quando tempo depois parei. Minha cabeça doía, minha garganta doía, meus olhos estavam inchados. Eu me sentia melhor, no entanto, como se finalmente conseguisse respirar de verdade. Aqueles meses todos, eu vinha sufocando esses sentimentos e não me dei conta.

Funguei e fiz uma careta por conta da dor silenciosa bem dentro da cabeça.

— Lembra que você disse que seus pais não iam querer uma vida daquelas?

Os dedos de Aiden se moveram sobre meus ombros rígidos.

— Lembro.

— Minha mãe também não queria. Vi antes de... sua partida. Ela pareceu aliviada. De verdade.

— Você a libertou de uma existência terrível. É o que sua mãe ia querer.

Alguns minutos se passaram. Eu ainda não era capaz de levantar a cabeça.

— Acha que ela está em um lugar melhor? — perguntei, baixo.

— Claro que sim. — Ele falou, parecendo acreditar totalmente. — Ela não está mais sofrendo. Está no paraíso, um lugar tão bonito que nem somos capazes de imaginar.

Imaginei que ele estivesse falando de Elísia, um lugar muito parecido com o céu. Respirei fundo e enxuguei os olhos.

— Se alguém merece, é ela. Sei que parecia má, porque era uma daímôn, mas minha mãe nunca teria escolhido esse destino.

— Eu sei, Alex. E os deuses também sabem.

Devagar, eu me recompus e me levantei.

— Desculpe por... descarregar tudo isso em você.

Arrisquei uma olhadinha para ele.

Aiden franziu a testa.

— Não precisa pedir desculpa. Eu já te disse que sempre que precisar pode contar comigo.

— Obrigada por... tudo.

Ele assentiu, depois abriu passagem para mim.

— Alex? — Aiden pegou um remédio da bancada. Deviam ter deixado lá em algum momento. — Não esquece isso.

Peguei o remédio e agradeci. Com a vista embaçada, eu o segui até o sol forte. Minha cabeça e meus olhos doíam, mas a sensação na pele ainda era boa. Eu estava viva.

Ficamos um momento no caminho de mármore, olhando para o pátio e o oceano mais além. Eu me perguntava no que Aiden estaria pensando.

— Você vai voltar ao dormitório? — ele perguntou.

— Vou.

Não falamos sobre a noite em Nashville ou sobre a noite na casa dele, porém tínhamos aquilo em mente enquanto caminhávamos. Tão próximos um do outro, era difícil esquecer. Então me lembrei de Caleb, e qualquer pensamento relacionado a romance — ou à falta de romance — se esvaiu. Eu precisava vê-lo.

— Nos vemos depois?

Aiden assentiu, com o olhar distante. Alguns meios descansavam nos bancos entre os dormitórios. Havia uma pura com eles, que fazia chover em um ponto específico. E até que era legal.

Suspirei, enrolando.

— Tá...

— Alex?

— Oi?

Ele olhou para mim, com um sorriso se insinuando nos lábios.

— Você vai ficar bem.

— É... vou. Acho que é preciso mais que alguns daímônes com fome pra me derrubar, né?

Aiden riu, e o som quase roubou todo o ar do meu peito. Eu adorava sua risada. Olhei para ele, com um sorrisinho também. Como sempre, nossos olhares se encontraram e soltaram faíscas. Mesmo lá fora, mesmo ao ar livre, se mantinham vivas.

Aiden se afastou. Não restava nada a dizer. Acenei e o acompanhei com os olhos até que desaparecesse de vista, depois atravessei o pátio e segui para o quarto de Caleb. Não me preocupava com a possibilidade de ser pega no dormitório masculino. Não tínhamos conversado desde que tudo aconteceu. Ele abriu a porta à primeira batida, de calça de moletom e camiseta larga.

— Oi — falei.

Caleb sorriu e abriu mais a porta. Seu sorriso se transformou imediatamente em uma careta, e ele levou a mão à lateral do corpo.

— Droga! Fico esquecendo que não posso me mexer assim.

— Você está bem?

— Estou, só com um pouco de dor nas costelas. E você?

Entrei no quarto e me sentei de pernas cruzadas na cama.

— Estou. Acabei de passar no consultório daqui.

Caleb se acomodou ao meu lado na cama. Sua testa se franziu enquanto ele me avaliava.

— E as marcas? Por que não curaram como as minhas?

Olhei para seus braços. Quatro dias depois, tudo o que restava eram as costelas machucadas e algumas cicatrizes claras nos braços.

— Não sei. Disseram que vão sumir em alguns dias. Me deram um remédio pra passar — falei, apalpando o bolso. — Está bem feio, né?

— Não. Faz parecer que... que eu deveria estar com medo de você acabar comigo ou coisa do tipo.

Dei risada.

— Isso é porque posso mesmo acabar com você.

Suas sobrancelhas se ergueram.

— Alex, eu estava meio fora do ar lá fora, mas te ouvi...

— Matar minha mãe? — Eu me debrucei para pegar um travesseiro. — É. Matei.

Ele se encolheu diante do modo direto e reto como eu falei.

— Sinto muito. Queria poder dizer alguma coisa pra ajudar.

— Você não precisa dizer nada. — Eu me espreguicei ao lado dele, olhando para as estrelinhas verdes em todo o teto, que brilhavam no escuro. — Desculpa por ter te arrastado para aquela confusão.

— Não. Você não me arrastou pra nada.

— Você não devia estar lá. O que Daniel fez...

Sua mão se cerrou em punho. Acho que Caleb não notou que eu vi, mas vi.

— Você não...

— Você não deveria estar lá.

Ele diminuiu a importância do que eu dizia com um gesto.

— Para. Seguir você foi decisão minha. Eu podia ter alertado os guardas ou sentinelas, mas te segui. Eu que escolhi.

Olhei para Caleb, que parecia estar falando sério. E parecia não andar dormindo bem. Desviei o rosto.

— Sinto muito pelo que você passou.

— Está tudo bem. Olha, pra que servem os amigos se não pra suportar algumas horas de daímônes psicóticos juntos? Acho que foi uma experiência pra aproximar a gente.

Dei risada.

— Uma experiência pra aproximar a gente?

Ele confirmou com a cabeça e começou a me contar sobre os meios-sangues que o haviam visitado desde que tinha voltado. Quando mencionou Olivia, foi com cara de bobo. De repente, me perguntei se também ficava com cara de boba quando pensava em Aiden. Esperava que não.

— Aí um gambá trepou com minha perna — ouvi Caleb dizer.

— *Quê?*

Ele riu, depois fez uma careta.

— Você não estava ouvindo.

— Desculpa. — Pisquei algumas vezes. — Eu estava viajando.

— Deu pra ver.

Então vomitei as palavras:

— Quase dormi com Aiden.

O queixo de Caleb caiu. Foram necessárias algumas tentativas até que algo coerente saísse.

— Com "quase dormiu" você quer dizer que quase pegou no sono com ele na mesma cama?

Franzi a testa para ele.

— Não.

— Quase pegou no sono com ele em outra cama?

Balancei a cabeça.

Caleb ficou só olhando para mim, com o rosto desprovido de cor.

— O que deu em você, Alex? Ficou maluca? Quer acabar como serva? Nossa! Meus deuses, você é doida.

Me encolhi.

— Eu disse que *quase* dormi com ele, Caleb. Relaxa.

— Quase? — Ele jogou os braços para o alto. — O conselho e os *mestres* não iam se importar. E eu aqui, achando que Aiden era um cara legal. Malditos puros-sangues, não estão nem aí para o que acontece com a gente. Arriscar seu futuro só pra...

— Ei. Aiden não é assim.

Caleb me olhou sem expressão.

— Não é?

— Não. — Esfreguei os olhos. — Aiden não vai arriscar meu futuro. Pode acreditar em mim. Ele não é como os outros. Eu confiaria minha vida a ele.

Caleb refletiu por um momento.

— Como aconteceu?

— Não vou entrar em detalhes, seu pervertido. Simplesmente aconteceu, mas acabou. Eu só precisava contar pra alguém. E você tem que jurar que não vai dizer nada.

— Claro que não vou. Não consigo acreditar que você está preocupada com isso.

— Não estou, mas me sentiria melhor se você jurasse. Pode ser?

— Alex... Você se importa mesmo com esse cara, né?

Fechei os olhos com força.

— É.

— Entende que isso é errado?

— Entendo, mas... ele é diferente dos outros puros que conhecemos. Não pensa igual a eles. Ele é gentil e até engraçado, depois que a gente o conhece. Não tolera minhas baboseiras, o que eu meio que gosto. Sei lá. Aiden me entende.

— E você entende que não faz diferença? Que não vai a lugar nenhum?

Aquilo me magoou mais do que deveria. Suspirei.

— Eu sei. Podemos... falar de outra coisa?

Caleb ficou em silêncio por um momento, pensando sabe-se lá no quê.

— Você viu Seth?

Me apoiei no cotovelo.

— Não. Ele não apareceu em Nashville e ainda não o vi por aqui. Por quê?

Caleb deu de ombros, ou, pelo menos, tentou. Com as costelas machucadas, saiu meio torto.

— Achei que fosse querer ver, já que...

— Já que o quê?

— Sei que apaguei em muitos momentos na cabana, Alex, mas ouvi quando sua mãe disse que você é o outro Apôlion.

Ele me observou atentamente.

Meu estômago se revirou. Desabei de costas na cama e fiquei em silêncio. Os olhos de Caleb continuavam em mim. À espera. Respirei fundo e contei tudo pra ele, de uma só vez, parando para respirar apenas antes de dizer que Seth ia se tornar o Assassino de Deuses. Quando terminei, Caleb me olhava como se eu tivesse três cabeças.

— Que foi?

Ele piscou e balançou a cabeça.

— É só que... você não deveria ser, Alex. Lembro das aulas de história e civilização do ano passado. Falamos sobre Apôlions e o que aconteceu com Solaris. Isso... Nossa!

— "Nossa!" não era exatamente o que eu esperava. — Eu sentei de pernas cruzadas. — Tipo, é bem legal. Não é? Quando fizer dezoito anos, serei suprimida ou dominada por Seth, em vez de poder comprar cigarro legalmente.

— Mas...

— Não que eu tenha intenção de fumar. Mas talvez começasse. Talvez eu fique muito energizada e por tempo suficiente para usar akasha. Vi Seth usando e foi muito legal. Seria bom atingir um ou dois daímônes com aquilo.

Caleb fez uma careta.

— Você não está levando isso a sério.

— Estou, sim. É como estou lidando com o impossível.

Ele não pareceu impressionado com minha estratégia.

— Solaris foi morta porque o primeiro Apôlion atacou o conselho, certo? Não por causa do que era.

Dei de ombros.

— Desde que Seth não pire, acho que estou bem.

— Por que Solaris não ficou contra ele?

— Porque ela se apaixonou pelo cara ou algo igualmente chato.

— Então não se apaixone por Seth.

— Isso não vai ser difícil.

Caleb não pareceu totalmente convencido.

— Achei que vocês dois pertenciam um ao outro.

— Não nesse sentido! — Eu me forcei a me acalmar. — É como se a energia de um respondesse à energia do outro. Nada mais que isso. Só fui feita pra... completar o cara, sei lá. Não é patético?

Caleb me olhou com preocupação.

— Alex, o que você vai fazer?

— O que posso fazer? Não vou deixar de viver... não vou abrir mão da minha vida por conta do que possa vir a acontecer. Isso pode terminar muito mal, ou muito bem, ou... nem uma coisa nem outra. Sei lá, mas só sei que vou me concentrar em ser...

Eu mesma me interrompi, surpresa com minhas palavras. Nossa! Era um dos raros momentos na vida em que me comportava com maturidade.

Droga! Por que Aiden não estava presente para testemunhar?

— Se concentrar em ser o quê?

Um sorriso amplo se abriu em meu rosto.

— Em ser uma sentinela fantástica.

Caleb ainda não estava convencido, porém mencionei Olivia para distraí-lo. Depois de um tempo, eu me levantei para ir embora, mas tive uma ideia a caminho da porta. Veio meio que do nada, no entanto, assim que surgiu, eu soube que tinha que colocar em prática.

— Podemos nos encontrar amanhã à noite, umas oito?

Ele me encarou. De alguma forma, acho que Caleb sabia o que eu ia pedir, porque assentiu na mesma hora.

— Quero... fazer algo pra minha mãe. — Entrelacei meus braços na minha cintura. — Uma cerimônia ou algo do tipo. Mas não precisa participar, se não quiser.

— Claro. Pode contar comigo.

Assenti, ruborizada.

— Obrigada.

Quando retornei ao quarto, encontrei duas cartas enfiadas debaixo da porta, uma de Lucian e outra de Marcus. Fiquei tentada a jogar ambas no lixo, porém abri a do meu tio.

Fiz bem. Era uma mensagem simples e direta.

Alexandria,
Venha me ver imediatamente.
Marcus

Droga!

Deixei as duas cartas na mesinha de centro e fechei a porta atrás de mim. Não parava de pensar no que Marcus teria para discutir comigo. As possibilidades eram infinitas. O que eu havia acabado de fazer, meu futuro no Covenant, a história toda do Apôlion. Pelos deuses, eu poderia ser expulsa e terminar na casa do meu padrasto.

Como havia me esquecido daquilo?

Quando finalmente cheguei à sala dele, o sol já tinha iniciado sua descida lenta sobre a água, e a luz nebulosa formava um arco-íris cintilante sobre o oceano. Procurei me preparar para a reunião, porém não sabia o que Marcus faria.

Eu seria expulsa? Meu estômago se revirava de maneira desconfortável. O que faria? Moraria com Lucian? Abraçaria a servidão? Eu não poderia viver com nenhuma daquelas opções.

Os guardas assentiram brevemente para mim antes de abrir a porta da sala de Marcus e me deixar entrar. Meu sorriso era quase uma careta, porém fiquei mais tranquila quando constatei quem se encontrava atrás do corpanzil de Leon.

Aiden me mostrou um pequeno e reconfortante sorriso enquanto os guardas fechavam a porta atrás de mim. No momento em que me virei para meu tio, entretanto, gelei.

Ele estava furioso.

21

Talvez fosse a primeira vez que o vi demonstrar uma emoção extrema. Eu me preparei para o que imaginava que seria um chilique colossal.

— Em primeiro lugar, fico feliz que esteja viva e inteira. — Ele baixou os olhos para meu pescoço e depois para meus braços. — Razoavelmente inteira.

Eu me arrepiei toda, mas consegui permanecer em silêncio.

— O que você fez é prova de que não tem nenhuma consideração pela sua vida ou pela vida dos outros...

— É claro que tenho consideração pela vida dos outros!

Bico calado, os olhos de Aiden pareceram me dizer.

— Ir atrás de um daímôn, qualquer daímôn, sem treinamento e despreparada é o cúmulo da imprudência e da idiotice. Você, entre todas as pessoas, deveria saber as consequências. Pense no que é, no que vai se tornar, não tenho nem como expressar o quanto suas ações foram irresponsáveis...

Marcus continuou falando, mas eu nem o ouvia.

Eu me perguntei quanto tempo fazia que Leon sabia o que eu era. Lucian havia dito que ele e Marcus eram os únicos que tinham conhecimento do que Piperi revelou à minha mãe, porém algo me ocorreu. Leon foi o primeiro a partir em minha defesa quando eu voltei ao Covenant. Seria possível que já soubesse? Olhei para meu tio, sem prestar atenção no que ele dizia. Sempre havia a chance de que não tivessem sido sinceros comigo quanto a quem sabia. Lucian e Marcus não foram sinceros sobre a uma série de coisas.

— Se não fosse por Seth, você estaria morta, ou pior. E seu amigo teria sofrido o mesmo destino.

Fiquei um pouco mais alerta. Onde Seth estava? Seria de se esperar que ele estivesse naquela reunião.

— Tem algo a dizer em sua defesa?

— Hum... — Arrisquei uma olhadela para Aiden antes de responder. — Foi muita idiotice da minha parte.

Marcus arqueou a sobrancelha perfeitamente delineada para mim.

— Mais alguma coisa?

— Não. — Balancei a cabeça. — Eu não deveria ter feito o que fiz, mas não me arrependo. — Senti os olhos de Aiden em mim. Engoli em seco e me inclinei para a frente, apoiando as mãos na mesa de Marcus. — Posso me arrepender de Caleb ter se machucado e do outro daímôn ter escapado, mas era minha mãe, minha responsabilidade. Não espero que entenda, mas eu tinha que fazer aquilo.

Ele se recostou na cadeira enquanto me avaliava.

— Acredite ou não, eu entendo. Isso não justifica o que fez ou demostra inteligência, mas entendo seus motivos.

Surpresa, sentei em silêncio.

— Muitas coisas mudaram, Alexandria. O fato de que daímônes podem transformar meios-sangues alterou como devemos encarar diferentes situações. — Ele ficou em silêncio por um momento, com as pontas dos dedos no queixo. — Haverá uma reunião especial do conselho em novembro, em Nova York, para discutir as implicações. Como foi testemunha ocular, será convocada. Seu depoimento ajudará o conselho a decidir como agirá diante dessa nova ameaça.

— Meu depoimento?

Marcus assentiu.

— Você presenciou o modo de operação dos daímônes. O conselho precisa saber exatamente o que lhe disseram.

— Mas era só minha mãe...

Eu deixei a frase morrer no ar, sem saber o quanto Leon sabia.

Meu tio pareceu compreender.

— Duvido muito que tenha sido Rachelle quem descobriu que meios-sangues podiam ser transformados. É mais provável que tenha testemunhado outro daímôn fazendo isso. Ela te queria... por outros motivos.

Ele devia estar certo. Com base no que minha mãe tinha dito, parecia haver um plano maior em andamento, maior do que seu grupinho de psicopatas. E Eric continuava solto, curtindo o barato do éter de um Apôlion. Só os deuses sabiam no que ele estava metido.

— Há algo mais que precisamos discutir. — Marcus conseguiu chamar minha atenção. — Falei com Aiden e avaliamos seu progresso.

— Manda — respondi, procurando soar corajosa e confiante.

Marcus pareceu achar graça, ainda que só tenha durado um segundo.

— Aiden acredita que evoluiu o bastante para permanecer no Covenant. — Ele pegou minha pasta e abriu. Afundei na cadeira, lembrando da última vez que Marcus tinha dado uma olhada nela. — Você tem um bom domínio das técnicas de combate tanto na defesa quanto no ataque, mas notei que não começou o treino de silat nem de defesa contra os elementos e está bastante atrasada nos estudos gerais. Não fez nenhuma aula de reconhecimento ou técnicas básicas de proteção...

— Não quero ser guarda — retruquei. — E posso tirar o atraso na parte teórica. Sei que posso.

— Você querer ser guarda ou sentinela não é nossa preocupação neste momento, Alexandria.

— Mas...

— Aiden concordou em continuar te treinando — Marcus fechou minha pasta. — Ao longo do ano letivo. Ele acredita que, com isso e com a ajuda dos instrutores, você será capaz de acompanhar a turma.

Eu me esforcei ao máximo para não olhar para Aiden, mas quase caí da cadeira. Ele não precisaria continuar me treinando depois que as aulas retornassem. Trabalhava em período integral como sentinela. Abrir mão de seu tempo livre por mim *tinha* que significar alguma coisa.

— Preciso ser honesto, Alexandria. Não sei se será o bastante, mas devo levar em consideração tudo o que realizou recentemente. Mesmo sem treinamento e experiência em sala de aula, provou ser mais habilidosa que... alguns de nossos mais experientes sentinelas.

— Mas... *espera*. Quê?

Marcus abriu um sorriso, e não foi um sorriso falso ou frio. Naquele momento, ele me lembrou tanto de minha mãe que uma rachadura surgiu no muro que se erguia entre nós. E as palavras seguintes fizeram o muro ruir de vez.

— Se conseguir se formar na primavera, estou confiante de que será uma excelente sentinela.

Fiquei olhando para ele, atordoada. Achei que fosse tentar me devolver a Lucian, para que eu ficasse sob controle do conselho antes mesmo de completar dezoito anos. Seu elogio me pegou de surpresa.

— Então... eu posso ficar? — perguntei, recuperando a voz afinal.

— Sim. Quando as aulas começarem, vai precisar se dedicar mais para recuperar o atraso.

Uma pequena parte de mim me motivava a levantar com um pulo e abraçar o cara, mas seria uma reação descomedida. Procurei manter a calma e disse apenas:

— Obrigada.

Marcus assentiu.

— Combinamos que Aiden vai dividir seu treinamento com Seth. Ambos concordaram que será melhor assim. Com o passar do tempo, haverá certas coisas que Seth estará... mais apto a lhe ensinar.

Eu estava feliz demais com a perspectiva de permanecer no Covenant para me incomodar com o treino obrigatório com Seth. Após três anos no limbo quanto ao futuro, mal conseguia conter o alívio e o entusiasmo que me inundavam. Assenti, animada, enquanto Marcus esboçava um plano para que eu avançasse nos estudos ao mesmo tempo que treinaria, em dias alternados, com Aiden e Seth.

A reunião chegou ao fim, e eu ainda queria dar um abraço em Marcus.

— Isso é tudo?

Seus olhos cor de esmeralda pousaram em mim.

— Por ora, sim.

Não consegui evitar um sorrisão.

— Obrigada, Marcus.

Ele assentiu e eu levantei, ainda sorrindo. A caminho da saída, troquei um olhar aliviado com Aiden, depois fechei a porta. Fui aos pulos do prédio principal para o dormitório feminino. Um sorriso permanecia no meu rosto. Coisas horríveis aconteceram, mas, em meio à tristeza, parecia que tudo começava a melhorar.

Dentro do quarto, descalcei os sapatos e comecei a tirar a blusa, porém a regata que eu usava por baixo foi junto. Quando me virei, tentando me ajeitar, eu ouvi:

— Continua, por favor.

— Puta merda!

Levei a mão ao peito, surpresa.

Seth estava sentado na minha cama, com as mãos cruzadas sobre as pernas, o cabelo caindo solto em volta do rosto. Ele tinha um sorriso travesso, que deixava claro que tinha visto meu sutiã de renda de relance.

— O que está fazendo aqui? — perguntei. Depois de um tempo, acrescentei: — E na minha cama?

— Estava te esperando.

Fiquei olhando para ele. Parte de mim queria que Seth fosse embora, mas outra parte estava curiosa. Eu me sentei ao seu lado e passei as mãos sobre minhas coxas. Não estava exatamente nervosa, só meio inquieta. Foi Seth quem rompeu o silêncio que se estendia entre nós.

— Você está com uma aparência péssima.

— Valeu. — Grunhi e ergui os braços. Manchas entre roxas e vermelhas cobriam cada parte deles, e eu sabia que meu pescoço... bom, estava feio. Por alguns minutos, havia esquecido. — Foi bom ter me lembrado.

Seth inclinou a cabeça para mim e deu de ombros.

— Já vi coisa pior. Uma sentinela de Nova York acabou encurralada uma vez. Ela era bem bonita, um pouco mais velha que você, e não queria ser apenas guarda. Um daímôn deu uma mordida no rosto dela só pra provar que...

— Aff! Tá. Já entendi, podia ser pior. Me lembra disso quando não parecer que estive me pegando com um vampiro. Agora me diz por que você está aqui.

— Queria falar com você.

— Sobre?

Fiquei olhando para baixo e sacudi os dedos dos pés.

— Sobre nós.

Cansada, ergui a cabeça para olhar para ele.

— Não existe...

Seth colocou o dedo sobre meus lábios.

— Tenho algo muito importante a dizer sobre o assunto e, se você me deixar falar, não vou insistir ou voltar nisso. Pode ser?

Eu deveria ter dado um tapa na mão dele, exigido que fosse embora, ou, pelo menos, recuado. Em vez disso, só afastei seu dedo com delicadeza.

— Antes, eu tenho algo a dizer.

Suas sobrancelhas se ergueram mostrando curiosidade.

— Tá.

Respirei fundo e voltei a olhar para meus pés.

— Obrigada por ter feito... o que quer que seja pra achar a gente. Se não fosse por você, eu provavelmente estaria morta agora... ou matando alguém. Então... obrigada.

Seth permaneceu em silêncio por tanto tempo que tive que conferir o que estava fazendo. Constatei que ele só me olhava, estupefato. Desviei o rosto, para não sorrir.

— Que foi?

— Acho que essa foi a coisa mais legal que você já me disse. Na vida.

Dei risada.

— Não foi, não. Eu já te disse outras coisas legais.

— Tipo o quê?

Deve ter havido outra situação em que eu tinha sido legal com ele.

— Tipo... quando... — Não consegui pensar em nada. Eu era uma escrota mesmo. — Tá. É mesmo a coisa mais legal que eu já te disse.

— Acho que preciso de um momento para reconhecer e valorizar esse gesto.

Revirei os olhos.

— Seguindo em frente: sobre o que você queria falar?

Seth ficou muito sério.

— Quero ser bem direto com você em relação a umas coisinhas.

— Que coisinhas?

Eu me recostei nos travesseiros sobre a cabeceira da cama e posicionei as pernas de modo que eu não encostasse nele.

Ele franziu as sobrancelhas.

— Tipo o que o futuro nos reserva.

Soltei um suspiro.

— Seth, nada nunca vai acontecer entre...

— Você não está nem um pouco curiosa pra saber como te achei? Não quer saber o que fiz?

— Claro que estou.

Seth se apoiou no braço e se virou de lado. Com o movimento, alguns cachos dourados caíram sobre seu rosto. Seu quadril estava próximo demais dos meus pés. Ele não parecia se importar.

— Eu estava tendo um sonho incrível com uma garota que conheci em Houston, e bem quando...

Grunhi.

— Seth.

— De repente, fui tirado do sonho. Acordei com o coração acelerado, suado. Não fazia ideia do motivo. Me senti enjoado, enjoado como nunca.

Puxei os joelhos junto ao peito.

— Por quê?

— Eu vou chegar lá, Alex. Precisei de um tempo para entender que não havia nada de errado comigo, mas a sensação não foi embora. Então eu senti a primeira marca. Foi como se eu estivesse pegando fogo. A dor era real. Por um segundo, pensei que tivesse sido marcado. Então me dei conta de que era *você* que eu estava sentindo. Fui atrás de Aiden...

— Por que foi atrás de Aiden?

— Porque imaginei que, se alguém soubesse onde você estava, seria ele. Só que o cara não ajudou em nada. Não fazia ideia do que estava acontecendo.

Como Seth havia chegado àquela conclusão? Era melhor não tocar no assunto por enquanto.

— Então você sentiu o mesmo que eu?

Seth assentiu.

— Cada marca. Como se fosse minha pele sendo cortada e meu éter sendo sugado. Nunca senti nada igual. — Ele desviou o rosto. Foi só depois de um momento que voltou a falar. — Não sei como você... lidou com aquilo. Parecia que minha alma estava sendo destroçada. Mas era a sua.

Fiquei ouvindo em silêncio, meio que chocada com o que Seth contava.

— Quando descobrimos que você não estava no quarto, Aiden concluiu o que aconteceu. Partimos imediatamente e nem consigo explicar como eu sabia aonde ir. Era como se algo me guiasse. Talvez meu instinto. — Ele deu de ombros, sem tirar os olhos da própria mão. — Não sei. Eu só sabia que precisava seguir para oeste. Quando chegamos perto da fronteira do Tennessee, Aiden disse que você já tinha mencionado Gatlinburg. E eu soube na mesma hora onde estava.

— Mas como? Isso aconteceu antes? Quando eu estava enfrentando Kain?

Ele ergueu a cabeça e a balançou.

— Acho que não. O que quer que tenha mudado, foi depois. A única coisa em que consigo pensar é que, quanto mais tempo passo com você, mais... nos conectamos. E como já passei pela mudança sou mais capaz de sintonizar esse tipo de coisa.

Franzi a testa.

— Não faz sentido.

— Mas vai fazer. — Seth suspirou. — Quando Lucian disse que somos duas metades que formam um todo, não estava brincando. Se tivesse ficado um pouco mais aquela noite, descobriria umas coisinhas bem interessantes. Que tornariam tudo mais fácil.

Ah, droga. Aquela noite me trazia uma única coisa à mente: Aiden. Foi difícil, porém consegui afastar a lembrança para o canto mais distante da minha cabeça.

— Tipo o quê?

Seth se sentou e me encarou com um único e fluido movimento.

— Os deuses sabem que você vai odiar, mas que se dane. Quanto mais tempo passamos juntos, mais nos conectamos, até o ponto em que não saberemos mais onde começa e termina o outro.

Eu me endireitei no lugar.

— Não gostei disso.

— É... eu também não. Mas é como vai ser. Sei como você é com esse lance de controle. Parece até um pouco comigo. Não gosto de não ser capaz de controlar o que sinto. Igual a você. Mas não faz diferença. Já está me afetando.

— Como assim?

Ele pareceu se esforçar para encontrar as palavras certas.

— Sua companhia já está me afetando. Consigo acessar akasha facilmente, sentir você quando se machuca... estou sentindo agora mesmo. — Seth ficou em silêncio por um momento e respirou fundo. — É o seu poder. Seu éter. Ele me chama, e você ainda nem passou pela mudança. Como acha que vai ser depois? Quando completar dezoito anos?

Eu não sabia e não gostava da direção que aquilo estava tomando.

— Você sabe o que vai acontecer, não é?

Seth assentiu e desviou o rosto.

— Vai ser mil vezes... não, um milhão de vezes mais forte. O que eu quiser, você vai querer. Vamos compartilhar pensamentos, necessidades, desejos. Supostamente, é uma via de mão-dupla, só que eu serei mais forte. O que quer que você deseja vai acabar sendo sufocado por mim. Sou o primeiro, Alex. Basta um toque para que o poder passe a mim.

Senti um pânico que não consegui conter. Fiz menção de me levantar, porém Seth levou as mãos aos meus joelhos. Graças aos deuses eu estava de calça jeans, porque, se sua pele tocasse a minha e aquela porcaria recomeçasse, eu provavelmente perderia o controle.

— Me escuta, Alex.

— Escutar? Você está dizendo que não vou ter controle sobre nada. — Balancei a cabeça freneticamente. O movimento brusco esticou a pele frágil do meu pescoço, mas ignorei a dor. — Isso não pode acontecer. Não quero ter que lidar com isso.

— Calma, Alex. Olha, sei que é uma das piores coisas que poderia acontecer com você, mas ainda há tempo.

— Como assim, ainda há tempo?

— Nada disso está te afetando agora. Você ainda não quer o mesmo que eu. — Ele soltou meus joelhos e se afastou de mim. — Mas isso não funciona do mesmo jeito para mim. A proximidade contigo faz com que nossa conexão domine tudo. Seu coração está batendo acelerado, então o meu também está. Ficar perto assim é como... estar dentro da sua cabeça. Mas você ainda tem tempo.

Processar aquilo tudo não era fácil. Eu entendia o que Seth dizia. Desde que passou por aquela história toda de palingenesia, o que quer que houvesse entre nós já o enrolava em um cordão superespecial, mas não em mim. Não até que eu completasse dezoito anos. E então...

— Por que Lucian não me contou nada disso?

— Porque você foi embora, Alex.

Fiz uma careta para ele.

— Não estou gostando disso, Seth. São só sete meses. Daqui a sete meses, faço dezoito anos.

— Eu sei. Tenho sete meses pra te treinar. Imagina só como me sentirei esse tempo todo.

Tentei imaginar, mas foi em vão.

— Isso não vai dar certo.

Ele se inclinou para a frente e prendeu uma mecha de seu cabelo loiro atrás da orelha.

— Também acho. Mas a ideia foi minha. Então me ouve. Posso lidar com esse lance no momento, porque, mesmo sendo forte, ainda não é tanto. É possível, pra mim. Só que, depois que você despertar, as coisas vão mudar. Se não conseguirmos lidar com isso, se *você* não conseguir lidar com isso, teremos que nos separar. Vou embora. Você não vai poder, por causa da escola, mas eu vou. Vou pro outro lado do mundo.

— Mas o conselho... Lucian... te querem aqui, comigo. — Revirei os olhos. — Seja lá por qual motivo, ele te mandou ficar aqui.

Seth deu de ombros, depois se deitou de costas.

— Esquece isso. Dane-se o conselho. Sou o Apôlion. O que Lucian vai fazer comigo?

Aquelas eram palavras rebeldes, perigosas. Eu meio que gostava.

— Você faria isso por mim?

Seth se virou para mim com um sorrisinho.

— Faria. Faria sim. Você parece surpresa.

Minha perna caiu da lateral da cama quando me debrucei sobre ele.

— E estou. Por que faria isso? Parece que ficaria tudo bem com você.

— Por acaso acha que sou uma má pessoa? — Ele perguntou, ainda sorrindo.

Pisquei algumas vezes, meio sem chão.

— Não... não acho.

— Então por que acha que eu te forçaria a uma coisa dessas? A distância não vai impedir que nossa conexão cresça, mas impedirá a transferência de poder. As coisas vão ser bem intensas quando começar a acontecer. Se eu for embora, ainda seremos duas pessoas distintas.

Do nada, a ficha caiu.

— Isto é por você. Você não acha que vai ser capaz de dar conta.

Seth se limitou a reconhecer minhas palavras com um retorcer sarcástico de lábios.

Nossa conexão devia incomodá-lo muito para ele achar que não conseguiria lidar com ela no futuro. Ainda que parecesse errado, aquilo fazia com que eu me sentisse melhor em relação à situação toda. No fim, se perdêssemos a mão, haveria uma saída. Eu ainda tinha algum controle. Assim como Seth.

— No que está pensando?

A pergunta me tirou de meus pensamentos. Olhei para ele.

— Os próximos sete meses vão ser péssimos pra você.

Seth jogou a cabeça para trás e riu.

— Ah, isso eu não sei! Esse lance tem seu lado bom.

Voltei a me sentar direito, cruzando os braços.

— E qual é?

Ele apenas sorriu.

— No que *você* está pensando?

— Que tivemos uma conversa inteira sem insultar um ao outro. Daqui a pouco, você vai me considerar seu amigo.

— Um passo de cada vez, Seth. Um passo de cada vez.

Ele ficou olhando para o teto. Não tinham estrelas que brilhavam no escuro ali, era só tinta branca, velha e sem graça. Sem pensar, toquei a mão que descansava perto da minha coxa. Era uma espécie de experimento: eu queria ver o que aconteceria.

Seth virou a cabeça na minha direção.

— O que está fazendo?

— Nada.

Nada aconteceu. Confusa, entrelacei meus dedos com os seus.

— Não parece nada. — Ele estreitou os olhos para mim.

— Pois é. — Desistindo do teste improvisado, recolhi a mão. — Você não deveria...

O que quer que eu fosse dizer morreu nos meus lábios. Incrivelmente rápido, Seth pegou minha mão e entrelaçou meus dedos com os seus.

— Era isso que você queria? — ele perguntou, casualmente.

Aconteceu. Agora que estava próxima o suficiente, consegui ver de onde os sinais vinham. As veias grossas de sua mão foram as primeiras a escurecer, se ramificando a partir dali. Como que hipnotizada, assisti às tatuagens escuras cobrindo cada trecho de sua pele exposta. Diante de meus olhos, elas saíam das veias e giravam na pele de Seth, formando desenhos diferentes enquanto continuávamos de mãos dadas.

— O que significam? — Levantei a cabeça. Os olhos de Seth estavam fechados. — Os sinais?

— São... os sinais do Apôlion — Seth respondeu devagar, como se estivesse com dificuldade de formar palavras e frases. — São runas e feitiços... com o intuito de proteger... ou, em nosso caso, alertar sobre a presença do outro... ou algo do tipo. Têm outros significados também.

— Ah...

As runas desciam por sua pele, seguindo para as pontas dos dedos. Talvez eu estivesse maluca, porém tinha certeza de que os sinais reagiam à nossa pele se tocando e, por uma fração de segundo, achei que os símbolos iam saltar da pele de Seth e se espalhar pela minha.

— Eu... vou ficar assim um dia?

— Hum?

Tirei os olhos de nossas mãos por um momento. Os olhos de Seth permaneciam fechados, sua expressão relaxada. Mais do que isso, até. Ele parecia... satisfeito. Eu nunca o vi tão calmo.

— Esse é o lado positivo? — perguntei, de brincadeira, mas a constatação me veio antes que Seth pudesse responder. Era porque ele estava perto de mim. Algo simples assim o afetava. *Eu* o afetava naquela medida.

Recordei o que Seth havia dito depois da luta com Kain.

— Tenho mesmo todo o poder aqui.

Seus olhos se abriram, brilhando como duas pedras preciosas enormes.

— Quê?

Apertei seus dedos com os meus. Os lábios de Seth se entreabriram, permitindo que um suspiro escapasse. Então, devagar, diminui a força da minha pegada. Interessante.

— Nada.

— Eu não devia ter te contado a verdade. — A voz dele saiu meio áspera. — Mas você tem mesmo, pelo menos por enquanto.

Ignorei a última parte e recolhi a mão antes que os sinais chegassem a ela. Passamos alguns minutos em silêncio. Eu me recostei nos travesseiros,

Seth voltou a fechar os olhos. O tempo todo, fiquei observando o subir e descer constante de seu peito. Quase parecia que estava dormindo. Relaxado daquele jeito, sua beleza não parecia tão fria ou metódica. Dessa vez, fui a primeira a falar.

— O que você está fazendo?

— Agora? — Seth soou sonolento. — Estou planejando. O que vou te mostrar. No treino, claro.

Ergui as sobrancelhas.

— Não entendo o que você poderia me ensinar que Aiden não possa.

Seth gargalhou e falou em um tom convencido e sabichão.

— Ah, Alex! Tenho muito a te mostrar. Coisas que Aiden nunca será capaz de te ensinar.

Olhando para Seth, admiti que havia uma parte minúscula de mim ansiosa pelo que quer que ele estivesse planejando. Tinha plena confiança de que seria divertido ou, ao menos, proveitoso.

Não falamos muito mais. Logo, o entusiasmo se foi, deixando apenas exaustão. Minhas pálpebras começaram a pesar. Tudo o que eu queria era me livrar de Seth, para poder me deitar. No momento, ele estava esparramado no meio da minha cama e ocupava bastante espaço.

Seth abriu os olhos e me encarou. Quando me ofereceu um sorrisinho e se levantou, fiquei me perguntando se havia sentido que estava prestes a levar um chute na barriga.

Eu nunca mais contaria com o elemento surpresa.

— Já está indo? — perguntei, porque não sabia o que mais dizer.

Seth não respondeu. Ergueu os braços acima da cabeça e se espreguiçou, revelando os músculos rígidos de seu abdômen por baixo da camiseta preta. A imagem de um gato me veio à mente. Era assim que ele se movia, como um felino, como um predador. Seth tinha uma graça sutil que não era humana nem meio-sangue.

— Sabe o que seu nome significa em grego? Alexandria?

Balancei a cabeça.

Ele abriu um sorriso lento.

— Defensora dos homens.

— Ah! Que legal! E o que o seu nome...?

Ele se curvou de repente e se aproximou. Foi tão rápido que nem me deu chance de recuar, o que seria uma reação natural para qualquer pessoa que visse o Apôlion se aproximando assim.

Os lábios de Seth tocaram minha testa, se demorando apenas o suficiente para que eu tivesse certeza de que ele me tinha me dado um beijo antes de endireitar o corpo.

— Boa noite, Alexandria, defensora dos homens.

Perplexa, murmurei alguma despedida, porém, antes que as palavras terminassem de sair, ele já tinha ido. Levei os dedos ao ponto em que seus lábios haviam tocado. Seu beijo foi estranho, inesperado, errado e... doce.

Eu me deitei e estiquei as pernas. Olhando para o teto, me perguntei o que os meses seguintes me reservavam. Não cheguei a nenhuma conclusão. Tudo havia mudado, incluindo eu mesma. A única coisa de que tinha certeza era que aprenderia muito com Aiden e Seth.

Na tarde seguinte, me lembrei do envelope de Lucian que havia ficado na mesa. Enfiei o dedo sob a aba e o abri. Tirei o dinheiro e, pela primeira vez, li o bilhete.

Não era ruim nem falso, porém não me comovi enquanto olhava para sua caligrafia elegante. Não importava quanto dinheiro meu padrasto me enviasse ou quantas cartas me escrevesse, ele não conseguiria comprar meu amor ou apagar as suspeitas que o cercavam como uma nuvem densa.

No entanto, em breve, seu dinheiro me compraria sapatos lindos.

Com isso em mente, tomei um banho e encontrei uma roupa que cobrisse a maior parte das minhas marcas. Deixar o cabelo solto ajudaria com meu pescoço, embora não escondesse todas as cicatrizes.

Para minha surpresa, os guardas não me impediram quando atravessei a ponte para a ilha principal. Enquanto andava, no entanto, tive a sensação de que estava sendo observada. Uma rápida espiada por cima do ombro confirmou minha desconfiança. Um guarda havia deixado seu companheiro sozinho na ponte e se mantinha a uma distância segura de mim. Talvez Lucian ou Marcus estivessem preocupados que eu tentasse fugir de novo... ou que fizesse algo incrivelmente irresponsável.

Dei um sorriso atrevido para o guarda antes de entrar em uma das lojinhas para turistas, de propriedade de puros, mas administradas por mortais. A que escolhi tinha uma variedade de velas caseiras, mosaicos feitos de conchas quebradas e sais de banho. Sorri para mim mesma, convicta de que ia conseguir gastar parte do dinheiro ali.

Animada com todas as coisas de meninas que eu planejava comprar, refleti sobre os prazeres simples da vida frequentemente ignorados quando me preparava para matar daímônes. Banhos de espuma não costumavam ser minha prioridade. Peguei algumas velas brancas em barquinhos de madeira e outras um pouco maiores e muito, muito cheirosas.

Procurei ignorar o fato de que a mortal trabalhando no caixa encarava meu pescoço. Puros usavam coação com os mortais que trabalhavam perto do Covenant para convencê-los de que todas as esquisitices que observavam eram absolutamente normais. Aquela garota parecia precisar de mais uma dose.

— Só isso? — ela perguntou, gaguejando um pouco, o que a forçou a tirar os olhos de minhas cicatrizes.

Fiquei desconfortável. Era daquele jeito que as pessoas iam reagir até que as malditas marcas clareassem? Meus olhos passaram dela para um conjunto de artigos de papelaria com temática marinha, que estava ao lado do caixa.

— Pode incluir isso também.

A garota assentiu, o que fez alguns fios de cabelo com luzes caírem em seu rosto.

Incapaz de olhar diretamente para mim, ela concluiu a venda rapidinho.

Saí da loja e me sentei em um dos bancos brancos que havia na rua. Escrevi um bilhete e fechei o envelope. Atravessei a rua, passando por uma livraria e uma lojinha de presentes.

Nem precisava olhar para trás para saber que o guarda continuava me seguindo. Dez minutos depois, subi os degraus largos da casa de praia de Lucian e passei a carta por baixo da porta.

Havia uma boa chance de que ele nem a recebesse, porém, pelo menos, eu estava tentando agradecer. Assim me sentiria menos culpada quanto a gastar uma pequena fortuna com o meu guarda-roupa de volta às aulas. Afinal, não podia usar uniforme e roupa de treino o ano todo.

Não me demorei na varanda, para não correr o risco de ser surpreendida por ele ali, caso estivesse em casa. Então peguei o caminho de volta para o Covenant, carregando minhas compras.

— Srta. Andros?

Com um suspiro, me virei para encarar o guarda que me seguia. Ele agora se encontrava ao lado do companheiro, o rosto inexpressivo.

— Oi?

— Da próxima vez que for sair do Covenant, peça autorização antes, por favor.

Revirei os olhos, mas assenti. Nada havia mudado desde que eu voltei ao Covenant. Ainda precisava de babá.

De volta ao campus, fiz uma última parada antes de encontrar com Caleb no jardim do pátio. Hibiscos eram as flores preferidas da minha mãe, e havia várias delas ali. Eu costumava pensar que exalavam o perfume dos trópicos, porém nunca havia cheirado uma de fato. Minha mãe gostava delas porque eram bonitas. Peguei meia dúzia e fui embora.

Conforme me aproximava do dormitório feminino, notei Lea sentada na varanda da frente com algumas meios-sangues. Ela parecia melhor do que da última vez que eu tinha visto.

Lea ergueu o queixo quando passei e jogou o cabelo gloriosamente brilhante para trás com a mão superbronzeada. O silêncio perdurou por um momento, antes que ela abrisse a boca.

— Você está com uma aparência melhor do que de costume. — Lea se afastou das colunas grossas e mordeu o lábio carnudo. — Bom, pelo menos as marcas desviam a atenção do seu rosto. Tudo tem um lado positivo.

Eu não sabia se ria ou se dava um soco na cara dela. De qualquer maneira, por mais ridículo que fosse, fiquei feliz de ver a Lea voltar a ser a escrota de sempre.

— Que foi? — Ela estreitou os olhos, me desafiando. — Não tem nada a dizer?

Pensei a respeito.

— Desculpa. Você está tão bronzeada que te confundi com uma poltrona de couro.

Com um sorrisinho desdenhoso, ela passou por mim dizendo:

— Você é ridícula.

Normalmente, aquelas palavras iniciariam uma longa batalha de insultos, mas daquela vez deixei passar. Tinha coisas melhores pra fazer. Dentro do quarto, separei as velas e os barquinhos, que me lembravam daqueles usados para guiar espíritos para a vida após a morte. Seria algo simbólico. Como eu não tinha o corpo da minha mãe ou um túmulo para poder velar a sua morte, era o melhor que podia fazer.

Não tive pressa enquanto me arrumava. Queria estar bonita, ou tão bonita quanto possível considerando que metade do meu corpo estava coberto de marcas. Ajeitei o cabelo até que não fosse mais puro frizz e tirei todos os fiapinhos claros do vestido que havia usado nos outros funerais. Vesti um casaquinho leve por cima, peguei tudo e fui encontrar Caleb.

Ele já estava à beira da água, perto do pântano e de onde ficavam os chalés dos funcionários. Era o melhor lugar para fazer aquilo e o mais reservado. Ver Caleb tão bem-vestido, no entanto, foi como levar um soco no peito.

Devia fazer um bom tempo que ele não usava aquela calça preta, porque estava curta demais. Minha mãe tentou matar Caleb e, ainda assim, ele se vestiu de maneira a demonstrar respeito à lembrança dela e a mim. Um nó se formou na minha garganta. Engoli em seco, mas a sensação não passou.

Caleb se aproximou para pegar as flores da minha mão, expressando compaixão. Em silêncio, preparou os barquinhos, enquanto eu espalhava por cima as pétalas arrancadas, achando que... minha mãe ia gostar daquilo.

Olhei para os três barquinhos e engoli em seco novamente. Um para minha mãe, um para Kain e um para os outros mortos.

— Muito obrigada por ter vindo — falei. — De verdade.

— Fico feliz que esteja fazendo isso.

A ardência em meus olhos só aumentou, assim como o nó na minha garganta.

— E que tenha me convidado para participar — Caleb acrescentou.

Deuses. Ele ia conseguir. Eu ia chorar.

Caleb se aproximou e passou um braço por cima dos meus ombros.

— Está tudo bem.

Uma lágrima solitária escapou. Eu a peguei com a ponta de um dedo antes que rolasse pela minha bochecha, mas depois veio outra... e outra. Enxuguei o rosto com as costas da mão.

— Desculpe — disse, fungando.

— Não. — Caleb balançou a cabeça. — Não precisa pedir desculpa.

Assenti e respirei fundo. Após um momento, consegui segurar as lágrimas e forçar um sorriso abatido.

Ficamos meio que perdidos nos braços um do outro. Ambos estávamos de luto, ambos havíamos sofrido perdas. Talvez Caleb também precisasse daquilo. O tempo precisava desacelerar até que estivéssemos prontos.

Olhei para as velas.

— Droga!

Eu não tinha nada para acendê-las.

— Precisa de fogo?

Ambos nos viramos na direção daquela voz profunda e suntuosa. Minha alma a reconheceu no mesmo instante.

Aiden estava a uma curta distância de nós, com as mãos enfiadas nos bolsos do jeans. O pôr do sol criava uma aura em volta dele e, por um breve momento, quase acreditei que era um deus e não um puro.

Pisquei, e Aiden não desapareceu. Estava mesmo ali.

— Sim.

Ele deu um passo à frente e tocou cada vela de baunilha com a ponta do dedo. Chamas anormalmente claras surgiram e ganharam força, sem se abalarem com a brisa marinha. Quando terminou, Aiden se levantou e olhou para mim. Seus olhos transmitiam orgulho e segurança, e eu soube que ele aprovava o que eu estava fazendo.

Tive que segurar mais lágrimas quando Aiden voltou a recuar. Com certo esforço, tirei os olhos dele e peguei meu barquinho. Caleb me ajudou, e caminhamos até onde uma espuma branca sobre a água tocava nossos joelhos, longe o bastante para que a rebentação não trouxesse os barquinhos imediatamente de volta.

Caleb colocou seus dois barcos na água primeiro. Seus lábios se moveram, mas não consegui ouvir o que ele dizia. Talvez fizesse uma oração. Eu não tinha como saber ao certo, porém após um momento, Caleb soltou os barcos e as ondas os levaram.

Uma série de coisas se passaram na minha cabeça enquanto olhava para meu barco. Fechei os olhos e vi seu belo sorriso. Imaginei que ela assentia e me dizia que estava tudo bem, que eu podia desapegar agora. E acho que, de certa forma, era verdade. Minha mãe estava em um lugar melhor. Eu acreditava mesmo naquilo. Sempre sentiria certa culpa. Tudo o que minha mãe fez, desde o momento em que o oráculo falou com ela, nos levou até ali, mas finalmente acabou. Eu me inclinei e coloquei o barquinho na água.

— Obrigada por tudo, obrigada por abrir mão de tudo por mim. — Fiquei em silêncio por um momento, sentindo lágrimas correrem pelo meu rosto. — Sinto muito sua falta. Sempre vou te amar.

Meus dedos se demoraram mais um segundo para soltar o barco, então a espuma das ondas o levou de mim. Os três barcos se afastaram cada vez mais, com as velas ainda acesas. Quando perdi os barquinhos e suas luzes suave de vista, o céu havia escurecido. Caleb me aguardava na areia. Se pensou alguma coisa sobre a presença de Aiden, um pouco antes, sua expressão não demonstrava.

Com cuidado, retornei à praia. A distância entre mim e Aiden pareceu evaporar. Era como se só houvesse nós dois ali. Um sorrisinho se insinuava em seus lábios à medida que eu me aproximava.

— Obrigada — sussurrei.

Aiden pareceu compreender que eu estava agradecendo por mais que o fato de ter acendido as velas.

— Quando meus pais morreram... — ele falou, tão baixo que só eu pude ouvir. — Pensei que nunca encontraria paz. Sei que você encontrou e fico feliz por isso. Você merece, Alex.

— E você? Encontrou paz?

Os dedos de Aiden roçaram minha bochecha em um gesto tão rápido que tive certeza de que havia passado despercebido a Caleb.

— Encontrei. Agora encontrei.

Inspirei fundo. Tinha tanto a dizer, mas não podia. Gosto de pensar que Aiden sabia de tudo, e provavelmente sabia mesmo. Ele deu um passo para trás e, depois de um último olhar, se virou e voltou para casa.

Meus olhos acompanharam Aiden até que não passasse de uma sombra vaga. Então fui até Caleb, me sentei ao seu lado e descansei a cabeça em seu ombro. De tempos em tempos, o mar fazia cócegas em nossos dedos dos pés, e eu sentia o perfume de baunilha na brisa. A temperatura no geral era agradável, porém o vento fraco trazia um friozinho. Era o outono chegando. Pelo momento, no entanto, a areia daquela ilha na Carolina do Norte permanecia quente, e o ar ainda cheirava a verão.

CENAS EXTRAS

ALEX E AIDEN

Era um pouco demais treinar quedas e outras maneiras de apanhar em pleno sábado de manhã. Na verdade, treinar sábado era simplesmente errado, por vários motivos. Inacreditável. Sacrilégio. Patético. Praticamente...

— Alex.... — A voz grave de Aiden interrompeu meu longo monólogo interior. Levantei a cabeça, com minha melhor cara de "não mexe comigo que eu mordo". Seus lábios volumosos e expressivos, lábios para os quais eu precisava parar de olhar, se abriram em um meio-sorriso. — Isso vai demorar ainda mais se você ficar se arrastando.

Ele tinha razão, mas eu é que não ia admitir. Atravessei os tatames a passos firmes enquanto tentava, sem sucesso, não ficar secando o cara como uma stalker. Pelos deuses, Aiden fazia calça de moletom preta e camiseta branca parecerem a coisa mais maravilhosa do mundo. Provavelmente era como o tecido se esticava sobre seu peitoral e seus ombros largos. É, só podia ser...

Aiden arqueou a sobrancelha.

— O que está olhando?

Senti as bochechas esquentarem na hora.

— Hum... nada.

A cara dele era em parte de quem não se deixava enganar, em parte algo que eu nem ousaria colocar em palavras. Sem dizer nada, Aiden estendeu o braço e, com as pontas dos dedos, prendeu uma mecha de cabelo atrás da minha orelha. Um toque simples, na verdade, mas que me fez arrepiar toda e perder o ar.

Aiden baixou a mão e virou a cabeça. Vários cachos escuros caíram sobre sua testa.

— Muito bem, agora vamos começar.

Durante o alongamento, meu humor melhorou consideravelmente. Ou, pelo menos, passei a responder com frases completas. Eu não era uma pessoa matinal.

Começamos treinando derrubar o adversário, que basicamente consistia em varrer as pernas do outro quando dava a sorte de se encontrar atrás dele ou por perto. No entanto, como era improvável que um daímôn ficasse parado esperando ser jogado no chão, nossos exercícios envolviam Aiden pular em cima de mim como se fosse um jogador de futebol americano.

— Não se esqueça de usar o peso e o impulso do adversário contra ele — Aiden disse, com as mãos na cintura definida.

— Eu sei.

Não era uma novata completa. Às vezes, Aiden parecia se esquecer daquilo.

Ele estreitou os olhos.

— Estou entediando você?

Era uma pergunta capciosa.

— Um pouco...

Aiden inclinou a cabeça de lado.

— Então vamos fazer assim.

Abri a boca, porém Aiden disparou como um míssil com o meu nome estampado nele. Eu me preparei para o impacto, avancei e o encontrei no meio do caminho. Teoricamente, deveria mirar bem no meio de seu corpo, usando o ombro, e levantá-lo. Como Aiden havia dito, seu peso e o impulso deveriam trabalhar a meu favor. No entanto, considerando que Aiden provavelmente tinha um abdômen de aço desde o jardim da infância, talvez meu ombro quebrasse.

Eu me joguei contra o corpo de Aiden.

É, ele nem se mexeu.

Cambaleei para trás, esfregando o ombro com uma careta.

— Isso não saiu como planejado.

Ele deu risada.

— Você hesitou no último segundo.

Joguei o rabo de cavalo para trás e suspirei.

— Não queria te machucar.

Aiden ficou me olhando por um momento, então deu risada. Foi uma risada muito mais alta que a anterior.

— Que bom que você está se divertindo... — murmurei, sabendo que estava sendo ridícula.

— Ah, Alex, você não vai me machucar. — Ele andou para trás, com um sorriso que formava uma covinha em sua bochecha. — Acho que estava era com medo de *se* machucar.

— Deixa pra lá.

Aparentemente, era uma boba por não querer passar por uma cirurgia de reconstrução da clavícula.

— De novo, mas sem hesitar dessa vez. — Aiden pareceu pensar por um momento. — Se conseguir, vamos correr nas dunas.

Meu queixo caiu.

— Quê?

Um olhar espertinho surgiu em seus olhos cinzentos.

— Por uma hora.

Aquele puro-sangue ia comer poeira. Apertei o rabo de cavalo e olhei feio para ele.

— Pode vir.

Aiden endireitou os ombros e veio para cima de mim outra vez. Mirei bem no meio de seu corpo. Só que algo deu muito errado. Minhas pernas se meteram no caminho traçado por ele com todo seu poder de destruição e, antes que eu entendesse o que estava acontecendo, me deparei com uma coxa que mais parecia um tronco de árvore.

Caí, e como era louca, levei Aiden junto. Não foi o baque contra o tatame que tirou o ar dos meus pulmões. Foi o momento em que o corpo de Aiden se encaixou com o meu. Eu o encarei, com os olhos arregalados. Tinha medo de me mover, de respirar que fosse.

Ele segurava minha cabeça. Eu só podia concluir que, se Aiden *realmente* quisesse evitar aquela... posição tão íntima, poderia ter feito.

Mas ele não evitou. Não se moveu.

Seus olhos cinzentos e frios se acenderam e adquiriram um tom prateado intenso que fez meu coração, já acelerado, entrar em risco de parada. A respiração de Aiden estava acelerada.

— Alex...

Engoli em seco.

— Aiden?

Ele transferiu o peso do corpo para o braço. Então levou a mão ao meu rosto, cobrindo uma bochecha inteira com ela. Sabia que seus dedos eram elegantes, porque prestava bastante atenção neles, mas senti os calos, a pele áspera. Eu amava as mãos de Aiden.

Me forcei a permanecer parada, em silêncio, enquanto aguardava, com uma ansiedade que quase chegava a doer, que fizesse alguma coisa, qualquer coisa. Sabia que, com o mínimo movimento da minha parte, Aiden recuaria, porque era aquele tipo de cara. Parte de mim meio que o amava por aquilo. A outra parte vivia frustrada e queria que ele deixasse o cavalheirismo de lado.

Eu não sabia ao certo o que isso dizia a meu respeito. Nada de bom, claro.

No momento, entretanto, quando Aiden estava bem onde queria, eu pouco me importava.

Seus olhos intensamente prateados pareciam líquidos ao passar devagar pelo meu rosto, até pararem em meus lábios entreabertos. Minha pele corava onde quer que eles estivessem.

Deuses, eu queria que ele me tocasse, que me beijasse, mais do que qualquer outra coisa.

Aiden emitiu um ruído baixo no fundo da garganta que fez meu corpo se contrair até os dedos dos pés.

— Você precisa parar de pensar no que está pensando.

— Como... como você sabe o que estou pensando?

Seus dedos deslizaram pela minha bochecha e entraram sobre a gola alta da minha blusa. Estremeci. Os lábios dele se curvaram.

— Dá para ver nos seus olhos.

— É mesmo?

Aiden não se deu ao trabalho de responder. Parecia estar completamente perdido naquela loucura. Era mesmo uma loucura. A porta da sala de treino estava fechada, porém qualquer um poderia entrar e nos flagrar. Aquela posição não seria fácil de explicar.

Sua mão voltou a se mover, passando pelo meu ombro, descendo por meu braço... deuses, aquela mão não parava. Passou por meu quadril, então seus dedos se curvaram sobre minha coxa.

Eu queria, precisava, dizer alguma coisa, porém me faltavam palavras.

Aiden baixou a cabeça e pressionou a testa contra a minha. Ele estremeceu, como eu havia estremecido segundos antes. Seus lábios estavam tão próximos que quase dava para sentir o gosto.

— Isso é loucura. — Aiden murmurou, inclinando a cabeça de modo que seus lábios roçaram o canto dos meus quando falou. — Pura loucura...

— Sim... — sussurrei. Porém era o tipo certo de loucura: perigosa, mas *muito* divertida.

Aiden pressionou os lábios contra minha bochecha, e meus olhos se fecharam. Repetiu o gesto doce na outra, e comecei a ficar triste. Aiden ia parar. Era o jeito dele. Apagar o fogo com doçura, com algo tão inocente que...

Seus lábios roçaram os meus e, como na primeira vez em que nos beijamos, meu mundo inteiro pareceu implodir. Sensações brutas dispararam pelo meu corpo. Senti os quadris dele se movimentarem, seu corpo todo estremecer contra o meu. Cada nervo do meu corpo parecia exposto.

Então eu me movi, estendendo a mão e enfiando os dedos em seu cabelo macio.

— Droga! — Aiden disse, puxando o ar de forma trêmula. — Isso...

— Eu quero.

Não que ele já não soubesse, mas ouvir as palavras saírem da minha boca deve ter quebrado o feitiço. Aiden saiu imediatamente de cima de mim, se levantou e se afastou, passando as mãos pelo cabelo e respirando fundo.

Atordoada, eu me sentei e levei os dedos aos meus lábios. Ainda sentia seu beijo, o peso do corpo dele.

Aiden pigarreou. Quando levantei a cabeça, ele já estava na beirada dos tatames. Como se aumentar a distância entre nós fosse impedir alguma coisa.

— Bom, imagino que essa seja uma maneira de derrubar o adversário — ele conseguiu falar.

E era mesmo.

Meio-sangue

1

PONTO DE VISTA DE AIDEN

O primeiro cadáver que encontramos na rodoviária de Atlanta estava com, pelo menos, cem de seus duzentos e oito ossos quebrados. Não podia ser muito mais velho que meu irmão, o que me enojava. Outra vida desperdiçada, e pelo quê? Mortais não tinham éter. Era só diversão, pelo barato de matar.

Ajoelhado ao lado do cadáver do menino de rua, olhei para a forma enorme que surgia projetada pelo luar. O cara parecia um rolo compressor.

— Encontrou mais algum, Leon?

O sentinela puro-sangue balançou a cabeça, com os olhos estreitados.

— Não.

Leon era um homem de poucas palavras, e eu já estava acostumado. Voltei a me concentrar no corpo, sabendo o que precisava fazer. Odiava aquilo com cada fibra do meu ser, mas não tinha jeito. Sentinelas não se atinham somente a caçar daímônes.

Também tínhamos que apagar seus rastros.

Ao longe, um raio caiu. Uma tempestade de fim de primavera se iniciava. Com o maxilar cerrado, pousei a mão sobre o braço do garoto e deixei que um dos elementos mais poderosos levasse os últimos momentos tenebrosos de sua vida. Faíscas saltaram de meus dedos, alimentadas pelos próprios deuses, e viajaram para o braço sem vida. Em segundos, o fogo sobrenatural consumiu o corpo. Não restou nada além de cinza. Era como se o garoto nunca tivesse existido. Não pude evitar pensar se teria pais que notariam sua falta, ou que se importavam.

Então meus pensamentos retornaram a Deacon.

— Ei, Aiden, olha só o que encontrei — Kain gritou, animado.

Eu me levantei, limpei as mãos e me virei em sua direção. Kain sorria. Estava sempre sorrindo. Mesmo diante de uma horda de daímônes.

— O que foi? — Leon perguntou, de braços cruzados.

Kain agitou um papelzinho no ar.

— Uma passagem de ônibus para Nashville. E tem dinheiro espalhado por aqui.

Leon soltou um ruído exasperado.

— Estamos em uma rodoviária, Kain. Deve ter um monte de passagens perdidas por aqui.

— É, valeu por me lembrar. — Kain revirou os olhos. — É uma passagem de Miami a Nashville, com uma parada em Atlanta.

— Ela esteve aqui — Leon disse baixo com sua voz grave.

Uma passagem. Dinheiro perdido. Mortais e daímônes mortos. Ela, com certeza, havia estado ali.

— Droga. — Kain guardou a passagem e devolveu o dinheiro ao chão, para que alguém o encontrasse. — Vocês deviam ter me ouvido na Flórida. Devíamos ter revirado rodoviárias e não aeroportos.

— Isso não ajuda em nada agora.

Continuei andando pelo beco à procura de alguma coisa, qualquer coisa que nos indicasse a direção certa. Eu precisava retornar ao Covenant. Só os deuses sabiam o que Deacon estava fazendo.

— Só estou dizendo que...

— Cala a boca, Kain — alertou Leon.

Era impressionante que ele ainda não tivesse matado Kain.

Kain ficou quieto.

Com um sorriso sombrio, fui até a ponta do beco. Um campo e um bosque separavam uma parada de descanso para caminhões e um parque industrial. Senti Leon se aproximar por trás de mim e me virei ligeiramente em sua direção.

— Acha que é tarde demais? — perguntei.

Ele olhou para a frente, com um olhar distante.

— Acho que não... Se ela chegou até aqui depois de...

Considerando o que tínhamos visto e descoberto em Miami, a garota devia ter recursos suficientes para sobreviver. Havia daímônes ali, no entanto. Que tinham matado. Não parecia um bom sinal. Ela podia ser apenas uma meio-sangue, uma meio-sangue bem relacionada, porém a ideia de que morresse ali, sozinha, acabava comigo. Seria uma injustiça.

— Alguém atravessou este campo correndo — Leon disse. — Olha como a grama está amassada.

Ele tinha razão. Seguimos o caminho amassado na grama e chegamos ao bosque. Uma vez lá, não foi fácil. Nos dividimos, cada um foi para uma direção diferente. Eu fui pelo meio, olhando para o topo das construções à distância. Outro raio cortou o céu, seguido por um trovão que sacudiu meus ossos.

Avancei mais um pouco antes de ouvir Leon chamar. Segui sua voz e o encontrei ao lado dos restos carbonizados de outro mortal. Era recente.

— Daímôn?

Ele confirmou.

— O que mais poderia queimar um mortal assim sem destruir todo o bosque?

— Ela tem que estar por aqui.

Viva... ou morta, de qualquer modo, nós a encontraríamos. E então a levaríamos de volta, como o ministro em pessoa havia pedido. Voltei a olhar para as construções. Uma sensação estranha percorreu minha espinha.

— Vamos procurar ali.

Eu e Leon mandamos Kain voltar para a SUV e nos encontrar no parque industrial. Não demoramos muito para atravessar o bosque e, ao chegarmos, pisamos silenciosamente pelo piso rachado. Kain parou no canto do estacionamento e se juntou rapidamente a nós, que passávamos por entre as construções.

— Tá, eu tenho que perguntar. — Kain sacou uma adaga de titânio. — Por que daímônes se dariam a tanto trabalho para pegar uma meio-sangue?

Leon exalou audivelmente.

— Não me entendam mal, eu também sou meio-sangue e gosto de me considerar importante, mas pra um daímôn? Nem tanto. Tem algo de muito errado aí.

Por mais que odiasse admitir, ele tinha razão. Só era chato porque Kain, quando estava certo, não deixava ninguém esquecer. Daímônes não se importavam nem um pouco com meios-sangues, porque eles não tinham éter o suficiente.

— Eu sei. — Acabei concordando.

— Tipo, o que está rolando que a gente não...

Parei ao ouvir um som de metal. Ergui a mão para silenciar Kain e me virei para a construção baixa à nossa frente. Apontei para ela, saquei a adaga e fui em frente.

Uma porta enferrujada havia sido arrombada. Fiquei imediatamente ansioso, com a adrenalina alta. Era ali. Eu sentia. Após meses chegando tão perto, aquilo ia terminar, de um jeito ou de outro. Me movi sem fazer barulho, abri mais a porta e deixei que meus olhos se adaptassem à escuridão da fábrica abandonada.

Havia bancos espalhados e vigas quebradas em toda parte. O lugar cheirava a podridão e decadência. Com o coração disparado, eu me esgueirei por entre as bancadas de trabalho abandonadas.

Então eu ouvi... a voz dela.

— Blá-blá-blá, você vai me matar, blá-blá. Eu sei.

Um sorriso relutante repuxou meus lábios. Com base no que tinha ouvido sobre Alexandria Andros, só podia ser ela. Quando a ordem do ministro de encontrá-la caiu no meu colo, fiquei pensando que deveria lembrar dela, mas minha memória era vaga e inacessível.

O grito de uma daímôn cortou o ar e, então, um homem gritou para que a mulher parasse. O som de passos rápidos me levou a entrar em ação. Corri na direção do buraco na parede. Precisava de uma distração, porque não sabia quantos daímônes encurralavam a menina.

Ergui a mão e soprei. O fogo se espalhou pelo chão da fábrica, queimando tudo em seu caminho. Ouvi um grito repentino do outro lado. Com a adaga na outra mão, passei pelo fogo sem sofrer qualquer efeito do calor.

Em um instante, eu a vi. Ela parecia pequena demais ali, empunhando... uma pá de jardim? Meus olhos encontraram os seus, sob um emaranhado de cabelo. Senti um lampejo de familiaridade.

A daímôn atrás de Alexandria me parecia igual a qualquer puro-sangue, mas eu não podia arriscar. Tinha encontrado a garota.

— Abaixa.

Graças aos deuses ela já estava no chão quando lancei outra rajada de fogo elementar. Acertei a daímôn, que foi ao chão, gritando e rolando. Eu sabia que havia mais deles, pelo menos outros dois.

Baixei a mão, e as chamas se extinguiram com um estalo. Leon e Kain me alcançaram. Leon, que tinha uma habilidade impressionante e até assustadora de identificar daímônes e acabar com eles, foi atrás de um. Kain foi até a daímôn caída e cravou a lâmina de titânio em seu peito.

De canto de olho, vi que Alexandria tentava se levantar. Fiquei irritado na mesma hora. Ela precisava ficar abaixada e fora do caminho até que soubéssemos onde os outros daímônes estavam. Me virei por um segundo, um maldito segundo, e a ouvi gritar.

Voltei. Um daímôn loiro a puxava pelo cabelo. Em uma fração de segundo, ele atacou como uma cobra furiosa, e o horror tomou conta de mim. Alexandria gritou de novo, e o som me transportou para muitos anos antes. Eu tinha ouvido aquele som estridente de dor inúmeras vezes desde que acordei com ele pela primeira vez. Meu estômago se revirou.

O daímôn abriu a boca ensanguentada.

— O que é você?

Ataquei, agarrando-o pelo pescoço para afastá-lo dela. O daímôn caiu, rolou e se levantou. Sorri e acertei um chute giratório bem na barriga dele. Então me abaixei e varri suas pernas. Eu poderia matá-lo. Poderia acabar com aquilo rápido.

Poderia ser misericordioso.

Mas ele a havia marcado.

E aquilo merecia uma resposta. Nada misericordiosa.

Assim que o daímôn se levantou, eu o peguei pelo pescoço outra vez e bati seu corpo contra a parede. Ossos se esmagaram. Não hesitei. Nem mesmo quando bati em seu corpo outra vez... ou quando finalmente cravei a lâmina. O daímôn desmoronou. Dei as costas antes que desaparecesse, procurando imediatamente a garota.

Ela estava no chão, toda encolhida, fazendo um som que me provocou uma pontada no coração. Eu nunca fui marcado, mas ouvi que a morte não chegava nem perto daquela dor. Guardei minha arma e fui até ela.

Com cuidado, abaixei e a deitei de costas. Suas mãos estavam em um ponto entre o pescoço e o ombro. Precisando verificar o dano, eu as afastei. Não estava tão ruim. Nenhuma artéria importante tinha sido cortada, a lesão não era grande. A garota não falava, no entanto. Só me olhava por entre mechas de cabelo, seus olhos arregalados se destacando contra as bochechas pálidas e sujas.

Era ela.

— Você está bem? Alexandria? Por favor, diga alguma coisa.

— Alex — ela falou. — Todo mundo me chama de Alex.

Soltei uma risadinha de alívio.

— Certo. Que bom! Você consegue se levantar, Alex?

Ela fez que sim. A cada tantos segundos, seu corpo estremecia, porém Alex aguentava o tranco. Era uma garota forte.

— Aquilo foi... Nossa, foi horrível.

Passei o braço em sua cintura e a coloquei de pé. Alex cambaleou enquanto eu afastava seu cabelo para verificar a marca de novo, por garantia.

— Espera alguns minutos. A dor vai passar.

Leon retornou, acompanhado de Kain. Seus olhos se fixaram na garota e senti um instinto repentino de protegê-la. Puros-sangues não eram conhecidos por sua simpatia com meios-sangues. Era algo que eu odiava entre os meus. Não sabia qual era a posição de Leon a respeito.

— Acho que já cuidamos de todos — ele disse.

Assenti.

— Alex, precisamos ir. Agora. Temos que voltar para o Covenant.

Ela olhou para mim novamente, mas não me viu enquanto recuava, com os braços finos tremendo. Era como um animal enjaulado que não via saída. Em uma fração de segundo, eu soube que Alex ia fazer algo precipitado, sem pensar direito, nascido do medo residual. Eu só esperava que me escolhesse como vítima, em vez de Leon. Eu não usaria aquilo contra ela, mas se Alex atacasse outro puro-sangue, poderia ter sido tudo em vão.

Dei um pequeno passo na direção dela, com as mãos erguidas esperando parecer inofensivo.

Alex estremeceu como uma placa de metal fina demais.

Quando avancei mais um passo, ela se atirou sobre mim e começou a chutar e arranhar descoordenadamente. Havia algum talento ali e algum resquício de treinamento, porém o medo e a exaustão atrapalhavam seus movimentos.

Peguei a mão dela, me virei e segurei seus braços junto ao seu corpo. Alex se inclinou para a frente e tentou me chutar de novo. Eu não estava sendo recompensado pela minha boa ação, por isso procurei me colocar fora de seu alcance.

— Não faça isso — pedi em seu ouvido. — Eu não quero te machucar.

Alex estava ofegante e se debatia como se nós três fôssemos os inimigos. A garota proferiu uma sequência impressionante de palavrões, que teriam me divertido, se não fossem dirigidos a mim.

— Calma aí! — Kain gritou de onde estava. — Alex, você conhece a gente! Não lembra de mim? Não vamos te machucar.

— Cala a boca! — ela gritou, reunindo o que restava de força para se soltar, se aproveitando do fato de que eu não queria machucá-la.

Alex desviou de Kain e Leon, que ficaram ali, ao mesmo tempo, chocados e parecendo achar graça. Seu cabelo comprido esvoaçava atrás dela à medida que ganhava velocidade no trajeto até a porta.

Kain sorriu.

— Não era exatamente o que esperávamos.

Suspirei.

— Eu vou atrás dela.

— Cuidado pra garota não quebrar nada — Leon disse. — O padrasto dela não vai gostar.

Eu também duvidava. Fui atrás dela, sabendo que não iria a lugar nenhum. Dei a volta na fábrica e a encontrei ao luar, cortando o campo. Ela era rápida. Foi assim que se manteve viva? Fugindo? Era um pouco triste.

Eu a alcancei, abracei sua cintura e a derrubei, me virando para que fosse o meu corpo a bater na grama e não o dela. Por um momento, Alex ficou em cima de mim, atordoada, em silêncio, mas se eu havia aprendido alguma coisa em nossa interação até então era que aquilo não ia durar. Girei os quadris e passei para cima dela, prendendo seu corpo no chão.

— Agora? — ela gritou, e sua voz falhou. — Onde vocês estavam há uma semana? Onde estava o Covenant quando a minha mãe foi morta? Onde vocês estavam?

Recuei, mais afetado pelas palavras do que ela imaginaria.

— Sinto muito. Nós não...

Ela explodiu, como uma bomba atômica. Gritou. Chutou. Arranhou. Alguém ia se machucar, e não seria eu. E a última coisa que eu queria fazer era machucar alguém que claramente havia passado por tanta coisa, que tinha visto tanta coisa. Deixei que meu peso a segurasse e a mantive no lugar.

Finalmente, Alex desistiu de lutar. Acho até que parou de respirar. Ou talvez eu tenha parado, porque de repente sentia cada parte de seu corpo.

Ela era macia onde eu era duro, curva onde eu era reto. Fiquei olhando para Alex, respirando o mesmo ar que ela, nossos lábios a centímetros de distância.

Uma tempestade de emoções era visível em seus olhos. Sua expressão era devastadora, profunda. As íris castanhas queimavam em uma batalha entre o medo, a raiva e... algo mais. Quase não vi quando seus lábios se abriram para uma expiração desarmada.

Estranhamente, eu me vi querendo saber como ela era sem a sujeira. Como soava quando não estava xingando ou gritando. Como se movia quando suas ações não eram instintivas, não nasciam do medo.

Aquela curiosidade era bastante inapropriada, até errada.

Ela era uma meio-sangue.

Baixei a cabeça, e Alex inspirou tão profundamente que senti seu peito pressionar o meu. Sensações primitivas me percorriam, dificílimas de ignorar e reprimir, quando ela me olhava daquele jeito. Como se estivesse de acordo com qualquer desejo maluco meu.

Era inacreditável.

Levei a mão à sua testa, e a culpa me devorou com minúsculos e afiados dentes, como navalhas. Eu precisava fazer aquilo, ou ela ia se machucar. Com os olhos fixos nos dela, desferi um soco mental com as palavras que saíram de minha boca em seguida:

— Durma. Agora. Durma e só acorde quando se sentir segura. Agora.

O corpo de Alex enrijeceu, depois relaxou, perdendo a firmeza e se tornando dócil.

Estava acabado. Ou, pelo menos, deveria estar. Tínhamos feito como ordenado. Tínhamos encontrado Alexandria Andros. No entanto, eu sabia no fundo da minha alma que aquele era apenas o começo.

2

PONTO DE VISTA DE AIDEN

Alex gostava de se aconchegar. Isso ficou claro no momento em que a coloquei atrás da suv e entrei também. Em menos de um minuto, ela havia se aconchegado em mim e apoiado a cabeça no meu ombro. Não devia ser uma posição confortável, e minha intenção era tirar o braço para lhe dar mais espaço, mas não fui bem-sucedido. O fato de que ela estava usando meu ombro como travesseiro já era ruim o bastante.

Eu deveria ter empurrado Alex, mas não tive coragem. A cada tantos minutos, ela fazia um barulhinho, entre um gemido e um choramingo. Olhei para ela, mas só consegui enxergar a ponta de seu nariz despontando em meio ao cabelo. Eu me perguntei com o que a garota estaria sonhando.

Quando levantei a cabeça, Leon me observava pelo retrovisor. Ele ergueu as sobrancelhas para mim.

— Olhos na estrada — resmunguei.

Leon riu.

Kain não havia dito uma única palavra desde que eu tinha reaparecido com Alex nos braços. Tinha se irritado com minha coação. Eu não podia culpá-lo. Era um assunto doloroso para os meios-sangues.

Alex chegou mais perto e suspirou profundamente, o que fez com que minha atenção voltasse para ela. No momento em que acordou e se deu conta do que estava fazendo, me preparei para sua reação.

Ela se afastou rapidamente, batendo a cabeça na janela.

— Ai!

Meu rosto se contraiu.

— Alex? — Como ela não me respondeu, insisti: — Você está bem?

— Sim, estou. — Ela fez cara feia e olhou em volta. — Onde estamos?

— Na costa, perto da ilha Bald Head. Quase chegando na ilha Divindade.

Aquilo a fez pular.

— O quê?

— Estamos voltando para o Covenant, Alex.

Ela suspirou, esfregando a nuca.

— Foi o Covenant que mandou vocês? Ou foi meu... padrasto?

Eu não sabia bem como responder. Parecia complicado.

— O Covenant.

— Você trabalha para o Covenant agora?

Surpreso que ela se lembrasse de mim do passado, fiz que não.

— Não. Sou apenas um sentinela. Estou lá só por enquanto. Seu tio nos mandou atrás de você. — Olhei pela janela. — Muita coisa mudou desde que você foi embora.

Enquanto Alex fazia algumas perguntas, eu a observava de perto. Parecia inquieta. Bastante inquieta. Não passava um momento sem se ajeitar no banco. Um sorriso surgiu em meus lábios, até que me lembrei do que havia feito.

— Desculpa ter usado coação em você, Alex. Não queria que se machucasse.

Ela não me perdoou, o que não chegou a me surpreender. Olhei para a frente e descobri aliviado que Leon não nos observava.

— E... lamento pela sua mãe. Procuramos por toda parte, mas vocês nunca ficavam no mesmo lugar por tempo suficiente. Chegamos tarde demais.

— Sim, chegaram tarde demais — ela disse, com a voz trêmula.

Senti uma pontada de dor no peito. Parte de mim queria dizer que eu sabia como ela se sentia, mas não devia criar intimidade. Nunca. Querendo mudar de assunto, fiz uma pergunta que vinha me incomodando:

— Por que vocês foram embora?

Alex olhou para mim, por trás de uma cortina de cabelo. Como seria o rosto dela por inteiro?

— Não sei.

Sem saber se acreditava, deixei o assunto de lado. Ninguém sabia por que a mãe de Alex, uma puro-sangue, havia tirado a filha do Covenant. E, se soubessem, não iam falar. Não conversamos mais, não até depois de atravessarmos as pontes e Leon parar o carro diante de um dos dormitórios que se erguiam entre a areia e o mar.

Alex ficou em silêncio enquanto eu a conduzia pelos corredores, e eu deveria ficar grato por isso. No entanto, algo me incomodava.

— Toma um banho. Volto para te buscar daqui a pouco. — Fiz menção de virar as costas, mas parei. — Vou procurar algo para você vestir e deixar na mesa.

Sem aguardar resposta, eu a deixei no quarto e voltei para a ilha principal. A cada passo que dava, me preparava para o que, sem dúvida, encontraria quando abrisse a porta do que costumava ser a casa dos meus pais.

O cheiro de álcool se sobrepunha à maresia e quase me derrubou. A raiva era como uma bola de fogo dentro de mim. Atravessei o corredor sem me importar em fazer silêncio e olhei para a sala de estar.

Havia vários adolescentes puros-sangues desmaiados ali, em diferentes posições. Alguns deles eu preferia não ter visto. Minha irritação só foi aumentando conforme avancei. Eu me certifiquei primeiro de que o meu quarto continuava trancado e fui até o de Deacon. Abri a porta com tudo, batendo-a contra a parede.

Graças aos deuses ele estava sozinho. Se eu o pegasse seminu outra vez, permitiria que uma fúria arrancasse meus olhos.

Meu irmão mais novo estava esparramado na cama, de bruços, com a roupa toda amarrotada e um frasco de alguma bebida ao seu lado, só os deuses saberiam qual, vazando no colchão.

Sem dizer nada, chutei uma perna da cama. Com força.

— Quê? — Deacon murmurou. — O banheiro fica mais pra frente. Ou vai lá fora. Tanto faz.

— Sei onde fica o banheiro, idiota. É a minha casa.

Deacon congelou, depois soltou um suspiro alto e se virou sobre as costas, apertando os olhos para mim. Ele abriu um sorriso sincero. A única característica que tínhamos em comum eram os olhos, ainda que os dele fossem mais turvos.

— E aí? Bem-vindo de volta.

Eu queria jogar meu irmão no mar lá fora. Segurá-lo debaixo da água até que Poseidon nos mandasse voltar.

— Você só fez isso o tempo todo que passei fora? Bebeu? Farreou?

— Não. — Ele se sentou, seu corpo balançando um pouco de um lado para o outro. — Tá. Talvez um pouco.

Dei um passo à frente e me inclinei para ficarmos olho a olho.

— É assim que você vai passar o resto da sua vida? É isso que vai acontecer toda vez que eu me ausentar?

Deacon inclinou a cabeça para trás e abriu um sorriso vacilante.

— Você não é minha babá. Não é meu pai. Deuses... parece que tem cinquenta anos, mas só tem vinte. Vive um pouco. Bebe alguma coisa. — Ele me passou o frasco. — Relaxa.

Dei um tapa no frasco, que caiu da mão dele, quando na verdade queria era dar um tapa em sua cabeça.

— Nossa — ele murmurou. — Isso não foi legal.

Recorrendo a uma paciência que eu não tinha, respirei fundo.

— Sei que você bebe porque sente falta dos nossos pais. Sei que é um trauma e uma tristeza profunda enraizados. Entendo isso, mas não é a melhor maneira de lidar com a situação.

Deacon piscou.

— Não é, sabichão?

Pelos deuses, eu ia acabar agredindo meu irmão.

— Acabei de encontrar uma garota que viu a mãe ser sugada por um daímôn. Ela teve que lutar todos os dias para sobreviver, Deacon. Ela poderia ter feito o que você está fazendo. Poderia ter desistido.

— E talvez devesse mesmo. — Ele voltou a se deitar de costas e fechou os olhos. — Seria mais fácil.

Havia tanto que eu queria dizer a ele, mas provavelmente me arrependeria de cada palavra rapidamente. De qualquer maneira, eu não tinha tempo. Marcus aguardava.

— Quero todo mundo fora em menos de uma hora.

— Sim, senhor! — Deacon disse, batendo continência com um único dedo.

Me virei e saí antes que batesse mesmo nele. Voltei à ilha controlada pelo Covenant, engoli a raiva e fui buscar Alex. Kain me interceptou quando atravessava o pátio.

— O que acha que vão fazer com ela? — perguntou, andando lado a lado comigo.

Era uma boa pergunta.

— Não faço ideia.

— Ela perdeu tempo demais para conseguir acompanhar a turma. — Kain passou a mão pelo cabelo loiro, agitado. — Vai ser entregue à servidão. Vão dar a ela o elixir.

Meu corpo gelou na hora. A servidão era como a escravidão, o maior medo de todos os meios-sangues. Eu não quis explicar por quê, mas fiquei profundamente incomodado só de pensar naquela garota raivosa tomando o elixir. Apenas balancei a cabeça.

— Duvido que teriam se dado a todo esse trabalho para isso.

— Posso treinar com ela se precisarem de alguém pra ajudar — Kain sugeriu. — Seria o suficiente. Eu lembro dela, Aiden. A garota sabe lutar. E é rápida. Deuses, ela escapou de você.

Revirei os olhos. Sem dúvida, Kain nunca ia me deixar esquecer daquilo.

— Faz menos de um ano que você se formou. Não pode treinar alguém.

— Então quem vai treinar, você? — Havia certa curiosidade em seu tom de voz. — Não é exatamente conhecido por sua paciência.

Era verdade. Sempre que o Covenant me mandava sentinelas recém--formados, eu devolvia metade por pequenas infrações. Preferia ser conhecido como exigente a ser responsável por um punhado de meios-sangues mortos.

— Com sorte, não será necessário.

Eu já tinha o bastante com que me preocupar sem adicionar uma meio-sangue com pouco treinamento. Deixei Kain do lado de fora do dormitório e fui até o quarto para o qual havia levado Alex. Bati uma vez, depois abri a porta. Pensei imediatamente que devia ter esperado mais. A garota podia estar nua lá dentro.

Alex estava no meio da pequena sala de estar. Ela deu um pulo quando me viu, mas fiquei mais surpreso do que ela quando olhei seu rosto livre da sujeira de antes.

Eu lembrava dela.

No entanto, Alex não era mais a moleca que eu tinha na memória. Alguns traços permaneciam iguais, ela não diferia muito em altura, mas pelos deuses...

Seu cabelo comprido e grosso, cor de avelã, ia além dos seios que haviam crescido bastante naqueles três anos. Os lábios em seu rosto oval eram cheios como os de um puro-sangue. Suas maçãs do rosto eram pronunciadas, e suas sobrancelhas se arqueavam delicadamente sobre os olhos grandes e castanhos. Mesmo com os hematomas que marcavam sua pele impecável, Alex era... inacreditável.

Linda.

Meu corpo inteiro se tensionou quando nossos olhos se encontraram. Algo que a maioria dos meios-sangues não se atreveria fazer, mas que não parecia ser um problema para ela. Alex me lançava o mesmo olhar de apreciação que eu lhe lançava. Uma sensação líquida, como a de quando eu invocava o fogo, fervilhava em minhas veias.

Uma sensação que eu não deveria estar sentindo.

Alex inclinou a cabeça para trás.

— O que foi?

Saí do transe. O que deu em mim?

— Nada. Está pronta?

— Acho que sim.

Ela me seguiu para fora do dormitório. Eu estava bastante consciente de seus olhos em mim. Olhei por cima do ombro, me perguntando o que Alex estaria pensando. Sua cara estava estranha, como se ela tentasse montar as peças de um quebra-cabeça.

— Quantos daímônes você matou?

— Só dois.

Ela acelerou o passo para me acompanhar.

— Só dois? — Fiquei olhando para ela, impressionado. — Você tem noção do quanto é incrível uma meio-sangue sem treinamento completo conseguir matar *um* daímôn? Imagine dois.

— Acho que sim. — Seu rosto se contorceu de raiva, depois voltou ao normal. — Eu teria matado o outro em Miami, mas estava... sei lá. Não estava pensando. Sei que deveria ter ido atrás dele, mas entrei em pânico.

Parei e olhei bem para ela.

— Alex, você ter derrotado um daímôn sem treinamento é notável. Foi corajosa, mas também tola.

— Bem, valeu...

— Você não é treinada. O daímôn poderia ter facilmente te matado. E aquele que você matou na fábrica? Outro ato destemido, mas tolo.

Ela franziu a testa.

— Achei que tivesse dito que foi incrível e notável.

— E foi, mas você podia ter morrido.

Continuei caminhando. Incrível? Notável?

— Por que você se importaria se eu tivesse morrido? Por que Marcus se importa? Eu nem conheço o cara, e se ele não permitir que eu retome o meu treinamento, vai ser como morrer mesmo.

— Seria uma pena. — Eu não sabia por que me importava, mas o fato era que me importava. — Você tem muito potencial.

E então eu soube, com Alex estreitando os olhos como se estivesse se imaginando dando um chute na minha cara, que não permitiria que ela fosse relegada à servidão. Pelos deuses, eu devia ser o puro-sangue mais idiota do mundo, porque sabia que não era o fim quando a deixei na sala do tio.

Como antes, fui acometido pela certeza de que aquilo estava longe de acabar.

16

PONTO DE VISTA DE AIDEN

— Não é isso.

Contrariando o bom senso, me aproximei e segurei os ombros dela. Sua pele exposta era quente, lisa e *muito* macia.

Alex estremeceu, e eu percebi que deveria recolher as mãos, no entanto, permiti que meus dedos se curvassem sobre seus ossos delicados. Foco, eu precisava de foco. Estava apenas tentando reconfortá-la. E ela precisava de conforto, precisava ser reassegurada de que tudo continuava igual ao dia anterior. A última coisa de que precisava era ser apalpada por mim. Não que fosse o caso.

— Lembra o que eu disse sobre destino?

Quando Alex balançou a cabeça, seu rosto assumiu uma expressão estranha, e eu me perguntei o que ela estaria recordando.

— Você é a única que tem controle sobre seu próprio futuro, Alex. É a única que tem controle sobre o que quer.

— Acha mesmo?

Assenti. Nada poderia forçar Alex a fazer algo que não queria. Ela era incrivelmente forte, e eu não conseguia entender como não via.

— Acho.

Alex balançou a cabeça de novo, como se o gesto simples pudesse me enganar. Seus olhos se acenderam, assumindo um castanho quente que lembrava uísque, antes de espiar por cima do meu ombro. A dor e a confusão neles foi como um soco na barriga. Eu não conseguia suportar, sabendo pelo que ela já havia passado. Minhas mãos apertaram seus ombros. Uma parte de mim, eu todo, queria levá-la dali, afastá-la de tudo aquilo.

Sem pensar, eu a puxei mais para perto e tentei pensar em algo para provar que ela ia ficar bem. Então Alex colocou a cabeça no meu peito e eu parei de respirar.

Pelos deuses, o que eu estava fazendo?

Ficar tão próximo dela, abraçando-a, era errado por muitos motivos. O futuro de Alex estava em minhas mãos. A coisa certa a fazer era dar um tapinha em suas costas, dizer que ia ficar tudo bem e mandá-la embora.

— Não quero ser o Apôlion. — Ela fechou os olhos. — Não quero nem viver no mesmo país que Seth. Não quero nada disso.

Como um idiota, em vez de me afastar, me vi passando a mão em suas costas, tentando tranquilizá-la. O algodão fino do vestido dela era uma barreira simplesmente ridícula.

— Eu sei — falei, me esforçando para lembrar o que estava acontecendo. Não se tratava de mim, ou do meu desejo descontrolado de algo que eu nunca teria. — É assustador e opressivo, mas você não está só. Vamos dar um jeito. Vai ficar tudo bem.

Agora eu precisava afastá-la com delicadeza. Alex, no entanto, chegou mais perto. Foi como se um raio percorresse meu corpo. E, pelos deuses, tudo mudou naquele instante. As intenções de conforto, independentemente de quão verdadeiras fossem no início, desapareceram. Assim como meu autocontrole e meu bom senso.

Parecia certo ter Alex em minhas mãos.

Passei a mão por seu cabelo sedoso e inclinei sua cabeça para trás. Seus olhos estavam arregalados, espelhando uma mistura perigosa de inocência e tentação.

— Você não precisa se preocupar, Alex. Não vou deixar que nada te aconteça.

No momento em que as palavras saíram da minha boca, eu soube que havia atravessado um limite invisível e que nunca, nunca mais, poderia voltar. Não eram apenas palavras. Era uma promessa que eu manteria até o fim da vida.

Nos encaramos. Seu peito subia e descia em um ritmo inconstante contra o meu. Ela puxou o ar. Algo estranho aconteceu. Meu coração fraquejou e quase parou. Tudo pareceu sair do eixo. Eu a puxei, porque ela não parecia próxima o bastante. Nunca estaria próxima o bastante.

Minha mão foi de seu cabelo para a curva da bochecha. Deuses, ela era linda. Tentação pura. Meu polegar passou por seus lábios. Ela estremeceu em resposta.

Totalmente envolvido com a situação, eu me inclinei e colei minha bochecha à sua.

— É melhor você me pedir pra parar.

Alex ficou em silêncio.

Eu parei de pensar. Com um grunhido mais animal que humano, me aproximei de sua boca com uma única coisa em mente.

Eu a beijei. Saboreei sua boca, desfrutei de sua resposta, alimentado pelo desejo dela. E, embora eu também precisasse de mais, no fundo sabia que nunca seria o bastante. Que, mesmo que não parasse, nunca ficaria satisfeito. Como um daímôn depois que prova o éter pela primeira vez, eu retornaria para mais e mais.

Enquanto encaixava seu corpo no meu, o beijo se aprofundou, me deixando em choque. Pelos deuses, eu queria aquilo, por pior que fosse, eu queria.

Desci as mãos por seus ombros, segui a curva de sua cintura e do quadril. Antes que percebesse, já a estava levando para o quarto. Tudo sem me afastar de sua boca, de seu corpo.

A bela e corajosa Alex se jogou naquela loucura como sempre fazia. De cabeça, deixando as perguntas e preocupações para depois. Imprudente mas admirável. Perigosa e tentadora. Ela enfiou as mãos dentro da minha blusa, e eu estremeci ao toque. Então me afastei e deixei que tirasse minha blusa.

Sorri quando ela pareceu perder o ar.

Logo estava em cima dela, fazendo com que deitasse. Pairando sobre Alex, eu não sabia o que mexia mais comigo: o quanto ela me queria ou sua confiança em mim.

A ideia de confiança me fez congelar. Alex confiava em mim, e eu estava a segundos de...

Sua mão desceu pelo meu peito e não parou. Eu me perdi. Me encontrei. Não sabia. Alex usava roupas demais. Eu a beijei de novo, inspirei seu hálito, baixei seu vestido até a cintura e depois o tirei. Não tive pressa de encontrar seus lábios de novo, preferindo gravar cada curva, cada inclinação. A metade inferior do meu corpo a imprensou, e eu senti, surpreso, unhas se cravarem em meus braços.

Alex ficava sussurrando meu nome, repetidamente, enquanto eu a explorava, enquanto desfrutava dela. Sua respiração estava curta quando a posicionei em cima de mim.

— Você é tão linda. Tão corajosa, tão cheia de vida. — Eu falava como se estivesse embriagado, e era como me sentia, enquanto baixava sua cabeça para beijar a cicatriz em seu pescoço. — Você não faz ideia, não é? Tem tanta vida em você, tanta...

Alex sorriu quando beijei a ponta de seu nariz.

— Sério?

— Sério. — Afastei o cabelo de seu rosto. — Desde a noite em que te vi, na Geórgia, não te esqueço. Você está dentro de mim, se tornou uma parte de mim. Não consigo evitar. É errado.

Ajeitei nossos corpos, pairando em cima dela. Alex era uma grande combatente e um dia seria capaz de destruir qualquer inimigo, mas parecia tão pequena debaixo de mim. Tão perfeita.

— *Ágape mou*, não posso...

Não falei mais nada. Levei meus lábios aos seus e deitei em cima dela. Tudo se tornou frenético. Nossos beijos. Nossos toques. Nossos corpos se movendo um contra o outro.

Levantei a cabeça, sem poder esperar mais.

— Você confia em mim?

Alex passou os dedos primeiro pelas minhas bochechas, depois pelos meus lábios.

— Sim.

Não houve hesitação. Levei sua mão aos meus lábios e beijei a ponta de cada dedo seu. Então olhei para ela e observei suas bochechas coradas, seus olhos febris. O tempo parou. Eu queria, precisava que fosse perfeito para ela, que fosse...

Alguém bateu à porta.

Congelei.

Não. De jeito nenhum. Ficamos olhando um para o outro, provavelmente rezando pela mesma coisa. Que não houvesse ninguém ali.

Porém a batida se repetiu, seguida pela voz estrondosa de Leon.

— Abre a porta, Aiden. Agora.

Filho da puta.

Eu nunca tinha odiado ninguém como odiei Leon naquele momento. E não tinha como ignorá-lo. Ele arrombaria a porta e...

Meus olhos passaram por ela quando me levantei da cama e peguei a calça e a camisa que ela havia atirado do outro lado do quarto. Alex era boa de braço. Provavelmente lançaria uma adaga como...

Foi então que me dei conta. E mal consegui respirar.

Virei, saí do quarto e fechei a porta. Puta merda, eu... eu cheguei perto demais de tirar tudo dela. Principalmente sua liberdade...

— Merda — murmurei, enquanto seguia até a porta.

O que deu em mim? Alex não merecia aquilo, porque o que havia entre nós não era nada. Nunca poderia ser.

Meios e puros não se misturavam.

No entanto, ela se encontrava no meu quarto, na minha cama, gloriosa...

O suspiro impaciente de Leon atravessou a madeira. Pensei por um momento em pegar uma adaga e atirá-la.

Abri a porta com tudo, passando a mão pelo cabelo.

— O que foi?

Ele inclinou a cabeça de lado e olhou por cima do meu ombro, na direção do quarto. Minha barriga gelou. Leon era um cara legal, mas, se soubesse que Alex estava ali, seria obrigado a entregá-la.

Entregar ela, não a mim. No fim, seria Alex quem sofreria as consequências. Eu provavelmente seria aplaudido. Deuses, às vezes eu odiava minha própria raça.

A expressão de Leon permaneceu impassível.

— Desculpa te acordar, mas imaginei que você fosse querer saber imediatamente. Encontraram Kain. Ele está vivo.

Pisquei, sem saber se havia ouvido direito. Mas era aquilo mesmo. Kain estava vivo. Esfreguei o maxilar. Merda. Podia ser bom. Ou podia ser muito, muito ruim para Alex.

De alguma maneira, consegui convencer Leon de que o encontraria no centro médico e voltei para o quarto.

Alex me aguardava junto à cama. Vestida. Parte de mim ficou aliviado. A outra parte quis despi-la novamente.

— Eu ouvi — ela disse, com os olhos arregalados.

Assenti.

— O que quer que ele diga, te conto depois.

Alex deu um passo à frente.

— Quero ir. Quero ouvir o que ele tem a dizer.

Aquilo não ia dar certo.

— Alex, você já deveria estar na cama. Como saberia que ele está na enfermaria?

Ela estreitou os olhos.

— Posso entrar escondida. Ficar do outro lado da divisória e...

— Alex. Você precisa voltar ao dormitório. Agora. Prometo que vou contar tudo o que ele disser, está bem?

Por um momento, pensei que Alex ia insistir, mas ela assentiu. Aguardamos mais alguns minutos. Na porta da frente, fechei os olhos e respirei fundo.

Quando ela saiu pela porta... foi o fim. Aquilo nunca mais poderia acontecer. Tínhamos quase sido pegos, ela havia ficado a segundos de perder tudo e por quê?

— O que foi? — Alex perguntou.

Porque eu me perdi nela.

Eu a encarei. De repente, Alex pareceu um pouco assustada. E não era a única. O que eu sentia naquele momento me deixava muito perturbado. Sem dizer nada, segurei seu rosto e a beijei.

Eu a beijei como se nunca mais fosse vê-la, porque, de certa maneira, não ia mesmo. Não daquele jeito, e, por mais que esse pensamento me matasse por dentro, eu sabia a diferença entre o que parecia certo... e o que de fato era.

— Não faz nenhuma idiotice — eu a avisei, com a voz rouca.

Então a deixei e desapareci na escuridão.

Agradecimentos

Serei doce e breve: agradeço a Kate Kaynak, Patricia Riley, Rich Storrs e Rebecca Mancini. Muito obrigada a Kevan Lhyon, por ser uma agente incrível. Agradeço a Malissa Coy e Wendy Higgins por serem as autoras/editoras incríveis que são.

A cada vez que escrevo, fica mais difícil me certificar de que estou agradecendo a todos que gostaria. Então, um muito obrigada àqueles que apoiaram a série e quiseram participar da jornada de Alex e aos que me mantiveram sã nesse processo.

Conheça o próximo volume da série.

PUROS

1

Olhei para o teto do ginásio, enquanto manchas dançavam no meu campo de visão. Minha bunda doía. O que não era nenhuma surpresa, já que eu tinha caído em cima dela umas cinquenta vezes seguidas. Meu rosto era a única parte do corpo que não latejava — estava pegando fogo, mas era por outro motivo.

Minha aula de defendu não estava indo nada bem.

Aquele estilo de combate corpo a corpo não era meu forte. Meus músculos gritaram quando levantei do tatame e encarei Romvi, nosso instrutor.

Ele passou a mão pelo cabelo ralo, decepcionado com a turma toda.

— Se fosse um daímôn, você estaria morta. Entende isso? Morta, ou seja, sem vida, srta. Andros.

Como se ele precisasse me explicar. Cerrei os dentes e me esforcei para assentir.

Romvi voltou a me olhar com severidade.

— É difícil acreditar que há éter em você, srta. Andros. É um desperdício da essência dos deuses. Você parece uma mortal, lutando assim.

Eu já não tinha matado *três* daímônes loucos por éter? Não valia nada?

— Se posiciona. Foco no movimento dos músculos. Você sabe o que fazer.

Virei para Jackson Manos, o maior gato do Covenant e, no momento, meu adversário. Com aquela pele negra e olhos escuros e sedutores, ficava difícil me concentrar.

Jackson piscou para mim.

Estreitei os olhos. Era proibido conversar durante o treino. Romvi achava que feria a autenticidade da luta. Na verdade, Jackson em toda a sua glória não era o que me fazia errar os socos e chutes giratórios.

A fonte do meu fracasso absoluto estava recostada na parede da sala de treino. Cachos escuros sobre a testa até a altura dos olhos cinza como metal. Alguns diriam que Aiden St. Delphi precisava de um corte de cabelo, mas eu adorava o visual desarrumado que ele tinha adotado recentemente.

No instante seguinte, nossos olhares se cruzaram. Aiden reassumiu uma postura que eu conhecia bem — braços bem definidos cruzados, pernas abertas. Atento, sempre atento. Transmitindo pelo olhar que eu deveria estar concentrada em Jackson, e não nele.

Foi como se eu despencasse do alto de repente — outra sensação também bastante comum pra mim. Era o que sentia quando olhava para Aiden. Não tanto pela curva perfeita das maçãs do rosto ou pelas duas covinhas que se insinuavam quando ele sorria. Ou pelo seu corpo inacreditavelmente definido...

Voltei a mim bem na hora. Parei o joelho de Jackson com o braço e procurei golpear seu pescoço. Jackson se defendeu com facilidade. Ficamos nos rodeando, desferindo golpes e esquivando. Jackson deu um passo para trás e baixou os braços. Vi uma oportunidade e fui com tudo. Com um giro, arrisquei uma joelhada. Ele tentou desviar, mas não rápido o bastante. Acertei a barriga dele com tudo.

Romvi bateu palmas, o que foi uma surpresa.

— Boa...

— Ah, merda! — soltou Caleb Nicolo, meu melhor amigo e comparsa de todas as horas, em meio ao grupo de alunos que assistia a tudo encostados na parede.

Quando damos um chute defensivo, ele precisa ser fatal ou então temos que recuar. E, no momento, não fiz uma coisa nem outra. Jackson segurou meu joelho e caiu, me levando junto. Aterrissou no tatame em cima de mim — eu duvidava que por acidente.

Romvi começou a gritar em outra língua — romeno ou sei lá o quê.

O que quer que ele tenha dito parecia um palavrão.

Jackson levantou a cabeça, o cabelo na altura do ombro escondendo seu sorriso do restante da turma.

— Você prefere ficar por baixo, é?

— Nem sua namorada deve gostar de ficar por baixo de você. Cai fora. — Empurrei os ombros dele.

Rindo, Jackson rolou para longe e se levantou. Depois que minha mãe matou os pais da namorada dele, Jackson e eu nos desentendemos. Na verdade, graças à minha mãe daímôn, agora morta, eu não me dava bem com a maioria dos alunos. Vai entender...

Vermelha de vergonha, levantei e olhei rapidamente para Aiden. Sua expressão estava neutra, mas ele com certeza já tinha uma lista de tudo o que eu havia feito de errado. Aquele era o menor dos meus problemas, no entanto.

O instrutor caminhou pelo tatame e parou diante de mim e de Jackson.

— Absolutamente inaceitável! Você tinha que recuar ou eliminar o adversário.

Para ser bem didático, ele empurrou meu peito com força. Cambaleei para trás e cerrei o maxilar. Cada célula do meu corpo exigia que eu devolvesse na mesma moeda.

— Esperar não é uma opção! E você... — Romvi se voltou para Jackson. — Acha engraçado se deitar em cima de daímônes? Quero só ver quando chegar a hora.

Jackson ficou vermelho, mas não respondeu. Ninguém retrucava na aula de Romvi.

— Pra fora, agora. Você não, srta. Andros!

Parei na hora, olhando impotente para Caleb e Olivia. A expressão de ambos espelhava a minha. Resignada com o que eu sabia que aconteceria a seguir, porque acontecia em todas as aulas de defendu, virei para o instrutor e aguardei por um sermão épico.

— Muitos de vocês não estão prontos para se formar. — Romvi rondava o tatame. — Muitos de vocês morrerão na primeira semana de trabalho, mas você, srta. Andros... Você é uma vergonha para o Covenant.

O instrutor era uma vergonha para a raça humana, mas fiquei bem quietinha.

Ele me rodeou, devagar.

— É difícil acreditar que tenha enfrentado daímônes e tenha sobrevivido para contar a história. Alguns talvez achem que você tem potencial, srta. Andros. Mas eu não tenho motivos para isso.

Pelo canto do olho, notei Aiden. Ele estava tenso, assistindo de testa franzida. Também sabia o que estava vindo, mas, mesmo que quisesse, não podia fazer nada.

— Prova que merece estar aqui — Romvi me disse. — Prova que voltou ao Covenant por mérito, e não por sua família.

Romvi era mais babaca que a maioria dos instrutores. Era um dos puros que haviam escolhido se tornar sentinela em vez de viver do dinheiro de seus antepassados. Puros-sangues que haviam escolhido aquele estilo de vida, como ele e Aiden, eram raros, mas a semelhança entre ambos terminava ali. Romvi me odiava desde o primeiro dia de aula, e eu gostava de acreditar que Aiden sentia o oposto.

Romvi atacou.

Para alguém tão velho, ele sem dúvida era rápido. Recuei, tentando invocar tudo o que Aiden havia me ensinado ao longo do verão. Romvi desferiu um chute, o salto da bota mirando minhas costelas. Empurrei sua perna e desferi um soco com toda a vontade. Ele se defendeu. Continuamos assim, trocando golpes. Ele me encurralava, sempre me conduzindo para a beira do tatame.

Os ataques do instrutor se tornavam mais brutais a cada soco ou chute. Era como lutar contra um daímôn, porque eu acreditava que Romvi queria mesmo me machucar. Eu até que estava segurando a onda, mas meu tênis escorregou na beirada do tatame. Cometi um erro tático.

Me distraí.

Romvi aproveitou. Agarrou meu rabo de cavalo e me puxou para si.

— Você deveria deixar a vaidade de lado — disse, me virando de modo que eu ficasse de costas para a porta. — E cortar o cabelo.

Ataquei, acertando a barriga do instrutor, que não se abalou. Usando meu impulso — e meu cabelo —, Romvi me derrubou no tatame. Rolei quando caí, em parte grata por ter terminado. Não me importava que ele acabasse comigo na frente da turma toda. Desde que...

Romvi segurou meu braço e o puxou acima da minha cabeça, me pondo de joelhos.

— Quero que todos os meios me escutem. Morrer em batalha não é seu pior pesadelo.

Meus olhos se arregalaram. *Ah, não. Não, não, não. Ele não se atreveria...*

Ele arregaçou a manga da minha camiseta, expondo a pele até o cotovelo.

— É isso o que acontece com vocês quando fracassam. Deem uma boa olhada. São transformados em monstros.

Senti as bochechas queimarem e a cabeça esvaziar. Eu havia me esforçado muito para manter as cicatrizes escondidas dos colegas de classe. Procurei me concentrar no rosto dos alunos enquanto ele mostrava ao mundo minhas marcas. Meus olhos pousaram em sua mão áspera e envelhecida, depois subiram por seu braço, com suas próprias cicatrizes de batalha. Sua manga havia levantado, revelando a tatuagem de uma tocha de ponta-cabeça.

Ele não me parecia o tipo de pessoa que tinha tatuagem.

Romvi soltou meu braço, permitindo que eu baixasse a manga. Tudo o que queria era que ele fosse devorado por daímônes vorazes. Minhas cicatrizes podiam fazer com que eu parecesse uma esquisita, mas a verdade era que eu não havia fracassado. Tinha matado a daímôn responsável por me deixar daquele jeito: minha própria mãe.

— Nenhum de vocês está pronto para se tornar sentinela, para encarar um daímôn meio-sangue e também treinado. — A voz do instrutor reverberava na sala de treino inteira. — Duvido que estejam melhores amanhã. Turma dispensada.

Resisti à vontade de pular como um macaco nas costas de Romvi e quebrar seu pescoço. Eu não ganharia fãs assim, mas a satisfação quase valia a pena.

Na saída, Jackson trombou em mim.

— Seu braço parece um tabuleiro de xadrez. Curti.

— É o que sua namorada diz do seu pa...?

A mão de Romvi me interrompeu, segurando meu queixo.

— Sua boca também não é das melhores, srta. Andros.

— Mas Jackson...

— Não quero saber. — Ele me soltou, mas continuou olhando feio para mim. — Não tolero esse tipo de palavreado na minha aula. É seu último aviso. Da próxima vez, vai para a diretoria.

Inacreditável. Fiquei só observando enquanto Romvi deixava a sala de treino. Caleb passou sua mochila para Olivia e veio falar comigo. Seus olhos, que eram da cor do céu aberto, transmitiam empatia.

— Ele é um cretino, Alex.

Balancei a mão, sem saber ao certo se ele falava de Romvi ou de Jackson. Para mim, os dois eram cretinos.

— Um dia desses, você vai surtar e matar esse cara. — Luke passou os dedos por seus cachos acobreados.

— Qual deles? — perguntei.

— Os dois. — Luke sorriu e deu um tapinha no meu braço. — Só espero estar presente.

— Eu também. — Olivia enlaçou o braço de Caleb.

Ambos fingiam que o lance entre eles era casual, mas não me enganavam. Sempre que ela tocava o braço dele, o que acontecia com frequência, Caleb se esquecia completamente de todo o resto e ficava com um sorriso bobo.

Por outro lado, vários meios ficavam com a mesma cara quando a viam. Olivia era deslumbrante. Sua pele escura era invejada pela maioria. Assim como seu guarda-roupa. Eu faria qualquer coisa pelas roupas dela.

Uma sombra recaiu sobre nosso grupinho, que logo se dispersou. Nem precisei erguer a cabeça para saber que se tratava de Aiden. Apenas ele tinha o poder de fazer praticamente qualquer pessoa seguir na direção oposta. Era o que respeito e medo provocavam.

— A gente se vê depois — Caleb me disse.

Assenti vagamente, olhando para os tênis de Aiden. O constrangimento pela ceninha de Romvi não me deixava encará-lo. Eu lutei muito pelo respeito de Aiden, para provar que tinha o potencial que ele e Leon viram em mim quando Marcus tentou me mandar embora do Covenant.

Aparentemente, bastou uma pessoa para estragar tudo aquilo em questão de segundos.

— Olha para mim, Alex.

Obedeci, a contragosto. Não tinha como evitar, com ele falando daquele jeito. Aiden se encontrava à minha frente, com o corpo alto e magro todo tenso. Estávamos fingindo que eu não havia tentado entregar minha virgindade a ele na noite em que descobri que era o segundo Apôlion. Aiden parecia estar se saindo muito bem nisso. Por outro lado, eu não conseguia parar de pensar a respeito.

— Você não fracassou.

Dei de ombros.

— Mas parece que sim.

— Os instrutores são mais duros com você por causa do tempo que ficou fora e porque seu tio é o diretor. Todos os olhos estão em você. Atentos.

— E meu padrasto é ministro do conselho. Já sei, Aiden. Vamos acabar logo com isso. — Minha voz saiu um pouco mais ríspida do que eu pretendia, mas ele tinha presenciado a vergonha que havia sido aquela aula.

Não precisávamos repassar tudo.

Aiden pegou meu braço e subiu a manga. O efeito foi totalmente diferente. Um calor subiu pelo meu peito e se espalhou pelo meu corpo. Puros-sangues estavam fora do alcance dos meios, o que significava que o que havia acontecido entre nós se equiparava a passar a mão no papa ou oferecer um bife a Gandhi.

— Você nunca deve se envergonhar de suas cicatrizes, Alex. Nunca. — Aiden soltou meu braço e fez um gesto para que eu o acompanhasse até o centro do tatame. — Agora vamos, pra que você possa descansar.

Eu o segui.

— E você, não vai descansar? Vai ficar de guarda esta noite?

Aiden fazia dupla jornada: me treinava e cumpria seus deveres de sentinela.

Ele era especial. Havia sido escolhido para ser sentinela e, ainda assim, se voluntariou para trabalhar comigo, para que eu não ficasse atrasada em comparação aos outros alunos. Não precisava de nada disso, mas seu senso de justiça o levou a se tornar sentinela. Eu desejava o mesmo. O que o motivava a me ajudar? Eu gostava de pensar que Aiden sentia uma profunda atração por mim: como eu sentia por ele.

Aiden me rodeou, parou e ergueu um pouco meus braços.

— Você está posicionando seus braços errado. Por isso os golpes de Jackson passavam.

— Você não vai descansar? — repeti.

— Não se preocupa comigo. — Aiden se endireitou e fez um sinal para que eu avançasse. — É melhor se preocupar consigo mesma, Alex. Vai ser um ano difícil para você, com três treinadores.

— Eu teria mais tempo livre se não precisasse treinar com Seth.

Aiden atacou tão rápido que quase não consegui me defender.

— Já falamos sobre isso, Alex.

— Eu sei. — Impedi outro golpe.

Eu treinava um dia com Aiden e outro com Seth. Nos finais de semana, eles se intercalavam para me orientar. Era como se dividissem minha guarda. Eu ainda não tinha visto Seth aquele dia, o que era estranho, porque ele estava sempre à espreita.

— Alex. — Aiden desfez a postura ofensiva para me avaliar mais de perto.

— Que foi? — Baixei os braços.

Ele abriu a boca, ponderando as palavras.

— Você anda parecendo meio cansada. Tem descansado o suficiente?

Senti as bochechas corarem.

— Pelos deuses, estou tão ruim assim?

Aiden inspirou fundo e soltou o ar devagar. Suas feições se aliviaram.

— Não estou criticando sua aparência... É só que... você tem passado por bastante coisa e parece cansada.

— Estou bem.

Aiden levou a mão ao meu ombro.

— Alex?

Meu coração acelerou em reação ao toque.

— Estou bem.

— Você já disse isso. — Ele passou os olhos pelo meu rosto. — Sempre diz isso.

— Porque não tem nada de errado comigo!

Tentei afastar a mão dele, mas Aiden segurou meu outro ombro, me prendendo à sua frente.

— Não tem nada de errado comigo — insisti, muito mais baixo. — Estou bem. Cem por cento bem. Com tudo.

Aiden abriu a boca, provavelmente para me incentivar de alguma maneira, mas não disse nada. Só ficou olhando para mim e senti suas mãos mais firmes. Ele sabia que era mentira.

Não estava tudo bem.

Pesadelos com aquelas horas terríveis na cidade de Gatlinburg me mantinham acordada à noite. Quase todo mundo na escola me odiava, acreditando que eu tinha sido o motivo de daímônes terem atacado Lake Lure no verão. O fato de Seth estar sempre de olho em mim só contribuía para a desconfiança.

Caleb era o único meio-sangue que sabia que eu estava fadada a ser o segundo Apôlion — fadada a *completar* Seth como seu supercarregador sobrenatural ou coisa do tipo. A atenção contínua de Seth não me deixava bem entre as meios-sangues. Todas o desejavam, enquanto eu só queria me livrar dele.

No entanto, quando Aiden olhava para mim como naquele momento, eu me esquecia de tudo. Sua expressão talvez não revelasse muito, mas seus olhos... Seus olhos me diziam que ele não estava se saindo tão bem com aquela história de fingir que não tínhamos quase chegado às vias de fato. Se Aiden ainda não tinha pensado a respeito, estava pensando naquele exato momento. Talvez imaginasse — tanto quanto eu — o que teria acontecido sem a interrupção de Leon. Talvez recordasse a sensação dos nossos corpos juntos quando se deitava à noite. *Como eu recordava.*

A tensão atingiu outro nível e uma nova onda de calor tomou conta do meu corpo. Era por momentos como esse que eu vivia. Me perguntei o que Aiden faria se eu desse um passo à frente. Não custaria muito. Ele pensaria que eu só queria conforto? Aiden me reconfortaria, porque era desses. Então, quando eu inclinasse a cabeça para trás, ele me beijaria? Porque parecia querer. Querer me abraçar, me beijar e fazer uma série de coisas proibidas e maravilhosas.

Dei um passo à frente.

Senti suas mãos hesitarem sobre meus ombros, a indecisão se insinuar em suas feições. Por um segundo — por apenas um segundo —, acho que considerou seriamente a possibilidade. Então barrou meu avanço.

A porta se abriu e Aiden baixou os braços. Eu virei, louca para dar um soco na cara de quem quer que fosse. Por um triz, quase consegui o que queria.

O corpo largo de Leon se encontrava no batente, com o uniforme preto dos sentinelas.

— Desculpe interromper, mas é urgente.

Leon sempre tinha algo importante a dizer a Aiden. Na última vez, nos interrompeu apenas dois segundos depois que falei para Aiden para irmos até o fim.

O cara tinha o pior timing da história.

Claro que aquela interrupção tinha ocorrido por um motivo bem sério. Encontraram o sentinela meio-sangue Kain, que ajudava Aiden a me treinar. Ele sobrevivera ao ataque daímôn, em Lake Lure, retornando ao Covenant como algo que, até então, julgávamos impossível: um daímôn meio-sangue. Agora Kain estava morto e eu tinha presenciado sua morte. Gostava dele e sentia sua falta, mesmo que tivesse matado vários puros e acabado comigo. Aquilo não tinha sido feito pelo Kain que eu conhecia. Como minha mãe, ele tinha se transformado em uma versão terrível de si mesmo.

Leon avançou, gigantesco. Ele parecia o garoto propaganda de uma marca de anabolizantes.

— Houve um ataque daímôn.

Aiden ficou tenso.

— Onde?

— Aqui no Covenant.

ESTA OBRA FOI COMPOSTA EM ADRIANE TEXT POR BR75 E IMPRESSA
EM OFSETE PELA GRÁFICA BARTIRA SOBRE PAPEL CHAMBRIL AVENA
PARA A EDITORA SCHWARCZ EM FEVEREIRO DE 2025.

A marca FSC® é a garantia de que a madeira utilizada na fabricação do papel deste livro provém de florestas que foram gerenciadas de maneira ambientalmente correta, socialmente justa e economicamente viável, além de outras fontes de origem controlada.